RUDIE VAN RENSBURG

LEEUMENS

Outeursreg © 2025 Rudie van Rensburg
Outeursreg in gepubliseerde uitgawe © 2025 NB-Uitgewers
Eerste uitgawe in 2025 deur Queillerie,
'n druknaam van NB-Uitgewers,
'n afdeling van Media24 Boeke (Edms.) Bpk.,
Heerengracht 40, Kaapstad

Omslagontwerp deur Nudge Studio, na 'n reeksvoorkoms deur Michiel Botha
Foto's op voorblad: AdobeStock en Wikimedia Commons / Thilo Parg

Oorspronklik gedruk in Suid-Afrika
ISBN: 978-0-7958-0292-8 (Eerste uitgawe, eerste druk 2025)

LSiPOD: 978-0-7958-0327-7 (Eerste uitgawe, eerste druk 2025)

ISBN 978-0-7958-0293-5 (epub)

Proloog

Kassie skuif die groot sinkdeur versigtig oop, sy Beretta voor hom uitgehou.

Die volmaan kaats sy strale soos soekligte deur die gate in die verweerde dak. Dit verlig fragmente van die stoor se binneruim, maar die grootste gedeelte is stikdonker, wat Kassie verplig om sy penflits aan te sit.

Hy swiep die flitslig oor die donker area rondom hom. Die plek is bouvallig en morsig. Dit lyk soos 'n stortingsterrein. Oral is rommelhope, gebreekte bakstene en vloerteëls, asbesplate, geroeste rolle draad, motoronderdele, oliedromme en glasstukke.

Hierdie plek is ideaal om in weg te kruip. Dalk moet hy een van die ander roep, want sonder bystand kan dit gevaarlik raak om hier rond te soek.

Hy staan 'n paar oomblikke stil terwyl hy sy ore spits. Nie 'n geluid nie. Sy oë skeer weer oor die omgewing. Hy frons. Nie te ver van hom af nie verhelder die maanlig deur 'n spleet in die dak 'n gedeelte waar 'n bed tussen twee hoë hope rommel staan. Hy kan sweer daar is beddegoed op. Dit lyk kompleet of die area om die bed skoongevee is. Baie vreemd, dink hy.

Kassie besluit om ondersoek in te stel en moet 'n wye draai om 'n klomp rommel stap om by die bed uit te kom.

'n Meter van die rommelhoop af sien hy 'n hand onder die bed uitsteek. Hy hou dit stip dop. Dis beslis nie die hand van iemand wat probeer wegkruip nie, want dit lê roerloos met die palm na bo. Hy gaan sit op sy hurke en skyn onder die bed in.

Hy snak na sy asem toe 'n man se bebloede gesig na hom terugstaar, sy oë glasig.

Hy hoor die geluid agter hom te laat.

Iets hard stamp teen sy agterkop.

"Laat val jou skietding, anders trek ek die sneller," sis 'n manstem.

Kassie verstar van die skrik. Sy hart klop wild in sy keel. Steeds hurkend sit hy die Beretta op die vloer neer.

Dan klap die skoot donderend in sy ore.

Deel 1

Clarissa & Arend

1

'n Kreet blêr uit Bertie Vermaak se keel toe Dolf hom onverwags skuins van agter af oorrompel.

"Maak hom aan 'n tafelpoot vas," beveel Clarissa.

Toe sy en Dolf aan Bertie se voordeur geklop het, het hy hulle niksvermoedend – net effens verbaas – by sy huis ingenooi. Dalk gedink hy gaan nóg 'n groot meevaller kry.

Nou lyk hy vreesbevange.

"Wat . . . wat de fok doen julle?!" skree hy toe Dolf hom in 'n kopklem tafel toe sleep. Hy probeer weerstand bied, maar Dolf is aansienlik sterker en groter. Sonder veel moeite dwing hy Bertie in 'n sittende posisie en maak sy regterhand met 'n kabelbinder aan een van die dik pote vas. Dis 'n soliede houttafel en hy sal nie kan roer nie.

Clarissa kan steeds nie haar geluk glo nie. Nadat Barnabas haar opdrag gegee het om Bertie uit te haal, het sy en Dolf kopgekrap oor hoe hulle dit gaan doen. 'n Ooglopend onnatuurlike dood kon die polisie weer na die Altman-tweeling se saak laat kyk. En dít wou sy en Barnabas ten alle koste vermy. Trouens, dit was 'n voorvereiste van Barnabas dat Bertie se dood géén agterdog oor kriminele aktiwiteite laat posvat nie. Wat die opdrag soveel moeiliker gemaak het.

Dolf het haar vanoggend sesuur kom wakker maak met die nuus dat 'n reusebrand in die Wolseley-distrik uitgebreek het – in Kluitjieskraal se kontrei, wat nog 'n entjie weg is van die berg se kant en die Verrekyker-omgewing waar Bertie hom bevind. Volgens die radionuusbulletin was elke beskikbare brandweerwa in die distrik besig om die brand by Kluit-jieskraal te bestry.

Clarissa-hulle het nie 'n minuut verspil nie. Hulle het 'n draai by die vulstasie in Rondebosch gemaak en toe die meer as honderd-en-twintig kilometer na Wolseley binne vyftig minute in die Nissan Navara afgeblits – 'n voertuig wat Clarissa net in noodgevalle inspan en waarvan die vals nommerplate gereeld omgeruil word.

Toe hulle op 'n veilige afstand van Bertie se lappie grond stilhou, het sy gesê hulle sal gou moet speel. Die wind het spoed opgetel en waai in hulle rigting. "Ons wil nie hê die brandbestryders moet inwoners in hierdie omgewing as 'n noodmaatreël kom ontruim nie."

Hoewel Bertie se verwaarloosde blyplekkie redelik afgesonder is, was Clarissa verlig dat dit ook deur plate bome omring is. Niemand kan dit sien vanaf ander plaaswonings in die omtrek nie.

Dolf het die twee groot petrolkanne van die bak afgehaal en al sluipend die area om Bertie se huis besprinkel. Wanneer die vlamme begin woed, moet alles verswelg word sodat dit moeilik is om toegang tot die huis te kry.

Bertie kyk nou vraend na haar, sy liggaam wat onbeheers bewe. Naakte vrees laat sy oë effe uit hul kasse peul. Hy trek met mag en mening aan die kabelbinder aan sy gewrig, maar die tafel beweeg nie 'n sentimeter nie.

"Ek . . . ek sweer ek het nie uitgepraat nie, Edina," stamel hy.

Clarissa is nou bly sy het hom destyds onder haar gebruiklike vals naam van Edina Steenberg genader. Het toe al vermoed hulle kan hom geensins vertrou nie. Toe hulle bewus word van die inligting waaroor Bertie beskik, het sy gedink Barnabas gaan met hom klaarspeel nadat hulle dit by hom gekry het, maar hy wou hom 'n kans gee. "Met soveel geld in sy sak sal hy sy bek hou. Maak ons hom dood, kan ons slapende honde wakker maak."

"Niemand weet iets van ons transaksie nie," teem Bertie weer.

"Jy weet jy lieg nou, Bertie." Clarissa praat sag, amper in 'n fluisterstem. "'n Week gelede het jy in jou kuierplek op Wolseley 'n los bek gehad." Sy beduie na Dolf. "Hy was vier kroegstoele van jou af en het gehoor hoe jy by jou klomp pelle oor jou kitsrykdom spog."

Bertie se pleitery kry 'n ondertoon van histerie. "Ek het nooit jou naam genoem nie! Ek het net gesê –"

"Jy't té veel gesê na ons sin," onderbreek sy hom. "Ons ooreenkoms was dat jy nie eens in jou slaap daaroor moet fluister nie."

Sy beduie vir Dolf om die oorblywende kleiner petrolkannetjies in die Nissan Navara se bak te gaan haal.

Bertie pleit weer. "Ek sal die geld vir jou teruggee. Soos jy my gevra het, het ek nog nie 'n sent daarvan uitgegee nie. Dis in 'n toksak in my kamer se ingeboude kas."

Sy glimlag wrang. "Gaaf van jou om te sê waar dit is. Ons sou nie tyd gehad het om jou vir daardie inligting te martel nie."

Clarissa stap by die aangrensende kamer in. Die bed is onopgemaak en klere lê oor die vloer gestrooi. Sy maak die kasdeur oop. Haar oog val dadelik op die rooi sak op een van die boonste rakke. Sy haal dit uit en maak dit oop. Glimlag. Dit is boepens gestop met note, die bondeltjies styf langs mekaar ingelê. Wat 'n bonus om die honderdduisend sonder enige drama terug te kry! En dit was nie eens 'n prioriteit nie. Sy was oortuig hy sou die geld in 'n bankkluis bewaar het.

Sy hoor hoe Bertie weeklaag en kerm in die leefvertrek en besef Dolf moet al besig wees om die blyplek oral met petrol te deurweek. Bertie het duidelik twee en twee bymekaargetel.

"Edina, ek smeek jou om my lewe te spaar!" skree hy toe sy uit die kamer kom.

Sy ignoreer hom en gaan staan 'n ent weg met die sak, sodat Dolf die mat kan voorberei wat na die tafel lei.

Toe Dolf die brandende vuurhoutjie op die mat laat val, wriemel Bertie met sy bene en skop styf. Die gille uit sy oopgesperde mond word uitgedoof deur die knetterende vlamme, wat hom teen 'n verblindende spoed op die petrolspoor nader.

"Is jy seker ons het nie leidrade gelos nie?" vra Clarissa, wat hard moet keer om nie naar te word nie. Sy wil nie vir Dolf wys hierdie storie ontstel haar nie.

Dolf skud sy kop. "Hulle sal nooit kan aflei hier was iemand anders nie. Die plek gaan tot op die grond afbrand."

"Jy's reg. Kom, laat ons gaan," sê sy toe die vlamme aan Bertie se voete begin lek.

Buite skiet Dolf 'n vuurhoutjie in die lang gras in, wat die plate bome binne 'n ommesientjie in 'n see van rooi tooi. Hulle laat spaander terug na die bakkie, Dolf wat Clarissa aan die arm moet vashou om te keer dat sy val.

Donker bolle rook kartel hoog die lug in agter hulle toe hulle die teerpad terug huis toe vat.

★ ★ ★

Arend sukkel om 'n skoen aan sy regtervoet te kry. Sy enkel is nog effens geswel en gevoelig nadat hy twee dae gelede in sy haas om van Moorcroft se lyfwagte weg te kom, skeefgetrap het op die ongelyke terrein buite die vesting teen Leeukop.

Hy kyk van die bed op toe Monica nakend uit die badkamer kom. Water-druppels skitter op haar sonbruin vel. Haar borste is vol en ferm, die tepels gepunt en rosig. Die ligbruin haardriehoekie tussen haar bene blink in die streep oggendson wat deur die opening in die hotelkamer se gordyne kom. Sy gooi haar kop agteroor, trek haar vingers deur haar nat blonde hare en staan besluiteloos voor die ingeboude kas.

"Trek maar weer iets donker aan. Die moontlikheid van nagwerk is nie uitgesluit nie," sê hy.

Sy sug. "Neem aan dit gaan weer 'n lang dag wees?"

"Ek is bevrees, ja."

"Ek gee nie om vir lang ure nie. Dis net dat my donker klere warmer is as die ander. En hulle voorspel dit gaan vandag vyf-en-dertig grade wees."

Hy lag. "Nou weet jý ook Februarie in die Kaap is die naaste aan die hel wat mens kan kry."

Sy strek haar uit, hande hoog bo haar kop gepunt. Daardie goddelike lyf lyk nog presies dieselfde as toe hulle tien jaar gelede 'n bed begin deel het. Toe was hulle albei nog in die polisie – sy 'n jong konstabel, hy al 'n ervare speurder.

Die tyd het gevlieg. Hy kan amper nie glo hulle werk al agt jaar op hulle eie saam nie. Iets wat hy terdeë besef, is dat sy 'n vennoot is sonder wie hy nie sou kon klaarkom nie.

Arend staan op van die bed en loop 'n bietjie mank na die lessenaar waar sy skootrekenaar oopgeslaan is. Hy besluit om weer te kyk na die inligting oor Colin Moorcroft wat hy daarop in 'n lêer gestoor het. Dalk het hy iets oorgeslaan wat hom kan help, want dit voel of hy nou in 'n doodloopstraat is. Moorcroft se veiligheidsmaatreëls by sy Leeukop-huis blyk ondeurdringbaar te wees. Die vent is ook vir geen oomblik sonder sy drie lyfwagte nie. Die Turkse baddens in Langstraat is in dié stadium dalk

14

'n opsie, maar die risiko gaan groot wees. Daar sal Arend die wêreld se geluk aan sy kant moet hê.

Sy oë skeer oor die inligting op die rekenaarskerm. Moorcroft is 'n bekende in die Kaapse onderwêreld en 'n belangrike lid van die sogenaamde konstruksiemafia. Hulle is afpersers van formaat, wat die boubedryf aan die keel beet het. Moorcroft is al twee keer aangekla van oortredings ingevolge die Wet op Georganiseerde Misdaad, maar het albei kere losgekom. Die man se gladdebek-regsverteenwoordiger het hom ook skotvry laat loskom in hofsake waar hy aangekla is van die besit van ongelisensieerde vuurwapens en ammunisie, geldwassery, sameswering om moord te pleeg, korrupsie en regsverydeling.

Arend se opdraggewer wat wil hê dat hy van Moorcroft ontslae moet raak, is self 'n geharde krimineel. Maar hy betaal goed en die belangrikste van alles: Arend gaan nie 'n minuut se slaap verloor as hy Moorcroft uit die samelewing verwyder nie. Die man is 'n opperste skurk en geweldenaar.

Soos Arend in die jare aanstap, het dit vir hom al moeiliker geword om koelbloedige moorde te pleeg. Veral die mense wat dit nie verdien het nie, hou hom baie nagte wakker.

Só spook die verdomde Altman-tweeling ná vyf jaar steeds by hom.

2

Dolf kom ongenooid met 'n breë glimlag, rekenaartablet in die hand, by Clarissa se studeerkamer ingestap. Sy bos rooi hare is ongekam en sy vermoed die gekreukelde T-hemp en swart oefenbroek dien as sy slaapklere.

"Netwerk24 berig vanoggend breedvoerig oor gister se brand. Maak ook melding dat een inwoner van die distrik 'n slagoffer daarvan was. Brandbestryders vermoed die sterk wind het kooltjies vanaf Kluitjieskraal na die berg se kant toe gewaai, wat veroorsaak het dat die inwoner se huis afgebrand het. Die voorlopige bevinding is dat giftige gasse tydens die verbranding vrygestel is en die oorledene oorval het voor hy uit die huis kon kom."

"Noem hulle Bertie se naam?"

Dolf skud sy kop. "Nee, sy naasbestaandes is glo nog nie verwittig nie."

Sy gee 'n snorklaggie. "Hulle gaan tevergeefs na naasbestaandes soek. Soos ons onlangs vasgestel het, was hy die enigste kind en is sy ouers lankal oorlede. Ook geen ander familie van wie ons weet nie."

"Nie besef julle het soveel inligting oor hom gehad nie."

"Barnabas is deeglik wanneer dit by sulke dinge kom."

Dolf frons en trek 'n stoel aan die ander kant van haar lessenaar uit. Hy is beswaard oor iets, weet sy. Ná amper vier jaar se saamwerk, ken sy elke gesigsuitdrukking van hom alte goed.

"Clarissa, ek wil nie onnodig kla nie. En ek weet een van jou voorwaardes toe jy my aangestel het, was om sommige opdragte uit te voer sonder om vrae te stel."

"Daardeur beskerm ek jou en myself, Dolf."

Hy knik. "Ek weet, ek weet, maar jy moet ook my kant van die saak insien. Kom ons neem Bertie as 'n voorbeeld. Twee weke gelede kry ek die opdrag om Wolseley daagliks te besoek. Ek moet Bertie daar dophou. Eerstens moet ek seker maak hy lewe nie skielik spandabelrig nie; tweedens dat hy nie onder sy pelle te koop loop met die geld wat hy gekry het nie. Ek dink ek het my job deeglik gedoen en jou gehelp om van Bertie ontslae te raak sonder dat 'n haan daarna sal kraai."

Hy kyk af na sy hande op sy skoot. "Maar ek het geen idee waar Bertie inpas nie. Hoekom het hy geld by jou gekry? Waarom het sy los bek hom sy lewe gekos? En waarom was Barnabas so senuweeagtig oor die manier waarop ons hom uithaal? 'n Doodskoot in die kop sou ook doen. Ons sou dit tog kon afpull sonder om spore te los."

Sy sug. "Jy maak dit vir my moeilik. Ek vertrou jou ten volle. Jy weet wat my kernbesigheid is en ek weerhou nooit enige inligting daaroor nie. Jy weet dalk nie wie Barnabas is nie, maar teen hierdie tyd moet jy daarvan bewus wees dat hy 'n uiters belangrike sleutelspeler in my kernbesigheid is. Soms is daar opdragte wat van hom kom, wat nie hy nie, maar ék om praktiese redes moet uitvoer en waarmee jy my moet help. Soos nou in Bertie se geval. Daarop kan ek nie uitbrei nie." Sy bly 'n oomblik stil. "Soos ek gesê het, dis in ons albei se belang."

Hy kyk stip na haar, diep kepe op sy voorkop. "Ek verwag nie dat jy als in die fynste besonderhede vir my uitspel nie. Dis net vrek sleg om so in die duister te wees oor ernstige sake waarby ek direk betrokke is. Dit voel of jy my ná vier jaar steeds nie vertrou nie."

Clarissa staar peinsend na die boekrak agter Dolf. Sy wil hom nie as 'n werknemer verloor nie. As hy bedank, sal hy buitendien sy eie doodsertifi- kaat onderteken. Dis 'n reël wat Barnabas neergelê het en ook gegeld het vir Claus Oelofsen, haar vorige werknemer. Dit wil sy voorkom, want in teenstelling met Claus, hou sy van Dolf. Sy het goud gestrike toe hy bietjie meer as vier jaar gelede op haar drumpel verskyn het. Hy is intelligent, verstaan die kernbesigheid goed en deins nie terug om haar opdragte tot op die letter uit te voer nie – al behels dit moord, soos hy nou met Bertie bewys het, en die soort goed wat sy beslis nie alleen sou kon deurvoer nie.

Sy knik. "Oukei, in dié geval sal ek jou bolangs inlig, maar moet my nie vir meer inligting druk nie. Bertie was 'n rapsie meer as vyf jaar ge- lede 'n hekwag by die huis van twee vennote van my en Barnabas. Ek en Barnabas was bewus van die een groep gereelde besoekers daar, want dit het verband gehou met ons kernbesigheid. Maar ons was onbewus van 'n veel groter groep wat op 'n baie gereelde grondslag daar onthaal is. Barnabas het via sy vele kontakte uitgevind dat Bertie 'n lys van daardie spesifieke mense se name in sy besit het. Baie bekende persone – vername politici, skatryk sakemanne, mense in die vermaaklikheidswêreld en selfs vooraanstaande akademici. Ons het Bertie honderdduisend rand betaal vir daardie naamlys, en dit was vir ons belangrik dat hy nie oor die transaksie rondpraat nie."

"Kon julle nie die name by julle vennote kry nie?"

"Ons vennote lewe nie meer nie. Ons wil ook nie die kollig op hulle destydse bedrywighede laat val deur rond en bont navraag te doen nie. Hoewel ons 'n vermoede het waarom hulle die bekendes daar onthaal het, het ons nog nie klinkklare bewyse nie. Kry ons dit, kan dit op kort termyn 'n potensiële inkomstestroom genereer wat selfs groter as ons kernbesigheid s'n is."

"En hoe gaan –"

"Shit, Dolf, ek het gesê jy moet my nie vir meer detail druk nie!" knip sy hom kort.

* * *

Monica het hulle kar oorkant die Turkse baddens in Langstraat parkeer. Soos gister, het Arend haar gevra om nie in die kar te bly sit nie. Mens weet nie hoe oplettend Moorcroft se lyfwagte is nie. Sy is 'n mooi vrou wat aandag trek. Net 'n entjie van die kar af is daar 'n koffieplek waarvandaan sy onopsigtelik die sypaadjie kan dophou.

Klokslag om negeuur hou die swart limousine voor die Turkse baddens stil. Arend sak laer af in sy passasiersitplek en slaan die koerant voor hom oop. Met sy donkerbril op, loer hy bo-oor die koerant en sien hoe Moorcroft uitklim. Gister het hy alleen by die baddens ingegaan terwyl sy lyfwagte in die kar bly sit het.

Toe Moorcroft-hulle gister weg is, het Arend die baddens besoek om die binnekant te verken. Die stoomkamer het hom moed gegee. Dit was bykans verlate, met min besoekers hierdie tyd van die oggend. As hy Moorcroft alleen in 'n stoomkamer kan kry . . .

Hy swets toe die limousine se voordeur aan die passasierskant oopgaan. Dis die grootste een van die drie lyfwagte wat uitklim, 'n gorilla van 'n kêrel. Soos Moorcroft, het hy 'n drasak in sy hand. Hulle stap saam by die baddens in.

Daar gaan sy bleddie plan!

Hy wip soos hy skrik toe die burner in sy sak lui.

Sy opdraggewer, weet hy. Hy is ál een wat die spesifieke nommer het.

"Waa' is jy?"

"Voor die Turkse baddens in Langstraat. Moorcroft besoek die plek sog-gens om negeuur, maar vandag is een van sy lyfwagte saam met hom in. As dit 'n gebruik is dat dié vent hom vergesel, gaan my plan nie werk nie."

"Ek wil nie van jou problems weet 'ie. Jy moet dit uitsort. Ek betaal jou 'n kakhuis vol geld en die tyd loop uit. Moorcroft móét voor die einde van die maand ingespit wees."

"Ek weet. Ek hou sy bewegings amper twenty-four-seven dop. Ek sal iewers 'n gaping kry. Ek kry altyd een."

"Dis waarom ek jou gehire het, want according to my informants de-liver jy." Hy bly 'n oomblik stil. "Maa' ek't jou nie gephone om van jou problems te hoor 'ie. Ek het important info wat jou kan help. Moorcroft en van sy construction cronies het môreaand 'n monthly meeting byrie hotel in Greenmarket Square. Hulle suip gewoonlik ná die meeting in die bar. Gescheme dis dalk 'n opportunity om hom met 'n gun uit te haal as hy met sy dronkgatlyf uit die hotel kom. Sy bodyguards wag gewoonlik 'n ent verder weg in die kar."

Toe sy opdraggewer aflui, bel hy vir Monica. "Ek gaan nou om die blok ry. Tel jou op voor die koffieplek. Ons kan vanmiddag rustig in Seepunt gaan eet sonder om oor Moorcroft te worry, maar vanaand moet ons 'n recce in die middestad doen."

3

Clarissa kyk soos gewoonlik in die kar se syspieëltjie of iemand hulle nie agtervolg nie. Sy is dalk paranoïes, maar in dié game kan jy nooit jou waaksaamheid verslap nie. Daar's boonop 'n klomp geld in die bagasiebak.

Sy was verras oor gisteraand se oproep. Sy het verwag die volgende besending sal eers oor 'n paar weke kom. Barnabas was ook verstom toe sy hom bel met die nuus. Hulle verskaffer bring deesdae omtrént sy kant, het hulle saamgestem.

Dolf het vroegoggend al 'n kar gehuur, 'n voorsorgmaatreël waarop Barnabas aandring. Om met een van Clarissa se voertuie op hierdie gereelde sendings te gaan, is volgens hom te riskant. Hy is juis nie lekker omdat sy en Dolf met die Nissan Navara Wolseley toe is nie.

Hulle hou voor die hek van die verlate skrootwerf in Kuilsrivier stil – die afgelope drie jaar hulle veilige ontmoetingsplek. Wanneer die sakeperseel eendag 'n nuwe eienaar kry, sal hulle 'n ander plan moet maak. Die *For Sale*-bordjie voor die hek is amper onleesbaar van die wind en weer. Gelukkig behoort die skrootwerf aan een van Barnabas se familielede en moet hy bewus wees daarvan dat Barnabas dit soms vir sy eie sake inspan.

Dolf klim uit en sluit die groot slot oop. Hulle het die geroeste een drie jaar gelede daarmee vervang. Toe hulle deurgery het, sluit hy weer die hek. Die verskaffer, Ibrahim, het sy eie sleutel en is moontlik al binne. Hulle het nog nooit vir hom gewag nie.

Clarissa kan steeds nie verstaan waarom die agterste groot stoor taboe is vir hulle ontmoetings nie. Dit is tien keer ruimer as die sinkkaia en baie meer weggesteek agter die berge karwrakke. Maar Barnabas het uitdruklik opdrag gegee dat die kaia die plek is waar sy moet onderhandel. Hy moet 'n rede daarvoor hê.

Hulle ry op die verweerde kronkelpaadjie tussen die karwrakke deur terwyl Clarissa die serp om haar neus en mond bind. Dolf het syne al by die hek aangesit. Tot vandag toe weet Ibrahim nie hoe hulle lyk nie.

Toe hulle om die laaste draai kom, sien Clarissa sy was reg. Ibrahim se geel Golf staan al voor die sinkkaia geparkeer.

Dolf hou agter die Golf stil. Soos gebruiklik, loop hy pistool in die hand eers om die kaia. Dis om seker te maak Ibrahim het nie onwelkome besoekers saamgebring nie. Barnabas het haar verskeie kere gewaarsku "dat jy 'n fokken Siriër nooit kan vertrou nie".

Al het sy hom gewys op die feit dat die Altman-broers Ibrahim jare lank vertrou het en hy hulle nooit in die rug gesteek het nie, het dit geen indruk gemaak nie. Niemand laat Barnabas afsien van sy vooropgestelde persepsies nie.

Dolf kom van agter die kaia te voorskyn en beduie met 'n geligte duim als is in orde.

Sy klim steunend uit die Avis-kar. Met haar groot liggaam is dit vermoeiend om uit so 'n lae karretjie te klouter. Dit herinner haar opnuut aan haar nuwejaarsvoorneme om gewig te verloor. Sy glimlag wrang. Dis die een konstante voorneme wat jaarliks in die slag bly.

Dolf, steeds met die pistool in die hand, druk die kaia se sinkdeur versigtig oop. Toe hy die pistool oomblikke daarna in sy skede terugsit, weet sy Ibrahim is alleen.

Die verskaffer spring op van die verfblik wat hy as 'n stoel gebruik, en kom met uitgestrekte arms en 'n breë glimlag na Clarissa aan. Tande goudgeel, wat haar laat terugdeins. Lyk altyd of hy haar gaan omhels, met dié gewoonte om haar persoonlike ruimte binne te dring. Staan nou weer veels te naby aan haar. Sy moet gereeld die drang onderdruk om die seningrige vent weg te stamp.

"Welkom, Edina!" Hy grinnik. "Jy het nie verwag om my so gou weer te sien nie, nè?" Sy Engelse aksent het deur die jare aansienlik verbeter. Sy kan nou sonder inspanning verstaan wat hy sê.

Sy knik. "Ek gaan eers opgewonde raak as ek sien wat jy vir my het." Sy konsentreer daarop om stadig te praat. In die verlede kon sy sien hy verloor hier en daar 'n sin se betekenis as die gesprek te vinnig vorder.

Hy glimlag weer breed. "Ek het mooi goed vir jou gebring, Edina. Baie, baie mooi."

"Laat ons dan sien."

Hy gaan sit weer op die verfblik, stoot sy sliertige oliekuif met 'n paar vingers weg van sy voorkop en maak die tas voor hom op die grond oop. Trek eers tydsaam sy handskoene aan, haal dan die voorwerpe een vir een uit hulle beskermende omhulsel van bubble wrap. Hy pak dit uit op die houttafel se blad, wat hy met 'n ou handdoek bedek het.

Clarissa onderdruk haar verbasing met moeite. As als eg is, oortref hierdie besending haar stoutste verwagtinge.

★ ★ ★

Arend en Monica was voor skemer op Groentemarkplein, betyds om te sien hoe die handelaars die ware in hulle stalletjies oppak. Ook die paar straatmusikante het die aftog begin blaas. Met stemme wat dawer tydens dié proses, het 'n mengelmoes van tale opgeklink – Afrikaans, Engels, Xhosa, Frans . . .

Met die ware opgepak en die stalletjies afgebreek, het karre op die plein begin parkeer. Dit was hoofsaaklik mense wat by die aangrensende restaurante en hotel kom eet. Hoewel dit nie meer so 'n miernes van bedrywighede is nie, het Arend gou besef sy opdraggewer se voorstel om van Moorcroft ontslae te raak wanneer hy by die hotel uitkom, is nie werkbaar nie. Daar is nog hopeloos te veel oë. Geen manier waarop hy Moorcroft ongesiens sal kan skiet nie. En met die lyfwagte in 'n kar op die parkeerterrein, is die risiko te groot dat hulle hom sal gewaar.

Die enigste plan wat nou in sy agterkop begin broei, gaan waaghalsig maar tog uitvoerbaar wees. Natuurlik gegewe dat Moorcroft in hulle strik trap. En dat Monica instem.

Die balkonne aan die sykant van die hotel skep 'n moontlikheid waaraan hy nie vroeër gedink het nie.

Uit die inligting wat Arend oor Moorcroft versamel het, is dit duidelik dat hy een ooglopende swakplek in sy andersins ondeurdringbare fasade het – sy onblusbare seksdrang en liefde vir mooi vroue. Sy drie ekse was almal beeldskoon en hy word deesdae saam met verskeie jong prulpoppies gewaar. Hy is eenkeer van seksuele teistering tydens 'n partytjie aangekla, wat toe buite die hof geskik is. Dis blykbaar algemene kennis dat hy gereeld prostitute na sy Leeukop-huis laat kom.

Arend kyk na Monica langs hom in die kar, wat die bedrywighede op die plein intens dophou. Sal sy bereid wees om saam te speel? Hy het nog nooit só iets van haar vereis nie. En dit gaan 'n uiters gevaarlike speletjie wees, wat maklik kan skeefloop.

"Ek gaan Moorcroft nie ongesiens kan skiet nie," sê hy.

Sy knik. "Ook so gedink. Tussen so 'n spul mense gaan dit onmoontlik wees."

"Maar ek het 'n ander plan." Hy huiwer 'n oomblik. "As jy daarvoor kans sien."

Sy kry 'n afstandelike uitdrukking op haar gesig, wat altyd die geval is as hy met só 'n aanloop kom. Dis dan asof hy 'n vreemdeling in haar oë word, dat sy nie kan glo hy bevraagteken haar bereidwilligheid om 'n waagstuk aan te gaan nie.

Sy stoot haar ken uit. "Ek sien vir enigiets kans."

"Ek weet, Monica, maar dié keer is dit iets wat ek nog nooit van jou gevra het nie. Ek sal verstaan as jy nie bereid is om dit te doen nie."

Sy snork minagtend, haar groen oë wat vernou. "Try my."

Hy hou haar fyn dop terwyl hy sy plan uiteensit. Nie een keer merk hy 'n lugtigheid of huiwering by haar op nie. Trouens, daar begin 'n fyn glimlag om haar mondhoeke vorm aanneem.

Toe hy klaar is, skud sy haar kop. "Waarom het jy gedink ek sal nie daarvoor kans sien nie?"

"Dis 'n dicey plan. Veral vir jou."

Sy lag net.

Hy moes geweet het dit gaan haar nie afskrik nie.

4

Clarissa kan nie wag om vanaand haar volle aandag aan Ibrahim se besending te gee nie. Hoewel sy dit vanoggend in die sinkkaia redelik deeglik bestudeer het en seker was die meerderheid van die items is eg, wil sy dit letterlik onder 'n vergrootglas bekyk. Veral een maak haar ongelooflik opgewonde.

Sy kan nog nie glo watse groot vonds in haar en Barnabas se skote geval het nie. En dat sy Ibrahim afgestry het na 'n bespotlik lae prys daarvoor nie. Boonop betaal met kontant wat Bertie so gewillig by Wolseley prysgegee het.

Was dit nie vir die twee verslae waarmee sy al 'n geruime tyd agterstallig is nie, het sy die besending veel vroeër behoorlik onder oë geneem. Maar sy kon nie langer uitstel nie. Die Archaeological Resources Protection Society se sekretaris in Amerika het 'n e-pos gestuur om haar te herinner dat hulle nog net op haar verslag wag. Sy was ook al verby die sperdatum vir haar aanbevelings vir die Europese komitee vir die bekamping van internasionale smokkelhandel en diefstal van erfenis- en kultuurartefakte. Sy kan allermins bekostig om uit daardie spesifieke komitee geboender te word. Dit bly een van hulle kernbesigheid se belangrikste inligtingsbronne.

Nou, met haar dagtake afgehandel en aandete agter die rug, stryk sy weer aan studeerkamer toe. In die loop bel sy Dolf. "Jy kan maar kom. Ek wag vir jou in die study."

Sy glimlag. Hy het daarop aangedring om by te wees. Anders as Claus Oelofsen, wie se oë net geglinster het as hy iemand van kant kon maak of leed aandoen, het Dolf 'n onversadigbare leergierigheid. Dit dra haar goedkeuring weg, want dis wat sy van 'n volronde werknemer verwag. Ook nuttig dat hy in die aangeboude woonstelletjie agter haar huis bly. Was dit nie daarvoor nie, sou hulle byvoorbeeld nooit so vinnig op Wolseley kon gekom het nie.

Toe Dolf instap, het sy die besending klaar uit die instapkluis gehaal en op haar lessenaarblad uitgepak. Sy hou 'n stel latekshandskoene na hom uit sodat hy ook aan die items kan vat as hy wil. Hy kom sit oorkant haar, staar in verwondering na die vonds terwyl hy die handskoene aantrek. Sy sit albei leeslampe aan en haal die vergrootglas uit haar boonste lessenaar-laai.

Sy beduie na die vier items op linkerhand. "Kom ons kyk eers na dié outjies."

"Waardevol?" wil Dolf weet.

"Waardevol, ja, soos al die ander items. Als hang natuurlik af van vraag en aanbod. Dit sal mens eers by die veiling uitvind. En soos jy weet, be-staan ons gehoor uit 'n klomp uitgeslape, skelm wetters wat die pryse al-tyd probeer manipuleer."

★ ★ ★

Terug in die hotelkamer, begin Arend 'n lysie maak van wat hulle môre nodig gaan hê.

Hy lees dit vir Monica.

Sy frons. "Jy't iets vergeet. Ek het nie geskikte klere saamgebring vir wat ons in gedagte het nie."

Arend glimlag. "Raait, ek sit 'n sexy nommertjie op ons lys. Hier is juis 'n boetiekklerewinkel op die hoek. Hulle behoort iets verleideliks op te lewer."

Sy knik, gaap en strek haar uit. "Ek gaan vroeg bed toe. Vermoed ek moet buitengewoon vars wees vir môre."

"Ek join jou nou-nou. Ons albei moet vars wees."

Sy gaap weer en stap badkamer toe. Hy hou die ritmiese swaai van haar heupe en boude dop. 'n Vrees pak hom skielik beet. Hierdie plan van hom beter uitwerk, anders . . .

Arend skud sy kop verbete om van die negatiewe gedagtes ontslae te raak. Dit sál uitwerk. Hý sal daarvoor sorg.

Hy staar na die swart TV-skerm. Net soms twyfel hy nog oor die rigting wat hulle twee ingeslaan het. Agt jaar gelede, toe hulle die private speur-diens begin het, was hulle vol idilliese verwagtinge. Die SAPD het al treu-riger geword. Hulle was heilig oortuig dit sal hulle die nodige gaping gee om oorval te word met werk. Maar hulle het gou uitgevind die gras is nie groener aan die ander kant van die draad nie. Hulle mees uitdagende opdragte was om ontroue mans te agtervolg. Arend was genoodsaak om sy spaarrekening leeg te trek om hulle beskeie woonstelletjie in Johannesburg se huur te kon betaal. Hulle moes hulle kantoorruimte in Aucklandpark ná ses maande opgee en vanuit die woonstel werk.

Toe kom die oproep van Krause, 'n man met 'n ellelange kriminele rekord, maar dik in die dwelmgeld. Hulle moes een van sy grootste teenstanders vermoor. Die beloning daarvoor was twee keer meer as die totale inkomste van Brockmann & Wepener Private Speurdiens se eerste bestaansjaar. Hulle het teensinnig ingestem, mekaar probeer oortuig dit sal eenmalig wees.

Hoe verkeerd was hulle nie! Van daar af het "word of mouth amongst immoral men", soos Monica dit gestel het, hulle onomkeerbaar op 'n glybaan aan die verkeerde kant van die gereg geplaas.

Hulle is die afgelope sewe jaar niks meer as koelbloedige huurmoordenaars nie.

Die ergste van als is dat hulle dit begin aanvaar het. Monica dalk meer as hy.

* * *

Clarissa beskou een van vier soortgelyke items met die vergrootglas. Ongetwyfeld eg.

"Wat noem mens dit?" vra Dolf, wat vooroor leun om beter te kan sien.

"'n Diptigon. Dis afgelei van die Griekse woord 'diptychos', wat 'dubbel gevou' beteken. Dié tweeledige wastablet het in die Grieks-Romeinse tyd as aantekeningboek gedien."

"Flippen klein vir 'n aantekeningboek!"

"Heel gepas vir daai tyd. Wat belangrik is, is dat hierdie tablette geheel en al van hout gemaak is, wat daarop dui dis van die oudstes wat ontdek is. Later het hulle goud, silwer en ivoor vir die boekbande gebruik."

"Is dit net in die Grieks-Romeinse tyd gebruik?"

Sy skud haar kop. "Die vroeë Christelike kerk het weldoeners se name in diptigons aangeteken."

Clarissa skuif die diptigons versigtig eenkant, beduie na die klein, ronde, silinderagtige items. "Ek het nog net een van hierdie goed van Ibrahim gekry en dit was erg verweer. Nou is hier ses van hulle!"

"Naam?"

"'n Silinderseël uit die antieke tye. Soos jy kan sien, is daar figure op uitgegraveer. Dit is gebruik om 'n afdruk op 'n tweedimensionele oppervlak te maak, meestal nat klei. Sommige bronne sê dit dateer omstreeks drieduisend-vyfhonderd jaar voor Christus uit die antieke Nabye Ooste. Volgens ander bronne is dit veel ouer en dateer dit terug na die Laat-Neolitikum, ses- tot seweduisend jaar voor Christus, en honderde jare voordat mense geleer het hoe om te skryf."

Dolf fluit deur sy tande. "Dit moet móér baie werd wees?"

Clarissa haal haar skouers op. "Vreemd genoeg het redelik baie silinderseëls bewaar gebly, veral uit die Babiloniese en vroeë Assiriese tye. Ek is oortuig dié seëls kom uit daardie tydperk." Sy glimlag. "Maar daar sal altyd versamelaars wees wat hulle hande diep in hulle sakke sal steek daarvoor."

Sy verskuif haar aandag na die laaste item. Haar hand bewe onwillekeurig toe sy die beeldjie sagkens optel en voor haar neersit. "Hierdie kan óf die beste namaaksel wees wat die wêreld nog gesien het, óf dit kan die ware jakob wees. Net daardie moontlikheid maak my ongelóóflik opgewonde. Dit kan miljoene der miljoene rande werd wees."

"Wat noem jy dit?" vra Dolf.

"Leeumens."

5

Clarissa bel Barnabas vroegoggend op sy burner. Hy behoort al op te wees. Sy mag hom buitendien nie ná agt by die werk bel nie.

Soos gewoonlik lui die foon net twee keer voor hy antwoord.

"Ons het 'n artefak van Ibrahim gekry waarmee ons miljoene kan verdien. Als dui daarop dis eg," val sy met die deur in die huis. Sy sal later oor die egtheid uitwei, besluit sy.

"Fok, nè? Vertel!"

Sy herinner hom aan haar besoek sewe jaar gelede aan Europa. Ondanks 'n druk program het sy tyd ingeruim om die Ulm-museum in Duitsland te besoek. Haar uitsluitlike doel was om die Löwenmensch-beeldjie, op Afrikaans Leeumens-beeldjie, te gaan besigtig. Dis 'n beeldjie met 'n leeukop en 'n mens se lyf. Dit is tussen vyf-en-dertigduisend en veertigduisend jaar oud – in 1939 in 'n Duitse grot, bekend as Hohlenstein-Stadel, ontdek. Die Leeumens is een van die bekendste, mees onbetwiste werklik antieke beelde wat ooit ontdek is, en die oudste bekende diervorm-beeldhouwerk in die wêreld. Die ouderdom daarvan assosieer dit met die Acheuleense kultuur van die Laat-Paleolitikum. Dit is uit mammoetivoor gekerf met 'n vuursteenmes.

"En dis nou uit die museum gesteel?" vra Barnabas. Sy kan hoor hy is opgewonde.

"Nee, maar dié een is 'n perfekte replika daarvan."

Hy steun. "Dan is dit 'n bleddie fake, Clarissa."

"Was ook my eerste reaksie toe Ibrahim dit uit die bubble wrap haal. Maar ek het gisteraand weer na foto's op die internet van die Leeumens in die Ulm-museum gekyk. As dit nie presies dieselfde is nie, weet ek nie wat is nie. Net soos die Leeumens in die museum, is daar sewe parallelle kepe in sy linkerarm. En die beeld se lengte van 'n rapsie meer as dertig sentimeter en breedte van vyf-en-'n-half sentimeter stem honderd persent ooreen met die Leeumens s'n."

"Kan steeds 'n fake wees."

"Ek verskil. Ek is oortuig daarvan dieselfde beeldhouer wat die oorspronklike Leeumens geskep het, het nog een gemaak."

"My fok, Clarissa, jy kan tog nie daardie conclusion maak op grond van prentjies op die internet nie. Geen collector sal in só 'n beeld belangstel nie."

Sy lag. "Jy is te haastig, gee my kans om klaar te praat. Eerstens is die beeld beslis uit die een of ander soort ivoor gekerf. En tweedens, dank die Vader daarvoor, is die beeld nie skoongemaak nie. Ek vermoed die stropers het al teen dié tyd geleer dis 'n ernstige nee-nee. Daar sit nog klompe sediment vas in die kepe aan die linkerarm, en aan sy kuite klou daar ook hompe van die laag grond waaruit dit gegrawe is."

"Wat help dit jou?"

"Dit kan help om die radiokoolstofdatering te bepaal. En as dit klop met die beeld in die museum se ouderdom en ons ook bo alle twyfel kan aandui die beeld is uit mammoetivoor gekerf, het ons die jackpot geslaan. Dit sal onteenseglik bewys dat dieselfde kunstenaar destyds ten minste nog een beeld gemaak het."

"By the way, wat's 'n mammoet?"

"Oupagrootjie van die olifant. Hulle is uitgeken aan hulle lang, gekromde tande en het duisende jare gelede uitgesterf."

"Ek neem aan jy gaan Blum gebruik om die beeld te probeer dateer? Jy weet ek vertrou nie daai donnerse Jood nie. Boonop is hy stokoud."

"Ons het geen ander opsie nie. Sy soort is dun gesaai in die onderwêreld. En Blum is onder meer 'n gekwalifiseerde sedimentoloog en soöloog, wat die datering van die beeld sal kan doen én die soort ivoor sal kan bepaal. Weet nie hoekom jy hom nie vertrou nie. Hy het ons nog nooit in die steek gelaat nie."

"Hy is 'n geldgierige ou bliksem."

Sy onderdruk 'n laggie. Dís wat hom pla. "Ek het nog oorgenoeg van Bertie se omkoopgeld oor om hom happy te hou. So, in daardie opsig kos hy ons eintlik niks."

"Maak dan maar so," sê hy stuurs.

"Moenie so befoeterd klink nie. Ek het die beste nuus vir laaste gehou."

"Wat's dit?"

"In 'n verslag van die Europese komitee vir die bekamping van internasionale smokkelhandel en diefstal van erfenis- en kultuurartefakte van drie maande gelede, word daar melding gemaak van plunderaars wat bedrywig was in die Hohlenstein-Stadel, die Duitse grot waar die eerste Leeumens uitgegrawe is. Die stropers het blykbaar groot skade aangerig deur met moderne toerusting oral baie diep gate te grou."

Dit neem 'n rukkie voor haar woorde by hom insink.

"Shit, Clarissa, dan is daar 'n goeie kans daai beeld is genuine!"

Sy lag. "I rest my case."

★ ★ ★

Arend het sy vals baard en snor vasgegom, wat hy altyd op sulke sendings saambring. Monica het haar blonde hare in 'n stywe skooljuffrou-bolla gebind en met kundige aanwending van grimering haar gesig so bepleister en bewimpel dat dit minstens 'n dekade by haar ouderdom voeg. Die outydse, raamlose brilletjie wat sy op pad na die boetiekklerewinkel by 'n oudhedeplekkie gekoop het, sal nog 'n paar jaar bysit.

Hulle voorkoms is min of meer in ooreenstemming met foto's in die string vals ID's wat altyd tydens 'n sending plek het in hulle reistasse.

Sy het by die boetiekklerewinkel 'n sexy swart minirokkie uitgesoek. In die aantrekkamer het Arend haar verseker die lae hals, gepaard met 'n uiters lae rugkantsnit wat net bokant haar boudgleuf eindig, is perfek. Twee deftige hoëhakskoene het die uitrusting afgerond.

Terug in haar konserwatiewe uitrusting, waarvan die bloes tot onder haar ken toegeknoop is, het die verkoopsdame haar by die betaalpunt vreemd aangestaar. Monica het geglimlag en gesê die minirokkie is vir haar dogter.

By die hotel aan Groentemarkplein het hulle ingeboek met die vals ID's. Hulle het ook die BMW, wat in die hotel se parkeergarage sal staan, se vals nommerplaat verstrek.

Arend het daarop aangedring dat hulle kamers langs mekaar kry, "want ek en my kollega het baie werk om af te handel". Daar is ook aan sy versoek voldoen dat die kamers nie op die plein nie, maar op die systraat moet uitkyk. "Ek is 'n roker en het gesien daar is aan daardie kant balkonne," het hy ongevraag 'n rede vir sy versoek verstrek.

In die parkeergarage het Arend teenaan die brandtrap stilgehou om 'n vinnige roete uit die kamer te verseker wanneer die taak afgehandel is.

Voor hulle hul kamers betree het, het hulle latekshandskoene aangetrek om vingerafdrukke uit te skakel. Arend was verlig om te sien die balkonne is naby aan mekaar. Hy sal sonder moeite van syne na Monica s'n kan oorklim.

Hulle het middagete in haar kamer genuttig. Dit was belangrik dat die kelner hulle vermomde voorkoms moet sien, vir as die polisie dalk later navraag oor hulle doen.

Nou, terwyl hy vanaand se plan met Monica deurgaan, lyk sy afwesig, wat deesdae al hoe meer opvallend word. Die ou geesdrif wanneer hulle aan 'n plan werk, het die afgelope jaar opsigtelik getaan. Dis asof sy nie meer hart en siel in die ding is nie. Om die vrede te bewaar, besluit Arend om daardie waarneming van hom nie uit te spreek nie.

Hy sluit af: "Belangrik om my dadelik met 'n missed call te laat weet jy en Moorcroft is in die kamer. Dink aan 'n verskoning om eers vinnig 'n draai in die badkamer te maak. Sê vir hom jy gaan gou jou neus poeier, hy moet hom solank gemaklik maak op die rusbank." Hy bly 'n oomblik stil. "Amper vergeet ek: Onthou in hemelsnaam om jou balkon se skuifdeur oop te sluit voor jy kroeg toe gaan. Jy sal dit nie kan doen as jy en hy in die kamer is nie."

Sy skud haar kop. "Shit, Arend, moet my nie soos 'n kind hanteer nie! Dis fokken voor die hand liggend."

6

Clarissa ken Harvey Blum al meer as tien jaar. Die Altman-tweeling het hom destyds aan haar voorgestel. Met hulle tentakels oral in die onderwêreld van artefakteplundering, het hulle haar verseker Blum is die enigste betroubare wetenskaplike na wie sy haar met navrae kan wend.

Sy is ingelig dat hy toe reeds twee dekades gelede uit Switserland hierheen gevlug het ná 'n klag van geldwassery teen hom ondersoek is. Sedertdien voer hy 'n kluisenaarsbestaan in sy nederige huisie in Wynberg, waar hy hom onder die naam Sam Cohen gevestig het.

Clarissa het Dolf vanoggend saamgeneem Wynberg toe. Uit ondervinding weet sy die tagtigjarige Blum werk net smiddae in sy laboratorium. Dolf se taak sal wees om die Leeumens daagliks voor skemer by Blum te gaan haal en soggens weer by hom af te lewer. Barnabas wou onder geen omstandighede gehad het die beeld moet deur die nag in Blum se huis bly nie. "Die ou man het nie 'n kluis nie en enigiemand kan by daai plekkie sonder diefwering inbreek."

Die grys, verrimpelde en kromgetrekte Blum was duidelik gespanne toe hy die vreemdeling saam met Clarissa sien. Sy het hom gerusgestel dat Dolf al die afgelope vier jaar haar assistent is. Sy en Blum het vinnig oor 'n prys ooreengekom. Blum het gesê dis 'n taak wat hom moontlik weke lank kan besig hou en het vyftigduisend rand daarvoor gevra, wat sy weet buitensporig baie is. Maar omdat dit oor die Leeumens gaan, het sy ingestem en die deposito van vyf-en-twintigduisend rand in note aan hom oorhandig. Barnabas gaan beslis 'n gasket blaas oor sy hom soveel betaal, maar sy sal sê sy het Blum afgestry en hy wou heelwat meer hê.

Nou op pad terug Rondebosch toe, skud Dolf sy kop. "Blum se laboratorium lyk meer soos 'n negosiewinkel, nè?"

Sy knik, lag. "Hy's 'n uitgeslape karakter. Hy't vir my gesê as die gereg ooit 'n vermoede oor sy regte identiteit kry en hom met 'n besoek verras, wil hy nie adverteer hy is 'n wetenskaplike nie. Maar glo my, die toerusting wat hy nodig het om sy werk te verrig, is oral verskuil onder die hope rubbish wat hy in daai kamer aanhou. En as hy uiteindelik 'n bevinding maak, weet jy dis honderd persent betroubaar en wetenskaplik gestaaf."

Clarissa sug gedemp. Deur die Altman-tweeling destyds te laat uithaal, het Barnabas hulle nie 'n guns bewys nie. As Blum eendag tot sterwe kom, gaan hulle niemand hê om sulke take vir hulle te verrig nie. Die Altmans sou deur hulle vele kontakte vinnig 'n plaasvervanger gekry het. Maar dit help nie om nou lang trane daaroor te huil nie. Die Altmans het daarvoor gesoek. Niemand bedonner Barnabas met geld en kom met sy lewe daarvan af nie.

Haar gedagtes word onderbreek toe 'n selfoon in haar handsak lui. Dolf haal eers die burner uit, sien dis nie dié foon wat lui nie en moet diep grawe om haar wettige selfoon in die hande te kry.

"Shit," sê sy toe sy sien dis Sophia Vermeulen, Netwerk24 se omgewingsverslaggewer. Sy trek van die pad af. "Ek sal móét antwoord," sê sy vir Dolf. Enige oproep van Vermeulen maak haar senuweeagtig. Sy krap alewig op plekke waar Clarissa nie wil hê gekrap moet word nie.

"Hallo, doktor Hilton, hoop nie ek pla nie," groet die verslaggewer.

"Jy pla nooit, Sophia. Waarmee help ek?"

"Doktor, jammer dat ek my nou weer na jou moet wend, maar jy is die enigste plaaslike argeoloog wat op internasionale liggame dien wat onwettige handel in waardevolle artefakte bestry." Sy klink effe verleë. "Dit . . . gaan oor iets waaroor ek jou 'n klompie jare gelede mal gebel het."

Clarissa gee 'n laggie. "Dan moet dit seker oor die Thulamela-skatte handel?"

"Einste. Ons nuusredakteur het aangedring ek moet weer daaroor navraag doen. Hoewel die diefstal al sewe jaar gelede plaasgevind het, het die polisie nog geen enkele leidraad nie. Ek het so ver gegaan as om Europol te kontak om te hoor of van daardie juwele nie dalk in Europa opgeduik het nie. Maar niks. Dis uiters frustrerend. Ek het gesien doktor was een van die plaaslike argeoloë waarmee oorsese televisiespanne destyds onderhoude oor die Thulamela-versameling gevoer het. Ek het juis op 'n aanhaling van doktor afgekom waar doktor gesê het die artefakte wat by Thulamela opgegrawe is, is net so belangrik in wêreldargeologie as dié van Toetankamen. Maar dis asof niemand nou meer daaroor omgee nie."

"Ek staan by daardie stelling, maar wil jy my eerlike mening hoor, Sophia?"

"Asseblief!"

"Daardie Suid-Afrikaanse erfenisskatte gaan nêrens opduik nie en ek dink die argeologiese wêreld besef dit teen dié tyd. Ek is oortuig dat die diewe wat dit uit die museum in Skukuza gesteel het, nie deel van 'n sindikaat was nie. Hulle het daardie juwele lankal opgesmelt. Die goud se waarde is nie veel meer as tienduisend rand nie, maar vir die oningeligte uitvaagsels wat dit gesteel het, is dit baie."

Die joernalis kreun. "Hoe verskriklik tragies is dít nie! Doktor bevestig wat twee ander plaaslike argeoloë ook vermoed. Nogmaals baie dankie vir doktor se bereidwilligheid om altyd met my te gesels."

Toe Clarissa aflui, oorhandig sy die foon aan Dolf sodat hy dit terug in haar handsak kan sit. Sy is seker hy kon die verslaggewer se stem oor die foon hoor, want sy oë is vol vrae.

"Ek sal jou vanmiddag die juwele wys, Dolf."

"Wat . . . wat bedoel jy?"

Sy grinnik. "Die Thulamela-versameling is veilig in my instapkluis."

* * *

Arend het vanmiddag op en rondom die plein 'n paar sigaretstompies opgetel om in die asbakkie op sy balkon te sit. Dit het 'n tydjie geneem voor hy drie Kent Whites kon opspoor. Dit sal die polisie besig hou wanneer hulle die moord op Moorcroft ondersoek. Die moontlikheid van DNS op sigaretstompies skep altyd hoë verwagtinge by speurspanne.

Daarna het hy by Monica se kamer ingeloer. Sy het al gestort en daar was op haar gesig geen teken meer van die swaar grimering van vroeër nie. Sy het in haar kamerjas op die bed gelê. Hy was bly om te sien dat sy steeds die latekshandskoene aanhet. Soms slip sy op met sulke details.

"Jy oukei?" wou hy weet.

"Lyk ek paniekerig, Arend? Want ek kan jou verseker ek is nie."

Hy het nie daarop gereageer nie. Haar ingelig dat hy in die hotel se voorportaal gesien het daar is vanaand 'n gratis musiekkonsert op die plein. "Moontlik 'n goeie ding. Dit kan sy lyfwagte se aandag aflei. Mens wil nie hê hulle moet in die kroeg saam met hulle baas rondhang nie."

Sy het haar vervies. "Ek wéét ek moet op die uitkyk wees vir hulle, Arend. Ons het mos al daaroor gepraat."

Terug in sy kamer trek hy eers die latekshandskoene aan en haal die Heckler & Koch uit die tas. Hy skroef die knaldemper aan en sit agt patrone in die magasyn voor hy dit in die kolf druk. Hy sit die pistool op die bedkassie neer.

Op die balkon haal hy die sigaretstompies uit die plastieksakkie waarin hy dit gesit het. Rangskik dit dan in die asbakkie, wat gelukkig nie goed skoongemaak is nie en nog 'n hopie as inhet.

Hy gaan sit op die balkonstoel en tuur uit oor die middestad. Soos altyd kort voor 'n belangrike operasie gebeur, het 'n kalmte oor hom neergedaal. Dis moontlik sy behoud, want in sy werk kan mens nie bekostig om gespanne te raak nie. Dan maak jy foute.

7

Dis die eerste keer dat sy Dolf in haar instapkluis toelaat. Na Clarissa se mening is dit die regte ding om te doen. Dit sal sy vermoede dat sy hom nie vertrou nie, finaal besweer.

Hy kyk met verwondering na die Thulamela-versameling van juwele en goue artefakte. Sy beduie na die goue renostertjie op die punt. "Daardie enetjie is nie deel van dié versameling nie, maar dit was in dieselfde uitstal-kas as die Thulamela-artefakte in Skukuza se museum. Dis 'n klompie jaar gelede by Mapungubwe opgegrawe."

"En jy reken hierdie goed is net so belangrik in die wêreldargeologie as dié wat in Toetankamen se graf ontdek is?"

Sy glimlag. "Ek het dalk so bietjie aangedik, maar dis nie ver van die waarheid nie. Die artefakte dui onder meer op handel tussen Afrika-koninkryke. Dit is nie net vir die wêreld en Afrika van onskatbare erfenis-waarde nie, maar verál vir die Vendabevolking. Nadat argeoloë destyds die juwele van koning Ingwe en koningin Losha se arms en nekke verwy-der het, is hulle oorskot herbegrawe. Vendavroue wat die herbegrafnis bygewoon het, het as 'n gebaar van eerbied hulle eie armbande afgehaal en dit om die koning en koningin se arms gesit. Dit op sigself dui aan watter amper goddelike aanbidding die Vendas vir hulle gehad het. Daar-die aandoenlike gebaar het die wêreldmedia gehaal en het bygedra tot 'n verdere verhoging van die artefakte se kulturele en historiese waarde onder versamelaars."

"Hoekom het julle dit nog nie verkoop nie?"

"Goeie vraag. Tot nou toe het Barnabas gevoel dis eenvoudig 'n té hot property om hier op 'n veiling te sit. Die enigste ander noemenswaardige artefakte wat in Suid-Afrika gereeld op die swartmark opduik, is dié uit die Anglo-Boereoorlog. Die plundering van slagvelde deur veral metaalver-klikker-entoesiaste vind gereeld plaas. Ons bly weg daarvan. Ook in terme van geldwaarde is dit nie die moeite werd nie. En die versamelaars van daardie artefakte is gewoonlik eerbare mense, wat nie sommer iets op die swartmark gaan aanskaf nie. In 'n Suid-Afrikaanse konteks is die Thula-mela-versameling dus uniek en gróót nuus. Ons kan nie die veilinggangers vertrou om daaroor stil te bly nie."

Sy glimlag. "Maar die tyd is nou ryp om dit aan betroubare versamelaars of handelaars te probeer verkwansel."

Sy gee hom 'n kloppie op die skouer. "En jý gaan in daardie proses 'n allerbelangrike rol speel."

★ ★ ★

Arend het sy balkon se skuifdeur toegemaak om die lawaai van die musiek-konsert uit te doof. Kan nie bekostig om die missed call van Monica nie te hoor nie.

Met haar vroeëre oproep, dat Moorcroft haar in die kroeg raakgesien het en sy nou nader aan hom gaan beweeg, is die eerste stap voltooi. Daar is by Arend min twyfel dat Monica die seksbehepte Moorcroft sal betower.

Voor sy kroeg toe is, het Arend 'n draai in haar kamer gemaak. Met haar golwende blonde hare tot op haar skouers, vol rooi lippe, borste wat by gebrek aan 'n bra haar tepels prominent deur die dun materiaal vertoon, 'n waaghalsige oop rugkant en die ekstrakort mini wat haar lenige, bruin-gebrande bene in hul volle glorie uitstal, gaan sy nie net vir Moorcroft nie, maar elke manlike kroegganger laat swymel.

Ná wat soos 'n ewigheid voel, kom die missed call.

Hy slaak 'n sug van verligting. Stap twee is afgetiek. Moorcroft is in haar kamer. Die plan het gewerk.

Hy en Monica het ooreengekom op vyf minute voor Arend van sy bal-kon na hare oorklim. Hulle het vroeër die rusbank in haar kamer só ge-skuif dat Moorcroft met sy rug na die balkon se skuifdeur sal sit. Monica sou dit 'n entjie ooplos sodat die musiekkonsert se lawaai nie skielik op-klink wanneer Arend dit oopskuif nie. Die plan is dat Monica hom eers 'n drankie aanbied. Arend sal nie dadelik toeslaan nie, maar deur 'n gleuf in die gordyne die situasie dophou. Van die skuifdeur na die rusbank is dit net drie lang treë. Arend sal hom skiet voor hy sy drankie geledig het.

Hy hou sy horlosie dop, staan op en sit sy Heckler & Koch in die lang skede, wat hy self ontwerp het om ook die knaldemper maklik te akkommodeer. Soos hy normaalweg doen, oefen hy eers 'n paar keer om te verseker hy kan die pistool gladweg onder sy linkerarm uit die skede pluk.

Arend maak sy balkon se skuifdeur oop. Daar moet 'n pouse in die musiekkonsert wees, want dis nou redelik stil.

Hy steek vas voor hy sy voet by die skuifdeur uitsit. Monica se balkonlig brand, wat nie deel van hulle plan was nie. Hy kan die helder skynsel duidelik van daardie kant af sien.

Die hare in sy nek rys. Hy kan sweer hy hoor stemme op haar balkon. Sou Moorcroft daarop aangedring het dat hy en Monica hulle drankies daar geniet?

Hy sak af op sy hurke en loer versigtig om die skuifdeur sodat hy deur sy balkon se traliewerk kan sien wat op die aangrensende een plaasvind.

Arend word yskoud, sy keel trek momenteel toe.

Vanuit sy hurkende posisie herken hy die man met die lang, olierige hare oombliklik.

Dis een van Moorcroft se lyfwagte!

Hy praat met iemand wat buite Arend se sig is.

"Vanaand gaan daai hoertjie gespyker word soos nog nooit in haar lewetjie nie."

Hy hoor hoe lag 'n ander man. "That's a fuckin' given."

Arend trek sy kop stadig terug, sy liggaam wat onbeheers bewe. Hy moet vashou aan die rusbank om homself te stabiliseer.

Sy opsies is min. Gaan onmoontlik wees om die fokkers op die balkon te verras. Skiet hy dalk een, gaan die ander genoeg tyd hê om Moorcroft te waarsku. Hulle sal dan na sy balkon oorklim en hierdie liggewig-skuifdeur sal hulle beslis nie buite hou nie. En Moorcroft gaan besef hy is in 'n lokval gelei en Monica dit laat ontgeld.

"Kalm bly," sê hy vir homself terwyl hy in verskillende windrigtings dink.

Hy het net één opsie en of dit gaan slaag, is 'n ope vraag.

Hy sal Monica se kamerdeur moet oopskop of -skouer, wat sleg kan backfire as hy dit nie die eerste keer regkry nie. Maar hy wil nie aan daardie moontlikheid dink nie. Geen deur kon hom nog stuit nie. Hy sal Moorcroft skiet en dan kan hy en Monica die brandtrap gebruik. Sal daarna teen die spoed van wit lig met die BMW moet gatskoonmaak.

Arend gryp sy baadjie en trek dit aan om die pistool te verberg indien daar hotelgaste in die gang is. Sy kleretas los hy. Hy haal net sy en Monica se vals ID's uit en druk dit in 'n baadjiesak, vat dan die BMW se sleutels en sy skootrekenaar, wat hy teen die gangmuur sal los voor hy die deur oop-skouer en met die uitkomslag weer sal gryp.

Hy haal 'n paar keer diep asem en maak sy kamerdeur oop, stap uit en maak dit toe.

In die gang steek hy in sy spore vas en voel hoe die bloed sy gesig verlaat.

Met sy rug teen Monica se kamerdeur, staan die gorilla. Hy hou Arend stip dop. Aan die onnatuurlike punt wat sy windjekker maak, is dit duidelik dat hy 'n skietding daaronder op Arend gerig hou.

8

Clarissa betrag haarself in die badkamerspieël. Die beeld wat na haar teruggekaats word, ontstem haar opnuut. Sy lyk kompleet soos 'n swanger seekoei. Die nekhamme onder haar ken het aansienlik toegeneem sedert 'n paar jaar gelede. Haar eens ferm borste hang nou oor die eerste laag vetrolle van haar geswolle maag. Haar bobene lyk soos kremetartstompe. Die badkamerskaal wys sy weeg honderd-en-veertig kilogram, die swaarste in haar bestaan.

Sy sal op 'n ernstige dieet moet gaan. Anders gaan sy oor vyf jaar, wanneer sy sestig word, nes haar ma op daardie ouderdom beswaarlik kan loop.

Sy vee haar gesig met 'n waslap skoon. Glimlag. Sy het minstens 'n mooi vel. En het nog nie heeltemal haar aantreklike voorkoms van weleer prysgegee nie. Haar haarkapper het anderdag gesê sy lyk soos Katy Perry. "Ja, 'n uiters mollige Katy," het Clarissa met 'n wrang glimlag gesê, maar tog gevlei gevoel.

Sy stap uit die badkamer, tel haar nagrok van die bed op en trek dit steunend aan.

Gaan sit dan op die bed en sug. Sy weet dit is Barnabas se oproep van vroeër wat haar gemoed vanaand besoedel. Hy is behep met Bertie se naamlys van die gaste wat die Altmans gereeld by hulle huis onthaal het. "Dis 'n gulde geleentheid om groot te skep, Clarissa! Saam het daardie lot billions in hulle bankrekenings."

"Moet ons regtig ons energie daarop mors?" het sy gevra, die eerste keer dat sy een van Barnabas se planne openlik bevraagteken. "Ons sit met die moontlikheid van miljoene as Blum bevind die Leeumens is eg. En die Thulamela-versameling gaan self groot geld inbring, om nie eens te praat van die volgende veiling se opbrengs nie. Ons het die laaste tyd artefakte ingekry waaroor versamelaars sal vuisslaan. Moet ons regtig nou ons oog van ons kernbesigheid afhaal? En dit oor die vae moontlikheid dat ons miljoene uit Bertie se naamlys kan maak?"

Barnabas het gelag. Nie die reaksie wat sy verwag het nie. "Jy weet so goed soos ek die Leeumens sal nie oornag verkoop nie. So ook nie die Thulamela collection nie. Dit kan nog jare duur voor ons suitable buyers kry. In die meantime moet ons soos enige ander organisation wat in dié shit ekonomiese tye wil groei, begin om te diversify."

"En hoe lank gaan dit jou neem om te bepaal of jou afleiding reg is oor wat die gaste by die Altmans se huis gedoen het? Maande of dalk eerder jare?" het sy teruggekap.

"Ek is op die punt om 'n breakthrough te maak." Sonder om meer besonderhede te verstrek, het hy gesê sy en Dolf moet begin dink hoe hulle die "operational side gaan handle wanneer die evidence in ons besit is".

Sy skud haar kop. Daardie soort ding is buite haar verwysingsraamwerk. In die wêreld van argeologie weet sy hoe om inligting onderduims te myn by geloofwaardige bronne wat haar nooit as 'n swendelaar sal verdink nie. Sy weet ook hoe om in daardie omgewing mense te manipuleer, te lieg en bedrieg, te onderhandel en transaksies vas te knoop. En bowenal om potensieel gevaarlike situasies vir hulle kernbesigheid te vermy.

Maar afpersing gaan vir doktor Clarissa Hilton 'n heel nuwe ervaring wees.

En dít maak haar vreesbevange.

* * *

Arend het sonder om weer in die gorilla se rigting te kyk, in die gang af na die hysbak toe gestap. Sou malligheid wees om die vent te probeer verras. In alle waarskynlikheid was sy vinger op die skietding onder sy windjekker se sneller.

Hy weet nou Moorcroft se lyfwagte verloor hulle baas letterlik nóóit uit die oog nie. Hulle moes Monica en Moorcroft sonder haar medewete agtervolg het. Die missed call van haar uit die badkamer dui daarop dat sy in daardie stadium onbewus was van hulle teenwoordigheid. Anders sou sy vir hom 'n nood-whatsapp gestuur het.

In die hysbak het hy sy gedagtes agtermekaar probeer kry. Maar dit was 'n vergeefse poging. Die sweet het op sy voorkop uitgepêrel en sy asemhaling was swaar. Dit het kompleet gevoel of sy bene onder hom gaan meegee. Hy het aan die reling vasgeklou. Die beeld van Moorcroft op 'n kaal Monica het alle ander gedagtes verdring.

Op die grondverdieping het hy besluiteloos rondgestaan. Hy het een van die hotel se personeellede voorgekeer. "Ek het rook op die tweede verdieping geruik," het hy gelieg. 'n Brandalarm sou Moorcroft en sy lyfwagte moontlik die hasepad laat kies, het hy gedink.

Die man het sy kop geskud. "As dit 'n brand is, sal ons rookverklikkerstelsel dit lankal opgetel het." Tog het hy een van die kelners voorgekeer en gesê dié moet vinnig 'n draai op die tweede verdieping gaan maak. "Bel my dadelik as jy rook ruik."

"Dalk het ek my verbeel," het Arend hom verskoon en by die aangrensende kroeg ingegaan. Hy het homself vervloek omdat hy nie in sy kamer daaraan gedink het om 'n brand te stig nie. Dit was moontlik die enigste werkbare plan, maar dit kan verdag wees as daar nou ewe skielik 'n brand uitbreek nadat hy dit genoem het en hulle klaar vasgestel het daar is nie een nie.

Die wete dat hy niks kan doen om die situasie te beredder nie, was moeilik om te sluk. Hy en Monica het Moorcroft en sy lyfwagte hopeloos onderskat. En sy fokken plan het skouspelagtig geboemerang.

Hy het by 'n enkeltafeltjie in die kroeg gaan sit, met 'n uitsig op die deur vir as Moorcroft en sy trawante in die gang verbystap na die hotel se uitgang.

Sou Monica haar verset? Die vraag het deur sy gedagtes bly maal. Haar selfverdedigingsvaardighede is van so 'n aard dat sy Moorcroft se familiejuwele permanent skade kan berokken. Sy is nie net 'n tierkat tussen die lakens nie, maar kan ook soos een baklei as dit moet. Terselfdertyd het hy van harte gehoop dat sy nie probeer het om weerstand te bied nie. Moorcroft is 'n gewetenlose geweldenaar.

Soos die minute verbygetik en naderhand 'n driekwartier geword het, het Arend se onrus toegeneem. Is Moorcroft dalk van plan om die nag oor te bly? Verskeie ander scenario's het in sy kop begin afspeel, wat hom rasend van bekommernis gemaak het. Hy het aan die kroegtafeltjie se kante vasgeklou soos 'n drenkeling na wie 'n reddingsboei uitgegooi is.

En nou, bykans nog 'n halfuur later, sien hy Moorcroft en sy gespuis al laggend by die kroegdeur verbystap. Arend kners op sy tande. Hy moet die drang onderdruk om hulle te agtervolg om te kyk of hy Moorcroft tussen die malende menigte op die plein ongesiens van die gras af kan maak. Tussen soveel mense kan dit dalk moontlik wees as hy . . .

Maar sy gewete wen. Monica is nou sy eerste prioriteit en nié die opdrag wat hy veronderstel is om uit te voer nie.

Hy hardloop drie-drie teen die trappe op na die tweede verdieping. Haar kamerdeur is gesluit en hy klop. Roep haar naam, hamer teen die deur, maar daar is geen reaksie nie.

Arend sluit sy kamerdeur oop, gooi sy skootrekenaar op die bed en is soos blits uit op die balkon. Met min moeite klim hy oor na hare en hy is verlig dat die skuifdeur nie gesluit is nie.

Sy lê kaal en oopgesper op die bed, hande en voete met kabelbinders aan weerskante van die houtraamwerk vasgemaak. Daar is bloed op die wit lakens. Haar mond is toegebind met 'n kussingsloop.

Hy maak die knoop los en haal dit af.

'n Snik ontsnap uit haar keel. Haar oë is wild, haar onderlip bewe.

"Hulle het my gegang-rape, Arend!"

9

Clarissa en Dolf haal die artefakte wat vir die volgende veiling geoormerk is uit die instapkluis en pak dit uit op die hoektafel in haar ruim studeerkamer.

Sy is bly Dolf het sedert hy by haar begin werk het, al 'n paar veilings hanteer. Hy ken nou al die ropes. Hulle gaan sit by die tafel sodat sy elke artefak afsonderlik met hom kan bespreek en op 'n insetprys kan besluit.

"Is julle al ooit amper deur die gereg vasgetrap?" vra hy uit die bloute.

"Raak jy bang?"

Hy lag. "Nee, ek wonder net soms. Jy is 'n wêreldbekende argeoloog. Gaan my verstand te bowe dat jy die hele tyd so onder die gereg se radar kan beweeg deur te doen wat jy doen."

"Ons het baie maatreëls in plek om nie aandag te trek nie. En dit help dat ons kopers ook uit die gereg se visier wil bly." Sy huiwer 'n oomblik. Dalk moet sy hom maar vertel. "Daar was wel een keer iets wat amper sleg gebackfire het."

Hy skuif reg in sy stoel, kennelik die ene ore.

"Soms, wanneer ons gesteelde artefakte direk en vinnig van Europa wou kry, het ons Ibrahim as middelman uitgeskakel oor die langer roete via Sirië, en dan eers na Suid-Afrika. Ons het toe 'n betroubare Italianer gebruik. Die betrokke besending het eenduisend antieke muntstukke, boeke en onder meer 'n waardevolle borsbeeld van Salonia Matidia, 'n niggie van Trajanus, 'n Romeinse keiser van kort ná Christus, ingesluit. Ons het klaar 'n versamelaar in Suid-Afrika opgespoor wat sy oogtande vir daardie borsbeeld sou gee. En geld was nie vir hom 'n kwessie nie.

"Ons was egter onbewus van Europol se Operasie Pandora, wat vroeër daardie jaar van stapel gestuur is. Hulle het die geheime operasie uitgevoer sonder die medewete van enige van die waghondliggame in Europa waarop ek dien. Die besending was klaar verpak en die Italianer het net gewag op ons afleweringsadres in Kaapstad, wat ons om veiligheidsredes altyd verander het en op die laaste nippertjie aan hom verstrek het.

"Net 'n uur voor ons die adres sou stuur, het Europol op die pakhuis in Amalfi, 'n Italiaanse kusdorp, toegeslaan. Hulle het sonder moeite die versteekte artefakte tussen die vloerteëls in die bokse gekry en sewentien mense in hegtenis geneem. Dié nuus het soos 'n veldbrand onder die wag-hondliggame versprei en my bereik etlike minute voor ons die adres sou stuur. Het Europol 'n uur of wat later toegeslaan, was ons adres op daardie bokse geplak en sou die Suid-Afrikaanse polisie jou voorganger, Claus Oe-lofsen, by die Kaapse hawe ingewag het."

"Sou Oelofsen op julle gesplit het? Of het julle dieselfde ooreenkoms met hom aangegaan as met my?"

Clarissa knik. "Ons het. As hy sy mond hou en tronkstraf uitdien, sou hy 'n groot beloning ontvang wanneer hy uitkom." Sy skud haar kop. "Maar anders as jy, was Oelofsen vroeër in sy lewe vir verskeie misdade in die tjoekie. Hy sou bitter lank opgesluit word. Ons was seker hy sou soos 'n budjie sing as die staat hom 'n gunstiger tronktermyn aanbied."

"En julle Italiaanse kontakman? Het hy nie op julle gesplit nie?"

Sy grinnik. "Hy het, maar niemand kon 'n Edina Steenberg in Suid-Afrika opspoor nie."

★ ★ ★

Nou, terug in hulle Waterfront-hotel, slaap Monica nog.

Op die balkon drink Arend sy derde koppie koffie van die oggend. Sy gedagtes is vir die eerste keer sedert gisteraand nie by Monica nie. Toe hy sy opdraggewer bel met die nuus dat hulle sending by Groentemarkplein onsuksesvol was, was die man woedend.

"Daa' is net drie dae oor van February. Ons contract stipulate lat jy wit-bene van Moorcroft maak voor 'ie end of the month. Anders word jy nie 'n fokken sent verder betaal nie. En dan sal jy innie Kaap nooit weer 'n job kry nie. Ek sal jou naam vergat onner al my contacts."

Laasgenoemde dreigement het hom nie ontstel nie. Sy opdraggewer se invloedsfeer strek nie so ver as om Arend-hulle se besigheidskraan in die Kaap toe te draai nie. Die afgelope sewe jaar het hy en Monica verskeie suksesvolle huurmoorde hier uitgevoer. So 'n rekord is nie met een mis-lukte poging tot niet nie.

Maar wat hom pla, is dat hulle die uitstaande sestigduisend rand nodig het. Monica leef rojaal en hy gee self te maklik geld uit. Hulle het nie veel spaargeld oor nie. Dié job het dus op die regte tyd gekom. Sy opdraggewer se deposito dek net hulle reis- en verblyfkoste, en sonder die sestigduisend gaan hulle swaar trek. En wie weet wanneer kry hulle weer 'n opdrag.

Dadelik keer sy gedagtes terug na Monica. Sy het gesê sy het nie een van die lyfwagte in die kroeg gesien nie. Toe sy 'n spulse Moorcroft na haar kamer nooi, het hy niemand gebel nie. Dit het haar gemoedsrus gegee dat sy lyfwagte onbewus was van waar hulle baas is.

Maar toe sy die badkamerdeur oopmaak nadat sy Arend die missed call gegee het, het sy lyfwagte haar ingewag. Moorcroft moes hulle ingelaat het terwyl sy in die badkamer was. Sy het probeer om na die gangdeur te vlug, maar een het haar aan die hare beetgekry. "Maak haar op die bed vas soos ek daarvan hou," het Moorcroft beveel. Hulle het haar mond eers met die kussingsloop toegebind en toe die minirok "soos besete diere" van haar lyf afgeskeur, waarna hulle haar op die bed oopgespalk en vasgemaak het.

Die handlangers het haar alleen gelaat met Moorcroft, wat haar eerste verkrag het. Daarna het hulle teruggekom en beurte gemaak terwyl hy toegekyk en walglike kommentaar gelewer het. Hulle het gedreig dat hulle haar sal kom doodmaak as sy dit sou waag om polisie toe te gaan.

Sy is emosioneel 'n buitengewoon sterk vrou, het Arend weer eens besef. Toe hulle terug by die hotel kom, het sy vir 'n baie lang tyd gestort, totdat hy aan die deur gaan klop het om te hoor of sy oukei is. Sy het byna abnormaal kalm gelyk toe sy te voorskyn kom, dít nadat sy aanvanklik kwaai getraumatiseerd was. Vir Arend gesê hy moet ophou faff oor haar. Sy het twee pynpille en 'n slaappil gedrink en bed toe gegaan.

Arend se gedagtes word onderbreek toe sy in haar kamerjas op die balkon verskyn.

Die kleur in haar gesig is terug. Daar is 'n verbete trek om haar mond.

"Ons gaan ál vier kry, Arend. En ék wil hulle persoonlik een vir een vrekskiet."

10

Daar is nog geen goeie nuus van Blum af nie. Hy het gistermiddag, toe Dolf die Leeumens by hom gaan haal het, gesê hy sukkel met die datering. Hy het nie daarop uitgebrei nie, wat tipies van Blum is. Hy bly 'n geslote boek totdat hy sy bevindings gefinaliseer het.

Maar Clarissa het nie verwag hy gaan dié taak binne 'n paar dae afhandel nie. By 'n vorige geleentheid het hulle maande gewag, net om by hom te hoor die fragmente van die Egiptiese Koninklike Annale van die Ou Ryk van Antieke Egipte was nie eg nie. Anders as met die Leeumens, het Blum se bevinding bevestig wat Clarissa vooraf vermoed het. Sy het die fragmente tydens haar Europese toer in Palermo, Italië, waar dit uitgestal word, eerstehands besigtig. Dié in hulle besit het net te veel van daardie in Palermo verskil. Maar met die Leeumens is sy seker hulle gaan sukses behaal.

Sy kyk op toe Dolf by die studeerkamer instap. Hy gaan sit oorkant haar en lyk hoogs ingenome met homself.

"Ek het almal op jou lys gebel. Hulle is gereed vir die veiling."

"Goeie werk, Dolf."

"Hou ons dit weer by die gebou in Kenilworth soos laas?"

Sy skud haar kop. "Nooit op dieselfde plek nie. Dis maar een van ons vele maatreëls. Barnabas is nog besig om 'n veilige plek te soek. Sodra hy 'n plek identifiseer, hou ons nog daai selfde aand die veiling. Ons wil niemand tyd gee om plannetjies te beraam nie."

Dolf tuur voor hom uit. "Vir my nog steeds vreemd dat ons juis in Suid-Afrika hierdie soort veilings hou. Mens sou nie soveel versamelaars hier verwag nie."

"Skaars dertig persent van die mense by die veilings is versamelaars. Die handelaars en sindikaatbase is die groot money spenders en hulle sit nie net oor al die kontinente heen nie, maar dié in Suid-Afrika sal dit ook nie by 'n veiling waag nie. Jy moet tog by die vorige veilings gesien het hoe die meeste van die bywoners konstant op hul fone is. Hulle is bloot sidekicks van die groot handelaars of sindikate, wat oor die foon of per whatsapp op die items bie."

Dolf lag verleë. "Moes dit seker vir myself kon uitwerk."

Hy is dadelik weer ernstig. "Ek kan steeds nie verstaan waarom Suid-Afrika aan die voorpunt is van smokkelhandel in artefakte nie. Mens sou dit eerder van Europa of Amerika verwag."

Weer lag sy. "Dis duidelik jy het te lank in Europa gewerk, Dolf. Suid-Afrika is 'n onmiskenbare kriminele uitskieter. Ons is 'n magneet vir georganiseerde misdaad. Ons is een van die gewildste tussengangerlande om dwelms na Europa te versprei. Die onwettige sigaretmark floreer. Ons moordsyfer is die hoogste in die wêreld. En dis maar net die oortjies van die seekoei. Verskeie internasionale misdaadsindikate het hulle hoofkwartiere hierheen verskuif omdat geldwassery hier hoogty vier. Dis te wyte aan onder meer die talle skuiwergate in ons strafregstelsel en tekortkominge in finansiële stelsels. En die groot rede waarom die land op die gryslys beland het. Die hope kontant wat ons byvoorbeeld gereeld uit ons kernbesigheid ontvang, was Barnabas silwerskoon by drie ondernemings, wat deur betroubare mense bedryf word."

Sy sprei haar hande oop op die lessenaarblad. "Maar dit daar gelaat. Die rede vir Suid-Afrika se status as 'n mafiastaat is voor die hand liggend. Die gebrek aan politieke wil, tesame met korrupsie en onbekwaamheid op die hoogste vlak, het die land in 'n paradys vir kriminele aktiwiteite omskep. Ons sit met seker die vrotste polisiediens en die mees korrupte regering in die wêreld."

"So wat jy vir my sê, is dat ek kan ophou stres?"

Sy glimlag. "Presiés wat ek vir jou sê: Don't worry . . . be happy, Dolf."

★ ★ ★

Dis Monica wat 'n swak plek in Moorcroft se skynbaar ondeurdringbare vesting teen Leeukop se hange identifiseer.

Hulle het Moorcroft-hulle van 'n kantoorgebou in die middestad, waarheen hy elke middag gaan, tot by sy huis agtervolg. Nou, terwyl hulle met nagverkykers die limousine op 'n veilige afstand dophou, stop die motor voor die kasarm se veiligheidshek. Die hek gaan oop, die limousine ry deur, en dit gaan weer toe.

"Sewe sekondes," sê Monica.

Arend lig sy wenkbroue. "Sewe sekondes?"

"Dit neem die hek sewe sekondes om weer toe te gaan. En die limousine se bestuurder het nie gestop om te sien of iemand daar inglip terwyl dit toemaak nie. Die kar se rooi agterliggies het dadelik om daai hoek verdwyn."

"Jy wil tog nie voorstel –"

"Dis presies wat ek voorstel, Arend," knip sy hom kort. "Jy het self gesê dit gaan onmoontlik wees om oor daardie hemelhoë geëlektrifiseerde mure te kom. Die hek is ons enigste kans. Daar is digte bosse aan weerskante, waaragter ons kan skuil. En sewe sekondes is oorgenoeg tyd vir ons om in te kom."

Arend skud sy kop. "Jy verkies om te vergeet dat ek ook gesê het dit gaan onmoontlik wees om hulle in die huis te verras. Iemand wat drie lyfwagte aanhou, gaan ook 'n oorvloed veiligheidskameras en alarms hê. Geen manier waarop 'n indringer ongesiens of sonder om gehoor te word 'n voet binne sy huis sal sit nie."

"Ek stem saam. Sou dom wees om hulle in die huis te probeer verras. Maar ons kan hulle verras sodra hulle hul pote by die limousine se motorhuis uitsit. Ons het op die eerste aand gesien hoe hulle inry en 'n rukkie later geselsend oor die plaveisel na die voordeur stap. Die motorhuis gee hulle dus nie direkte toegang tot die huis nie."

Sy beduie met haar vinger na die traliehek wat 'n gedeeltelike uitsig op die huis se voorkant verskaf. "Kyk, daar stap hulle nou voordeur toe."

"Ek weet nie, Monica, ek is ongemaklik met so 'n ondeurdagte plan. Ons weet nie hoe ver dit van die hek af na die garage is nie. Ook nie of daar skuilplek is om hulle te verras wanneer hulle uit die garage kom nie."

Sy snork. "Jy't nie meer die balls wat jy gehad het in ons besigheid se beginjare nie. En jy weet goed genoeg dat ons op Google Maps die huis se uitleg van bo af sal kan sien om daardie onsekerhede uit die weg te ruim. Soos ons destyds suksesvol met die Altmans se huis gedoen het."

Arend weet sy is reg. Hy het nie meer die balls vir sulke waaghalsige ekskursies nie. En sy maak seker 'n geldige punt oor Google Maps. Tog bly dit 'n onbekookte voorstel. Maar hy besef ook dat hulle nie tyd het om 'n meer soliede plan te beraam nie. Dis oormôre die laaste dag van Februarie. Dank die Vader dis 'n skrikkeljaar, anders sou môre al die laaste dag gewees het.

"Reg, Monica. Dan doen ons dit môreaand."

"En onthou, ék en ék alleen trek dié keer die sneller," sê sy deur geklemde kake.

Daar gaan 'n rilling teen sy ruggraat af. Daardie kil, ongenaakbare gesigsuitdrukking het hy nog nie gesien nie.

11

Soos altyd tydens veilings, is Clarissa gespanne waar sy in die Nissan Navara sit. Sy het 'n goeie uitsig op die gebou in die verlate nywerheidspark en volgens Dolf se gereelde oproepe verloop die veiling seepglad.

Dinge het vinnig gebeur. Laat gisteraand het Barnabas haar laat weet hy het 'n veilige gebou gekry. Dolf moes toe vanoggend inderhaas al die voornemende veilinggangers inlig dat dit vanaand in die nywerheidspark gehou word. Dit was gelukkig nie 'n probleem nie, want dié mense is altyd op 'n gereedheidsgrondslag.

Die skadufigure wat voor en om die gebou beweeg, ontstel haar nie. Dis die sindikate se veiligheidsmanne. Dit gee haar gemoedsrus dat hulle alomteenwoordig by die veilings is. Selfs in die dae toe die veilings by die Altmans se huis agter hoë, geëlektrifiseerde mure plaasgevind het, was hulle daar op die uitkyk.

Haar selfoon lui en sy antwoord dadelik. Dolf.

"Die antieke munte het vir twintigduisend gegaan en hulle bie nou op die silinderseëls. Die insetprys van veertigduisend het hulle nie afgeskrik nie. Lyk of ons dalk tagtigduisend kan haal."

"Great nuus, Dolf. Hou my ingelig."

"Maak so."

Die veilinggangers is onder die indruk Dolf is een van hulle. Op die telefoon praat hy in 'n diep stem en gee 'n vals naam wanneer hy hulle oor die veilings inlig. Soms bie hy saam om 'n item se prys op te jaag. Net die afslaer weet Dolf werk vir haar. Dis 'n betroubare kêrel wat hulle by die Altmans geërf het, maar haar ook net as Edina Steenberg ken.

Haar gedagtes is terug by Dolf. Sy sal met Barnabas moet praat dat hulle hom buiten sy salaris soms 'n bonus betaal. Hy doen uitstekende werk, verstaan die besigheid goed, is leergierig en hoogs intelligent. Hoe sy so lank sonder iemand soos hy kon klaarkom, weet sy nie. Claus Oelofsen was 'n nagmerrie. Maar omdat Barnabas hom aanbeveel het, moes sy met hom volstaan. Was dit nie dat Claus bedank het nie, sou sy nou nog met die vent opgeskeep gesit het. Die feit dat Barnabas hom daarna van die aardbol verwyder het, gee haar gemoedsrus. Oelofsen het hopeloos te veel van hulle besigheid geweet.

Sy onthou hoe Barnabas tekere gegaan het toe hy hoor sy wil Dolf aanstel. "Is jy mal? Hy het vir die polisie in Engeland gewerk, Clarissa!" het hy uitgeroep.

"Dit was in sy beginjare. Hy het gou uitgevind die werk geval hom nie. Maar sy polisie-opleiding was goed, 'n vaardigheid wat ons met vrug kan inspan. Hy was daarna vir etlike jare 'n onafhanklike kunshandelaar, wat vervalste werke gesmous het. Om dit suksesvol af te pull, moes hy baie navorsing doen oor bekende kunstenaars se tegnieke, ensovoorts. Hy het dus nie net die regte ingesteldheid nie, maar is ook onderleg in navorsing. Boonop is hy, soos Oelofsen, 'n groot geboude kêrel wat sy man in konfliksituasies kan staan. Kom ons gee hom 'n proeftydperk van drie maande en kyk hoe dit gaan." Só het sy Barnabas uiteindelik oortuig.

Die skril gelui van die selfoon onderbreek haar gedagtes.

Dolf.

Hy klink opgewonde. "'n Bod van vier-en-negentigduisend is pas op die silinderseëls toegeslaan!"

Sy kan nie ophou glimlag toe sy aflui nie. Dis wel te vroeg om nou al voorspellings te waag, want dis hulle eerste veiling van die jaar en dis nou eers die einde van Februarie. Maar alles dui daarop dat dit 'n rekordjaar kan wees. En ongetwyfeld as die Leeumens eg blyk te wees en hulle die regte kopers vir dié beeld én die Thulamela-versameling kan kry.

★ ★ ★

Arend en Monica vleg hulleself in tussen die bosse aan weerskante van Moorcroft se hek. Dis dig genoeg om hulle te verskans en met hulle swart sweetpakke en balaklawas smelt hulle goed daarmee saam.

Arend knyp die BMW se wielsleutel onder sy arm vas, wat hy wil inspan om die hek oop te hou nadat die limousine deurgery het. Gaan belangrik wees om so vinnig moontlik spore te maak ná hulle sending voltooi is. Hulle kan nie dan bekostig om nog oor 'n geëlektrifiseerde hek te moet klouter nie. Die BMW staan boonop amper honderd meter van Moorcroft se huis geparkeer.

Sy gebruiklike kalmte voor 'n operasie ontbreek vanaand. Elke spier en sening in sy liggaam is gespan. Sweet brand in sy oë en die spanning maak 'n knop in sy buik.

Hierdie plan is te waaghalsig na sy sin. Hoewel Google Maps hulle 'n beter idee gegee het van die voorste area se uitleg, gaan dit 'n uitdaging wees om Moorcroft en sy lyfwagte onverhoeds te betrap. Helder buiteligte skyn vanaf elke hoek van die huis en tuin op die geplaveide area. Merk die limousine se bestuurder hulle in die truspieëltjie op, sal hulle sitting ducks wees as die spul op hulle losbrand.

Die minute tik oneindig stadig verby, wat sy spanning verder verhoog. Hy konsentreer daarop om stadig en diep asem te haal, maar dit help nie.

Sy lyf span styf toe hy motorligte in die straat oor 'n bultjie sien aankom. 'n Straatlig verlig die limousine. Tien voor agt – veel vroeër as die vorige kere wat hulle die huis dopgehou het.

"Hou jou gereed!" skree hy vir Monica.

"Ek sien hulle duidelik, Arend!" skree sy terug. Daar is irritasie in haar stemtoon. Die afgelope tyd was sy afsydig en sedert die verkragting nog meer. Sy gee voor dat dit haar nie geaffekteer het nie, maar dit moet tog 'n effek hê. Hy het al begin dink sy blameer hom omdat hy niks gedoen het om haar te help nie. Sy is nie haarself nie.

Arend hou sy asem op toe die limousine by die hek stop, wat krakend oopskuif. Met sy wysvinger druk hy 'n tak weg om beter te kan sien. Die limousine ry deur en soos gisteraand stop die bestuurder nie om te wag tot die hek toegaan nie.

Hy en Monica is blitsvinnig agter die bosse uit en deur die hek. Hy wag dat dit amper toeskuif voor hy die wielsleutel tussen die hek en muur indruk, wat dit suksesvol tot stilstand bring.

Hulle hardloop ligvoets, pistole reeds uit die skedes, teenaan die veiligheidsmuur na die motorhuis se kant. Sluip dan gebukkend nader aan die inham tussen twee buitegeboutjies, wat groter is as wat Arend op Google Maps geskat het. Hy en Monica pas gemaklik in. Hulle staan met hulle rûe vasgedruk teen die muur om nie skaduwees op die plaveisel te gooi nie.

Die motorhuis is 'n hele entjie daarvandaan, maar Moorcroft en sy lyfwagte sal naby aan die inham moet verbystap voordeur toe, want daar is 'n visdam met 'n spuitfontein sowat vyf, ses meter oorkant die inham. Daardie area word juis nie deur 'n veiligheidskamera gedek nie.

Arend se hart klop in sy keel. Met ingehoue asem hoor hy die naderende stemme. Sy pistoolhand is rukkerig. Hy moet weer diep asemhaal.

Hy sien hulle skaduwees nader kom. Skat hulle moet 'n paar meter weg wees. Hy stamp aan Monica, wat nou ook haar knaldemperpistool gereed hou.

"Nou," fluister hy en hulle spring gelyktydig uit die inham, die pistole voor hulle uit gehou.

"Op julle knieë, hande in die lug! Maak een verkeerde beweging en ons skiet!" skree hy.

Die vier mans gaap hulle aan, maar bly soos soutpilare staan. Die kleinste een van die lyfwagte se hand beweeg na sy binnesak. Arend korrel. Die koeël tref hom skrams in die bobeen, wat hom laat gil van die pyn.

"Op julle fokken knieë en hande in die lug, anders skiet ek weer!" skree hy.

Dié keer gehoorsaam hulle. Die beseerde een sak skeef en kreunend af op sy knieë.

"Kom ons praat besigheid," sê Moorcroft kalm. "Ek kan meer betaal as enigiemand wat julle hierheen gestuur het."

"Hou jou bek!" snou Arend hom toe. Dan beveel hy: "Sit nou julle hande agter julle rûe."

Hulle gehoorsaam in gelid.

Arend kyk na Monica. "Skiet as enigeen net effens roer," sê hy hardop ter wille van die vier knielendes.

Sy staan nader en swiep haar pistool se loop heen en weer voor hulle.

Arend steek sy pistool in die skede en pluk die bondel kabelbinders uit sy sweetpaksak. Hy maak Moorcroft se hande eerste vas, trek die binders ekstra styf om sy polse. Die beseerde een en Oliekuif langs hom, wie se liggaam soos 'n riet in die wind rittel, bind hy ook vinnig en sonder moeite vas.

Op die punt, en 'n halwe meter van die ander af, kniel die gorilla. Arend moet afbuk, want die man hou sy hande laag teenaan die plaveisel. Net toe

Arend sy een pols vasgevat kry, skiet die gorilla se regterhand onverwags uit en hy gryp Arend aan die enkel en pluk. Arend verloor sy balans en val agteroor. Die reus is soos blits op hom. Hy pen Arend se arms met sy knieë op die grond vas, sy linkerhand se vingers boor in sy nek. Die gorilla probeer naarstig om sy skietding met sy regterhand uit die skede onder sy windjekker uit te haal, maar dit haak vas.

Die koeël uit Monica se pistool tref hom onder die linkeroog en versplinter sy wangbeen. Hy val soos 'n afgekapte boom van Arend af en tref die plaveisel met 'n dowwe plof. Sy oë rol een keer om in hulle kasse voor die lewe daaruit verdwyn.

Arend is blitsig op sy voete, bedag daarop dat een van die ander iets waaghalsig kan probeer. Maar hulle beweeg nie, kyk met wye en verskrikte oë na hulle dooie kollega.

"Ek kan nóú reël dat geld by my huis afgelewer word," sê Moorcroft skril. "Maak net julle prys."

Arend ignoreer hom, beduie vir Monica sy kan voortgaan.

Sy pluk die balaklawa van haar kop af, skud haar hare los en kyk na Moorcroft. "Lyk ek bekend, fokker?"

Hy knipper sy oë senuweeagtig. "Jissis," prewel hy.

Monica gee twee tree na links, druk die pistool teen die beseerde man se kop en trek die sneller. 'n Straal bloed boog die lug in en vlek sy wit hemp rooi van die kraag tot by sy hempsak. Hy kantel om en bly roerloos lê, bloed wat uit 'n mondhoek sypel.

Voor Oliekuif sy oë van sy dooie maat kan afhaal, kom die dowwe geluid van die knaldemperpistool weer. Die koeël tref hom in die linkerslaap. Van die bloedsproei beland in die visdam, wat die water 'n pienk skynsel onder die helder buitelig gee. Hy val in stadige aksie vooroor. Sy hande agter sy rug trek momenteel krampagtig saam voor dit verslap.

Monica gaan staan smalend voor Moorcroft, die loop op hom gerig.

Hy deins terug, sy mond skeefgetrek van vrees. Sy oë is wit en bultend. 'n Donker kol slaan op die voorkant van sy liggrys broek uit. "Nee, asseblief, moenie!" sê hy in 'n huilstem.

Sy skiet hom in die nek. 'n Onaardse geroggel ontsnap uit sy keel, maar sy oë bly wyd oopgesper.

Nog 'n skoot klap, wat 'n rooi kol tussen sy oë uitslaan. Hy ploeg voor-oor, sy gesig tref die plaveisel hard. 'n Konvulsie golf deur sy lyf voor dit tot ruste kom.

Monica sit haar pistool terug in die skede.

'n Sinistere stilte hang oor die plek.

Sy glimlag vir Arend. "Kom ons waai."

12

Clarissa het pas haar eerste koppie oggendkoffie afgesluk toe haar burner lui.

Barnabas.

Hy is natuurlik nuuskierig oor hoe dit met gisteraand se veiling gegaan het. Sy het hom kort voor middernag gebel, maar hy't nie geantwoord nie. Sy het aangeneem hy slaap al.

"Ek het goeie nuus, Clarissa," val hy weg. "At Oberholzer, een van my kontakte, het Marinus Moerdyk in 'n Bloemfonteinse restaurant gesien. Hy weet ook nou waar hy bly, want hy het hom agtervolg."

"Dis 'n verrassing dat hy daar wegkruip!" roep sy verbaas uit. "Ek dag hy's iewers oorsee."

"Ek het ook so gedink, maar hy het ons vir 'n poephol gevang. Niemand sou kon raai hy skuil in 'n plek soos Bloem nie."

Hy skep asem. "En die beste nuus is dat ek een van die Altman-huis se oorspronklike bouers ná jare se gesoek op Worcester opgespoor het. Hy sê hulle het nooit kluise in daai slaapkamers ingebou nie, maar hulle moes wel klein openinge in die mure maak."

"Klink of jy dan reg was met jou afleiding."

Hy lag. "Natuurlik was ek reg! Ek's áltyd reg."

"En jy dink steeds Moerdyk het daai evidence by hom?"

"Wie anders? Net die fact dat hy soos 'n groot speld verdwyn het, sê mos vir jou hy het dit. Hy weet dis dynamite. En dalk vermoed hy ons soek dit."

"Sê nou hy't daarvan ontslae geraak?"

Hy lag. "Hy sou dit nie op 'n ashoop gaan gooi het nie. As iemand dit in die hande kry, kan hy ook responsible gehou word."

"Wat is jou volgende stap?"

"Ons gaan daai evidence by Moerdyk kry en hom vrekmaak as ons te-vrede is ons het als."

"Moet Dolf die job vir ons doen?"

"Nee, fok, hy's te lig in die broek vir so 'n important operation! Ek wil hê jy moet Arend Brockmann phone. Hy en sy goose het pas weer 'n ex-cellent job vir 'n buddy van my gedoen. Hy is die soort pro wat ek kan vertrou om nie 'n fokop te maak nie."

"Ek het Brockmann laas gebel toe ons hom opdrag gegee het om die Altmans uit te haal. Glo nie hy gaan daai burner van vyf jaar gelede nog hê nie."

"Ek't sy nuwe nommer by my buddy gekry. Ek whatsapp dit vir jou. Sal dan sommer sy volledige instructions saamstuur. Ons betaal hom hundred K as hy die evidence bring én Moerdyk without trace laat disappear. Sodra jy my whatsapp kry, moet jy hom dadelik phone."

"Okay, ek sal so maak, maar is jy nie nuuskierig oor gisteraand se vei–"

Sy hoor hy het klaar afgelui.

Clarissa tuur lank voor haar uit, die foon nog teen haar oor. Skud dan haar kop.

Hier begin haar nagmerrie.

Deel 2

Kassie & Rooi

13

"Ek is flippen bly dis vandag die eerste dag van Februarie," sê Rooi terwyl hy 'n klomp rekeninge in sy boonste lessenaarlaai bondel.

"Spesiale datum vir jou?" vra Kassie.

Rooi lag. "Nee, net die feit dat die uitmergelendste maand op die 2024-kalender sy dinges gesien het, laat my weer normaal asemhaal. Wens die polisie wil nie ons salarisse 'n week voor Kersfees inbetaal nie. Dit sou Januarie vanuit 'n finansiële oogpunt draagliker gemaak het."

Hy skud sy kop. "Ek en Torretjie het omtrent geld uitgegee asof ons die Lotto gewen het. CJ alleen het my 'n fortuin gekos. Buiten die hope presente wat ek onder druk van Torretjie moes koop, moes ek nuwe matte in sy kamer lê, die mure met 'n ander kleur uitverf en 'n groter bababedjie aanskaf, wat méér as my en Torretjie se dubbelbed kos. Toe was ons vir 'n week op Langebaan, wat verreweg die duurste plek aan die Weskus moet wees. En om my bankrekening finaal te knak, verjaar my pa én Torretjie se ma mos in Januarie. Moes hulle albei weer onder druk van Torretjie by verskillende geleenthede by vyfsterrestaurante treat. Weet jy wat kos vars oesters al?"

Voor Kassie kan antwoord dat hy nie sy mond aan oesters sit nie en daarom geen benul van die prys het nie, gaan hulle kantoordeur oop.

Dis Lettie, die eenheid se administratiewe assistent en ontvangsdame.

Sy gee haar evil smile. "Die brigadier wil julle in haar kantoor sien. Ek vermoed sy't 'n nuwe joppie vir julle."

Rooi kreun. "Daar vlieg my goeie Februarie-vibes by die venster uit."

* * *

Brigadier Shaheena Fortuin skuif 'n foto oor haar lessenaarblad na Kassie en Rooi.

Dis van twee glimlaggende mans – in hulle vyftigs, skat Kassie – wat op 'n haar na eenders lyk.

"Duidelik 'n tweeling," sê Kassie.

"Korrek. Victor en Norman Altman, enigste kinders van 'n skatryk sakeman, wat hulle oorlede pa se landwye juweliersfirma vir miljoene verkoop het."

Kassie sien die brigadier lees die inligting van 'n velletjie papier af.

"Albei het vyf jaar gelede in vreemde omstandighede uit hulle huis in Rondebosch van die aardbol verdwyn. Groot storie in die media gewees, want die Altmans het skouers geskuur met almal wat saak maak in die Kaap."

"Watter eenheid het die saak hanteer?" vra Rooi.

Die brigadier snork. "Die destydse Eenheid vir Prioriteitsake, of PRIOR soos hulle bekendgestaan het. Hulle het kwaai oorvleuel met nie net die Valke se pligtestaat nie, maar ook die Spesiale Spookeenheid s'n. Dié eenheid was die breinkind van 'n vorige polisiekommissaris. Sy het geraap en geskraap onder onbevoegdes om dit op die been te bring. Dit was van die begin af doodgebore. Die eenheid het net agtien maande gehou voor dit ontbind is."

"Ek neem aan 'n ander eenheid het die saak toe oorgeneem," sê Kassie.

"Dis die ironie van als. PRIOR se paar dossiere is vir veilige bewaring na die Bellville-stasie se argief gestuur. Die idee was dat die dossiere van daar af aan ander eenhede toegewys sou word. Maar daarvan het boggherol gekom. Soos die polisiehoof dit stel: Dit was asof niemand begerig was om verder aan die Altman-saak te krap nie. Onder meer is aangevoer daar is geen bewyse dat die Altmans dood is nie, dus is dit nie 'n prioriteitsaak nie. Maar die polisiehoof vermoed die feit dat van PRIOR se speurders op 'n onnatuurlike wyse tydens die ondersoek aan hulle einde gekom het, kan 'n rede wees. En met die pandemie wat net daarna uitgebreek het, is die saak bloot onder die mat ingevee."

"Flippen skokkend," sê Rooi.

"Dit kan jy weer sê." Sy glimlag. "Maar nou is dit nie meer 'n vergete óf 'n cold case-saak nie. Die Altman-tweeling se geraamtes is verlede week deur 'n stootskraper opgediep op 'n onbeboude terrein in Rondebosch waar 'n nuwe winkelsentrum kom. Nie te ver van waar hulle gebly het nie."

Kassie frons. "Hoe seker is hulle dis die Altmans se geraamtes?"

"Daar is nie 'n 'hulle' nie, Kassie. Die polisiehoof het die aangeleentheid manalleen hanteer en seker gemaak dis die Altmans."

"Dis strange!" roep Rooi uit.

"Inderdaad vreemd vir 'n polisiehoof om dit te doen. Daar is volgens hom egter 'n goeie rede voor, waaroor julle vandag nog ingelig sal word." Sy kyk na Kassie. "Maar om jou vraag te beantwoord: Die patoloog wat die geraamtes onder oë gehad het, het bevestig daar is 'n groot ooreenkoms in die bouvorm en grootte van die skedels. Albei het koeëlgate in hulle voorkoppe gehad. Dit was egter nog nie genoegsame bewys dat dit die Altmans is nie. Maar x-strale van hulle tande het honderd persent ooreengestem met hulle tandarts se rekords."

"Ek neem aan ons gaan aan die saak werk?" vra Kassie.

"Jip, maar ek gaan julle nie brief nie. Die polisiehoof wil dit self doen. Ons drie moet oor 'n uur by sy kantoor aanmeld." Sy maak met haar duim en wysvinger 'n trekbeweging oor haar mond. "En julle noem dit vir niemand nie, nie eens julle kollegas hier by die eenheid nie."

Sy moet gesien het hoe Kassie haar skeef aankyk, want sy lag. "Dis 'n opdrag van die polisiehoof, nie van my nie." Sy staan op uit haar stoel. "Julle kan nou eers verdaag. Kry julle oor 'n halfuur by my kar in die parkeergarage."

Kassie steek in die deur vas toe sy hom roep.

"Jy het nie dalk iets deftiger hier by die kantoor as daai windjekker van jou nie, Kassie?"

"Wat's fout met my windjekker?"

"Daar's 'n . . . 'n onooglike vetkol bo die regterbaadjiesak."

"Mens kan dit nie uitkry nie. Amalia het ook al probeer."

Kassie stap uit sonder om weer na haar te kyk.

"Vetkol se gat," mompel hy. "Ons gaan die Wes-Kaapse polisiehoof sien, nie die een of ander koningshuis besoek nie."

14

Generaal Petrus Radeba is Afrikaanssprekend. Volgens die brigadier het hy in 'n Afrikaanse huis grootgeword nadat 'n bruin egpaar, albei onderwysers, hom as baba aangeneem het. Hulle het sy van na Claasse verander. Nadat die jong Petrus gematrikuleer het, het sy ouers egter aanbeveel dat hy sy geboortevan terugneem, wat volgens hulle beter vir sy loopbaan sou wees.

Hy is 'n klein mannetjie met 'n welluidende baritonstem.

"Kassie en Rooi, soos ek vir Shaheena gesê het, wil ek hê julle moet hierdie saak onder die radar hanteer, sonder die wete van enigiemand in die polisiediens. En uiteraard mag veral die media nie snuf in die neus kry nie."

Hy loer oor sy leesbril na Kassie. "In hierdie stadium weet net ek, die nasionale polisiekommissaris, die patoloog, die Altmans se tandarts en julle dat dit hulle geraamtes is wat gevind is. Ek verduidelik later die redes vir dié geheimhouding, maar wil julle eers 'n bietjie agtergrond oor hulle gee."

Die generaal skuif sy leesbril met sy duim hoër op sy neus en tel 'n vel papier op. "Die Altmans het in 2005 vir hulle 'n kasteel van 'n plek in Rondebosch gebou, met nie minder nie as twintig-plus slaapkamers. Met hulle pa se miljoene in hulle bankrekening, het hulle nie nodig gehad om te werk nie. Volgens hulle bure in Rondebosch het hulle gereeld hordes mense daar onthaal, te oordeel na die aantal karre wat op gegewe aande by hulle veiligheidshek in is. Dis welbekend dat verskeie ministers gereelde besoekers was en goed met die Altmans bevriend was. Soveel so dat die broers jaarliks ruim skenkings aan die ANC gemaak het. Hulle was ook groot filantrope en het mildelik bygedra tot verdienstelike sake en welsynsorganisasies.

"Dit was dus 'n groot mediastorie toe die Altmans in Maart 2019 spoorloos verdwyn. Volgens berigte van daardie tyd is dit eers twee weke later deur 'n niggie van hulle in Johannesburg aangemeld, nadat hulle twee agtereenvolgende Sondae versuim het om haar te bel soos hulle gebruik was. Die forensiese span het na aanleiding van oorskietkos in die kombuis bevestig die huis was vir minstens twee weke onbewoon. Die Altmans se butler, wat by hulle in die huis gewoon het, was ook skoonveld. Iemand het hom wel later in die Kaap opgemerk, maar toe PRIOR se speurspan na hom begin soek, kon hulle hom nêrens opspoor nie."

Hy kyk op van die vel papier, skud sy kop. "PRIOR moes natuurlik nooit die saak hanteer het nie. Hulle bevelvoerder het van die Oos-Kaapse handelstak gekom en nie hy of een van die speurders het juis bewese rekords gehad nie. Hulle het ook nie aan my rapporteer nie, maar direk aan die destydse nasionale polisiekommissaris, wat merendeels in Pretoria gesetel was. Dit het meegebring dat ek nooit inligting oor die ondersoek se vordering ontvang het nie.

"Daar het beslis vreemde goed gebeur. Uit die mediaberigte van 2019 lei ek af daar was elke maand of wat 'n ander hoofondersoekbeampte. Gerugte wat later versprei is, wou dit hê dat drie van die ondersoekspan se lede tydens die ondersoek op 'n onnatuurlike manier gesterf het. Die nasionale kommissaris se afleiding is dat die eenheidshoof dit verswyg het om PRIOR se beeld ongeskonde te hou. Hulle was 'n nuwe eenheid wat onder druk van die nasionale kommissaris hulself wou bewys.

"Een lid van die ondersoekspan, sersant Ernst Delport, het ná die ontbinding van die eenheid die dossier en bokse met bewysstukke, soos onder meer CCTV-beeldmateriaal, vingerafdrukke, voetafdrukgietsels en so meer, by die Bellville-stasie se argief ingeboek en afgeteken."

Hy haal sy leesbril af en sit dit voor hom neer. "En dit bring my by die redes waarom ons die Altman-saak eers as 'n koverte ondersoek gaan hanteer. Eerstens is daardie dossier en bewysstukke in die tyd van die pandemie gesteel. 'n Man wat hom voorgedoen het as 'n lid van die Valke, het die dossier en bokse by die argief gaan oplaai. Die argivaris het 'n afskrif van sy polisie-ID gemaak, maar later is bevind dit was vervals. Omdat dit in die tyd van die pandemie was, het die man 'n masker gedra, wat uitkenning op die stasie se CCTV-beeldmateriaal onmoontlik gemaak het. Die feit dat die man die regte prosedures geken en gevolg het om die dossier en bokse by die argief te onttrek, het die argivaris oortuig hy was wel 'n polisieman óf ten minste deur 'n polisielid gebrief. Dit stem ooreen met wat PRIOR se eenheidshoof eenkeer vertroulik vir 'n oudkollega by die Oos-Kaapse handelstak gesê het, en wat dié onlangs vir die nasionale kommissaris vertel het.

"Die eenheidshoof was daarvan oortuig dat iemand in polisiegeledere agter die Altman-verdwyning sit. En dat daardie persoon of persone op 'n manier gereeld binne-inligting oor die ondersoekspan se werksaamhede gekry het, want sodra hulle op die punt van 'n deurbraak was, het iets gebeur wat hulle van die spoor afgooi. Hy het ongelukkig nie daarop uitgebrei nie.

"Daarom het ek en die nasionale kommissaris besluit om die saak voorlopig in die geheim te laat ondersoek. Maak ons bekend dat die Altmans se oorskot gevind is, sal almal in polisiekringe weet 'n nuwe ondersoek word van stapel gestuur. Die moontlikheid dat hierdie korrupte polisieman of -lede nog in diens van die SAPD is, kan ons nie uitsluit nie. Ons wil hom of hulle dus nie weer bedag maak nie."

Die generaal glimlag. "Ek het wel al my eenheidshoofde versoek om lede van die publiek wat met inligting oor die Altmans na vore kom, direk na my te verwys. Hulle moet daardie boodskap aan hulle stasies en ander afdelings deurgee. My opgemaakte motivering vir die versoek is dat ek oortuig is die Altmans se ontvoering was net skyn, wat hulle in staat gestel het om uit die land te vlug weens kriminele aktiwiteite, wat Interpol nou ondersoek. En dat ek direk met Interpol in kontak is daaroor." Hy gee 'n laggie. "Só verseker ek dat nuwe inligting oor die Altmans direk na my kom, wat ek aan julle sal deurgee. Maar belangriker nog is dat die korrupte polisielid of -lede onder die indruk sal verkeer ek het die Altman-kat aan die stert beet."

Hy leun agteroor in sy stoel, duidelik ingenome met homself. "Enige vrae?"

"Ek het 'n paar," sê Kassie, wat aantekeninge gemaak het. "Waar bevind die destydse nasionale kommissaris en die PRIOR-eenheidshoof hulle nou? Belangrik dat ons met hulle praat?"

"Dit gaan ongelukkig onmoontlik wees. Albei is onlangs oorlede. Darem aan natuurlike oorsake, as jy gewonder het."

"En sersant Delport wat die dossier en bokse by die Bellville-stasie se argief ingeboek het?"

Die generaal sug. "Ek wens ek weet waar hy is. Ek het hom die afgelope paar dae sonder sukses probeer opspoor. Wou ook nie te wild rondbel nie, want ek was bang dit kan die bose magte in ons geledere op hulle hoede stel. Al wat ek weet, is dat hy uit die polisie bedank het toe die eenheid ontbind is. Een van die administratiewe assistente by die Bellville-stasie het hom geken en het geweet hy kom oorspronklik van Worcester af. Maar my telefoniese navrae by al wat 'n Delport in die dorp is, het niks opgelewer nie." Hy knik. "Maar ja, dis bitter belangrik dat julle hom opspoor."

"En wat is die naam van die butler wat by die Altmans gewoon het?" vra Rooi.

"Dit het my nou ontgaan, maar julle sal dit in die mediaberigte opspoor. Ek het op my rekenaar 'n lêer geskep met al die destydse berigte oor die saak, wat ek vir julle sal aanstuur. Die berigte dien as 'n goeie raamwerk, maar die binnegoed van die saak ontbreek. PRIOR was suinig met die inligting wat hulle aan die media verskaf het."

"Is daar niemand anders wat by PRIOR gewerk het en wat gekontak kan word nie?" vra die brigadier.

Die generaal skud sy kop. "Die eenheid het bestaan uit 'n eenheidshoof en ses speurders, van wie drie dood is. Buiten vir Delport se naam wat opgeduik het, kon ek nêrens gegewens oor die twee ander speurders kry nie, wat soos ek verstaan buitendien nie aan die Altman-saak gewerk het nie."

"Hulle het darem seker 'n ontvangsdame of sekretaresse gehad," sê Kassie.

Die generaal haal sy skouers op. "Moet wees, maar ek het ook nie name nie."

"Waar was hulle kantoor?" vra die brigadier.

"In 'n huis wat die polisie gehuur het, 'n paar straatblokke van die Bellville-stasie in Voortrekkerweg af. Die plek is nou 'n pandjieswinkel."

Brigadier Fortuin se oë vernou, 'n teken dat sy haar bedenkinge het. "Dit gaan 'n uitdagende ondersoek wees, generaal. Ons soek dus nie net na die Altmans se moordenaar nie, maar ook na die speurders se beweerde moordenaars. Ons sal ook die korrupte polisielid of -lede moet identifiseer.

En ons sal eers mense soos Delport en die butler moet opspoor voor ons werklik vordering kan maak. En alles moet onder 'n dekmantel geskied!"

Die generaal leun met sy elmboë op die lessenaar, 'n fyn glimlag om sy mondhoeke. "Ek besef dit terdeë, Shaheena, maar dit is waarom ek daarop aangedring het dat Kassie en Rooi dit hanteer. As húlle nie die geheime ontrafel nie, gaan niemand in die SAPD dit kan doen nie."

Hy en Rooi gaan soos soveel kere in die verlede onder groot druk wees, weet Kassie. Dié keer is dit egter effens anders. Nie net gaan die brigadier permanent op hulle rûe wees nie, maar ook die polisiehoof.

Hy kan aan die gepynigde uitdrukking op Rooi se gesig sien hy troetel dieselfde gedagte.

15

Kassie beklemtoon eers vir Amalia die vertroulikheid van die saak. Toe vertel hy haar alles, soos hy deesdae voor elke nuwe ondersoek doen. Hy wil hê sy vrou moet begrip hê vir wanneer hy dalk oor naweke moet werk of in die middernagtelike ure by die woonstel opdaag. Hy het sy les geleer met die dwelmsaak toe hy gegewens van haar weerhou het om haar en haar seun, Anrich, te probeer beskerm. Dit het sleg geboemerang. Hy het hom toe voorgeneem hy hou haar nooit weer in die duister nie.

"Sjoe, Kassie, dis 'n tall order!" roep sy uit.

"Praat jy!"

Sy plooi haar voorkop. "Ek hou níks van hierdie opdrag nie. Dit voel vir my of jy en Rooi op 'n selfmoordsending gestuur word."

Kassie frons. "Hoe so?"

"Jimmel, jy vra nog?! Drié van die speurders wat doerdie tyd aan die saak gewerk het, is dood."

Kassie is nou spyt hy het haar van die speurders vertel. Dalk kon hy dit maar weggelaat het. "Anders as met daardie speurspan, weet niemand dié keer ons werk aan die saak nie. Ek kan jou verseker daar's nie risiko's aan verbonde nie."

"Jy oortuig my nie, Kassie. Hoe meer julle aan die saak krap, hoe groter is die moontlikheid dat ander mense daarvan te hore gaan kom."

Hy weet sy is reg, maar hy gaan dit nie erken nie. "Moet jou nie daaroor bekommer nie. Ons sal versigtig te werk gaan."

Sy sug, sit haar hand op syne. "Wil jy nie maar weer na daai pos in die koerant kyk nie? Dink net daaraan. Dis 'n vyfdagwerkweek, agt ure 'n dag, jy word aansienlik meer betaal en jy hoef nooit vir jou lewe te vrees nie. En met jou rekord as baasspeurder stap jy in daai posisie in."

"Ek het daarna gekyk. Ek hoef dalk nie vir my lewe te vrees nie, maar daai job sal my wel op 'n ander manier doodmaak. Die roetine, die bestuur van 'n klomp mense, die papierwerk, begrotings . . ." Hy skud sy kop. "My uitdagendste taak sal wees wanneer iemand se skootrekenaar gesteel word. Ek is buitendien nie gebou vir groot korporatiewe instellings nie. Te veel mense. En die hoof van sekuriteit mag dalk fancy klink, maar by 'n versekeringsreus is só 'n pos van die laagstes op die voedselketting."

"Ai, Kassie, wil jy nie maar net aansoek doen en vir 'n onderhoud gaan nie? Dan hoor jy eerstehands wat die pos behels. Dalk is dit baie beter as wat jy dink. Oorweeg dit net, asseblief."

Hy neem haar hand in albei syne. "Ek gaan net vir jou lieg as ek sê ek sal die job oorweeg, want ek gaan nié."

Sy glimlag, wikkel haar hand los en knyp sy wang. "Jy moet een van die koppigste mense in die wêreld wees, maar beslis ook van die eerlikste. En gelukkig vir jou, kaptein Kasselman, is laasgenoemde die belangrikste eienskap wat ek van my lewensmaat verwag."

Sy trek hom nader en soen hom.

★ ★ ★

"Jy het haar van die drie dooie speurders vertel?!" roep Rooi uit.

Kassie knik. "Nou effens spyt daaroor. Wil nie hê sy moet worry nie." Hy kyk na Rooi. "Het jy niks vir Torretjie gesê nie?"

"Ek het. Maar soos die generaal dit gestel het: Net die raamwerk, nie die binnegoed nie. Torretjie sal 'n koronêr skiet as ek haar van die speurders vertel. Sy sal my daar en dan skei."

Kassie lag. "Dan moet jy liewer swyg. Ek sal nie kan cope met 'n kollega wat deur 'n egskeiding gaan nie."

Hy tel die aantekeninge op wat hy gisteraand gemaak het. "Het jy kans gekry om deur die generaal se medialêer te kyk?"

"Jip, helse lot berigte, nè?"

"Dit is. Ongelukkig nie veel wat ons gaan help nie." Hy kyk na sy aantekeninge. "Ons weet nou die butler se naam is Marinus Moerdyk. Hy het nog 'n week ná die Altmans se verdwyning met 'n minibus by die huis in- en uitgery, soos 'n buurvrou vertel het. Beslis 'n verdagte karakter, wat nie na vore getree het toe sy werkgewers verdwyn het nie."

"Ek scheme Moerdyk het op daai spesifieke dag met die spul kluisies in die minibus die pad gevat. Moontlik was daar waardevolle goed in."

"Waarskynlik. Ons weet ten minste hy het nie die moord gepleeg nie. Volgens die een mediaberig het die CCTV footage gewys daar was twee gemaskerdes by die 'ontvoering' betrokke en nie een van dié twee se liggaamsbou het ooreengestem met die lywige Moerdyk s'n nie."

"Wat nie noodwendig beteken dis nie hy wat agter die moorde gesit het nie. Hy kon daai ouens gehuur het," sê Rooi.

"Nie onmoontlik nie, maar onwaarskynlik. Onthou, hy is 'n paar dae later nog in die Kaap gewaar. As hy agter die moorde gesit het, sou hy toe al lankal spore gemaak het. Voel net nie of hy die soort ou is wat korrupte pelle in die polisie sou hê nie."

Kassie frons. "Maar om terug te kom na die kluisies. Iets maak nie vir my sin nie. Nie dat ek dink PRIOR se afleiding is sleg dat daar kluisies in die mure van die twintig slaapkamers was nie. Toe hulle die huis fynkam, was die leë openinge in die kamermure die opvallendste. En die afleiding heel logies dat dit kluisies gehuisves het. Maar dink 'n bietjie nugter daaroor. Die Altmans nooi 'n klomp gaste vir 'n paartie en hulle slaap almal daar oor. Waarom soos in 'n hotel 'n kluis in elke kamer inbou? Dis nie asof die gaste vir 'n week daar oorbly en 'n klomp waardevolle besittings moet toesluit nie. Of dat die kluisies keer dat skoonmakers hulle besteel nie. In twee mediaberigte is gemeld die gaste het saans daar ingeklok en is smôrens vroeg in verskeie motors vort."

"As jy dit só stel, is dit nogal flippen strange. Maar wat anders kan daar in die openinge gewees het?"

Kassie haal sy skouers op. "Mens sou kon redeneer dit was dalk 'n interkomstelsel, want die huis is reusagtig. Maar waarom dit dan verwyder?"

"Dit maak nog minder sin."

"Raait, help nie ons bespiegel daaroor nie. Het jý iets van belang raakgelees?" vra Kassie.

"Nie eintlik nie, maar dit is wel vreemd dat die gaste met Avis-motors, waarvoor die Altmans betaal het, by die huis afgelaai en weer soggens kom haal is. Ek neem aan die speurders het die CCTV footage gebruik om die karre se registrasienommers na Avis te trace. En om dan nog bestuurders vir die karre te huur by 'n ander maatskappy wat sulke dienste verskaf, is niks anders as verregaande nie."

"Ek het nie daardie maatskappy se naam in die berigte gesien nie."

Rooi skud sy kop. "Ek ook nie."

"Ek wonder of die speurders ooit met dié bestuurders gepraat het? Hulle sou insiggewende inligting kon verskaf."

"Ek sal bietjie rondbel na sulke maatskappye. Dalk is ons lucky."

Kassie knik. "Raait, sit dit op ons doenlysie. My gevoel is daar is 'n paar los drade wat ons na aanleiding van die mediaberigte kan probeer vasknoop."

Rooi lig sy wenkbroue. "Soos?"

"Moenie altyd so vinnig op my afkom nie, Rooi! Gee my kans om te dink, man."

16

Kassie was slaggereed om in alle ywer aan die nuwe ondersoek te begin werk. Net toe hy en Rooi hulle voor die drukbord in die kantoor inburger om die belangrikste inligting uit die mediaberigte daarop vas te speld, het die gebou se brandalarm afgegaan. Hulle moes saam met al die kantoorwerkers teen die trappe af na buite gaan. 'n Elektriese probleem het blykbaar 'n brand in 'n kombuis twee verdiepings bo die Spookeenheid se kantoor laat ontstaan.

Tydens twee frustrerende ure op die sypaadjie kon Kassie en Rooi nie in hulle kollegas se teenwoordigheid die Altman-saak bespreek nie. Toe het die geboubestuurder hulle versoek om net hulle karsleutels en ander kosbare besittings te gaan kry. Die redelik afgeleefde gebou sou vir die res van die Vrydag en die naweek gesluit bly om dit te beveilig.

Kassie het hom voorgeneem om oor die naweek weer die mediaberigte te fynkam, maar dit het nie gerealiseer nie. Amalia se niggie en haar man van Pietermaritzburg af het hulle Vrydagaand kom verras met 'n besoek. Kassie moes vir die naweek gasheer speel.

Nou, vyf dae sedert hulle die generaal se opdrag gekry het, het hulle uiteindelik die drukbordsessie, met hulle doenlysie op die bord, afgehandel. Dit het die hele oggend geneem en Kassie voel klaar hoe die spanning in hom opbou oor die trae wegspring.

Sy eerste selfopgelegde taak is om die administratiewe assistent by die Bellville-stasie, wat met Ernst Delport bevriend was, se naam by die generaal se sekretaresse te kry. Die sekretaresse is ook nou deel van die geheimhoudingskorps, het die generaal vanoggend laat weet. Dit het Kassie dadelik aan Amalia se woorde laat dink: *Hoe meer julle aan die saak krap, hoe groter is die moontlikheid dat ander mense daarvan te hore gaan kom.*

Die sekretaresse het Kassie 'n fiktiewe naam gegee wat hy kan gebruik as hy telefonies inligting by mense moet kry. "Die generaal sal sy eenheidshoofde inlig dat hy Joost Bergh as 'n tydelike assistent bygekry het om hom met sekere administratiewe take te help."

Kassie gebruik sy landlyn en word deurgesit na Molly van Zyl. Hy stel hom voor as Joost Bergh. "Die generaal het al die Delports op Worcester gebel, maar nie een het Ernst geken nie. Hoe goed bevriend was jy met hom?"

Sy sê sy en Ernst se gewese meisie het destyds 'n woonstel gedeel. Sy weet eintlik net dat Ernst op Worcester skoolgegaan het, niks meer nie.

"Het jy nog kontak met dié vriendin?"

"Ja, ons gesels gereeld. Ek het eintlik vergeet om dit vir die generaal te sê, want sy kan dalk iets weet. Sy en Ernst is op goeie voet uitmekaar."

Dit gaan beter wees as sý haar vriendin kontak, dink Kassie. "Wil jy nie asseblief by haar hoor of sy weet waar Ernst hom nou bevind nie?"

"Oukei, ek sal. Op watter nommer kan ek jou terugbel?"

Dis op die punt van Kassie se tong om sy landlynnommer te verstrek, maar hy besef dadelik hy kan dit nie waag nie. In sy afwesigheid op kantoor, sal Lettie by die skakelbord oproepe vir hom met haar gebruiklike "Spesiale Spookeenheid, kan ons help?" beantwoord.

Hy het nie so ver gedink om 'n ander telefoonnommer te kry nie. En besef opnuut dat hierdie ondersoek unieke uitdagings aan hulle gaan stel.

"Skakel die generaal se sekretaresse. Ek bel juis nou van haar foon af, want hulle het nog nie 'n landlyn vir my geïnstalleer nie," lieg hy vinnig.

Toe hy aflui, sê hy vir Rooi hy moet by die brigadier geld vir twee burners gaan bedel. "Ons sal nie vir Lettie kan vra om vir ons geld uit die kleinkas te gee nie, want sy sal wil weet waarvoor dit is."

"Bliksis, ek het nooit aan ons telefoonnommers gedink nie!"

"Ek ook nie. Ons sal ons koppe in dié ondersoek bymekaar moet hou. Hoe vorder jy met die soektog na Marinus Moerdyk?"

"Al mention van hom op Google is dat hy twintig jaar gelede by die Butler Academy in Woodstock was, waar hy as die beste student aangewys is. Boggherol verder."

"Ek het verwag ons gaan min oor hom kry."

Hulle kyk op toe Lettie die kantoordeur oopmaak. Sy oorhandig 'n koevert aan Kassie. "Generaal Radeba stuur dit."

Toe sy uit is, skeur Kassie die koevert oop, haal die enkele vel papier uit en lees dit aandagtig.

"Wat sê die generaal?" wil Rooi weet.

"Dis die kode om by die veiligheidshek van die Altmans se huis in te kom. Hy sê dis die enigste stukkie inligting wat nie by die gesteelde materiaal ingesluit was nie. Sersant Delport het dit 'n halfuur ná hy die eerste keer met die dossier en bokse daar was, by die Bellville-stasie se argivaris afgelewer. Gesê hy het vergeet om dit in te sluit. Sy het die kode al die jare in haar lessenaarlaai gebêre. Toe die Bellville-bevelvoerder die stasie se mense inlig oor die generaal se Altmans-Interpol-storie, het sy van die kode onthou. Toe eers die munisipaliteit gebel, wat bevestig het die Altmans se water- en elektrisiteitsrekening word steeds maandeliks per debietorder verhaal. Sy't die kode toe vanoggend by die generaal afgelewer."

"Ek neem aan ons gaan 'n oog by die huis gooi?"

"Waarom nie?"

Rooi frons. "Al was die huis vyf jaar onbewoon, sal ons seker 'n visenteringslasbrief moet kry?"

"Dink nie dis 'n goeie idee nie. Hoe motiveer ons dit by die landdros? Ons wil die huis deursoek, want die Spesiale Spookeenheid hanteer die moord op die Altman-broers in die geheim?"

★ ★ ★

Die veiligheidshek skuif verbasend glad oop vir een wat vyf jaar lank in onbruik was. Kassie is stomverbaas dat die battery nog werk.

Buiten vir die dooie plante in tientalle potte en berge blare op die geplaveide area voor die huis, lyk die plek steeds swierig. 'n Drieverdieping-klipkasarm omring deur reusedennebome. Rooi teëldak.

"Die huis moet op twee erwe gebou wees, want dis so groot soos 'n flippen hotel," merk Rooi op.

Kassie druk liggies aan die imposante houtvoordeur, maar dit is gesluit.

Hulle stap om die huis, verby 'n swembad met groen slykwater en 'n braaiarea onder 'n grasdaklapa, waar bye 'n nes gemaak het. Hulle swerm in 'n donker wolk al om die lapa se houtbalke.

Rooi beduie na die vierdeurmotorhuis. "Check daar, langs die garage is daar ook 'n ander veiligheidshek wat in die agterste straat uitloop."

Die hek is byna toegegroei onder lang gras en onkruid.

"G'n woord van daai hek in die mediaberigte nie," sê Kassie.

Hulle stap na 'n ruim agterstoep. Kassie voel aan 'n skuifdeur en is hoogs verbaas dat dit nie gesluit is nie.

"Kan dit amper nie glo nie," sê Rooi.

Die deur gaan met rukke en stote oop.

Dit lei na 'n groot leefvertrek, 'n reuse-TV teen die muur gemonteer. Die houtvloer en leermeubels is met 'n dik stoflaag bedek. Die plek ruik muf en bedompig. 'n Enkele boekrak met talle spinnerakke het net kook- en kosboeke daarop. Drie verskillende uitgawes van *Kook en Geniet* pryk langs mekaar, merk Rooi op, wat sedert CJ se geboorte in 'n kok ontpop het "om Torretjie se las ligter te maak".

Die gang is breed genoeg dat 'n bed sywaarts daarin kan staan.

'n Swierige eetkamer met 'n tafel met maklik dertig stoele daaromheen laat Rooi "Goeie genade!" uitroep. "Nog nooit só 'n lang tafel gesien nie!"

"Hulle was nie verniet onthalers van formaat nie," sê Kassie.

In 'n sygang kom hulle op die twintig gasteslaapkamers af. Redelik klein, elkeen met 'n dubbelbed waarvan die eens wit lakens nou 'n gelerige skynsel het. Beknopte badkamer met 'n stort. Die ingeboude kaste het niks in nie.

In een van dié vertrekke beskou Kassie die klein opening in die muur oorkant die bed. "Moet toegee dit lyk nogal na 'n geskikte ruimte vir 'n kluisie."

Hulle maak 'n vinnige draai in nog drie kamers, wat identies is aan die voriges.

Die ruim kombuis op die verste punt van die grondverdieping laat hulle terugsteier. 'n Nare reuk hang in die lug. Brommers draai rond en 'n kakkerlak skarrel in die sinkwasbak. Larwes wriemel op die teëlvloer en streep uit 'n vrieskas wat nie ingeprop is nie.

"Wie sou so stupid wees om die ding uit te plug!" roep Rooi uit terwyl hy sy neus toedruk.

Kassie beduie hulle moet aanstryk. Hy het juis nie 'n maag vir sulke onwelriekende walms nie.

Op die eerste verdieping is 'n yslike onthaalsaal. Verskeie rusbanke, tafeltjies en stoele is uitgepak oor die lengte en breedte daarvan. Daar is indrukwekkende moderne en kleurvolle skilderye teen die mure, en 'n stofoortrekte vleuelklavier in die een hoek. Spinnerakke hang in oorvloed.

Die enigste ander ruimte op die eerste verdieping lyk na 'n klein woonstel met sy eie kombuisie, badkamer en sitkamer. Geen teken van klere in die kaste nie.

"Ek raai dit was Moerdyk se blyplek," sê Kassie.

Op die boonste verdieping is die hoofslaapkamer, aantrekkamer met rye en rye klere van die Altmans, en 'n en suite-badkamer.

"My hele woonstel sal hier inpas. En ek praat net van die flippen badkamer," sê Rooi.

Langsaan is 'n ewe groot studeerkamer, ingeboude boekrakke tot teen die plafon. 'n Kluis, die deur oop, staan tussen twee boekrakke. Daar is niks in die kluis nie. "PRIOR se manne moes iewers die kode gekry het," sê Kassie.

Die groot stinkhoutlessenaar se laaie is oopgetrek. Die inhoud is heel moontlik in die gesteelde bokse, tussen ander bewysstukke.

Rooi kyk by elke laai in. Skreef sy oë toe hy by die onderste laai links inloer. Hy sak af op sy hurke en grawe daarin. "Hier het iets in die gleuf agter beland. Net 'n puntjie steek uit."

Hy lyk teleurgesteld toe hy 'n wit kaartjie uittrek. Hy blaas dit skoon en beskou dit. "Besigheidskaartjie van ene professor James Aldwin, University of Michigan. Hy is die director of graduate studies and admissions by die department of archaeology."

"Dit help ons nie veel nie," sê Kassie. "Maar vat dit maar saam. Mens weet nooit."

17

Hoewel gister se besoek aan die Altmans se huis niks van belang opgelewer het nie, is Kassie bly hulle was daar. Dit gee hulle 'n beter prentjie van hoe die broers geleef het. Hulle kan nou ook in 'n mate visualiseer wat op die aand van die ontvoering gebeur het.

Volgens die mediaberigte het die twee gemaskerdes skuins voor middernag toegang verkry by die voorste veiligheidshek. Daar word nie gemeld hoe nie. Volgens een berig het dit op die CCTV-beeldmateriaal gelyk of hulle nie oorgeklim of die hek oopgeforseer het nie. Toegang tot die huis is by dieselfde leefkamerskuifdeur verkry as waar Kassie-hulle in is. Geen melding van hoe PRIOR daardie afleiding gemaak het nie.

Sestien minute later kon op die beeldmateriaal gesien word hoe die gemaskerdes, wapens in die hand, met die twee Altmans by die veiligheidshek uit is. Die broers is toe in die straat in 'n wit bussie met vals nommerplate geboender. Dié bussie is twee weke later, toe die nuus van die ontvoering breek, drie straatblokke van die Altmans se huis af langs 'n onbeboude veld gekry.

Kassie neem aan dit is in daardie veld wat die Altmans se geraamtes deur die stootskraper opgediep is. Dat PRIOR die veld nie destyds gefynkam het vir 'n vars graf nie, gaan sy verstand te bowe. Dit laat hom opnuut besef dis van die opperste belang om Ernst Delport op te spoor, wat vrae soos dié kan beantwoord.

Kassie en Rooi het laat gistermiddag burners by die winkeltjie oorkant die Spookeenheid se kantoor gekoop. Sy eerste oproep vanoggend met sy nuwe foon was na Molly van Zyl, die administratiewe assistent by die Bellville-stasie. Sy het dadelik verskoning gemaak dat sy nog nie teruggekom het oor Delport se eksmeisie nie, maar dié was besig met 'n kursus en sal haar terugbel. Dit het Kassie die geleentheid gegee om vir Molly sy telefoonnommer te gee. "Ek het darem nou 'n selfoon gekry. Jy hoef dus nie die generaal se sekretaresse lastig te val nie."

Sy gedagtes word onderbreek toe Rooi praat. "Uit-bleddie-eindelik!

Bliksis, was dit nou 'n soektog! Maar ek gaan jou nie met die details bemoei nie." Hy hou triomfantelik 'n velletjie papier omhoog. "Ek het die telefoonnommer van die Altmans se niggie in Joburg opgespoor."

"Goeie werk, Rooi. Ek gaan haar sommer nou bel." Hy neem die velletjie by Rooi en lê die nommer vas op sy burner se kontaklys. Hulle het die naam Amanda Naude, die Altmans se bekommerde niggie wat die polisie in kennis gestel het dat haar neefs haar twee agtereenvolgende Sondae nie gekontak het nie, in 'n berig gekry. Daar is gemeld sy woon in Johannesburg.

Haar foon lui lank voor sy dit beantwoord.

Kassie stel homself as Joost Bergh voor. "Ek bel van generaal Petrus Radeba, die Wes-Kaapse polisiehoof, se kantoor. As jy 'n minuut of wat het, sal ek jou graag 'n paar vrae oor jou Altman-neefs wil vra."

"At last!" roep sy uit. "Ek het gedink julle werk lankal nie meer aan my neefs se saak nie, want mens sien niks in die media nie."

"Die eenheid wat daaraan gewerk het, is vyf jaar gelede ontbind. Ongelukkig het dit toe om verskeie redes agterweë gebly."

Sy snork. "Om die minste te sê, dit is pateties."

"Ek . . . stem volmondig saam. Hopelik kan ons dit nou regstel. Ek het net 'n paar vrae."

Sy sug. "Ek is toe ure lank ondervra. Julle moet tog daardie inligting in die ou dossier hê?"

Hierdie gesprek raak nou 'n moerse verleentheid, dink Kassie. "Die dossier is gesteel."

"Gesteel! Gee my krag!"

"Ek voel dieselfde. Dis 'n skande. Maar ek probeer nou opvang."

"Reg, jammer as dit klink asof ek jou daarvoor blameer. Hoe kan ek help?"

"Uit die ou mediaberigte lei ek af jou neefs was ongetroud. Was een of albei nie dalk vroeër getroud nie? Dis mense met wie ek graag in verbinding sou wou tree."

"Nooit getrou nie. Albei was gay." Sy bly 'n oomblik stil. "Maar hoe sal ek dit stel? Hulle was nie . . . nie praktiserend nie. Na my wete nooit mansvriende in daardie sin gehad nie. Die eenheid wat die saak ondersoek het,

het in 'n stadium bespiegel hulle is ontvoer deur 'n jaloerse lover. Wat die grootste kaf onder die son is."

"Het hulle enige vyande gehad van wie jy bewus was?"

"Nooit iemand teenoor my genoem nie. Hulle was twee vredeliewende en saggeaarde mense. Gereeld groot bedrae geld vir welsynsorganisasies geskenk. Kan nie dink dat iemand hulle leed sou wou aandoen nie."

"Het hulle boesemvriende gehad van wie jy weet?"

"Nooit spesifieke mense uitgesonder nie, maar hulle het beslis 'n groot vriendekring gehad. Gereeld talle mense onthaal."

"Het hulle spesifieke belangstellings gehad?"

"O ja, hulle was wyd belese en berese mense! Versot op antieke geskiedenis, argeologie, antropologie en oudhede in die algemeen. Oor daardie onderwerpe kon hulle ure lank gesels, en ek weet dat talle van hulle vriende dieselfde belangstellings gehad het."

Dit verklaar die argeologieprofessor se besigheidskaartjie in die lessenaarlaai, dink Kassie. Heel moontlik ook 'n gas daar gewees.

"In 'n mediaberig word gemeld dat die persone wat hulle ontvoer het, deur die leefvertrek se skuifdeur toegang tot die huis verkry het. Daar word egter nie gemeld of die skuifdeur oopgebreek –"

"Die deur het oopgestaan," onderbreek sy hom. "My neefs het dit permanent oopgelos vir hulle katte. Ook die rede waarom hulle nooit die huisalarm aangesit het nie, want die katte het dit gereeld laat afgaan. Met die geëlektrifiseerde veiligheidsmuur om die huis, was hulle nooit bekommerd oor inbrekers nie."

"Het jy ooit by hulle oorgeslaap?"

"Ja, seker so drie of vier naweke. Hulle het meer vir my in Johannesburg kom kuier as wat ek by hulle in die Kaap was."

"Ek neem aan jy het in een van die twintig gastekamers geslaap?"

"Korrek."

"Altyd in dieselfde kamer?"

"Nee, in verskillendes. Die een kamer was maar 'n duplikaat van die ander, amper soos in 'n hotel."

"Ooit gebruik gemaak van die kluisies wat in die kamers ingebou is?"

Sy gee 'n laggie. "Noudat ek terugdink, het die speurders my dit ook gevra. Ek was nie bewus van kluisies in die kamers nie. Het nooit een gesien nie. Trouens, na my wete was daar niks in die mure ingebou nie."

"Net iets anders. Ek en my kollega was by die huis aan. Daai skuifdeur is steeds nie gesluit nie en die plek is in 'n vervalle toestand. Kyk niemand namens die familie na die huis nie?"

Sy sug. "Moontlik my skuld. My werk hou my amper voltyds in Johannesburg. Ek het 'n buurman van my neefs gevra om 'n oog daar te hou. Maar ek het verlede maand uitgevind hy is al 'n paar maande oorlede. Niemand het my ingelig nie. Ek is van plan om oor 'n maand of wat soontoe te gaan." Sy huiwer 'n oomblik. "Ek het my neefs ook nog nie dood laat verklaar nie. Ek hoop steeds hulle word opgespoor."

Kassie voel soos 'n hond om haar nie reg te help nie, maar hy kan dit nie waag om haar in sy vertroue te neem nie.

"Baie dankie vir jou tyd. Jy sal nie omgee as ek jou in die toekoms weer lastig val nie?"

"As dit mag help om agter my neefs se verdwyning te kom, kan jy maar bel."

Toe Kassie aflui, lig hy Rooi in oor wat die niggie gesê het. "Wat kan mens daaruit aflei?" vra dié.

"Dat die openinge in die mure 'n raaisel bly. As mens dit uitgefigure kry, kan ander deure dalk oopgaan." Hy peins 'n wyle. "Voel vir my of die moordenaars vooraf eerstehandse inligting gekry het van iemand naby aan die Altmans. Volgens die mediaberigte het hulle toegang tot die hek gekry sonder om oor te klim of dit oop te forseer. Dit dui daarop dat hulle die hek se kode gehad het. En heel moontlik is hulle ook ingelig dat die leefkamer se skuifdeur vir die katte oopgelos word en dat die huisalarm nie sou afgaan nie." Hy haal sy skouers op. "Ek raai maar net."

"Die moordenaars was dalk die korrupte polisiemanne na wie die generaal verwys het."

"Ook moontlik. Dis vrae wat Delport dalk kan beantwoord. Hel, Rooi, ons móét hom opspoor, anders gaan ons in die duister bly rondtas."

18

Gister was vir Kassie en Rooi 'n frustrerende dag. Hulle het tevergeefs gewag op Molly van Zyl se oproep.

Gistermiddag vyfuur het Kassie wel 'n whatsapp van haar gekry. Sy't laat weet haar vriendin het 'n persoonlike krisis met haar kêrel en dat sy nie kon bel nie. Maar sy is vol vertroue die vriendin sal haar vandag kontak.

Om sake te vererger, moet Kassie vanoggend in 'n hofsaak gaan getuig. Hy het Rooi gevra om sy burner te "beman". "Dink vir jou 'n naam uit en sê vir Molly jy help ook uit by die generaal se kantoor."

Kassie moes hom eers vinnig vergewis van die feite in die saak waarin hy moet getuig. Dis 'n ou saak waarvan die hofdatums die afgelope twee jaar gereeld uitgestel is. Al effens laat vir die hof, het hy by die kantoor uitgestorm, maar in die gang het hy omgedraai en is terug kantoor toe.

"Amper vergeet ek, Rooi. Het gisteraand in die bed daaraan gedink. Kyk op die internet wat jy van daai Michigan-professor kan kry. Ons kan oorweeg om hom later vanmiddag te bel wanneer die Amerikaners met hulle werkdag begin. Dalk was hy 'n gereelde besoeker by die Altmans."

Nie dat Kassie dink 'n gesprek met die professor gaan aardskuddende inligting oplewer nie, maar in dié stadium is hy desperaat. Sewe dae het verloop sedert hulle die generaal se opdrag gekry het, en hulle is steeds nie uit die wegspringblokke nie.

* * *

Ná 'n sieldodende oggendskof in die hof, is Kassie terug by die Spookeenheid. Op pad na die kantoor, loop hy die brigadier in die gang raak.

"Vorder julle, Kassie?"

"Te stadig na my sin. Maar ons wag vir 'n belangrike oproep, wat ons hopelik momentum kan gee."

"Goed so, want dis nie nodig vir my om jou te herinner dat die generaal nie juis 'n geduldige man is nie. Hy verwag gewoonlik blitsvinnig resultate."

"Ons doen ons bes, maar in dié geval sal hy geduld moet begin aanleer."

Sy lag. "Jy moet dit maar vir hom sê. Ek gaan dit nie waag nie."

Kassie skud sy kop vies toe hy aanstap. Hoewel hy groot respek vir die generaal het, was hy nooit 'n speurder nie. Dit het hy weer onderstreep deur al wat 'n Delport is op Worcester te bel sonder om Molly vooraf te vra hoe sy Delport geken het. En as die generaal in sy jong dae 'n speurder was, sou hy geduld aangeleer het. Hy sou gou uitgevind het dinge gebeur nie altyd met die klap van 'n vinger nie.

Rooi lyk ingenome met homself toe Kassie by die kantoor instap.

"Het Molly toe met goeie nuus gebel?" vra Kassie hoopvol.

"Nope, nog nie van haar gehoor nie." Hy glimlag breed. "Maar ek het wel iets gekry wat jou behoort te interesseer." Hy tel twee velle papier op en swaai dit in Kassie se rigting. "Die Altmans se pel was toe nie 'n engeltjie nie."

"Wat bedoel jy?"

"Gaan sit eers agter jou lessenaar. Ek het al geleer as jy soos 'n broeis werfhoender rondstaan, gee jy nie jou volle aandag nie."

Kassie glimlag en gaan sit agter sy lessenaar. "Raait, adjudant Els, die werfhoender se ore is gespits."

Rooi beduie na die velle papier in sy een hand. "Dit gou uitgedruk. Dit gaan oor die Hobby Lobby-smokkelskandaal in Amerika. Hobby Lobby is 'n bekende crafts chain store in die VSA. Hulle het in 2009 'n groot aantal artefakte, wat beskryf word as 'clay bullae and tablets' uit die antieke Na-bye Ooste se tyd, ontvang. Dit was eintlik bestem vir 'n Bybelmuseum in Oklahoma, maar die groep het die artefakte gehou. Hulle het ook later 'n helse lot soortgelyke artefakte, wat hulle oorsprong in 'n antieke Irakkese stad gehad het, van sogenaamde 'dealers' in die Verenigde Arabiese Emi-rate vir een-punt-sesmiljoen dollar aangekoop.

"Die Amerikaanse owerhede het vermoed dis geplunderde artefakte, 'n probleem waarmee veral lande met ou beskawings sit. Die FBI het daarop beslag gelê en verskeie hofsake het gevolg. Hobby Lobby is beboet met driemiljoen dollar en die geplunderde artefakte is aan Irak terugbesorg."

Hy glimlag breed. "Maar om 'n lang storie kort te maak: Tydens die Hobby Lobby-ondersoek is 'n Amerikaner vasgetrap wat as middelman opgetree het tussen die smokkelaars en handelaars in onwettige artefakte. En raai wie was dit? Niemand anders nie as professor James Aldwin van die Universiteit van Michigan. Hy is toe by die universiteit geskors en is in 2020 in 'n Amerikaanse tronk aan 'n hartaanval oorlede."

Kassie se wenkbroue lig. "Shit, nè?"

Rooi knik. "Ja, dis die soort maatjies met wie die Altmans gemeng het. Ek scheme dit gee ons 'n duideliker prentjie van watter soort ouens die tweeling was."

Kassie frons. "Rooi, ek wil nie op jou battery piepie nie, maar dit sê darem nie die Altmans het hulle aan soortgelyke dinge skuldig gemaak nie. Hulle niggie het mos gesê hulle het 'n groot belangstelling in argeologie gehad. Die feit dat ons Aldwin se besigheidskaartjie in hulle huis gekry het, kan daarop dui dat hy vir hulle van belang was bloot oor sy kennis van artefakte. Hulle was moontlik onbewus van sy skelmstreke."

Kassie kan sien sy kollega is teleurgesteld oor sy gebrek aan geesdrif. "Maar ek stem saam met jou dat ons dit nie kan ignoreer nie. Speld daai velle papier op die drukbord vas. Dalk dien dit vorentoe as 'n belangrike stukkie in die Altman-legkaart."

Die foon op Rooi se lessenaar lui. Hy gryp dit, spring op en hou dit uit na Kassie. "Jou burner. Dis Molly!"

19

Kassie en Rooi het vanoggend vroeg met 'n ongemerkte poelkar die pad Robertson toe gevat.

Volgens Molly van Zyl het Delport se eksmeisie gesê sy het nie 'n idee waar Ernst hom bevind nie. Sy ou selfoonnommer werk lankal nie meer nie, maar hulle kan sy ma, Veronica Delport, op Robertson kontak. Sover sy weet, is Veronica nog daar – sy het 'n klompie jare gelede van Worcester af soontoe verhuis nadat haar man oorlede is. Sy weet Veronica het op Worcester vir verskeie groepe vroue naaldwerkklasse gegee.

Omdat sy nie Veronica se telefoonnommer gehad het nie, het Rooi die paar Delports op Robertson gebel. Net soos die generaal met sy oproepe na die Delports op Worcester, was hy ook onsuksesvol. Niemand het 'n Veronica Delport geken nie, wat Kassie-hulle met 'n dilemma gelaat het.

Kassie wou nie die polisie op Robertson bel om haar te help opspoor nie, want dit kan ongemaklike vrae laat ontstaan. "Ons enigste uitweg is om soontoe te ry en subtiel navraag op die dorp te doen."

"Bliksis, Kassie, wie sê sy is nog op Robertson? Kry ons haar nie, het ons 'n dag opgemors," het Rooi kapsie aangeteken.

"Ons kan nie die dag opmors nie, want ons het boggherol anders om op te volg. As sy nie meer op Robertson bly nie, kan ons minstens probeer uitvind waar sy haar nou bevind. Sy is ons enigste hoop om Ernst te kry."

Nou, terwyl hulle die middedorp binnery, wil Rooi vanaf die passasiersitplek weet waar hulle gaan begin navraag doen. "Of gaan ons met 'n haelgeweer probeer skiet?"

Kassie onderdruk 'n glimlag. Rooi bly skepties oor dié sending. "Kom ons check die plek eers bietjie uit."

Kassie se oog val op 'n winkeltjie wat ingedruk is tussen 'n supermark en 'n apteek. Hy trek af en hou voor die plek stil. Die naambord lees *Inspiration*. Op die sypaadjie adverteer 'n staanplakkaat afslagpryse op breiwol en naaldwerkgare.

"Hierdie plekkie lyk na 'n goeie beginpunt. Iemand wat bedrewe is in naaldwerk, behoort soms so 'n winkel te besoek."

"Jy kan seker reg wees," gee Rooi sonder groot geesdrif toe.

Hulle stap in en wag eers dat die persoon agter die toonbank 'n klant klaar help.

Stap nader toe die klant met haar pakkie die winkel verlaat.

Die mollige vroutjie groet vriendelik. "Waarmee kan ek help?"

"Ons is op soek na iemand op die dorp. Ons moet iets by haar aflewer, maar het nie 'n idee waar sy bly nie," jok Kassie. "Jy ken nie dalk 'n Veronica Delport nie?"

Die vroutjie slaan haar oë op na die plafon. "Veronica Delport . . . Delport." Skud dan haar kop. "Nee, ongelukkig nie."

Kassie se moed sak in sy skoene. "Sy het eers op Worcester gewoon, waar sy naaldwerkklasse gegee het."

Die vrou se oë helder op. "O, jy bedoel seker Veronica Malan? Sy gee juis hier naaldwerkklasse en besoek my gereeld om gare te koop. En ek weet sy kom van Worcester af."

"Het jy dalk haar adres?" vra Kassie.

Sy knik. "Drommedarislaan. Ek het eendag vir haar goed daar gaan aflewer." Sy haal 'n boek onder die toonbank uit, slaan dit oop en verstrek 'n straatnommer. Verduidelik ook vir hulle hoe om daar te kom.

"Nie 'n wonder ek kon haar nie gister opspoor nie," sê Rooi toe hulle in die kar klim. "Hoop net ons het die regte Veronica beet."

Kassie lag. "Ek is amper honderd persent seker dis die regte een, meneer Pessimisties. Daar kan nie só baie Veronicas wees wat naaldwerkklasse gee én van Worcester kom nie. Sy't moontlik weer getrou, wat haar nuwe van verklaar."

Kassie hou voor die tuinhekkie stil. Dit is 'n huis met witgekalkte mure, groen sinkdak en 'n netjiese voortuintjie. Hulle stap op 'n geplaveide paadjie na die voordeur en Kassie druk die klokkie.

'n Skraal vrou met kort grys hare maak oop. Kassie skat haar in haar vroeë sewentigs.

Hy stel hom as Joost Bergh voor en vir Rooi as Piet de Klerk, die naam wat sy kollega vir homself gekies het.

"Ons is van die polisie in Kaapstad. Mevrou Malan, ons vermoed dat jou van voorheen Delport was?" val hy met die deur in die huis.

Sy knik, lyk effe onseker. "Ek het . . . dit om persoonlike redes terug na my nooiensvan verander."

"Ons is eintlik op soek na jou seun, Ernst."

Kassie kan die skrik op haar gesig sien.

"Waarom . . . soek julle hom?"

"Ons moet namens die Wes-Kaapse polisiehoof sekere inligting by hom kry oor 'n saak wat hy destyds as speurder by PRIOR ondersoek het."

Sy het merkbaar verbleek. "Kan ek julle polisie-ID's sien?"

Kassie sug. Hier backfire hulle liegstorie nou lelik. Hy sal 'n berekende risiko moet loop deur haar die waarheid te vertel. Hy haal sy ID uit sy windjekker se sak. "Ons het pas skuilname gebruik, maar ons is eintlik van die Spesiale Spookeenheid. Ek is kaptein Kassie Kasselman en dit is my kollega, adjudant Rooi Els."

Sy neem sy en Rooi se ID's, bestudeer dit en lig haar wenkbroue. "Hoekom het julle vals name opgegee?" Haar stem bewe liggies.

"Die polisiehoof wil nie hê dit moet algemene kennis word dat ons eenheid die Altman-saak ondersoek nie. Ongelukkig kan ek nie meer sê nie, maar dis belangrik vir ons om met jou seun te praat."

Sy gee hulle ID's terug. "Ek sal eers my seun moet bel." Sy maak die deur in hulle gesigte toe en hulle hoor hoe sy dit agter haar sluit.

"Sy's flippen nervous, nè? Nooi ons nie eens in nie," sê Rooi.

Kassie trek sy skouers op. "Dalk het sy rede om nervous te wees."

Ná drie minute is sy terug, haar selfoon in die hand. Sy lyk effe verleë. "My seun wil hê ek moet 'n foto van julle neem. Hy weet van sy polisiedae af hoe julle lyk. Julle is glo famous speurders." Sy bly 'n oomblik stil. "Hy wil honderd persent seker maak dis julle."

Hulle gaan staan langs mekaar en sy neem die foto. Sluit weer die deur agter haar.

"Klink of Ernst ewe nervous is," sê Kassie.

"Maak my nou skoon nervous dat húlle so nervous is."

Kassie knik. Hy voel ook ongemaklik. Daar moet 'n goeie rede vir die ma en seun se senuweeagtigheid wees.

Sy maak die deur ná vyf minute oop en nooi hulle in. "Ernst sal hierheen kom. Hy behoort binne 'n halfuur hier te wees."

"Bly hy ook in dié omgewing?" vra Rooi.

"Ja, maar nie op Robertson nie." Sy brei nie daarop uit nie.

Hulle gaan sit in die sitkamer. Sy bly staan.

"Tee, koffie? Ek het ook yskoue tuisgemaakte gemmerbier."

"In dié hitte sal gemmerbier heerlik wees, dankie," sê Kassie.

"Dieselfde vir my, dankie," sê Rooi.

Sy steek in die deur vas, draai om en kyk na hulle. "Jammer dat ek julle so lank buite laat staan het, maar mens kan nie bedag genoeg optree nie." Sy huiwer 'n oomblik. "Ernst sal julle vertel waarom ek . . . ons . . . so . . . waaksaam is."

* * *

Ernst Delport is 'n bebaarde, lenige kêrel wat amper 'n kop langer as Kassie en Rooi is. Hy haal sy pet en donkerbril af. Kassie merk dat hy mankerig loop.

"Het jy weer langs die parkie stilgehou?" vra sy ma.

Hy knik. "Ma weet mos ek parkeer nooit voor die huis nie."

Hy skud blad met Kassie en Rooi.

"Kan ons in Ma se werkkamer gaan gesels?"

"Natuurlik, gedink jy sal daar wil sit. Ek gaan nie by wees nie."

"Ma hoef nie."

Hy beduie vir Kassie-hulle om hom te volg.

By die tweede deur in die gang stap hy in. Dis 'n ruim vertrek met 'n tien stuks stoele om 'n tafel gerangskik. Aan die tolle gare en materiaal op die tafeltjie langsaan, lei Kassie af dis waar Veronica haar naaldwerkklasse gee.

Ernst gaan sit aan een punt van die tafel, Kassie en Rooi weerskante van hom.

"So julle ondersoek nou die Altman-saak?" vra hy, sy vingers op die tafel ineengestrengel.

"Korrek," sê Kassie.

"Al is dit 'n direkte opdrag van die minister en betaal hulle my wát, sal ek nie met handskoene en 'n braaitang aan daai saak raak nie!"

Sy stem tril, oë intens, voorkop geplooi.

"Glo my, kaptein Kasselman, daar rus 'n helse vloek op daai saak."

20

"Ons was 'n span van vier speurders wat daaraan gewerk het." Ernst hou drie vingers omhoog. "En drie is tydens die ondersoek dood, koelbloedig vermoor. Jy hoef nie 'n rocket scientist te wees om te weet ek was volgende op hulle hit list nie. Dis net my luck dat die eenheid toe ontbind is. Ek het in any case daarna uit die polisie bedank. Was bang daai fokkers kry my as ek aanbly."

Hy glimlag wrang. "Nie dat dit gehelp het nie. Hulle het my vier maande later by my ma se huis op Worcester probeer afmaai. Ek was voor in die tuin besig toe hulle in 'n kar verbygery het. Die koeël het my skrams in die been getref. Genoeg skade gedoen om my vir die res van my lewe kruppel te laat loop."

"Is dit waarom jy steeds wegkruip?" vra Kassie.

Hy knik en staar intens na sy hande op die lessenaar. Sy onderlip bewe liggies. "Donners sleg om heeltyd oor jou skouer te loer. Dit neuk jou geestelik op. En ek worry oor my ma. Om my te kry, kan hulle dalk iets aan háár doen. Soos ontvoer. Dis waarom sy haar van verander het en hierheen getrek het." Hy kyk op. "Ek het ook 'n nuwe identiteit gekry."

"Werk jy tans?" vra Rooi.

"Ja, vir 'n oorsese business. Doen aanlyn bestellings vir hulle. Hoef nooit my plek te verlaat nie, wat help dat ek uit die oog bly."

Kassie kug. Dis tyd dat hulle terug by die saak kom. "Ons waardeer dit geweldig dat jy bereid is om met ons te gesels. Ons is op jou aangewese vir inligting oor die saak, want in dié stadium moet ons staatmaak op mediaberigte van daardie tyd."

Ernst frons. "Die dossier behoort julle tog te help."

"Die dossier en bokse met bewysstukke is gesteel," sê Rooi.

"Al 'n paar jaar gelede," voeg Kassie by.

Ernst fluit saggies deur sy tande. "Ek moes dit kon gedink het."

"Dit sal help as jy by die begin begin," sê Kassie.

Hy verskuif in sy stoel. "Oukei, buckle up, manne. Dis 'n rowwe rit!"

Kassie sit die bandopnemer, wat hy gistermiddag onder uit sy lessenaarlaai gegrawe het, aan. Mag dalk verouderde tegnologie wees, maar dit werk nog vir hom.

"Die Altman-ontvoering was die nuutgestigte PRIOR se eerste saak. En 'n móérse grote, soos julle seker uit die media coverage gesien het. Vier van ons ses speurders by die eenheid moes aan die saak werk.

"Ons eenheidshoof, brigadier Mabula, se enigste doelwit in die lewe was om by die kommissaris en die minister punte te score. Hy en die kommissaris was familie, wat hom dié job laat kry het. Hy't van 'n handelstak gekom en absoluut boggherol van geweldsmisdade geweet. Van hom het ons nooit enige leiding gekry nie. Hy was net goed met een ding: om vure dood te slaan sodat PRIOR nie kak lyk nie.

"Die ou wat die kitaar in die eenheid geslaan het, was die hoofondersoekbeampte, kaptein Neels Nolte, wat self nie met 'n hoë IK geseën was nie. Net 'n dag in die ondersoek in, het hy verklaar die Altmans is ontvoer oor hulle in 'n gay liefdesdrama gewikkel was. Niks het daarop gedui nie, maar dié stupid donner het vas geglo dis 'n jaloesie-ding eie aan gay mense.

"Hy het darem binne 'n paar dae van daardie belaglike teorie afgesien. Nadat ons die buurtwag se CCTV footage van die voorafgaande maand bestudeer het, was dit duidelik daar was pros betrokke. Die twee gemaskerdes wat die Altmans ontvoer het, het geen spore gelos nie. Hulle het boonop die kode geken om by die veiligheidshek in te kom en is direk daarvandaan na die leefkamer se skuifdeur, wat altyd oopgestaan het vir die Altmans se drie katte. Hulle is óf goed deur iemand gebrief óf hulle was voorheen gaste daar."

"Jammer om jou te onderbreek," sê Kassie. "Ons het in die mediaberigte gesien die gemaskerdes het die Altmans in 'n wit bussie ingeboender. Die bussie is later langs 'n oop veld naby die Altmans se huis gekry. Het julle ooit daar gesoek na vars grafte?"

Ernst knik met oorgawe. "Elke enkele vierkante meter van daai veld is deursoek. Die honde-eenheid was ook betrokke. Nada."

Hy strengel weer sy vingers ineen. "Maar om terug te kom na die CCTV footage. In daardie maand voor hulle ontvoer is, het die Altmans twee keer groot groepe mense onthaal. Die gaste het met gehuurde karre by die voorste veiligheidshek ingekom en dan daar oornag. Dieselfde karre wat hulle die volgende oggend vroeg kom optel het.

"Maar op daardie selfde aande het verskeie bussies met donker getinte ruite by die agterste veiligheidshek ingery. Ons aanvanklike afleiding was dat dit caterers was, want die bussies het ná 'n tyd weer vertrek. Ook nie suspisieus gewees dat die bussies die volgende oggend weer daar aangekom het nie. Ons afleiding was dat die caterers kom opruim het en hulle breekgoed en potte kom haal het.

"Maar ons het toe met een van die Altmans se buurvroue gesels, wat goed met die tweeling bevriend was. Sy het gesê die Altmans en hulle butler het die kos vir die onthale eiehandig gemaak. Die broers het gereeld vir haar foto's gewys van die eksotiese disse wat hulle voorberei het.

"Ons het ook met die twee veiligheidswagte gesels wat op daardie twee aande afsonderlik by die voorste hek aan diens was. Albei was onbewus van die bussies wat by die agterste hek ingekom het. Hulle is ook net eenmalig as hekwagte gehuur. Skynbaar was daar in 'n stadium 'n voltydse hekwag, maar ons kon nie sy naam by iemand kry nie."

"Jammer om jou weer te onderbreek," sê Kassie. "Dit was tog nie 'n geheim dat die Altmans bekendes onthaal het nie, onder meer ministers. Het julle nie met van hulle gesels nie? Die gaste sou tog kon verklaar wat die bussies daar gedoen het."

"Nolte het met twee ministers en 'n bekende sakeman gesels. Nie een van die drie kon 'n verklaring vir die bussies gee nie. Volgens hulle was net die genooide gaste teenwoordig en die Altmans het gespog dat hulle en die butler die kos self gemaak het."

Delport dink 'n oomblik na. "Van Moerdyk, die butler, gepraat. Hy was aanvanklik een van ons hoofverdagtes. Veral omdat twee of drie mense hom in die Kaap gesien het ná die storie van die verdwyning gebreek het. Op die beeldmateriaal het hy 'n week ná die Altmans se verdwyning met 'n minibus by die huis in- en uitgery. Ons vermoede was dat hy onder meer al sy klere, die drie katte en die inhoud van die groot kluis in die Altmans se studeerkamer gevat het. Die kluis se deur het oopgestaan toe ons die huis deursoek het."

"En die kluisies in die slaapkamers?" vra Kassie.

"Dit moontlik ook."

"Die Altmans se niggie, met wie ons intussen gepraat het, beweer daar was nie kluisies in die kamers se mure nie," sê Kassie.

"Sy het dieselfde storie vir ons gespin. En die twee ministers en sakeman wat daar oorgeslaap het, was ook onbewus van kluisies. Dis een van die geheime wat ons nie kon oplos nie.

"Maar om terug te keer na Moerdyk. Dit was uiters verdag dat hy nie uit sy eie na vore gekom het nie. Toe ons hom begin soek, was hy missing. Ons het met vriende van hom gesels. Almal het dieselfde storie vertel: Moerdyk was ongelooflik lojaal aan die Altmans, hulle amper aanbid. Nooit 'n skewe woord oor hulle gesê nie. En volgens al sy vriende sou hy nie 'n vlieg skade aandoen nie. Hy was onder meer glo ongelooflik besorg oor die Altmans se katte. Sy vriende was honderd persent oortuig hy was nie by die ontvoering betrokke nie. Dit het ons laat glo hy is dalk later ontvoer of uit die lewe gehelp, omdat hy te veel geweet het van wat daar aangegaan het."

"Wat het julle die idee gegee daar het iets by die Altmans 'aangegaan'?" vra Rooi.

"Dit was maar 'n gut feeling na aanleiding van die ander bussies."

"Ander bussies?" wil Kassie weet.

"Op dieselfde CCTV footage van daardie maand voor hulle ontvoering, was daar 'n ander soort saamtrek by die Altmans. Vier bussies, ook met donker getinte ruite, het op 'n aand by die agterste veiligheidshek ingekom. Die beeldmateriaal het gewys hoe drie mans daardie agterste veiligheidshek opgepas het. Daar was ook twee by die voorste hek, waar die beligting beter was. Dié twee was die hele tyd op walkie-talkies. Behoorlik gelyk soos ouens wat op hulle hoede was dat daar dalk iets kan gebeur. Die ouens is uiteindelik later die aand saam met die ander aanwesiges weer in die bussies daar weg."

Kassie sien hoe Rooi se gesig ophelder. Hy vertel vir Ernst van Aldwin, die Michigan-professor. "Het julle nooit die moontlikheid ondersoek dat hulle betrokke was by die smokkel van antieke artefakte nie? Die Altmans was immers groot argeologie-boffins."

Ernst skud sy kop. "Nee, ons het nooit sulke vermoedens gehad nie."

Hy hou 'n vinger in die lug. "Maar een van ons speurders, kaptein Danny Jacobs, nogal 'n knap ou, het die taak gekry om agter die geheim van daardie spesifieke byeenkoms te kom. Hy het orals gegrawe en onderhoude met mense gevoer. Vier dae voor die eenheid ontbind is, is hy deur 'n kar doodgery." Hy huiwer. "Maar ek sal later daarby uitkom. Laat ek die moorde op my kollegas eerder in die regte volgorde hanteer. Dan sal julle beter verstaan met watse soort bliksems ons te doen gehad het."

Hy staan op. "My keel is nou droog gepraat. Wil julle nie nog gemmerbier hê nie?"

"Dit sal lekker wees, dankie," koor Kassie en Rooi.

Toe hy uit is, sê Rooi: "Ek scheme ons gaan nou goed hoor waarvan nagmerries aanmekaargesit word."

21

Ernst vryf oor sy welige baard. Hy glimlag. "Ek het dié baard as deel van my vermomming."

Hy sit sy leë glas eenkant, leun dan met sy elmboë op die tafel. "Raait, die eerste moord. Drie weke in die ondersoek in, het Neels Nolte ons ander speurders op die landlyn by PRIOR gebel. Hy was baie opgewonde. Gesê hy is in Mitchells Plain, waar hy met 'n high-profile gangster gepraat het. Nolte het in die verlede vir dié gangster 'n favour gedoen en dit was payback time.

"Die gangster het gesê hy is honderd persent seker wie die Altmans ontvoer het en ook baie seker dat die Altmans kort daarna ingespit is. Dis die werk van 'n man en 'n vrou, wat in die onderwêreld gereeld gehuur word om mense uit te haal. Nolte het hulle nie by die naam genoem nie, wat tipies van hom was. Hy wou die onthulling by die kantoor voor Mabula doen om shine te vang."

Ernst vryf sy hande teen mekaar. "Ons was opgewonde. Ons het reeds na aanleiding van die CCTV footage begin bespiegel dat die een gemaskerde 'n vrou kon wees. Heelwat kleiner gebou as die ander gemaskerde, het dié een ook 'n feminine stappie gehad. Juis as gevolg daarvan het Nolte aanvanklik gedink dit was een van die Altmans se gay lovers.

" 'n Halfuur later kry ons toe nog 'n oproep. Nolte is op pad uit Mitchells Plain in sy motor by 'n verkeerslig doodgeskiet. Koeël in die kop, nog twee koeëlgate in die kar se bakwerk, een wat sy heup vergruis het."

Ernst skud sy kop verwoed. "Brigadier Mabula het gesê ons moet fokus op die saak en die skietvoorval in sy hande los. Hy sal persoonlik daarop ingaan. Geen mediaverklarings van ons kant nie, het hy gesê, want dis net bespiegelinge dat Nolte doodgeskiet is oor die inligting wat hy gehad het. Twee dae later het Mabula ons vroom ingelig Nolte was die slagoffer van bendes se kruisvuur. In die verlede was daar gereeld by daardie verkeerslig 'n heen-en-weer-skietery tussen bendes. En alles dui daarop dit was weer die geval. Nolte was bloot op die verkeerde tyd op die verkeerde plek."

Hy glimlag wrang. "In daai stadium het ons sy storie gesluk. Toe nog nie besef hy is so 'n bullshitter nie.

"Kaptein Amed Singh is uit ons geledere aangewys as die nuwe hoofondersoekbeampte. 'n Gawe lat gewees, maar nie opgewasse vir die job nie. Mabula het hom voor PRIOR se stigting uit 'n polisiekantoor in KwaZulu-Natal gaan haal. Glo omdat hy die een of ander opspraakwekkende saak daar so vinnig opgelos het. Singh het aan ons erken een van sy kollegas het eintlik die deurbraak gemaak. Hy het die eer gekry omdat hy die hoofondersoekbeampte was.

"Singh het, onder druk van Mabula, die fout gemaak om vir die media te lieg dat ons op die punt van 'n groot deurbraak in die Altman-saak was. Skaars 'n maand later is hy uitgehaal. Op die Kaapse stasie, op pad na sy huis toe, is hy voor 'n trein ingestamp. Omstanders het nie gesien wie hom gestamp het nie, maar dit is toegeskryf aan die skollies wat mense gereeld uit die pad druk en stamp om eerste op die trein te kom.

"Ek en die oorblywende lid van die speurspan, kaptein Danny Jacobs, wat Singh as hoofondersoekbeampte opgevolg het, het ongemaklik gevoel en ons kollegas se dood in 'n ander lig begin sien. Ons het nie die storie van die skollies, wat Mabula natuurlik met groot geesdrif omarm het, geglo nie. Ons het van toe af die hele tyd oor ons skouers geloer. Ons was moerse paranoïes, om die minste te sê.

"Daai paranoia het veroorsaak dat ons niks van belang meer met die media gedeel het nie. Dit was redelik teenproduktief, want soms het jy die media nodig om mense te help opspoor.

"Danny was nog steeds druk besig om die Altmans se geheime meeting te probeer uitfigure. Daai klomp security ouens wat agter die Altmans se hoë mure rondgehang het, het hom vas laat glo daar het iets agterbaks aangegaan en dat dit ons sleutel tot sukses kon wees.

"Toe, vier dae voor ons eenheid ontbind sou word, waarvan ons nog heeltemal onbewus was, bel Danny my laatmiddag op PRIOR se landlyn. Hy het chuffed met homself geklink, gesê hy het 'n klomp leads gekry wat verband hou met daai geheime meeting. Ons kan dit die volgende dag opvolg. Maar hy was haastig en het nie uitgebrei nie, want hy moes 'n familielid se rampartytjie in 'n kroeg in Parow bywoon."

Ernst sug. "Die volgende oggend moes ek hoor Danny is in die straat voor die kroeg doodgery. Die bestuurder het beweer Danny was dronk en het voor hom in die pad ingeslinger. Ek het geweet dis bullshit. Danny het nooit 'n druppel sterk drank gedrink nie. Soos ek hom geken het, sou hy 'n aand lank in 'n kroeg saam met dronkgatte kuier en net Coke drink.

"Ek het daai selfde oggend nog CCTV footage van die vorige aand gekry. Danny het om negeuur by die kroeg uitgestap, fier en regop soos altyd. Duidelik niks makeer nie. Hy het op die sypaadjie gaan staan om te stap na sy kar wat aan die oorkant geparkeer was. Toe kyk hy om. Iemand het hom geroep. Die ou wat hom geroep het, moes 'n geloofwaardige storie gespin het, want Danny het toe by 'n stegie langs die kroeg ingegaan. Twee mans – een lang, sterk geboude ou en 'n skraler, kleiner een – het 'n halfuur later by die stegie uitgekom. Geen teken van Danny nie.

"Toe, seker vyf minute later, kom Danny by die stegie uitgesteier. Hy het gebuk en opgegooi. Ek kon sien hy's so dronk soos 'n spook. Toe het hy oor die straat gestap. Die kar het hom in die middel van die straat geskraap, hom etlike meters in die lug opgegooi. Die bestuurder het uitgeklim en die polisie gebel. Hulle was binne vyf minute op die toneel.

"Ek kon nie die bestuurder se gesig sien nie, want hy het met sy rug na die kamera gestaan, maar hy was ook lank en sterk gebou soos die een in die stegie, en het dieselfde top aangehad. Ek het vinnig twee en twee bymekaargesit. Die lang ou en sy handlanger het Danny by die stegie ingelok, toe drank in sy keel afgegooi en die lange het hom toe in 'n kar in die straat ingewag. By navraag het ek gehoor Danny se selfoon en sy sakboekie, waarin hy getrou sy vordering in die saak aangeteken het, was nie by hom toe hy lykshuis toe geneem is nie.

"Ek het die volgende dag al dié evidence aan brigadier Mabula gaan voorlê. Hy het dadelik gesê hy sal die aangeleentheid self ondersoek. My toe ook ingelig die eenheid gaan oor 'n paar dae ontbind word. Ek moet die dossier en bewysstukke by die Bellville-argief gaan inhandig, maar moet nie my vermoedens oor Jacobs se dood op papier sit nie. Hy wil eers self agter die kap van die byl kom, wat hy dan as 'n aanhangsel sal inhandig." Hy snork. "Daarvan het niks gekom nie.

"Toe, op die laaste dag terwyl ek ons kantoor ontruim het, het 'n besef my te binne geskiet. Nolte het ons destyds uit Mitchells Plain op die kantoor se landlyn gebel. En Danny het my ook soontoe gebel. Nolte en Danny het albei gesê hulle het hot leads en albei is kort daarna uitgehaal.

"Ek het 'n ou skoolpel wat by Telkom se tegniese afdeling in die Kaap werk na ons kantoor laat kom. Hy het binne vyf minute die meeluister-apparaatjies in al ons landlynfone gekry. Dit was die hele fokken tyd getap gewees!"

"Het jy dit vir Mabula gaan sê?" vra Kassie.

"Dadelik. Dit het gelyk of hy doodstyding kry. Hy't gesê ek mag nie 'n enkele woord daaroor sê nie. Dit gaan hom en PRIOR nog kakker laat lyk. En omdat ons van die volgende dag af nie meer as 'n eenheid bestaan nie, kan ons dit maar onder die mat vee en daarvan vergeet."

"Wat 'n loser!" roep Rooi uit.

"Het jy dit nie verder gevat nie?" vra Kassie.

"Nee, ek het geweet Mabula sou dit ontken. Dit sou my woord as 'n junior sersantjie teen die eenheidshoof s'n wees. In daardie stadium wou ek net so gou moontlik uit die polisie bedank en uit Kaapstad wegkom."

"Het jy nooit die naam van die motorbestuurder gekry wat Danny doodgery het nie?" vra Rooi.

"Ek het, maar kan dit nou om die dood nie onthou nie." Hy bly 'n oom-blik stil. "Maar julle sal sy naam beslis in 'n mediaberig kry, want daar was later 'n hofsaak. Danny se familie kon ook nie glo hy was dronk nie. Hulle wou die bestuurder aan die pen laat ry. Maar Danny se hoë bloedalkohol-vlakke het hulle saak gekelder. Die bestuurder het weggekom met die moord."

"Volgens generaal Radeba was daar rumours dat ander polisielede be-trokke was by die Altmans se ontvoering. Dalk nie direk nie, maar daar is geglo hulle het die ontvoerders met inligting gevoer," sê Kassie.

Weer die minagtende snork. "Dit was 'n gerug wat brigadier Mabula versprei het. Nog een van sy baie bullshit-stories om homself as die in-gedoende voor te hou. Die feit van die saak is dat ons landlynfone deur iemand getap was. Kan nie dink dat polisielede daarvoor verantwoordelik was nie."

Rooi frons. "Is daar nie nog oorblywende lede van PRIOR in die polisie met wie ons kan praat nie? Dalk die twee speurders in julle eenheid wat nie aan die saak gewerk het nie, of dalk 'n sekretaresse –"

"Hulle het niks geweet nie," onderbreek Ernst hom. "Ons is verbied om die Altman-saak met die ander twee speurders of die persoonlike assistent te bespreek. Die brigadier was natuurlik bang ons lig hulle in oor hoe hy sekere aspekte van die saak toesmeer."

Hy hou 'n vinger omhoog. "Daar is dalk een man met wie julle kan gesels. Hy was nou wel nie by PRIOR nie, maar was 'n drinkebroer en groot pel van Mabula. Ek dink Mabula het hom genoeg vertrou om openlik met hom te chat. Hy is brigadier Denver Fredericks. Sover ek weet, is hy nog by die polisie se teenbende-eenheid. Adjunkhoof daar, as ek my nie misgis nie."

"Ons sal so maak. Enigiets anders wat ons dalk kan help?" vra Kassie.

Ernst tuur voor hom uit. "Niks waaraan ek nou kan dink nie. As julle later nog spesifieke vrae het, kan julle my ma bel. Sy sal my op my burner kontak." Hy lyk verleë. "Dis nie dat ek julle nie vertrou nie, maar nét my ma ken my burner-nommer. Ek wil dit graag so hou."

Hy verstrek sy ma se nommer, wat Kassie op sy foon se kontaklys inpons.

Toe hulle groet, sê Ernst: "Wees versigtig, manne. Hoe meer mense weet julle ondersoek die Altman-saak, hoe meer waag julle dit op Avbob se voorstoep. Trust my maar as ek dit vir julle sê."

22

Kassie-hulle moes al vanoggend agtuur by generaal Radeba aanmeld. Toe Kassie die brigadier gisteraand bel om haar in te lig oor hulle gesprek met Ernst Delport, het sy dadelik gereël dat hulle vanoggend eerste ding 'n afspraak kry. "Belangrik dat hy sien ons vorder met die saak."

Nou, terwyl sy en die generaal aandagtig na die bandopname van die gesprek met Ernst luister, kan Kassie sien die generaal is ontsteld.

Toe dit eindig, slaan hy met sy vuis op die lessenaar. "As Mabula vandag nog geleef het, sou ek hom laat opsluit het! Dis sy bleddie soort wat ons in die SAPD moet uitroei, want ons het nog hopeloos te veel van hulle in ons geledere."

"Lyk toe darem nie of daar korrupte polisielede by die Altmans se moorde betrokke was nie," sê die brigadier.

Die generaal knik. "Dis darem 'n effense verligting. Soos Delport, kan ek ook nie dink dat polisielede die landlyne getap het nie. Dit sou 'n te groot waagstuk gewees het." Hy frons. "Maar ons kan polisiebetrokkenheid nie heeltemal uitsluit nie. Die ou wat destyds die dossier en bokse by die argief onttrek het, het die regte prosedures geken. As hy nie self 'n polisieman was nie, is hy deur een gebrief."

Hy kyk na Kassie-hulle. "Daarom hanteer ons hierdie saak nog onder die radar. Ons wil allermins die booswigte op julle loslaat. Dis duidelik dat ons met gewetenlose karakters te doen het."

"Is dit in orde dat ons met brigadier Denver Fredericks van die teenbende-eenheid gaan gesels?" vra Kassie.

"Ja, Fredericks is 'n goeie ou en 'n knap polisieman. Vreemd dat hy bevriend was met 'n paloeka soos Mabula, maar dit daar gelaat. Moet hom onder geen omstandighede vertel dat julle met Delport kontak gemaak het nie. Ons moet hou by my storie van die Altmans wat hulle ontvoering moontlik self gereël het en nou deur Interpol gesoek word. Sê vir hom julle help my net tydelik uit om 'n paar los drade vas te knoop. Ek het gevra julle moet met hom oor Mabula gaan praat omdat ek gehoor het

hulle was bevriend. Niks meer nie. Ek vertrou Fredericks as 'n eerbare ge-
regsdienaar, maar hy kan dalk net onder sy kollegas begin rondpraat as hy
vermoed die Spookeenheid ondersoek die saak van voor af. En voor mens
jou oë uitvee, weet die media daarvan."

Kassie besef dit gaan 'n moeilike gesprek wees. Hulle sal moet lig trap
om nie te laat deurskemer hulle weet meer as wat hulle voorgee nie.

"En julle moet die naam van daai motorbestuurder wat Jacobs doodge-
ry het, ASAP kry. As mens hom kan opspoor, kan julle nader kom aan die
baasbreine agter die moorde."

Kassie maak sy mond oop om te praat, maar brigadier Fortuin spring
hom voor. "Kassie-hulle sal dringend daaraan aandag gee sodra ons terug
op kantoor is."

★ ★ ★

Kassie het Rooi opdrag gegee om die motorbestuurder se besonderhede te
probeer kry. En as hy 'n naam het, moet hy sommer op die polisie se data-
basis kyk of die ou vorige veroordelings het. Dan weet hulle met watter
soort vent hulle te doen het.

Nou, terwyl Kassie op die balkon buite hulle kantoor sit, gaan hy weer
deur die aantekeninge wat hy gemaak het van die belangrikste dinge wat
Ernst Delport hulle vertel het.

Maar elke keer as hy iets identifiseer wat nadere ondersoek regverdig,
loop hy hom in 'n muur vas. Die twee gemaskerdes was duidelik huur-
moordenaars. 'n Man en 'n vrou. Navrae oor hulle onder bendes kan re-
sultate oplewer. Nolte het immers hulle name by 'n gangster gekry. Maar
hoe doen mens onder die radar navrae by bendes sonder om die kollig op
jouself te plaas? Die storie dat die Spookeenheid op soek is na die huur-
moordenaars wat die Altmans ontvoer het, sal soos 'n veldbrand versprei.

Dieselfde geld vir die motorbestuurder wat Jacobs doodgery het.
Goed en wel om sy naam te kry en uit te vind waar hy hom bevind, maar
hulle sal hom nie openlik kan konfronteer of ondervra nie. Die oomblik
wat hulle dit doen, gaan die man sy meelopers kontak en hulle op hul
hoede plaas.

Hy en Rooi sal donners skeppend moet dink om . . .

"Kassie, ek het als gekry wat ek kon oor daai ou," onderbreek Rooi sy gedagtes. Sy kollega lyk tevrede met homself.

Kassie beduie hulle moet in die kantoor gaan praat.

Rooi gaan sit agter sy lessenaar en kyk na die rekenaarskerm. "'n Redelik prominente berig in die media gewees oor die hofsaak wat Danny Jacobs se familie teen die motorbestuurder aanhangig gemaak het. Sy naam is Claus Oelofsen. Geen verwysing in die berig na sy beroep nie. Ek het toe verder op Google gesoek. Oelofsen was twaalf jaar gelede ook in die hof. Toe aangekla vir die besit van 'n ongelisensieerde vuurwapen en ammunisie, maar is onskuldig bevind."

Hy glimlag en tel 'n vel papier op. "Hy was minder gelukkig in sy jeug. Op ons databasis het hy drie inskrywings. Dertig jaar gelede, Oelofsen toe negentien, is hy vir huisbraak gearresteer. Drie maande in die tjoekie deurgebring. Vier jaar later vir aanranding opgesluit, ses maande lank. En twee jaar later het hy weer op 'n klag van aanranding agt maande se gratis verblyf in Pollsmoor geniet.

"Daarna loop sy tronkspoor dood, wat my laat wonder wat ons volgende stappe is? Gaan nie help om die speurders te probeer opspoor wat hom in sy jeugjare in hegtenis geneem het nie. Hulle gaan niks van sy huidige whereabouts weet nie."

"Wie was sy prokureur?"

"In die hofsaakberig word net 'n firma se naam genoem, maar ek kry nie 'n telefoonnommer vir hulle nie. Lyk of die firma nie meer bestaan nie."

Kassie peins 'n rukkie. "Jy behoort tog te kan uitvind wie die prokureur is. Dit sal in die hofrekords opgeteken wees. As jy hom kry, sê ons wil by Oelofsen inligting hê oor 'n dwelmsaak waaraan ons werk en vra of hy ons van 'n adres kan voorsien."

"Raait, ek bel nou my pel by die hof, wat sal weet hoe ons vinnig by die hofrekords van daai tyd kan uitkom."

"Intussen sal ek brigadier Fredericks bel om 'n afspraak met hom te reël," sê Kassie. "Ons sal mooi moet dink oor hoe ons daai gesprek gaan voer."

Rooi sug. "Juis nie my sterkpunt om my woorde te tel nie."

23

Dit moet die frustrerendste twee weke van sy lewe wees, dink Kassie terwyl hy voor die drukbord in die kantoor staan.

Hy en Rooi het nog nie 'n tree gevorder ná hulle gesprek met Ernst Delport nie. Claus Oelofsen se prokureur wat hom in die Jacobs-saak verteenwoordig het, Snoepie du Preez, het alle kontak met sy gewese kliënt verbreek. Kassie het al 'n stel of twee met Du Preez afgetrap, wat daarvoor bekend is dat hy karakters in die onderwêreld verteenwoordig. Die uitgeslape prokureur het beweer hy het geen idee waar Oelofsen hom bevind nie. Hy gee voor Oelofsen het destyds gesê hy is 'n versekeringsmakelaar, maar of dit die waarheid is, betwyfel Kassie.

Rooi het nietemin elke lang- en korttermynversekeraar in die Kaap gebel. Niemand het 'n Claus Oelofsen geken of ooit een op hulle boeke gehad nie. Rooi het ook 'n lys van al die Kaapse Oelofsens se woonadresse by die munisipaliteit gekry. Omdat daar nie baie Oelofsens is nie, het hy binne 'n japtrap uitgevind Claus woon nie by een van daardie adresse nie. En nie een van daardie Oelofsens ken hom nie. Hulle moes aanvaar hulle is in 'n doodloopstraat.

Na aanleiding van die mediaberigte dat Altman se gaste destyds in Avis-karre aangery is, het hulle ondernemings geskakel wat sulke dienste verskaf. Hulle navrae het op 'n ronde nul uitgeloop. Nie een onderneming het soveel bestuurders in diens gehad dat hulle twintig gaste op 'n slag kon vervoer nie.

Daarna het hulle sleg momentum verloor. Die enigste noemenswaardige deurbrakie wat hulle die afgelope tyd gemaak het, was om vas te stel dat die onbeboude veld in Rondebosch, twee straatblokke van die Altmans se huis af, steeds onbebou is. Dit verklaar waarom PRIOR nie die Altmans se vars grafte kon opspoor nie. Uit 'n navraag by generaal Radeba blyk dit die terrein waar die tweeling se geraamtes opgediep is, is 'n entjie verder geleë. Die huurmoordenaars het dus die wit bussie met voorbedagte rade langs die onbeboude veldjie gelos, wetende dat PRIOR daar na grafte sou

soek. Hulle moes die Altmans toe in 'n ander voertuig na die terrein ge-
neem het, waar die teregstellings plaasgevind het.

Kassie kyk op sy horlosie. Tyd dat hy en Rooi die pad vat vir hulle af-
spraak met brigadier Fredericks van die teenbende-eenheid, wat tot hulle
groot frustrasie die afgelope twee weke met verlof was.

Gegewe hulle beperkte ligtrapvragies aan Fredericks, glo hy nie die on-
derhoud gaan veel oplewer nie.

★ ★ ★

Brigadier Denver Fredericks is 'n lywige kêrel. Groot bierpens met 'n dik
Os du Randt-nek en twee uitstaanboude soos 'n matriekboeksak, om Rooi
se gunstelinguitdrukking te gebruik.

'n Vriendelike man in sy laat veertigs of vroeë vyftigs, wat Kassie-hulle
na die teenbende-eenheid se koffiekroegie uitnooi toe hy hulle in die voor-
portaal kry. "Hulle het my kantoor tydens my verlof uitgeverf. Mens kan
beswaarlik asemhaal met die verdomde walms," maak hy verskoning.

Toe hulle by 'n tafeltjie in die koffiekroegie gaan sit, lig hy sy ruie wenk-
broue. "Waaraan het ek 'n besoek van die Spookeenheid te danke?"

"Wel, dis nie regtig 'n Spookeenheid-aangeleentheid nie," sê Kassie.
"Omdat dit nou redelik stil by ons is, help ons generaal Radeba tydelik uit
met 'n paar navragies hier en daar. Sy nuut aangestelde assistent kom nie
oral uit nie."

"Hy is onder groot druk van Interpol om hulle van meer inligting oor
die destydse Altman-saak te voorsien," rammel Rooi sy rympie af soos hy
en Kassie ooreengekom het.

Fredericks knik. "Ek sien die generaal vermoed die Altmans het hulle
eie ontvoering gestage." Hy frons. "Weet nie hoe ek julle daarmee kan
help nie."

"Omdat brigadier goed bevriend was met brigadier Mabula van die des-
tydse PRIOR, het die generaal gereken Mabula kon dalk iets laat val het
wat sy ondersoek kan help?"

Fredericks skud sy kop. "Ek en Mabula was nie juis sulke watwonder-
se tjomme nie. Ons het weekliks, soms tweeweekliks, na-uurs 'n paar

kappe saam in 'n Woodstock-kroeg gemaak. Die arme ou was uit sy depth met die Altman-saak en het heeltyd by my raad gevra." Hy glimlag wrang. "Ek dink egter nie hy het ooit my advice ter harte geneem nie. As a matter of fact, hy het meestal verkies om dinge toe te smeer of te verswyg, eerder as om actually iets daaraan te doen." Hy huiwer. "Soos met die Russians."

"Die Russians?"

"Vroeg in die ondersoek het hy my vertel dat hy by 'n 'vriend in die onderwêreld', soos hy dit gestel het, verneem het die Altmans was deurmekaar met 'n spul Russian wapensmokkelaars wat veral onder die Vlakte se gangs bedrywig was. Dit het nie na 'n far-fetched storie geklink nie. Ek was bewus van Russian handwapens wat ons in daardie tyd by sommige van die gangs gekry het – goed soos Poloz- en Lebedev-pistole. My raad aan hom was om dit onder die Valke se aandag te bring, wat in daardie stadium besig was met 'n groot investigation na wapensmokkelary."

"Het hy enige ander details verskaf om te staaf waarom die Altmans by die Russe betrokke sou wees?" vra Kassie.

"Nee, maar hy was seker daarvan dat kaptein Nolte, die eerste PRIOR-ondersoekbeampte in die Altman-saak, deur die Russians in Mitchells Plain uitgehaal is. Nolte het allegedly die twee gemaskerdes wat die Altmans ontvoer het, se name by 'n gangster gekry. Mabula was oortuig dat die Russians daarvan te hore gekom het. Hy het egter daardie feit teenoor die media verswyg en Nolte se dood aan 'n bendeskietery toegeskryf."

"Het hy dus gedink die Russe sit agter die Altmans se ontvoering?" vra Kassie.

Fredericks haal sy skouers op. "Ek het maar so afgelei, maar ek dink Mabula was self skytbang vir die Russians. Praat hy uit oor hulle involvement, kon hy self 'n target word." Hy aarsel. "Maar aan die ander kant kan die generaal en Interpol reg wees. Die Altmans kon hulle ontvoering gestage het. Nie om mysterious reasons nie, maar bloot om uit die Russians se kloue te kom. Ek glo hulle het verskeie Swiss bank accounts en kan maklik 'n nuwe lewe in Europa vir hulself skep. So dalk het die generaal 'n valid afleiding beet."

Dit is op die punt van Kassie se tong om te sê die Altmans is vermoor en daarom is so 'n gevolgtrekking nie in die kol nie, maar hy kan nie. Hy vind hierdie ligtrappery erg frustrerend.

"Enigiets anders wat die generaal moontlik in sy ondersoek kan help?" vra hy.

Fredericks skud sy kop stadig. "Nie regtig nie. Mabula was nie 'n vreeslik reliable ou nie en van sy uitsprake was unbelievable. Ek't maar als met 'n pinch of salt gevat."

"Behalwe nou sy storie oor die Russe?" vra Rooi.

"Dit kan seker ook 'n leuen wees, maar ek het die fear in sy oë gesien toe hy van die Russians praat. Dit het my laat glo dis 'n genuine bedreiging."

24

"Hierdie Russiese storie gooi nou 'n heel nuwe spanner in ons works, nè?" sê Rooi toe hulle uit die teenbende-eenheid se kantore stap.

Kassie knik. "Dit kan jy weer sê."

"Dat Mabula sy vermoede van die Altmans se betrokkenheid by die Russiese wapensmokkelaars nooit amptelik ondersoek het nie, slaan my flippen dronk!"

"Ja, nie eens Ernst Delport was van daai hoek bewus nie, anders sou hy ons vertel het."

Kassie se selfoon lui. Hy grawe dit uit sy windjekker se sak, lig sy wenkbroue. "Nogal die generaal wat bel."

"Kassie, hier het iemand by my uitgekom wat julle ASAP moet gaan sien," val hy weg sonder om te groet. "'n Mike Loubser het die Wolseley-polisie gebel, en hulle bevelvoerder het hom toe na my verwys omdat daar 'n konneksie met die Altman-saak is."

Hy neem 'n diep asemteug. "Daar het twee dae gelede 'n groot brand in die Wolseley-distrik uitgebreek. 'n Man met die naam Bertie Vermaak het omgekom. Hulle het hom in sy afgebrande huis gekry. Die forensiese span daar het bevind Vermaak is deur giftige gasse oorval voor hy uit die brandende huis kon kom.

"Maar Loubser se oproep laat my nou anders dink. Hy is 'n werktuigkundige wat sy eie onderneming op Wolseley bedryf. Bertie het by hom odd joppies gedoen. Volgens Loubser was hulle boesemvriende. Bertie was voorheen vyf jaar lank 'n hekwag by die Altmans se huis. Volgens Loubser het Bertie 'n volledige lys name van die Altmans se gaste in daardie tyd bygehou. Iemand het Bertie onlangs honderdduisend rand vir daardie naamlys betaal. Bertie het glo vir Loubser gesê hy is bietjie senuweeagtig, want die vrou wat met hom onderhandel het, het hom gewaarsku dat hy nie 'n woord daaroor mag sê nie en dat hy nie dadelik die geld mag uitgee nie. Loubser vermoed nou dat Bertie nie deur giftige gasse oorval is nie, maar dat die vrou iets met sy dood te make gehad het.

"Ek whatsapp vir jou Loubser se telefoonnommer. Probeer om vandag nog 'n afspraak met hom te maak. Dan sal julle onverwyld soontoe moet ry. Dit kan die deurbraak wees waarop ons wag."

* * *

Kassie en Rooi gaan sit oorkant Mike Loubser in sy beknopte hoekkantoortjie in 'n deurmekaar werkswinkel, waar 'n paar karre met oop enjinkappe staan.

Hulle het teen 'n stink spoed Wolseley toe gery en drieuur hier aangeland. Dit kan wel 'n belangrike deurbraak wees, het Kassie gedink. Ernst Delport het juis melding gemaak van 'n hekwag wat permanent by die Altmans gewerk het, maar wat PRIOR nie kon opspoor nie.

Loubser vee sy oliebevlekte hande af aan 'n smerige lap, wat hy eenkant slinger toe hy klaar is. Snuit dan sy neus luid uit in 'n ewe onaansienlike sakdoek, wat hy terug in sy oorpak se sak druk.

"Die snotsiekte het my beet," sê hy, 'n rietskraal kêreltjie met lang, blonde hare en 'n hangsnor.

"Generaal Radeba het ons kortliks oor julle telefoongesprek ingelig, maar ons het nog baie vrae," begin Kassie.

"Julle kan maar vra. Ek kan julle assure hier het snaakse dinge met Bertie gebeur."

"Hoe goed bevriend was jy met Bertie?"

"Dik, dik tjomme. Van skooldae af."

"Het hy op Wolseley grootgeword?"

"Ja, hier by sy ouma gebly. Sy pa en ma is in 'n car accident dood toe hy nog klein was. Shame, sy ouma is ook verlede jaar dood. Hy het juis in haar huisie hier in die distrik gebly. Sy't 'n stukkie grond gehad."

"Het julle nog kontak gehad toe hy die Altmans se hekwag in Rondebosch was?" vra Kassie.

"Ja, gereeld oor die foon gechat. Daai rykgatte het hom te min betaal. Toe ek hom bietjie meer as vyf jaar terug 'n offer maak om my hier by die shop te kom help, het hy dadelik bedank en gekom."

"Wat het hy oor sy werk by die Altmans vertel?" wil Rooi weet.

"Dit was maar boring werk, het hy gesê. Daar het gereeld baie celebrities soontoe gekom. Bertie moes hulle inteken by die hek. Die Altmans het vir hom 'n naamlys gegee elke keer as hulle mense daar entertain."

"En hy het dié naamlyste gehou?" vra Rooi.

"Nee, hy moes dit aan die einde van die aand teruggee." Hy gee 'n laggie. "Maar Bertie het elke keer wanneer daar guests gekom het, hulle name in sy boekie neergeskryf. Hy't gesê hy wou vir sy ouma wys watse famous celebrities hy ontmoet het."

"Het hy jou ooit vertel wie daar was?"

"Hier en daar 'n naam genoem, maar celebrities is nie eintlik my ding nie. Ek's 'n petrolkop. Al celebrities in wie ek belangstel, is racing car drivers. En daar was nie van hulle onder die guests nie."

"Het Bertie met ander woorde sy boekie met die name in aan die vrou verkoop van wie jy die generaal vertel het?"

"Jip. Hundred thousand K daarvoor gekry! Hy kon sy luck nie glo nie."

"Het die vrou gesê waarom hulle so baie vir die name betaal?"

"Nope. Net vir Bertie gesê hy moet sy bek toehou oor hulle transaction. En hy mag nie dadelik wild en wakker geld begin spend nie. Hulle wil nie hê mense moet hom question oor waar hy die pitte vandaan gekry het nie. Hy mag ook nie sê hulle het daai boekie by hom gekoop nie."

"Het jy die geld gesien wat hy gekry het?"

"Ja, met my eie oë. In sulke bundles met rekkies om. Tweehonderd-, honderd-, vyftig-, twintig- en tienrandnote. Gebruikte money, kon mens sien. Dit het nie vars uit 'n ATM se bek gekom nie."

"Waar het die vrou met hom onderhandel?" vra Rooi.

"Hier in my shop. Bertie was alleen hier, want ek moes my oudste kind hospitaal toe vat. Mangels."

"Het hy die vrou se naam vir jou genoem?"

"Ja. Dit was Steen . . . nee, Steyn . . . Steynberg. Beslis Steynberg gewees." Hy aarsel. "Dink ek."

"Voornaam?"

"Hy het gesê, maar ek kan nie mooi onthou nie. Iets van . . . Dina of so iets."

"Het hy haar beskryf?" vra Kassie.

Hy lag. "Ja, gesê hy't lanklaas so 'n vet vrou gesien. Haar boude het aan weerskante van daai stoel afgehang waarop jy sit. Bertie het geworry die stoel gaan onder daai moerse weight kak."

"Niks anders nie?"

"Nee, net gesê die vrou het hom nervous gemaak."

"Hoekom sou hulle hom wou dood hê? Het hy begin geld uitgee?"

"Nie 'n sent nie, maar Bertie het nie altyd sy mond toegehou oor die geld nie. As hy 'n paar brandies inhet, seize sy brains. Dan kry hy 'n motor mouth. 'n Tydjie terug het hy in 'n packed bar gespog oor die pitte wat hy gekry het. Almal het hom gehoor. Ek het in sy oor gaan fluister hy moet vir sy bek brakes aansit, anders gaan die storie by die fatty uitkom."

"Hoekom dink jy dit was nie giftige gasse wat hom oorval het nie? Volgens wat ons gehoor het, het sy huis tot op die grond afgebrand."

"Bertie was fit, hoor. Every single morning voor werk gedraf. Ek laat my nie vertel hy kon nie betyds uit daai huis kom nie. Dis 'n klein plekkie. Tien tree en hy is uit." Hy sit vorentoe. "En sy huis was die enigste een in daai omgewing wat afgebrand het. Hulle sê dit was kooltjies wat van Kluitjieskraal oorgewaai het, maar ek sluk dit nie. Hoekom het daai kooltjies nie ander properties ook in flames laat opgaan nie? En dan is daar nog die Nissan Navara ook."

"Wat van die Nissan Navara?" vra Rooi.

"Kleinbooi Arendse was by sy sinkhuisie besig om sy vrou te help om wasgoed op die lyn te hang, toe sien hy die rook daar by Bertie. Hy het gehardloop om te gaan kyk. Toe sien hy hoe die blou Nissan Navara wegjaag. CA number plates. Nog nooit daai Nissan in ons omtes gesien nie, sê Kleinbooi."

"Het Kleinbooi dit vir die polisie gesê?"

Hy trek sy skouers op. "Weet nie, maar ek doubt dit. Kleinbooi praat nie maklik met die law nie. Hy't 'n lang criminal record. Sê altyd sy bek bly toegezip wanneer dit by crime incidents kom, anders verdink hulle hom automatically van wrongdoing."

"Ek dink nou net daaraan," sê Kassie. "Waar het Bertie sy geld gebêre? In die huis of in die bank?"

"In so 'n rooi toksak in sy huis."

Kassie wil vir Rooi voorstel hulle moet met die plaaslike polisielede gaan praat wat op die afgebrande huis afgekom het. Al sou die vlamme die sak kwaai beskadig het, sou daar tekens van die sak vol geld wees. As daar egter geen teken van so 'n sak is nie, klop dit met Loubser se vermoede dat ander partye vir sy vriend se dood verantwoordelik was en hulle die geld kon gevat het.

Maar dadelik besef hy hulle kan dit nie waag om met die Wolseley-polisie te praat nie. Hoe verduidelik hy hulle belangstelling in die saak sonder om na die Altmans te verwys?

Dis 'n bleddie onuitstaanbare situasie. Só gaan hulle nooit vorder nie. Hy sal met die generaal daaroor moet praat.

25

Terwyl Kassie en Rooi geduldig in die lykshuis se gang op die patoloog wag, dink hy weer oor gister se gesprek met Loubser. Slaan hom steeds dronk dat die vrou honderdduisend rand vir die naamlys betaal het. Jy betaal nie sulke soort geld as die item nie vir jou beduidende dividende gaan oplewer nie.

Die enigste nuttige inligting van gister – die van Steynberg en die Nissan Navara – het niks opgelewer nie. Daar is geen Nissan Navara in die Kaapse metropool vir 'n Steynberg geregistreer nie. En die generaal se telefoniese navraag by die Wolseley-polisie of daar tekens van 'n sak met geld in Bertie se huis was, het ook nie 'n antwoord verskaf nie.

Die een deel van die huis, insluitend die twee slaapkamers, het letterlik tot op die grond afgebrand. Van daardie deel se inhoud het net as oorgebly. Die leefkamerdeel waar Bertie se lyk gekry is, het minder skade gely, maar daar was geen teken van 'n sak met geld nie. Volgens die polisie is Bertie se lyk langs 'n houttafel aangetref. Die tafel is swart verkool, maar was nog staande. Het klaarblyklik moerse dik pote gehad. Bertie se lyk was maar sewe meter van sy huis se voordeur, wat Loubser se teorie in 'n mate versterk. Mens sou verwag dat hy betyds sou uitkom voor giftige gasse hom kon oorval.

Hopelik kry hulle antwoorde by vandag se outopsie. Die bedonnerde ou dokter Hattingh, 'n gerekende forensiese patoloog wat ook die Altmans se geraamtes onder oë gehad het, is in nóg 'n slegter bui as gewoonlik. Die generaal het versoek dat hy Bertie se outopsie alleen hanteer, sonder die skriba en twee dissekteerders wat hom normaalweg bystaan.

Toe Kassie-hulle vandag by hom aanmeld, het hy met opgeblaasde wange gesê hulle teenwoordigheid by die outopsie gaan maak dat hy veel langer as gewoonlik sal moet werk. Hy't gesnork. "My assistente sal nie uitpraat oor die Spookeenheid se teenwoordigheid nie, maar die generaal het gesê hy wil nie adverteer dat julle met die saak gemoeid is nie." Hy't sy kop verwoed geskud. "Hoe meer oë en ore, hoe meer monde om uit te praat, sê die generaal. Het julle al ooit sulke strooi gehoor?"

Kassie en Rooi het verkies om nie te antwoord nie.

Die deur van die disseksiesuite gaan oop en Hattingh wink hulle in, wat beteken hy het Bertie se lyk al uit die yskas gaan haal. Hattingh is in sy gepantserde wetenskapsfiksiedrag – rubberstewels, scrubs, operasiejurk en plastiekvoorskoot bo-oor, handskoene, moubedekkings, haarnet en masker. Rooi, wat graag nader staan wanneer die disseksie plaasvind, het 'n oorjas, masker, handskoene en plastiekbedekkings oor sy skoene aan. Kassie, wat nie 'n maag het vir 'n disseksie van enige aard nie, dra net 'n masker en skoenbedekkings. Hy verkies om die verrigtinge op 'n veilige afstand dop te hou, hoewel hy meestal wegkyk wanneer daar begin gesaag en gesny word.

Sy oë skeer oor die ruim vertrek, wat hom altyd ongemaklik stem. Daar is iets sinisters daaromtrent. Die koue betonvloer, die vlekvryestaal-wasbakke met toonbanke daarnaas, die waterpunte se spuitkoppe, die hangskale en die dreineringstelsels waarin bloed, liggaamsvloeistowwe en maaiers weg-gespoel word, is nie 'n omgewing waarin hy tuis voel nie.

Bertie se swartverkoolde lyk, 'n identifiseringsetiket om die enkel, laat Kassie se maag draai. Hy is op sy rug neergelê, sy regterarm reguit langs hom uitgestrek, die linkerarm voor sy bors opgetrek soos 'n bokser wat met geklemde vuis 'n hou afweer. Kassie het al voorheen verkoolde lyke gesien, waarby albei arms gewoonlik opgetrek is in die pugilistic stance, as hy die term reg onthou.

Rooi het dit ook opgemerk. Hy beduie na Bertie se uitgestrekte arm. "Dok, waarom is daai arm reguit? Beteken dit nie dalk dat dit aan iets vas-gemaak was toe die brand uitgebreek het nie?"

Hattingh knik. "Dit is moontlik, maar daar kan ook 'n ander verklaring wees. Soms word een kant van 'n liggaam erger gebrand as die ander. Dit hang af hoe die vuur versprei het en watter kant meer blootgestel was. Ek sal probeer bepaal of dit die geval was."

"Sal mens nie aan daardie reguit arm, dalk om die pols, iets soos 'n tou of 'n kabelbinder se oorblyfsels kry nie?" vra Kassie.

"Dit hang af van die vuur se temperatuur. As dit so hoog was dat daar net as oorgebly het van byvoorbeeld die omliggende meubels, sal daar beswaarlik tekens van 'n tou of plastiekbinder oor wees."

"Die gedeelte van die huis waar hy aangetref is, het nie so kwaai soos die res gebrand nie. Die tafel langs hom was glo swart verkool, maar dit het nog regop gestaan," sê Rooi.

"Oukei, dan kyk ons eerste of daar enige teken van plastiek aan sy pols is. Van 'n tou gaan jy nie maklik oorblyfsels kry nie."

Hattingh buk af oor die lyk en begin te werskaf met 'n instrument wat Kassie nie kan eien nie. Rooi leun gretig oor om die patoloog se vordering van naderby dop te hou, wat Kassie sy kop laat skud. Dit verstom hom telkens dat iemand wat terugdeins vir sy babaseuntjie se nommertweedoek, hom met soveel oorgawe tussen die derms en bloed van 'n lyk kan begewe.

Skielik tref die reuk van gebrande vleis Kassie se neusvleuels. Die naarheid stoot in sy keel op, wat al dikwels met hom in disseksiesuites gebeur het. "Verskoon my net vir 'n oomblik, ek moet dringend 'n draai loop," sê hy en vlug by die deur uit.

In die gang pluk hy sy masker af en neem diep asemteue om die naarheid te probeer teenwerk. Besef opnuut hy het nie die maag vir hierdie soort goed nie. Hy gaan haal 'n stoel verder af in die gang en loop sit by die disseksiesuite se deur. Geen manier wat hy die verrigtinge verder gaan bywoon nie. Rooi is mos daar.

* * *

Ná wat vir Kassie soos 'n ewigheid gevoel het, al was dit net sowat veertig minute, kom Rooi uit.

Hy lag toe hy Kassie sien. "Gedink jy is uit oor ander redes as 'n dringende nood."

Kassie ignoreer sy opmerking. "Wat sê die dok?"

"Hy het 'n swart, plastiekagtige residu in 'n klompvorm op die regtergewrig gekry. Hy sal dit na die forensiese laboratorium stuur vir ontleding. In dié stadium lyk dit nie of Bertie deur giftige gasse oorval is nie. Die dok sê koolstofmonoksiedvergiftiging verkleur die organe pienk en bloed kersiepienk. Dit is nie die geval by Bertie nie. Om honderd persent seker te maak, sal hy die bloed laboratorium toe stuur om die koolstofmonoksiedvlakke te bepaal. Maar as jy my vra, is dit 'n uitgemaakte saak dat Bertie doodgebrand het omdat hy aan iets vasgebind was."

"Wel, dan dui als daarop dat Loubser se teorie oor sy pel se lot in die kol was," sê Kassie. Hy sug. "Maar ons sal seker vir die laboratoriumuitslae moet wag om dit bo alle twyfel te weet."

"Die dok sê juis dit vat eeue voor mens daai uitslae terugkry."

Kassie glimlag. "Ek dink die generaal het genoeg clout om ons labtoetse voor in die tou te laat kom."

26

Twee dae het verloop sedert Bertie se outopsie. Die generaal het belowe hy sal die lab druk vir vinnige uitslae en Kassie-hulle behoort dit oor 'n week te hê.

Ondanks hulle gesprekke met Ernst Delport en Mike Loubser, is Kassie steeds gefrustreer met hoe stadig die ondersoek verloop. Dis vandag die laaste dag van Februarie en hulle het nog net babatreetjies gegee. Die suksesvolle opsporing van die moordenaars en hulle opdraggewers lê skynbaar onbereikbaar ver.

Die generaal was net soos hulle dronkgeslaan oor die Russiese wapensmokkelaars van wie brigadier Fredericks melding gemaak het. Die generaal het wel by die Valke uitgevind dat hulle in die tyd van die Altmans se ontvoering 'n ondersoek na wapensmokkelary van stapel gestuur het. Hulle kon die Russiese smokkelaars nooit vastrap nie en was onbewus van enige konneksie tussen hulle en die Altmans.

Kassie het sy ander frustrasie by die generaal gelug – dat hy en Rooi ernstig aan bande gelê word deurdat hulle die Altman-saak onder die radar moet hanteer. Die generaal het gesê hy verstaan Kassie se frustrasie, maar hy't nie veel van 'n keuse nie. Gee hy Kassie-hulle die groen lig om dit oop en bloot te ondersoek, stel hy hulle bloot aan ernstige gevaar. Die feit dat drie van die vier PRIOR-speurders vermoor is, kan mens nie ignoreer nie.

Ook wil hy nie hê die media moet met die storie op loop gaan nie. "Dan maak ons net slapende honde wakker, wat in dié stadium nog rustig snork en nie weet ons is agter hulle bloed aan nie." Kassie moet toegee dat daardie stelling meriete het. Al stel dit groot uitdagings aan hom en Rooi, sal hulle daarby moet berus dat hulle die storie onder die dekmantel moet hou.

Hy kyk op toe Lettie by die deur inkom en die oggendkoerant op sy lessenaar neersit. Sy doen dit gewoonlik wanneer die brigadier klaar daardeur geblaai het.

Vandag se voorblad word deur een storie oorheers: 'n Man en sy drie lyfwagte is gisteraand koelbloedig voor die man se spoghuis teen Leeukop se hange doodgeskiet.

"Goeiste, lelike storie dié, nè?" sê hy vir Rooi en hou die koerant vlugtig op.

"Ek het al op pad werk toe die plakkate gesien. Wie de hel het drie lyfwagte as hy nie ten minste 'n minister is nie?"

"Vra jy."

Kassie begin die berig lees.

"Die koerant sê die ou was na bewering 'n leiersfiguur in die sogenaamde konstruksiemafia."

"Jissou, daai ouens is mos 'n klomp vuil uile. Om eerlik te wees, ek weet nie veel van hulle nie, net dat hulle ouens in die boubedryf op 'n manier afpers."

"Hier is 'n afsonderlike brokkie oor hulle . . ." Kassie lees vir Rooi voor: "Weens die konstruksiemafia ly die boubedryf jaarliks groot verliese. Verskeie sakeondernemings moet reusebedrae geld aan hulle betaal vir sogenaamde beskermingsdienste. Klein ondernemings in die boubedryf moet tot dertigduisend rand 'n maand daarvoor opdok. Ondernemings wat weier om te betaal, moet groot uitgawes aangaan om veiligheids- en lyfwagte aan te stel omdat hulle glo gereeld doodsdreigemente van die konstruksiemafia kry. 'n Onlangse verslag van die Wêreldbank sê die verliese in dié bedryf as gevolg van die konstruksiemafia beloop vierhonderdmiljard rand per jaar."

"Dis flippen baie geld! Wie is die konstruksiemafia-ou?"

"Colin Moorcroft." Hy lees ook die name van die man se drie lyfwagte hardop. "Nog nooit van een van dié lot gehoor nie."

Rooi frons. "Colin Moorcroft?" Sy gesig helder op. "Bliksis, Kassie, daai naam lui 'n klokkie!"

Hy begin verwoed op sy rekenaar tik. Kyk ná 'n rukkie glimlaggend op. "Wou sê ek het my nie verbeel nie. My navorsing oor ons vriend Claus Oelofsen werp dalk nou vrugte af. Colin Moorcroft is twaalf jaar gelede saam met Oelofsen en drie ander mans aangekla van die besit van ongelisensieerde vuurwapens en ammunisie. Ek het toe nie gedink daai ander ouens is vir ons van belang nie, omdat dit so lank terug gebeur het."

"Hel, nè?!" roep Kassie uit. Hy lees die berig verder. "Hulle haal hier 'n ou, Brian Coetzee, aan wat na bewering deel van die konstruksiemafia is. Hy sê hy is doodseker sy vriend en sy lyfwagte se dood kan voor die deur van iemand in die boubedryf gelê word." Hy kyk na Rooi. "Wonder of ek hom nie moet bel nie? Kan altyd 'n bullshit-storie spin oor waarom ons na Claus Oelofsen soek. Iets sê vir my dat Oelofsen ook deel van die konstruksiemafia kan wees of was, gegewe sy verskyning saam met Moorcroft in die hof."

"Bel hom, Kassie! Piedt sal sy nommer tjop-tjop vir ons kry."

"Wat gaan jy vir Piedt sê as hy wil weet waarom ons die ou se nommer soek?"

"Sal net sê die generaal se nuwe assistent soek Coetzee se nommer en hy het jou gebel om te hoor of jy hom nie kan help nie."

"Raait, gaan kyk of Piedt sy kant kan bring."

Rooi skiet soos 'n torpedo uit sy stoel en is uit by die deur. Kassie hoop Piedt is in sy kantoor. Hy weet hy en Colyn is besig met 'n saak rakende 'n diefstalsindikaat en dat dit hulle aan die rondhardloop hou.

Rooi is binne tien minute terug en oorhandig 'n velletjie papier aan Kassie. "Daar's hy, kaptein, Brian Coetzee se nommer. Niemand verbloem 'n telefoonnommer vir Dan Piedt nie. Daai man is 'n fenomeen!" Hy beduie na Kassie se foon. "Sit net die speaker aan dat ek ook kan luister."

Kassie, wat intussen 'n rede uitgedink het waarom hy na Oelofsen soek, bel.

Hy is gelukkig. Coetzee antwoord.

"Kaptein Joost Bergh van generaal Radeba, die Wes-Kaapse polisiehoof, se kantoor," stel Kassie hom bekend.

"Werk die polisiehoof ook aan Colin en sy lyfwagte se moord?" wil Coetzee weet.

"Nee, ek bel om 'n ander rede. Ons is op soek na Claus Oelofsen, wat ons glo ook in die konstruksiebedryf werksaam is of was. Die generaal soek sekere inligting by hom, wat verband hou met 'n motorkaping van jare gelede. Dis 'n saak wat nou weer ondersoek word. Ons verstaan meneer Oelofsen was 'n ooggetuie van die kaping."

"Waar Oelofsen hom nou bevind, weet ek nie. Die telefoonnommer wat ek vir hom het, werk lankal nie meer nie."

"Hoe ken jy hom?"

"Hy was 'n hele klomp jaar gelede een van Colin se lyfwagte. Hy het toe bedank. Ek het hom daarna gereeld in die stad raakgeloop. Hy het toe 'n ander werk gehad. Maar sedert seker so vyf jaar gelede het ek hom nog nooit weer onder oë gehad nie. Soos ek sê, sy foonnommer werk lankal nie meer nie."

"Weet jy watse werk hy daarna gekry het?"

"Hy't vir 'n vrou gewerk wat iets te doen gehad het met antieke goeters of iets dergeliks. Kon nooit aflei presies wat dit was nie."

"Jy het nie dalk die naam van daai werkgewer van hom nie?"

Coetzee gee 'n laggie. "Ek kan haar van onthou, snaaks genoeg. Dit is Steenberg. Al rede waarom ek dit nie vergeet het nie, was dat ek op dieselfde dag as wat hy haar naam vir my genoem het, by die Steenberg-gholfklub aangesluit het. Hy het gesê sy is moerse vet."

"Enige idee waar sy haar bevind?"

"Nee, maar wat ek van Oelofsen afgelei het, het hy iewers in Rondebosch uit 'n huis gewerk. Weet verder niks van haar, of for that matter van Oelofsen se huidige omstandighede nie. Soos ek sê, hy wys al die afgelope vyf jaar nie sy gesig in die Kaap nie. Van sy destydse pelle in die konstruksiebedryf het hom ook nooit weer in die Kaap gesien nie."

"Weet jy waar hy gebly het?"

"In sy tyd as lyfwag het hy in Colin se huis gebly. Dis al adres van hom waarvan ek geweet het."

"Enige familielede of goeie vriende van hom wat jy dalk ken of geken het, soos die ouens in die konstruksiebedryf na wie jy verwys het?"

"Nee, ongelukkig het ek kontak met baie van hulle verloor. Sy beste pel, Boeta van Wyk, was een van die lyfwagte wat gisteraand saam met Colin en die ander twee doodgeskiet is. Boeta was destyds 'n lyfwag saam met Claus."

Toe Kassie aflui, klap Rooi met sy plathand op die lessenaarblad. "Bliksis, Kassie, iets sê vir my ons begin nou vordering maak. Loubser het juis nie honderd persent seker geklink van die vrou se van nie. En net te oordeel na wat Coetzee gesê het oor haar grootte, kan ons nou aanneem die vrou se van is Steenberg en nie Steynberg nie. Ook die feit dat sy in antieke goeters of iets dergeliks deal, bring die artefakte-hoek nou in die prentjie, of hoe?"

"Beslis. Waaroor ek opgewonde is, is dat Oelofsen in die tyd toe hy Danny Jacobs doodgery het, vir Steenberg moes gewerk het. Mens kan dan redeneer dat sý agter nie net Jacobs en Bertie se moorde gesit het nie, maar ook agter dié op Ernst Delport se ander kollegas. En dat sy dit gedoen het om te voorkom dat die polisie uitvind sy het die gemaskerdes gehuur om van die Altmans ontslae te raak. Ons moet nou net uitwerk waar die artefakte in die prentjie pas."

Rooi vryf sy hande geesdriftig teen mekaar. "Case amper solved, Kassie!"

Deel 3

Dolf & Monica

27

Dolf hou stiptelik by die spoedgrens op pad na Bredasdorp. Hy kan nie bekostig om met die Thulamela-versameling in die kar se kattebak afgetrek te word nie.

Hy glimlag. Clarissa is uit haar vel omdat hy so gou 'n voornemende koper vir die versameling gekry het. Die skatryk, afgetrede sakeman en amateur-argeoloog het nie 'n oomblik gehuiwer toe Dolf hom bel nie. Dolf het die Thulamela-versameling nie by die naam genoem nie, maar dit duidelik gestel dis moontlik die mees gesogte Suid-Afrikaanse erfenisskat wat op die swartmark beskikbaar is. Hy het 'n vermoede die man kon aflei van watter versameling hy praat, want hy was baie opgewonde oor die vooruitsig om dit te besigtig. "As dit is wat ek hoop dit is, is my beursie oop vir besigheid," het hy gesê.

Volgens Clarissa het die man al voorheen aardige bedrae op hulle veilings bestee vir veral artefakte uit lande in Wes-Afrika. Omdat hy nou rolstoelgebonde is, woon hy egter die afgelope vyf jaar of wat nie meer veilings by nie. Buitendien versamel hy net Afrika-artefakte, waarvan Clarissa-hulle deesdae nie meer 'n oorvloed het nadat hulle middelman in Wes-Afrika in hegtenis geneem is nie.

Sy sê sy het maar 'n kans gewaag deur vir Dolf sy naam as 'n moontlike koper te gee, want sy't verstaan hy ly aan 'n terminale siekte.

Die man se huis is net buite die dorp agter 'n hoë veiligheidsmuur. Dolf pons die nommers wat die man vir hom oor die foon gegee het by die hek in. Toe die houthek stadig oopskuif, word 'n enkelverdieping-siersteenhuis onthul. Dolf het 'n mansion verwag, maar dié woning lyk bra beskeie.

Hy hou op 'n geplaveide parkeerarea voor die huis stil. 'n Breedgeskouerde swart man wag hom by die voordeur in. Hy het 'n kaalgeskeerde kop en dra 'n netjiese donker pak klere.

Dolf haal die tas met die versameling uit die bak en stap voordeur toe. Die man knik net vir hom en ignoreer sy uitgestrekte hand. "Meneer Kruiswijk wag vir jou in die sitkamer," sê hy stroef op Engels.

Die groot voorportaal het twee stelle trappe wat na benede lei, wat Dolf laat besef die huis moet ondergrondse verdiepings hê. Die oubaas moet sy uitgebreide artefakte-versameling iewers in 'n bunker onder die huis aanhou, dink hy. 'n Kort gang lei na 'n baie ruim sitkamer.

Jacques Kruiswijk, in 'n rolstoel en gekoppel aan 'n suurstofmasjien, strek 'n verrimpelde hand na Dolf uit. Sy gesig lyk afgerem en daar is donker kolle onder sy oë. Net te oordeel na sy yl silwergrys hare en beplooide gesig, moet hy in sy tagtigs wees. Die suurstofmasjien se pypies wat in sy neus oploop, bewe liggies toe hy in 'n krakerige stem sê: "Welkom by my. Ek kan nie wag om te sien wat Clarissa vir my gestuur het nie."

Dolf is verras dat hy haar regte naam ken. Toe hy Kruiswijk gebel het, het hy gesê hy bel namens Edina Steenberg. Die kêrel moet 'n baie ou en betroubare kliënt van Clarissa wees.

Die man wat Dolf by die voordeur ingewag het, gaan staan arms gevou agter Kruiswijk. Dié aksie trek sy baadjie effe op, wat Dolf 'n vlugtige blik van sy heupholster gee.

"Laat ons nie tyd verspil nie. Jy kan maar uitpak," sê Kruiswijk, sy waterige ogies glinsterend.

Dolf sit die tas op die koffietafel voor hom neer en maak dit oop. Hy haal die juwele stuk-stuk uit hulle plastiekbedekkings.

'n Onaardse roggelgeluid ontsnap uit Kruiswijk se keel. "Moeder Maria!" roep hy uit. "Presies wat ek vermoed het dit is! Net om te dink koning Ingwe en koningin Losha het hierdie juwele gedra, gee my hoendervel."

Met 'n bewende hand neem hy die glas water uit die houer in sy rolstoel en sluk dit met een teug weg.

Hy glimlag. "Die dag toe ek in die media lees die Thulamela-versameling is uit die Skukuza-museum gesteel, het ek nogal gedink Clarissa moet 'n hand daarin hê. Waarom het sy so lank gewag voor sy dit vir my aanbied?"

"Vir 'n afkoelperiode. Dit was die afgelope paar jaar te riskant om te probeer verkoop," sê Dolf.

Kruiswijk knik. "Tipies Clarissa. Soos altyd oorversigtig. Maar dis moontlik haar behoud. Vandat die Altman-tweeling nie meer die veilings hanteer nie, moet sy seker bitter versigtig te werk gaan."

Die Altman-tweeling? Kan dit die twee gewese vennote wees na wie Clarissa verwys het toe hy haar oor Bertie Vermaak uitgevra het? Vir 'n oomblik oorweeg Dolf dit om Kruiswijk oor hulle te pols, maar hy bedink hom betyds. Veiliger om sy mond te hou. *Barnabas se oë en ore is oral*, is 'n waarskuwing van Clarissa wat hy nie ligtelik kan opneem nie. Dalk is Barnabas en dié outoppie hand om die blaas.

"Reg," sê Kruiswijk. "Kom ons praat prys. Wat wil Clarissa hiervoor hê?"

"Een-en-'n-kwartmiljoen."

Kruiswijk skud sy kop. "Ek is bereid om eenmiljoen te betaal. 'n Beter prys gaan sy nie in Suid-Afrika kry nie. Sy behoort dit te weet."

"Ek . . . sal haar moet bel en hoor."

"Nou maar goed dan."

Die fris kêrel stap saam met Dolf na die voordeur. Hy bly daar staan toe Dolf na sy motor stap en sy selfoon uithaal.

Clarissa beantwoord dadelik sy oproep.

"Hy's bereid om 'n miljoen te betaal."

"Dis nie 'n slegte prys nie, maar ek sal eers by Barnabas moet hoor wat hy sê. Ek bel jou nou terug."

Terwyl hy wag, kan hy steeds nie glo Kruiswijk hou soveel kontant in sy huis aan nie, maar Clarissa het hom verseker dit is al manier hoe sy sake doen – en Kruiswijk weet dit maar te goed.

Twee minute later lui sy foon.

"Reg so. Jy kan dit vir eenmiljoen laat gaan."

"Moet ek die geld eers tel voor ek ry?"

Sy lag. "Nie nodig nie. Kruiswijk weet wat gebeur met mense wat ons probeer inloop. Al is dit met so min as honderd rand."

Haar woorde gee Dolf 'n koue rilling, wat hom opnuut laat besef hy sal fokken versigtig moet trap. Hy het nie hier te doen met een van die Manchester-weduwees wat hy so maklik uit hulle spaargeld geswendel het nie. Dit gaan 'n heel ander ball game wees hierdie as hy eers sy planne in werking begin stel.

Monica hou Arend dop toe hy uit die hotelbed langs haar opstaan. Op vyftig begin sy liggaam sy ouderdom wys. Hy was nooit buitengewoon gespierd nie, maar sy maag was plat, die seningspiere in sy arms en oor sy bors redelik prominent, en sy postuur regop en fier. Nou het hy 'n effense boepie, sy borste is besig om af te sak, sy arms het los velle wat dril as hy dit beweeg en sy slape is plek-plek grys.

Die ouderdomsverskil van twintig jaar tussen hulle hinder haar al lankal. Nie noodwendig slegs vanuit 'n fisieke oogpunt nie, maar sy brein is nie meer naastenby so skerp as in die dae toe sy as 'n beginner-konstabeltjie op dié ervare en gerekende speurder verlief geraak het nie. Dit is asof hy vasgesteek het by daardie verouderde tegnieke en nooit uit hulle ondervinding van die afgelope sewe, agt jaar iets geleer of aangepas het nie.

Was dit nie vir haar nie, het hulle nooit van Moorcroft en sy gespuis voor die opdraggewer se deadline ontslae geraak nie. Net sy huiwering om haar voorstel te aanvaar van hoe hulle tot Moorcroft se perseel toegang kan kry, het gewys dat hy oorversigtig geword het. Die daredevil wat sy eens verafgod het, het in 'n pateet verander.

Sy het die afgryse op sy gesig gesien toe sy Moorcroft en sy lyfwagte een ná die ander afmaai. Hy't nie meer die maag vir dié job nie. En dit pla haar. Daardeur stel hy haar lewe indirek in gevaar.

Hy was net so pateties toe Moorcroft en sy lyfwagte haar in die hotelkamer aangehou het. Met sy hande in sy hare gaan sit, pleks dat hy 'n plan gemaak het.

Die ergste van als is dat hy haar irriteer. Met sy oorbesorgdheid oor haar ná die verkragting, wil hy van haar 'n slagoffer maak wat met handskoentjies hanteer moet word. Monica Wepener is g'n slagoffer nie. Sy kan na haarself kyk en het self daardie mans laat boet, terwyl hy net daar gestaan het. Sy wil die hele voorval agter haar plaas, maar die leepoë waarmee Arend na haar kyk, laat dit nie toe nie.

Haar liefde vir hom het al 'n ruk gelede begin vervaag, maar tans vind sy in der waarheid sy nabyheid onuithoudbaar. Moontlik is sy wel nog lief vir hom, maar dis liefde soos vir 'n familielid en nie 'n lover nie. Sy oorversigtigheid in die bed sedert die verkragting maak haar net van voor af kwaad. Sy wil nie soos 'n brose poppie behandel word nie.

Toe hulle eergister uit die bloute die opdrag kry om die Moerdyk-kêrel in Bloemfontein op te spoor, het sy 'n finale besluit geneem. Dit sal hulle laaste sending saam wees. Die vennootskap van Brockmann & Wepener Private Speurdiens kom dan tot 'n einde. Sy het 'n ander vennoot in gedagte.

En dis tyd dat hulle ook van bed en tafel skei.

Sy weet nie hoe Arend dié nuus sal hanteer nie, want sonder haar gaan hy verlore wees.

28

Dolf is in sy noppies oor die bonus wat Clarissa hom betaal het ná die suksesvolle Kruiswijk-transaksie. Hy kan doen met 'n ekstra twintigduisend in sy bankrekening. Maar belangriker nog is dat hy ná bietjie meer as vier jaar finaal haar vertroue gewen het.

Hy bespeur dit die afgelope ruk in haar oë en lyftaal. Dis tekens waarop hy die hele tyd in Manchester ingestel was. Aanvanklik was al die vroue daar gevlei omdat dié veel jonger man in hulle belangstel, maar hoofsaaklik weens hulle vriendinne en veral kinders se agterdog, is hy lank met handskoene hanteer. Namate hy hom in hulle vriendekring en familielewe ingegrawe het – selfs kleinkinders by die skool gaan optel en die kleintjies se doeke help omruil het – het die agterdog jeens hom stadig maar seker verdwyn. Sy voornemende bruide was oortuig dat 'n wonderlike nuwe lewenspad vir hulle wink saam met dié sagmoedige en eerbare man, wat slegs 'n tydelike geldnood beleef totdat sy vaste beleggings van miljoene in die Bahamas loskom. Dit was eers wanneer hy daardie vertrouensdrempel oorgesteek het, dat hy kon begin om hulle op groot skaal uit hul geld te swendel.

In daardie opsig het sy twee jaar as polisieman by Londen-Sentraal se stasie hom baie gehelp. Hy het geweet watter finansiële slaggate om te vermy. En om nie dieselfde ooglopende foute te maak as wat soortgelyke swendelaars in die tronk laat beland het nie. Maar vyf jaar en vier bankrot weduwees later, het hy besef hy kan nie verder sy kanse waag nie. Engeland het te klein geword om daarmee voort te gaan. Dit was tyd om aan te beweeg en ander moontlikhede te ontgin.

Sy goeie vriend Carlos Rossi het hom tydelike verblyf aangebied by sy huis in Amalfi, Italië. Rossi het destyds sy identiteitsdokumente vervals, toe Dolf besef het hy kon nie Manchester invaar met die Suid-Afrikaanse naam Dolf Pieterse waaronder hy by die Britse polisie in diens was nie. Rossi het toe ook vir hom 'n paspoort vervals ingeval hy vinnig voor die gereg moes vlug. Nou het hy Rossi weer nodig gehad om vir hom 'n ander identiteit te skep. Dié gasvrye Italianer, 'n geskeide man wat alleen bly, het gesê Dolf kan so lank by hom vertoef as wat hy wil. Hy verwelkom die geselskap.

En toe glimlag die geluksgodin vir Dolf. Rossi se lewenslange skoolvriend, Lorenzo Esposito, wat toe pas uit die tronk gekom het, het ook daar kom nesskop.

Hy het dadelik aanklank by Esposito gevind. Hy was op sy dae 'n belangrike middelman tussen plunderaars, kopers en handelaars van seldsame argeologiese artefakte. Dolf kon sy ore nie glo toe hy hoor hoe 'n lewendige swartmark daar vir dié antieke ware is nie. Ook nie hoeveel miljoene euro's jaarliks in daardie skaduwêreld bestee word nie.

Die plunderaars van die argeologiese terreine spits hulle veral toe op lande soos Irak, Sirië en Roemenië, waar gebiede ondoeltreffende veiligheidsmaatreëls het. Dit is hoofsaaklik te wyte aan konfliksituasies in dié lande dat owerhede hul oog van argeologiese erfenisterreine afgehaal het. Uit daardie lande het Esposito se grootste besigheid gevloei.

Dolf, wat kwaai na sy geboorteland verlang het, het met groot belangstelling geluister hoe Suid-Afrika met sy swak rekord van misdaadbekamping een van Esposito se grootste uitvoermarkte was, waar al hoe meer sindikate 'n veilige hawe gevind het.

Ironies dat dit juis 'n besending artefakte na Esposito se grootste kliënt in Suid-Afrika was, wat tot sy inhegtenisneming gelei het. Europol het op Esposito se pakhuis toegeslaan toe hy op die punt was om baie waardevolle items per skip na Kaapstad te versend. Om sy tronkstraf ligter te maak, het hy die Suid-Afrikaanse aankoper se naam aan Europol verskaf. Hy sou later in die tronk uitvind die vrou het al die jare onder 'n vals naam sake gedoen en dat Europol haar nie in Suid-Afrika kon opspoor nie.

Dolf het geglo hierdie verhaal van Esposito is 'n teken dat hy na Suid-Afrika moet terugkeer. Antieke artefakte het skielik by hom 'n obsessie geword en hy het soveel inligting daaroor uit Esposito getrek as wat hy kon. Die vrou in Suid-Afrika se naam is Edina Steenberg. Sy het Esposito selfs eenkeer in Amalfi kom besoek. Hy was geweldig beïndruk met haar kennis van waardevolle argeologiese artefakte, en was oortuig daarvan dat sy 'n argeoloog van formaat moet wees. Op Dolf se aandrang het hy 'n volledige beskrywing van haar voorkoms verskaf. Toe Esposito aan Dolf noem dat hy talle kere voor besendings lang gesprekke met haar enigste werknemer, Claus Oelofsen, oor die telefoon gevoer het, het Dolf geweet hy het die jackpot geslaan. Met dié naam in sy arsenaal is sy pad so te sê geplavei in 'n suksesvolle nuwe rigting. Dis 'n bonus dat hy dit in Suid-Afrika sal kan doen.

Hy wou weet waarom Esposito nie ook Oelofsen se naam aan Europol verstrek het nie. Esposito het hom in 'n fluisterstem vertel, kompleet asof hy bang was Europol kon dalk meeluisterapparate in Rossi se huis versteek het, dat hy en Oelofsen aan 'n besigheidsplan gewerk het waarvan niemand bewus was nie. Esposito het 'n begaafde vriend gehad wat wêreldbekende kunstenaars se skilderye vervals. Oelofsen was te vinde daarvoor om as Esposito se agent in Suidelike Afrika op te tree. Dit was die enigste rede waarom hy Oelofsen nie verklap het nie. Hy het gehoop as hy uit die tronk kom, kon hy en Oelofsen saam geld soos bossies maak. Maar omdat sy kunstenaarsvriend die vorige jaar oorlede is, het dié plan in die hek geduik.

Hy het Dolf in detail vertel wie se skilderye hulle destyds van plan was om te vervals en watter tegnieke sy kunstenaarsvriend sou inspan om dit oorspronklik te laat lyk.

Dolf het só kennis verwerf wat hy later met groot vrug kon inspan om Clarissa te oortuig hy is die regte man vir die werk by haar.

Hy glimlag nou, maar anderdag het hy amper 'n hartaanval gekry toe Clarissa hom uit die bloute vertel van haar noue ontkoming met die besending artefakte uit Amalfi. Hy het vir 'n oomblik gedink sy verwys daarna om hom uit te vang – dat sy dalk iewers uitgevind het hy was met Esposito in aanraking en dat sy weet hy is besig om haar te bedrieg.

Maar tot sy verligting het hy gou aan haar houding gesien sy het geen sulke vermoedens nie. Hy kan ongestoord voortgaan om sy eie agenda te dryf.

* * *

Monica het Arend oortuig hulle moet nog 'n dag of twee in die Kaap vertoef voor hulle die pad Bloemfontein toe vat. "Ná die uitmergelende Moorcroft-opdrag verdien ons 'n blaaskans," het sy aangevoer.

Op die internet het hulle geen bykomende bruikbare inligting oor Marinus Moerdyk gekry nie. Nie dat hy vir hulle 'n totale vreemdeling is nie. Toe hulle 'n rapsie meer as vyf jaar gelede gehuur is om die Altman-twee-ling uit te haal, het Steenberg gesê dit sal 'n bonus wees as hulle die Altmans se butler, wat 'n woonstelletjie in die huis het, ook van die aardbol verwy-der. Hy weet te veel van die Altmans se bedrywighede, maar is gelukkig onbewus van Steenberg-hulle se betrokkenheid daarby. Dit was egter nie 'n voorvereiste as dit hulle taak sou belemmer om die Altmans vinnig uit die huis te kry nie.

Monica onthou dat hulle die butler nie in sy woonstelletjie gekry het nie en toe ook nie moeite gedoen het om hom verder te soek nie. Hulle wou so gou moontlik met die Altman-broers wegkom.

Daardie nag het sy vir die eerste keer besef Arend word sag. In die be-boste veld waar hulle al die vorige nag die Altmans se grafte gegrawe het, het die twee broers gepleit dat hulle lewens gespaar word. Anders as met enige vorige teregstellings, waar Monica-hulle altyd met opperste uitvaag-sels te make gehad het, was die Altmans gesofistikeerde mense. Hulle het aangevoer hulle enigste oortreding was om tien persent van hulle vennote se veilinginkomste te vat, wat hulle in elk geval vir 'n goeie doel aangewend het deur dit aan welsynsorganisasies te skenk. Hulle het die oordeelsfout begaan om die tien persent te neem sonder die medewete van hulle venno-te, wat dit nou uitgevind het.

Terwyl die Altmans vasgebind op hulle knieë voor die oop grafte was, het Arend Monica eenkant geroep. Hy't gesê hy sien nie kans om die broers te skiet nie. "Hulle verdien dit eenvoudig nie," het hy bygevoeg. Hy het aangevoer die Altmans is ryk genoeg om na die buiteland te vlug en 'n goeie bestaan in 'n ander wêrelddeel te maak. Hulle kan die Altmans se paspoorte by die huis gaan kry en hulle help om vinnig 'n internasionale vlug te haal. Aan Steenberg kan hulle rapporteer dat hulle die Altmans geskiet het.

Monica was met afgryse gevul oor sy voorstel. "So jy wil die kans waag om ons goeie naam in 'n bleddie drein af te spoel oor jou gewete jou nou pla? Vind Steenberg-hulle dit uit, sal hulle met al hul kontakte seker maak ons kry nooit weer 'n job nie. Ek weet nie van jou nie, maar ek sien nie kans om terug te keer na ons sukkelbestaan nie."

Hy het weer begin om sy saak te stel, maar sy het hom gou stilgemaak. "Dan skiet ék hulle. Jy gaan my tog nie probeer keer nie?"

Arend moes besef het hy het die argument verloor, want hy het woordeloos na die broers gestap en hulle doodgeskiet. Hy en Monica het nooit weer oor die voorval gepraat nie.

Nou verwys hulle ook nie daarna nie, hulle fokus op Moerdyk.

Die inligting wat hulle via 'n whatsapp van Steenberg ontvang het, maak melding van 'n kontak wat hulle in Bloemfontein kan besoek, wat Moerdyk twee keer die afgelope maand in 'n restaurant daar gewaar het. Volgens die man het hy Moerdyk na 'n kleinhoewe buite die stad gevolg, waar hy vermoedelik saam met 'n ander man woon.

Anders as met enige vorige opdrag, is daar 'n belangrike bykomende taak. Hulle moet sekere items by Moerdyk kry voor hulle van hom ontslae raak. En wanneer hulle dit het, moet hulle eers wag om te hoor of dit die items is waarna Steenberg-hulle soek.

In die whatsapp het Steenberg dit duidelik gestel dat hulle vyf-en-sewentigduisend rand vir die regte items betaal sal word. Moerdyk se dood is vyf-en-twintigduisend werd.

Terwyl Arend die opdrag met haar bespreek langs die swembad van die Kaapse hotel, dwaal haar gedagtes. Wanneer gaan sy hom inlig dat hulle paaie skei?

Hy onderbreek haar gedagtes. "Klink nie na 'n vreeslik uitdagende opdrag nie, veral omdat ons sal weet waar Moerdyk bly."

Monica knik. "Solank ons dit net blitsvinnig afhandel. Ek wil nie weer amper 'n maand lank sukkel soos met Moorcroft nie."

Haar prioriteit is om terug in Johannesburg te kom, sodat sy die eerste stappe kan doen om met haar nuwe lewe te begin.

29

Toe Dolf bietjie meer as vier jaar gelede in Suid-Afrika aankom, het hy dadelik werk gemaak van Esposito se inligting.

Eerstens moes hy Claus Oelofsen opspoor. As hy dit suksesvol gedoen het, kon hy bepaal wat sy volgende stappe moes wees. Omdat Oelofsen agter sy werknemer se rug met Esposito gekonkel het om vervalste skilderye te verkwansel, het hy gereken hy sou Oelofsen as vennoot kon betrek. Uit Esposito se vertellings het hy afgelei Oelofsen het geen lojaliteit teenoor Steenberg nie. Hy het in sy telefoniese gesprekke met Esposito na haar as "the fat cow" verwys. Oelofsen het na die soort ou geklink wat sy werkgewer in die rug sou steek as hy homself in die proses kon verryk. As Dolf hom kon oortuig dat hulle Steenberg aanvanklik subtiel kon besteel en later – wanneer hulle genoeg betroubare voorsieners van artefakte geïdentifiseer het – van haar ontslae kon raak, sou hy waarskynlik daarvoor val. Esposito het Dolf boonop van genoeg voornemende kopers se name in Suid-Afrika voorsien, wat hom vinnig van 'n inkomste sou verseker as hulle van Steenberg se artefakte kon bekom.

Maar sy plan het nie uitgewerk nie. Daar was geen spoor van Oelofsen nie. Hy het gou uitgevind dat die man jare tevore 'n lyfwag was vir iemand in die konstruksiemafia. Navrae in daardie omgewing het hom vinnig op die spoor van 'n goeie vriend van Oelofsen geplaas. Hy was platgeslaan toe hy by die vriend hoor Oelofsen het 'n tydjie vantevore by Steenberg bedank, glo kort nadat hy in 'n hofsaak getuig het omdat hy 'n dronk polisieman doodgery het. Sedertdien het die vriend nog nie weer 'n woord van Oelofsen gehoor nie. Sy woonstel in Observatory was ontruim en sy motor skoonveld. Die vriend het vermoed hy het op die vlug geslaan, want hy was maar altyd met gevaarlike karakters in die onderwêreld deurmekaar.

Ná baie navrae het Dolf op iemand afgekom wat beweer het hy het Oelofsen die afgelope vyf jaar gereeld by 'n huis in Rondebosch sien in- en uitgaan. Dolf het die huis begin dophou, en soms die lywige vrou op die voorstoep gewaar. Net te oordeel na Esposito se beskrywing, was hy oortuig dis Steenberg.

Sy internetnavorsing het dividende opgelewer. Hy het op sosiale media op 'n foto van haar by 'n argeologiekongres afgekom. Gewapen met haar regte naam in die byskrif, kon hy binne 'n japtrap haar volle CV uit verskeie mediabronne saamstel. 'n Gerekende argeoloog, wat dien op verskeie internasionale liggame om die plundering en smokkelary van artefakte te bestry. Dit het hom verras, maar terselfdertyd laat besef hy het hier met 'n uiters uitgeslape en moontlik gevaarlike vrou te doen.

Nie dat dit hom afgeskrik het nie, want as Dolf Pieterse op 'n missie is, word hy nie sommer gestuit nie.

Sy volgende groot uitdaging was om 'n werk by doktor Clarissa Hilton los te slaan.

* * *

Monica en Arend het al vyfuur vanoggend uit die Kaap met die BMW Bloemfontein toe vertrek. Hulle wil nie op pad soontoe oorslaap nie en die veertien uur lange rit agter die blad kry. Môre het hulle 'n afspraak met Steenberg se kontakman wat Moerdyk by die restaurant gewaar het en weet waar hy bly.

Monica se gedagtes is by Robert. Sy het hom 'n maand voor sy en Arend Kaap toe is, in 'n restaurant in Aucklandpark ontmoet. Arend het 'n tandartsafspraak gehad en sy het besluit om op haar eie middagete te gaan nuttig.

Robert het by 'n kroegtoonbank skuins oorkant haar tafeltjie gesit. Eers toe sy iets te ete by die kelner bestel, het sy hom raakgesien. Hulle oë het ontmoet.

Sy het traag weggekyk. Hy was 'n hunk, wat iets in haar laat gebeur het wat sy nog nie voorheen ervaar het nie. Dit was asof sy priemende blou oë 'n elektriese skok deur haar lyf laat golf het en dit het kompleet gevoel of sy vir 'n oomblik verlam was.

Toe hy 'n minuut of wat later met die kroegman gesels, het sy kans gehad om hom beter te beskou. Sy welige bos blonde krulhare het sterk afgesteek teen sy bruingebrande gesig. 'n Prominente letsel op sy wangbeen en die baardstoppels op sy ken het sy ruwe gelaatstrekke beklemtoon, wat Monica buitengewoon aantreklik gevind het. Sy kakiekleurige T-hemp het styf gespan oor sy forse bolyf, met borshare wat bo sy kraag uitgekrul het. Bultende armspiere het geglim danksy 'n ligte sweetlaag wat moontlik daaraan toegeskryf kon word dat die restaurant se lugversorging opgepak het. Sy blou jeans was bleek uitgewas, die ligbruin leerstewels vol letsels en snymerke van iemand wat nie 'n stedeling se wêreld bewandel nie. Sy het hom in sy middel-dertigs geskat.

Toe hy weer na haar kyk, het sy sy blik behou en fyntjies geglimlag. Dit was die uitnodiging waarop hy gewag het, want hy het met sy bier in die hand by haar kom sit. Hom toe voorgestel en haar naam gevra. Normaalweg sou sy effens onthuts gewees het as 'n wildvreemde man so ongenooid by haar aansluit. Maar hulle samekoms het vir Monica natuurlik gevoel, asof die gode bestem het dat hulle mekaar beter leer ken.

Hy was die afgelope tien jaar 'n huursoldaat. Vir 'n wyle in Afrika, daarna sewe jaar in Sirië. Nou twee maande terug in sy tuisland, maar reis die volgende dag dieper in Afrika in, dié keer na Angola, waar hy kontrakwerk vir twee maande het. Daarna kom hy terug Johannesburg toe, want dis tyd dat hy sy lewe in heroënskou neem. "Ek het ander uitdagings nodig," het hy gesê.

Hy was gefassineer deur haar werk as 'n private speurder, waarvan sy die besonderhede vaag gehou het, en verras dat sy nie getroud is nie. Sy het nie genoem dat sy en haar vennoot al 'n dekade lank 'n bed deel nie.

Robert het voorgestel dat hulle gaan na die hotelletjie waar hy bly, net oorkant die straat. Die restaurant se stukkende lugversorging laat hom in die drukkende hitte soos 'n os sweet, het hy laggend aangevoer.

Monica het geweet waarvoor sy haar inlaat, maar nie 'n oomblik geweifel nie. Die man was onweerstaanbaar. Sy was klam tussen haar bene.

Hulle het mekaar in sy kamer soos uitgehongerde roofdiere bespring, die seks rof, rou en wellustig soos sy daarvan hou. Teen die einde, met rukkende lywe, was hulle orgasmes perfek gesinchroniseer.

Hulle het selfoonnommers uitgeruil. Wanneer hy terug in Johannesburg is, moet hulle mekaar weer by die restaurant ontmoet, het sy voorgestel.

Nie dat die vurige seks enigsins die oorweging was om hom weer te sien nie. Sy het Arend voorheen nou en dan verneuk. Maar sy het Robert as die ideale vennoot geïdentifiseer. 'n Huursoldaat sal nie skroom om iemand dood te maak nie.

Sy het gister 'n SMS van hom ontvang om te sê dat hy in die land is. Sy het laat weet sy sien hom hopelik oor 'n week. Sy het 'n werksaanbod waarvan hy dalk kan hou en uitdagend genoeg sal vind.

Hoewel sy net 'n paar uur in Robert se geselskap was, is sy vol vertroue haar oordeel laat haar nie in die steek nie.

Dit het nog nooit nie.

30

Clarissa was duidelik verbaas toe Dolf ongenooid aan haar voordeur klop en sommer met die intrapslag sê hy verneem van 'n vriend dat sy dalk werk vir hom kan hê. Hy kon sien sy het vir 'n oomblik oorweeg om hom summier weg te stuur. Maar sy warm glimlag waarmee hy die Manchester-vroue se skanse so suksesvol afgebreek het, het ook dié keer gewerk.

Sy het hom ingenooi sitkamer toe. Sy wou dadelik weet waarom sy vriend dink sy het 'n werknemer nodig. Hy was voorbereid op die vraag. Gesê sy vriend het genoem dat 'n kennis van hom, Claus Oelofsen, on-langs by haar bedank het. Uit wat hy wat Dolf is kon aflei, was dit 'n werk so reg in sy kraal. Hy was versot op enigiets van 'n antieke oorsprong. Spe-sialiseer sy in meubels, boeke of skilderye, het hy onskuldig gevra.

Sy het nie geantwoord nie, gesê sy sou graag eers meer oor sy agter-grond wou weet. Hy het aanvanklik by die waarheid gehou. Gesê hy het by Wits studeer om 'n chemiese ingenieur te word. Dit was eintlik sy pa, self op sy dae 'n ingenieur wat later gaan boer het, wat hom in daardie rig-ting gedwing het. Hy was nie oortuig dis die regte rigting vir hom nie. In sy derde jaar op universiteit is sy pa oorlede. Hy't besluit om op te skop en op sy pa se plaas buite Pretoria 'n bestaan te probeer maak. Ná sewe jaar se gesukkel het hy besef hy is nie 'n boer nie en het hy die plaas verkoop. Sy ma, wat oorlede is toe hy op laerskool was, was 'n Britse burger. Só kon hy 'n Britse paspoort bekom. Hy het op 'n ingewing by die polisie in Londen aangesluit, maar net twee jaar daar uitgehou, hoofsaaklik weens die karige salaris. Hy het die vleiende getuigskrif wat Londen-Sentraal se bevelvoer-der vir hom geskryf het, aan haar oorhandig om te lees.

Daarna het Dolf sy lewensverhaal aangepas. Omdat hy nog altyd in oudhede en antieke ware belanggestel het, het hy met skilderye van ou meesters van die vroeë twintigste eeu begin smous, het hy gesê. Hy het gehuiwer, gesug en toe sy akteurstalent ingespan om so verleë en skuldig moontlik te lyk. "Maar ek móét met jou eerlik wees. Dit was vervalste skilderye, gemaak deur 'n meesterlike olieverfskilder. Bekende galerye in

Londen het nooit aan die egtheid daarvan getwyfel nie. Die vervalste werke van veral Gustav Klimt, Edvard Munch, Wassily Kandinsky en Henri Matisse het soos soetkoek verkoop." Dolf het ook kortliks verwys na die tegnieke wat die kunstenaar ingespan het om sy werk oud te laat lyk. Hy het sy kop geskud en gesug. "Maar die man is onlangs oorlede en ek kon nie voortgaan nie. My verlange na Suid-Afrika het my laat terugkom."

Sy het gesê sy het "dalk 'n opening" vir hom, maar sal hom later kontak.

Hy kon aan haar gesig sien sy was beïndruk met hom. Daarom was dit nie 'n verrassing toe sy hom 'n week later laat weet hy moet vir werk aanmeld nie. Die salaris wat sy hom aangebied het, was effe teleurstellend, maar hy't dit aanvaar sonder om te kibbel. Hy het minstens nou sy voet in die deur gehad, wat op die uiterste oor 'n jaar die moeite werd behoort te wees, het hy geglo.

Sy ontnugtering was groot toe hy ná enkele weke besef hierdie plan van hom gaan báie meer tyd en geduld verg as wat hy in sy wildste drome voorsien het.

En bowenal sou hy buitengewoon versigtig moes wees met alles wat hy doen. Hy kon aanvoel hy het hier met uitsonderlike boosheid te make.

★ ★ ★

Monica-hulle kry die man soos afgespreek teen skemeraand op Naval Hill, waar 'n paar voertuie op 'n aftrekterrein staan om die stad se Sondagaandliggies van die hoogte af te beskou. Die man se rooi Renault is 'n entjie weg van die ander karre geparkeer en Arend trek die BMW langs hom in, soos hy oor die foon met die man afgespreek het. Dis 'n buitengewoon lang, skraal kêrel wat hom amper dubbel moet vou om agter in die BMW in te pas. Hy het ewe 'n Covid-masker oor sy mond en neus. Kennelik wil hy nie sy gesig vir hulle wys nie.

"Ek spioeneer al twee weke lank hoofsaaklik smiddae ná vyf op Moerdyk," val hy weg. "Hy bly op 'n kleinhoewe buite die stad. En julle tydsberekening is perfek. Sy partner wat by hom bly, Danie Zylstra, is gister met twee tasse op die kleinhoewe deur 'n taxibestuurder opgelaai en by die lughawe afgelaai." Hy bly 'n oomblik stil. "Ons het mos nie in Bloem 'n Uber-diens nie. Nietemin, ek het hulle gevolg en by die taxibestuurder navraag gaan doen. Hom 'n fooitjie aangebied. Hy sê Zylstra het gesê hy gaan vir 'n hele week lank Durban toe vir 'n kongres. Moerdyk is dus alleen by die huis tot minstens Vrydag."

"Vertel ons meer van die kleinhoewe waar hy bly," sê Arend.

"Dis in Rayton, waar Bloem se rykes kleinhoewes het. Ek sal die pin vir julle stuur. Dubbelverdiepingplek wat Zylstra se eiendom moet wees, want hy bly glo al tien jaar daar. Die veiligheidsmaatreëls is nie te watwonders nie. Net 'n draadheining om die eiendom gespan. Daar's by die hek 'n bordjie van 'n sekerheidsmaatskappy. So daar sal alarms wees. Beste gaan wees om so teen sesuur die aand op hom toe te slaan. Ek het hom en Zylstra vier aande in 'n ry dopgehou. Saans daai tyd sit hulle langs die swembad 'n drankie of twee en drink. Weet natuurlik nie of Moerdyk dit sonder Zylstra gaan doen nie, maar die kans is altyd daar dat hy nie van dié gewoonte gaan afwyk nie."

"Is daar honde op die perseel?" vra Arend.

Hy skud sy kop. "Net 'n klomp katte." Hy lag. "Barnabas sê mos hy het seker die Altmans se katte ook saam met hom gevat toe hy uit die Kaap weg is."

Hulle vra hom nie wie Barnabas is nie. Die naam het vyf jaar gelede toe die Altmans vermoor is al opgeduik. Steenberg het destyds hulle instruksies vir hulle oor die foon gegee. Toe Arend vir haar vra of sy doodseker is die Altmans gaan nie daardie spesifieke aand mense onthaal nie, het sy gesê hy moet 'n wyle aanhou. Monica en Arend, wie se foonluidspreker aan was, het gehoor hoe Steenberg op 'n ander foon met iemand praat wat sy as "Barnabas" aangespreek het. Hulle het aangeneem dis 'n vennoot of 'n handlanger van haar.

"Enige CCTV-kameras in die omtrek?" wil Arend weet.

"Nie in daardie onmiddellike omgewing nie. Wel as mens na Rayton afdraai, maar sover ek weet, werk die kamera nie op die oomblik nie. Iemand het dit glo stukkend gegooi. Maar die kans is goed dat hulle dit binne die volgende week sal herstel."

"Waar kan ons jou kry as ons probleme optel en dalk jou hulp nodig het?" vra Monica, wat 'n vermoede het dié man gebruik ook 'n burner en gaan nie altyd daarop beskikbaar wees as hy 'n voltydse werk het nie. Sy is bekommerd dat die items wat hulle by Moerdyk moet kry dalk op 'n ander plek versteek is, waarmee net iemand wat goed met Bloemfontein bekend is hulle sal kan help.

Hy hou sy hande omhoog, skud sy kop met oorgawe. "Ek kan nie verder betrokke raak nie. Uit die aard . . . van my . . . werk . . . allermins nie. Dis nou in julle hande." Hy huiwer 'n oomblik. "As daar regtig 'n noodgeval is, kan julle my saans ná vyf op my burner bel. Ek sal help met inligting waar ek kan, maar julle moet weet dat ek julle nie met die uitvoering van enige taak sal kan bystaan nie."

Monica knik. Sy weet nie waarom nie, maar sy vertrou die vent nie honderd persent nie. Sy is juis ongemaklik oor die feit dat hy nou weet hoe hulle lyk. Sy en Arend het opgeslip deur hulle nie te vermom nie.

Toe hy met sy lang gestalte uit die BMW klim, merk sy hy het 'n groot bles agter, wat mens van voor af nie raaksien nie.

Arend kyk op sy horlosie. "Dis al amper agtuur. Ons kan eerder môre in die daglig na Moerdyk se plek gaan kyk."

"Agtervolg daai ou in die Renault," sê Monica.

Hy frons. "Hoekom?"

"Omdat ek hom nie vertrou nie. Te glibberig na my sin. Waarom verbloem hy byvoorbeeld sy gesig met 'n masker? Ek wil weet waar hy bly."

"Ek dink jy is nou verniet agterdogtig."

"Fok, Arend, maak soos ek sê! Ek's moeg daarvoor dat jy gereeld my oordeel bevraagteken."

Hy sug. "Oukei, oukei."

31

Dit het byna ses maande geneem voor Clarissa Dolf genoegsaam vertrou het om openlik oor haar kernbesigheid met hom te praat.

Toe hy by haar begin werk het, het sy hom toegegooi met berge veilingverslae en katalogusse van al wat 'n bekende internasionale en Suid-Afrikaanse veilinghuis is. Hy moes al die antieke artefakte wat die afgelope vyftien jaar op daardie veilings verkoop is, se inset- en verkoopspryse aanteken. Ook die veilinghuise bel as hy nie al die inligting in die verslae kry nie. Dit was 'n moeisame en tydrowende werk. Sy het gesê sy het agter geraak met daardie gegewens en het dit nodig om haar "ryk kliënte" van raad te kan bedien wanneer hulle sulke aankope doen. Sy het hom probeer mislei deur aan te voer sy samel inligting in oor seldsame skilderye en antieke meubels om vir haar kliënte soortgelyke advies te kan bied.

Wanneer hy onseker van iets was, het hy van sy kantoortjie in die huis in die lang gang af na haar studeerkamer gestap, maar altyd voor 'n toe deur te staan gekom. Wanneer hy geklop het, het sy gesê sy sal na hom toe kom. Soms het hy probeer afluister as sy besig was om oor die foon te praat, maar haar stem was te sag en hy was bang sy betrap hom.

Hy was erg gefrustreer omdat sy hom nie in haar vertroue geneem het oor haar ware besigheid nie. Trouens, hy het dit in daardie stadium ernstig oorweeg om te bedank en makliker roetes na rykdom te ondersoek.

Haar eerste ooglopende stap om hom by haar ware besigheid te betrek, was om die aangeboude woonstelletjie agter haar huis vir hom aan te bied. Sy het gesê 'n goeie vriendin van haar het jare lank daar gebly. Sedert die vriendin drie jaar gelede oorlede is, staan dit leeg. Omdat sy hom vorentoe "in verskeie ander hoedanighede wil aanwend", sou dit goed wees as hy daar intrek. Boonop was dit gemeubileer en sou hy nie huur hoef te betaal nie. Dit het Dolf soos 'n handskoen gepas. Vir die eerste keer het hy gevoel hy maak vordering.

Toe hy pas in sy nuwe blyplek ingetrek het, het sy hom na haar studeerkamer ontbied. Dit was die eerste keer dat hy die voorreg gehad het om dié voorheen verbode ruimte te betree. Sy het hom vertel wat "hulle" regtig doen. Sy het nie vantevore dié meervoudsvorm gebruik nie, maar het nie uitgebrei oor wie "hulle" is nie. Dit was nie vir Dolf goeie nuus nie. Hy was onder die indruk hy sou net met Clarissa moes afreken, soos hy uit sy gesprek met Esposito afgelei het. Hy het hom egter daarvan weerhou om haar verder te pols. Hy was bang dit wek agterdog.

Sy enigste vraag was of hulle Claus Oelofsen kon vertrou. As hy vyf jaar vir haar gewerk het, behoort hy als van haar besigheid te weet. Noudat hy bedank het, kon hy mos uitpraat.

Haar oë was kil en haar gesig strak toe sy sê: "Moet jou nie daaroor bekommer nie. Oelofsen se mond is permanent gesnoer."

Hy het dadelik besef wat sy eintlik vir hom sê: As jy eers in hierdie game van hulle betrokke raak, is daar nie uitkomkans nie. As jy wel bedank, is jou lewe daarna niks werd nie.

Dit was 'n minder gerusstellende wete wat hom in die daaropvolgende nagte wakker gehou het.

* * *

Monica en Arend het vroeg vanoggend 'n geskikte aftrekplek tussen bosse oorkant Moerdyk se kleinhoewe gekry. Moerdyk het twee keer sy verskyning buite die huis gemaak toe hy 'n blombedding natgelei het. Hy lyk ietwat minder geset as op die foto's wat Steenberg vir hulle gewhatsapp het.

Arend het 'n paar aantekeninge gemaak van watter toerusting hulle gaan benodig. Hulle het nie veel langer daar vertoef nie, en het dit by 'n hardewarewinkel gaan koop.

En nou, laatmiddag terug by hulle skuilplek, hou hulle die huis dop. Monica is gespanne. As Moerdyk nie uit sy huis kom nie, sal hulle beter beplanning moet doen. Hulle sal die omvang van die huis se alarmstelsel moet bepaal en uitwerk hoe hulle dit gaan vermy of uitskakel. Dit kan tyd neem. En al is dit vandag Maandag en is hulle veronderstelling reg dat Zylstra eers Vrydag van die kongres terugkeer, is dit hopeloos te tight vir comfort.

Intussen het hulle vroeër vandag ook vir die week by 'n bejaarde vrou 'n buitekamer in 'n redelik verwaarloosde en armlastige buurt gehuur. Die kamer, met 'n klein kombuisie en badkamer, het 'n aparte ingang van die straat af en is deur digte plante omring, wat dit van die hoofhuis en bure verskans. Hulle sal Moerdyk daar moet aanhou as hulle dan nog nie die items by hom gekry het waarna Steenberg soek nie. En al het hulle dit, kan daardie proses tydrowend wees. Steenberg wil mos eers seker maak dis die regte items. Sy het laat weet hulle sal verdere instruksies kry wanneer hulle die items het. Moontlik sal hulle dit op 'n plek moet aflewer sodat die man in die Renault dit kan beoordeel.

Die een groot gevaar is dat Zylstra in Durban onrustig kan raak as sy partner skielik nie meer sy foon beantwoord nie. Hy kan dan óf besluit om dadelik terug te vlieg óf die polisie vra om ondersoek in te stel. In eersgenoemde geval kan hulle hom in die huis inwag, oorval en saam met Moerdyk na sy graf stuur. Maar lig hy die polisie of selfs vriende in, kan dit probleme skep. Die enigste opsie blyk te wees om, soos Arend voorstel, vir Moerdyk met Zylstra oor die foon te laat kommunikeer terwyl hulle 'n pistool teen sy kop hou. Hulle sal dreig om hom te skiet as hy enigiets omtrent sy situasie verklap. Maar dis 'n plan wat Monica senuweeagtig stem. Moerdyk kan dalk net iets laat val wat Zylstra laat besef daar is fout.

Haar gedagtes word onderbreek toe 'n skuifdeur oorkant die swembad oopgaan. Soos die man in die Renault voorspel het, kom Moerdyk om drie minute voor ses uit met 'n drankie in die hand. Hy vly hom op die patio langs die swembad op 'n gemakstoel neer. Hy bel iemand op sy selfoon, heel moontlik Zylstra, en leun gemoedelik terug in die stoel.

Twintig minute later, steeds met die selfoon teen sy oor, stap hy by die skuifdeur in, maar los dit oop. Drie minute later kom hy terug met 'n vars drankie en gaan sit weer op die stoel, nou sonder die selfoon in sy hand. 'n Kat kom skuur teen sy been en spring op sy skoot. Hy begin die dier liefderik streel, 'n geluksalige uitdrukking op sy gesig terwyl hy oor die swembad uittuur.

'n Bietjie meer as 'n kwartier later gooi hy sy kop agteroor om die glas te ledig. Hy staan op, gaan by die skuifdeur in en maak dit agter hom toe. Die lig in die vertrek word afgeskakel.

"Kom ons hoop hy volg môreaand dieselfde roetine," sê Monica.

32

Vyftien maande nadat Dolf by Clarissa begin werk het, het hy sy eerste vei-
ling gereël deur potensiële kopers te bel. Clarissa het hom gebrief oor wat
sy rol by die veiling sou wees. Hy moes onder meer soms bie om die prys
van 'n item op te jaag. Hy mag nooit laat blyk het wie hy werklik is nie en
moes hom as 'n gewone veilingganger voordoen. Sy rol was ook om waar
te neem wie onderskeidelik die geesdriftigste en traagste deelnemers is.

Daar was uiteenlopende karakters by die veiling – van kennelik geharde
kriminele wat in opdrag van hulle base aan die ander kant van 'n telefoon-
lyn op die items bie, tot ywerige versamelaars en een of twee bleeksiele
wat Dolf nie kon plaas nie. Hy was bewus van twee mans wat nie aan die
veiling deelgeneem het nie, maar hom die hele tyd dopgehou het. Hy kon
hom nie roer nie, of hulle was in sy nabyheid. Vir Dolf het hulle na twee
Vlakte-gangsters gelyk. Hulle was ook by die volgende veiling, maar het
daarna nooit weer opgedaag nie.

Hy het sy eie afleidings gemaak. Dit moet mans wees wat vir Clarissa
werk en opdrag gekry het om hom aanvanklik dop te hou. Dalk om seker
te maak hy begin nie met van die ander kopers konkel nie, want hulle het
gereël in groepies staan en gesels. Dit was nog een van haar maatreëls
om seker te maak hulle kan hom ten volle vertrou, het hy geglo. Dit het
hom in 'n mate gemoedsrus gegee. As dít die "hulle" is na wie sy verwys
het as haar spanlede, was hy minder bekommerd. Om daai twee onin-
drukwekkende karakters sal hy draaie kan hardloop. En hulle sal beslis
nie 'n ernstige struikelblok wees wanneer hy eendag sy finale planne uit-
voer nie.

Maar toe was hy nog onbewus van Barnabas.

Dié naam het meer gereeld in sy gesprekke met Clarissa opgeduik: dat
sy eers nog 'n saak met Barnabas moes bespreek, of iets met Barnabas
moes uitklaar, of moes hoor of Barnabas al 'n veilige venue vir die vol-
gende veiling gekry het. En nou gebeur dit amper wekliks dat die man
se naam genoem word. Dat hý opdrag gegee het dat hulle Bertie Vermaak

moes vermoor, maar dit na 'n natuurlike dood moes lyk. Dat hý ontsteld was omdat hulle met die Nissan Navara Wolseley toe gery het. Dat hý gevoel het die Thulamela-versameling was 'n té hot property om hier op 'n veiling te sit. Clarissa moes ook eers Kruiswijk se aanbod van eenmiljoen rand vir die Thulamela-versameling met hóm uitklaar.

Talle kere moes Dolf al met moeite die drang onderdruk om Clarissa uit te vra oor Barnabas. As sy nie spontaan sê wie hy is en wat sy rol is nie, beteken dit sy wil nie hê hy moet weet nie.

Dit is duidelik dat Barnabas nie net 'n vennoot van Clarissa is nie, maar hý eintlik die kitaar slaan en sý die ondergeskikte is.

En dit verander die hele ball game. Dis iets wat hy sal moet uitpluis voor hy sy move maak, het hy toe al geweet.

Nou is hy darem 'n stappie verder. Hy weet ten minste in watter omgewing Barnabas bedrywig is. Bietjie meer as twee maande gelede het hy 'n groot waagstuk aangegaan om dit uit te vind.

Clarissa het hom op 'n Vrydagmiddag na haar studeerkamer ontbied. Sy het gesê Barnabas kom haar die volgende oggend besoek. "Jy moet jou verkieslik maar skaars hou. Hy deal net met my en wil nie ander mense hier hê nie," het sy gesê.

Dolf het haar gerusgestel dat hy nie by die huis sou wees nie, want hy het 'n familiebyeenkoms gehad waarheen hy moet gaan. Dit was die waarheid. 'n Neef van hom het hom genooi om die Saterdag saam met hom en sy gesin by hulle huis in Blouberg deur te bring.

Maar daardie Vrydagnag in sy bed het Dolf besef dis 'n gulde geleentheid om vas te stel wie Barnabas is. Hy is die volgende oggend voor sonsopkoms met 'n Uber na sy neef toe. Daar gekom, het hy 'n storie gespin dat die tweedehandse Volvo wat hy aangeskaf het toe hy in die land gekom het, probleme gee. Daarom dat hy met 'n Uber opgedaag het. Hy het sy neef se vrou se Golf geleen om "vinnig 'n paar dringende sake af te handel" en het belowe hy sou voor eenuur terug wees, wanneer hulle sou begin braai.

Hy is terug Rondebosch toe en het Clarissa se huis op 'n veilige afstand dopgehou. Die swart minibus met donker getinte ruite het om negeuur by die veiligheidshek ingery. 'n Uur later is dit weer daar uit.

Dolf het dit gevolg en altyd gesorg dat daar twee voertuie tussen hom en die bussie bly, soos hy tydens sy Londense polisiedae geleer het.

Ná 'n spanningsvolle rit wat na Mitchells Plain gelei het, het die bussie daar tussen 'n klomp spoggerige karre voor 'n huis stilgehou. Dolf het 'n ent daarvandaan parkeer. Barnabas het uitgeklim, maar Dolf kon net sy rugkant sien. Hy het 'n hoed opgehad en 'n serp wat sy nek bedek. Een van die mense wat op 'n stoep gestaan het – 'n skraal man met 'n kaalgeskeerde kop en 'n lang swart baard – het Barnabas omhels, hom 'n kloppie op die skouer gegee en beduie hy moet instap. Barnabas is ook geesdriftig deur 'n paar ander omstanders gegroet. Dit was 'n samekoms van 'n klomp aansienlike, ryk mans, te oordeel na die blink karre. Almal nogal met getinte ruite. Ouens wat kompleet soos lyfwagte gelyk het, het op die sypaadjie rondgehang.

Dolf het gery toe een van die wagte te lank in sy rigting gekyk het. Dit was 'n teleurstellende tog, want hy het min wys geword. Hy was doodseker Barnabas is 'n bruin man, want al die mense daar was bruin. Maar hy het nog nie geweet hoe hy lyk of wat hy doen nie.

Vier dae later het daar vir hom lig opgegaan toe hy die nuus op Netwerk24 lees. Die man met die kaal kop en lang swart baard wat Barnabas so gulhartig by die huis verwelkom het, se foto was groot gesplash by 'n hofstorie in Bellville. Hy is een van die bekendste bendebase op die Vlakte en het op 'n klag van poging tot moord verskyn.

Dolf was nou seker hy was die ooggetuie van 'n samekoms van bendebase in Mitchells Plain.

Die twee gangsters wat hom by die veilings dopgehou het, moes deel wees van Barnabas se gespuis.

Hy het te doen gehad met 'n fokken bendebaas aan die hoof van 'n artefakte-sindikaat – een wat hy van plan was om te besteel.

Behoedsaamheid het van toe af vir hom nuwe betekenis gekry.

* * *

Toegerus met 'n draadknipper en twee grawe, het Monica en Arend skuins ná vier 'n voldoende skuilplek onder 'n plaat doringbome skuins voor

Moerdyk se erf gekry. Die bome se ligging is perfek, want van daar af het hulle 'n goeie uitsig op die swembadarea.

Hulle het vroeër 'n veldpaadjie gekry wat agter 'n heuwel langs Moerdyk se huis afloop, waar hulle die BMW buite sig kon parkeer. Dit is sowat dertig meter van die doringbome af. Hulle het eers teen die heuwel Moerdyk se graf gegrawe en met takkies bedek.

Hulle kan nog nie waag om nou al 'n gat in die draadheining te knip nie. Vensters aan die kant van die huis se boonste verdieping behoort 'n uitsig daarop te gee.

Monica is verlig dat die weer saamspeel. Soos gister, is dit warm en trek daar nie 'n luggie nie. Sou katastrofies gewees het as Bloem onverwags reën gekry het of as daar 'n stowwerige westewind gewoed het, wat Moerdyk van die patio af sou weghou. Dan sou hulle by die huis moes inkom, waarvoor hulle nie ordentlik beplan het nie. Om eers môre toe te slaan, is nie vir haar 'n opsie nie. Sy wil hierdie job so gou moontlik afhandel.

Die tyd gaan langsamerhand verby. Monica voel hoe die sweetstraaltjies onder die swart sweetpaktop teen haar lyf afloop.

Sy kan beswaarlik asemhaal van die spanning toe sy sien dis sesuur en Moerdyk is nog nie op die patio nie.

"Shit," prewel Arend langs haar toe dit tien oor ses word en Moerdyk steeds nie sy verskyning gemaak het nie. Hulle kan nie vanaf hulle skuilplek die skuifdeur sien nie, wat bydra tot hulle frustrasie.

Monica slaak 'n sug van verligting toe hy om veertien minute oor ses op die patio verskyn en homself in dieselfde gemakstoel as gister neervly, drankie in die een hand en selfoon in die ander, teen sy oor. Hy het net 'n swembroek aan.

Hulle verspeel nie 'n sekonde nie en trek hulle balaklawas oor hul koppe en hardloop gebukkend na die draad. Arend begin dadelik knip. Binne twee minute is die gat groot genoeg vir hulle om deur te klim.

'n Grasperk langs die kant van die huis doof hulle voetval uit. Hulle sluip gebukkend na die twee groot blompotte op die patio wat hulle gister geïdentifiseer het as geskikte wegkruipplekke. Dis na genoeg aan die gemakstoel waarop Moerdyk met sy rug na die potte sit.

Moerdyk vertel oor die foon hoe "Wollie" vanoggend 'n muis in die kombuis gevang het.

Monica spits haar ore toe hy ná 'n rukkie sê: "Ag nee, Zylie, dit was heeltemal 'n te kort geselsie. Maar ek verstaan. Jy kan daai ete vir geen geld in die wêreld misloop nie. Bel my later vanaand en sê hoe dit gegaan het. Ek hou duim vas. Love you en lekker eet."

Hulle gee vir mekaar die teken en kom gelyktydig agter die potte uit. Monica gryp Moerdyk se linkerhand vas en forseer die selfoon daaruit. Arend druk sy mond met sy linkerhand toe. Moerdyk laat val die glas op die patio, sy bene skop styf van die skrik.

Arend druk die pistool se loop teen sy wang, haal sy ander hand van die man se mond af weg. "Nou stap jy soos 'n goeie seun saam met ons na die skuifdeur."

Op pad na die deur smeek Moerdyk met trane wat uit sy oë stroom: "Vat als wat julle wil hê. Moet my net nie seermaak nie."

Monica trek die skuifdeur agter hulle toe. Hulle is in 'n ruim leefkamer. Die TV is aan en twee katte op 'n rusbank bespied hulle agterdogtig.

Arend dwing Moerdyk in 'n stoel in terwyl hy die pistoolloop teen sy voorkop druk. "Ons is nie hier om jou enige leed aan te doen nie," jok hy. "Ons wil alles hê wat jy destyds uit die Altmans se huis gevat het. Hoe gouer jy dit vir ons gee, hoe gouer is ons hier uit."

Monica hou Moerdyk fyn dop. By die noem van die Altmans het sy oë effe wyer gerek. Nou begin sy onderlip onbeheers bewe.

Hy praat in 'n huilstem. "Ek het die toerusting verkoop. Ook die geld lankal uitgegee wat ek uit die kluis gevat het."

"Dis nie wat ons soek nie," sê sy. "Daar is sekere items van belang –"

"Dit is in 'n kluis in Zylie se kantoor," knip hy haar kort. "Ek sal dit môre gaan haal en vir julle gee. Ek belowe . . . ek sweer ek sal dit doen. Moet my net nie –"

Monica klap hom hard teen die wang. "Stil!" gebied sy. "Ek sal dit môre sommer self gaan haal. Jy beter hoop dis die goed wat ons opdraggewers soek, anders sal ons gewelddadig moet raak."

"Ek wéét dis wat hulle soek!" roep hy uit. "Dis die enigste goed wat ek gevat het wat hulle sal wil hê."

"Waar is die sleutels vir die kantoor en kluis?"

"Daar's nie 'n sleutel vir die kluis nie. Jy tik 'n kode in om dit oop te kry."

"Nommer?"

"Nege, sewe, drie, sewe," rammel hy dit af.

"Jy bullshit my nie nou nie?"

Hy skud sy kop verbete. "Ek sweer dis die regte nommer."

Sy glo hom. 'n Vreesbevange man lieg nie.

"Die spaarsleutel van sy kantoor is in ons slaapkamer," sê hy.

"Sal daar ander mense môre in sy kantoor wees?"

"Sy sekretaresse kom soggens eers negeuur in. Sy moet daar wees om die telefoon te beantwoord. Zylie werk vir homself. Hy is 'n makelaar."

"Kan mens ongestoord voor nege in die gebou kom?"

Hy knik. "Die deure maak agtuur oop. Daar is 'n veiligheidsman, maar hy steur hom nie aan die mense wat inkom nie, want daar's baie wat in die gebou werk."

Sy neem Moerdyk se regterhand en gebruik sy duim om sy selfoon oop te sluit. Dan kyk sy na Arend. "Vat hom na sy kamer om aan te trek . . . en kry die kantoorsleutel."

Toe hulle uit die vertrek is, gaan sy in op die whatsapps op Moerdyk se foon. Maak al die boodskappe aan "Zylie" oop en lees dit vlugtig. Sy hoef nie ver af te rol voor sy kry wat sy gesoek het nie.

Sy het 'n alternatiewe plan pleks van om te wag op 'n oproep van Zylstra. Dan sal Zylstra ten minste nie vanaand onraad ruik nie en kan dit hom selfs nog môreoggend rustig hou.

33

Dolf keer laatmiddag van Blum terug met die Leeumens, wat Clarissa in die instapkluis toesluit.

"Wat sê Blum?" vra sy.

"Hy het nie meer die beeld nodig nie, want hy het klaar die sediment en grond ontleed wat daaraan gekleef het. Maar hy wag nou op 'n argeologiese verslag van die aardlae se samestelling in die Duitse grot waar die eerste Leeumens gevind is. Hy het 'n kontakpersoon daar wat dit vir hom sal stuur. Wanneer hy dit bestudeer het, sal hy sy gevolgtrekkings kan finaliseer."

"En die mammoetivoor?"

"Hy kon nie met sy toerusting die fluoorinhoud honderd persent voldoende gemeet kry nie. Hy het 'n klein splintertjie onder die beeld se voetstuk uitgesny, wat hy na 'n vriend se laboratorium in Kanada weggestuur het om te ontleed. Hy verwag die uitslag binne twee weke. Dan sal ons bo alle twyfel weet of die ivoor van 'n mammoet afkomstig is of nie."

Clarissa knik. "Ja, dis die fluoorbeginsel. Beendere is gedurig in aanraking met grondwater en die fluoor- en uraaninhoud neem met verloop van tyd toe. Deur die fluoorinhoud in die beendere te toets, kan jy vasstel of jy werklik met 'n antieke artefak soos 'n mammoettand te doen het." Sy glimlag. "Ek dink Blum weet al watse ivoor dit is, maar dit is tipies van hom om dubbel seker te maak."

"Waar gaan jy dié tweede weergawe van die Leeumens probeer verkoop as dit eg is?" wil Dolf weet.

"Beslis in Europa. Daar is te min geld onder versamelaars in Suid-Afrika, of for that matter in die hele Suidelike Halfrond."

Dit is musiek in Dolf se ore, want dit strook met die plan wat hy gister met Esposito oor die foon bespreek het. Die Italianer was uit sy vel van opgewondenheid.

Maar voor hy self te opgewonde raak, sal hy fyn moet beplan. Hy kan nie bekostig om één foutjie te maak nie. Anders raak dit 'n saak van lewe en dood.

Soos hy die afgelope paar jaar stukkies inligting bekom het, het dit vir hom al hoe duideliker geraak dat hy hierdie spul vir geen enkele oomblik mag onderskat nie. Hulle hou net by een resep: Jy maak iemand dood wat in jou pad staan, jou probeer bevark of jou reëls verontagsaam.

Bertie Vermaak se bek was te los na hulle sin en daarom is hy doodgemaak. Oelofsen het die fout gemaak om te bedank, waarna hy uitgehaal is omdat hy te veel geweet het.

Kruiswijk se opmerking op Bredasdorp dat die Altman-tweeling eers die veilings hanteer het, het Dolf op die internet laat boer. Dis twee skatryk broers wat vyf jaar gelede van die aardbol verdwyn het. Hulle was bekend daarvoor dat hulle gereeld belangrike mense onthaal het. Volgens mediaberigte weet niemand of die Altmans nog lewe nie.

Maar Clarissa wéét. Hy onthou wat sy gesê het toe hy gevra het waarom hulle Bertie, 'n gewese hekwag by die "vennote", vir die naamlyste betaal het terwyl hulle bloot daardie name by dié vennote kon kry: Ons vennote lewe nie meer nie. Ons wil ook nie die kollig op hulle destydse bedrywighede laat val deur rond en bont navrae te doen nie.

Dolf weet nou Clarissa en Barnabas het beslis ook dié twee laat teregstel.

Die spanning begin aan hom te vreet omdat hy nie dadelik sy plan kan uitvoer nie, maar hy besef hy moet geduldig wees. Rome was not built in a day.

★ ★ ★

Monica kyk eers goed rond voor sy die kartonboks tussen die varings indruk. Sy het gisteraand van Steenberg opdrag gekry om dit vanoggend stiptelik om elfuur hier in die hotel se bedding te los.

Sy stap na die BMW, maar sien uit die hoek van haar oog hoe iemand die boks tussen die varings uithaal. Hulle moet haar dopgehou het.

By die kar kry sy die geleentheid om in daardie rigting te kyk, net betyds om te sien hoe 'n bruin man met 'n wilde boskaas met die boks onder die arm aan die passasierskant van 'n grys Merc inklim. Sy wonder hoekom die lang man met die Renault nie betrokke is nie.

Tot hier het als glad verloop. Sy was vanoggend agtuur al by Zylstra se kantoor. Die platterige kartonboks, van hoek tot kant met stroke kleefband toegeplak, het onder in die groot staankluis gestaan, soos Moerdyk gesê het. Volgens hom was daar "hope" geheuestafies in. Hulle het nie gevra wat op die stafies is nie. Hoe minder jy van jou opdraggewers se ondergrondse bedrywighede weet, hoe beter vir jou eie gesondheid, het sy en Arend al geleer.

Hulle sal nou die waiting game moet speel. Steenberg wil eers bepaal of dit wel die items is waarna hulle soek.

Tot dusver het hulle Zylstra se oproepe aan Moerdyk suksesvol gekeer gekry. Monica het gisteraand vir hom 'n whatsapp van Moerdyk se foon gestuur dat hy 'n ernstige maagaandoening het en vroeg gaan slaap. En weer vanoggend vroeg dat hy steeds siek is, die dag in die bed gaan deurbring en sy foon op silent gaan hou om rus te kry. Sy het die boodskappe afgesluit met dieselfde woorde as wat Moerdyk in die verlede gebruik het wanneer Zylstra uitstedig was: *Love jou en mis jou baie. Wollie, Kiets, Donsie en Plompie verlang ook na hulle pa. xxx*

Zylstra het ná vanoggend se whatsapp terug laat weet die kongresgangers gaan vandag met 'n bootreis trakteer word en dat hy vanaand eers laat terug by die hotel gaan wees. *Dan bel ek jou môre eerste ding. Word gou gesond.*

Hopelik kry hulle vanaand nog die thumbs-up van Steenberg. Dan kan hulle môre voor daglig vir Moerdyk in sy graf gaan bêre. Sy neem aan hulle sal, soos met die Altmans die geval was, later 'n boodskap kry oor waar hulle die geld kan afhaal. Daarna dadelik Johannesburg toe ry.

Sy hou stil voor die buitekamer waar hulle Moerdyk aanhou.

Voor sy die kardeur oopmaak, biep haar selfoon.

Monica verstyf toe sy sien die boodskap kom van Robert af. Sy hoop nie hy het weer kontrakwerk gekry nie. Sy het juis gister, toe dit haar beurt was om Moerdyk dop te hou, gedagdroom oor hoe 'n formidabele span hulle gaan vorm en dat sy lankal so 'n verandering in haar lewe moes aangebring het.

Sy lees die boodskap.

Belangrik dat jy vroeër terugkom. My situasie het in Angola drasties verander, wat maak dat ek nou vinnig besluite moet neem. Ek kan nie nog 'n week wag nie. Wil graag eers hoor wat jou aanbod is. Weet ook nie of jy nog in my dienste belangstel nie.

Sy skud haar kop. Verdomp! Sy wil hom nie nou bel nie, want Arend moet gehoor het sy hou hier stil.

Sy tik vervaard terug.

Moet niks besluit voor ek daar is nie. Gaan probeer om môre te kom. Sal jou laat weet.

34

Dolf was opgewonde toe hy hoor Ibrahim het weer 'n klomp artefakte gekry. Hy en Clarissa het dit vanoggend by die skrootwerf gaan haal. Dit is nog nie genoeg om 'n volgende veiling te regverdig nie, maar daar is 'n paar waardevolle items wat hoofsaaklik van Irak afkomstig is.

Volgens Clarissa het die Argeologiese Instituut van Amerika bevind Irak is die land wat die meeste onder plunderaars deurloop. Op vergelykende satellietbeelde kan duidelik gesien word hoe duisende nuwe gate jaarliks gegrou word in gebiede waar die bemarkbaarste artefakte voorkom. Studies wys dat daar elke twee jaar minstens drie tot vier ton artefakte geplunder word, teen 'n jaarlikse swartmarkwaarde van tot twintigmiljoen dollar. Terroriste- en rebellegroepe begin ook al hoe meer gesteelde artefakte gebruik om hulle operasies mee te finansier.

"Dis 'n potensiële mark waarby ons nog nie eens uitgekom het nie," het Clarissa gesê, maar een wat Esposito in 'n onlangse telefoongesprek met Dolf geoormerk het as "'n groot bron van inkomste as ons onderneming eers aan die gang is".

Die waardevolste nuwe item wat nou staanplek in Clarissa se instapkluis gekry het, is fragmente wat ooreenstem met dié van die Warka-vaas. Stukke van die dun, gegraveerde alabasterhouer is na Clarissa se mening afkomstig van die ruïnes van die antieke stad Uruk en behoort derduisende op 'n veiling te haal.

Daarvan maak Dolf 'n kopaantekening, kennis wat hy kan inspan wanneer hy en Esposito hulle eerste veiling hou. Want as als volgens plan verloop, gaan hierdie besending van Ibrahim nie in Kaapstad nie, maar in Europa opgeveil word.

Alles hang af van hoe gou Blum se finale verslag oor die Leeumens klaar is. Sodra dit gebeur, sal hy dit by Blum gaan afhaal.

Wat hy nie vir Clarissa gesê het nie, is dat Blum laat val het hy is nege-en-negentig persent seker die Leeumens is eg. Die verslag oor die aardlae in die Duitse grot en die meting van die fluoorinhoud van die ivoor behoort sy voorlopige bevinding net finaal te bevestig, het hy met groot vertroue gesê.

Dolf het haar die ander dag, toe hy gevra het waar sy die Leeumens sal probeer verkoop, ook gepols oor 'n moontlike prys. Sy het gesê die enigste "amper" vergelykbare beeld is die Guennol-leeuin, 'n vyfduisend jaar oue Mesopotamiese beeldjie wat naby Bagdad ontdek is. Dit is van kalksteen en sowat agt sentimeter hoog. Die beeldjie is in 2007 vir sewe-en-vyftig-miljoen dollar op 'n Sotheby's-veiling verkoop. "Maar neem 'n mens in ag dat die Leeumens ongeveer tussen vyf-en-dertigduisend en veertigduisend jaar oud is, dit die oudste bekende diervormbeeldhouwerk in die wêreld is en met 'n vuursteenmes uit mammoetivoor gekerf, kan jy jou eie somme maak. Al is dit 'n tweede Leeumens, behoort dit baie konserwatief geskat minstens honderdmiljoen dollar te haal," het sy gesê.

Die moontlikheid van honderdmiljoen dollar vir die beeld het Dolf skoon lighoofdig gemaak. Dit sal meer as vergoed vir die afgelope vier jaar van spanning, opoffering en versigtige beplanning.

Die dokumente en paspoort waarmee Rossi vir hom 'n nuwe identiteit geskep het, gaan hom onnaspeurbaar maak. En sy samewerking met Esposito, wat die artefakte-swartmark in Europa soos sy handpalm ken, verseker hom van 'n blinknuwe toekoms.

Hy glimlag. En die feit dat Clarissa hom deesdae so vertrou dat sy haar instapkluis se kode oop en bloot voor hom intik, gaan sy taak soveel makliker maak.

★ ★ ★

Monica sit gespanne op 'n rusbank in haar en Arend se woonstel in Johannesburg, selfoon in die hand. Iets het skeefgeloop, eggo dit deur haar kop.

Dalk net so skeefgeloop soos haar fokken plan om halsoorkop met 'n wildvreemde man 'n nuwe toekoms te wil begin. Kon sy nie net vir 'n oomblik helder gedink het nie!

Toe sy Woensdag Robert se WhatsApp-boodskap ontvang, het als in haar geskree om so vinnig moontlik in Joburg te kom. Maar sy moes eers wag om te hoor of die kartonboks wat sy uit Zylstra se kluis gevat het, die items bevat wat Steenberg se goedkeuring wegdra. Daardie aand seweuur het Steenberg gebel en bevestig dit was die regte goed. Sy het vir Arend gesê hulle sal die geld Vrydag kry. Sy sal laat weet waar hulle dit moet afhaal.

Op daardie oomblik het Monica haar besluit geneem. Sy het Arend buitetoe geroep. "Ek gaan môreoggend met 'n vroeë vlug Johannesburg toe," het sy weggeval.

"Maar ons job is nog nie klaar nie," het hy met geligte wenkbroue gesê.

"Ek dink jy behoort op jou eie reg te kom, Arend. Al wat jy môre hoef te doen, is om saam met Moerdyk terug na die kleinhoewe te ry, en daar van hom ontslae te raak. Sy graf is klaar voorberei. Daarna gaan jy terug hotel toe en wag om te hoor waar jy die geld moet afhaal."

"En as Zylstra môre bel?"

"Ek sal vanaand vir hom 'n whatsapp stuur, wat hom rustig behoort te hou tot môreaand."

"Ek kan nie verstaan hoekom jy so haastig is om by die huis te kom nie. Ons het nog nooit voorheen só gewerk nie," het hy knorrig gesê.

Sy het toe maar sy siening van haar as slagoffer uitgebuit. "Jy mag dit dalk nie agterkom nie, maar die gang-rape het my geestelik geknak. Dit haunt my. Solank ek hier op 'n job is, gaan ek dit nie kan verwerk nie. Ek moet nou dringend in my eie beskutte omgewing kom, anders gaan ek van my kop af raak."

Hy het haar nader getrek en styf teen hom vasgedruk. "Jammer, natuurlik kan jy gaan. Ek sal regkom."

Sy het op daardie oomblik sleg gevoel omdat sy die simpatiespeen gemelk het. Dit is nie hoe sy gesien wil word nie. Maar dit was met die vooruitsig van 'n nuwe begin.

Toe sy Donderdagoggend agtuur in Johannesburg land, het sy vir Robert 'n boodskap gestuur dat sy hom twaalfuur in die Aucklandpark-restaurant sal kry. By die woonstel het sy eers aantekeninge gemaak om haar voorstel van 'n vennootskap so aanloklik moontlik te maak.

By die restaurant het hy reeds by 'n tafeltjie gewag. In 'n fokken rolstoel. Sy het hom skaars herken. Sy hare was borselkop geskeer, sy gesig opgeblaas en rooi, sakke onder dowwe oë asof hy op 'n baie lang drinking spree was. Hy het juis 'n drankie in die hand gehad, sy ander hand op die tafel het liggies gebewe. Hy was nie meer die adonis van hul laaste ontmoeting nie.

Hy het met 'n effense sleeptong gepraat. "Jammer dat ek jou so vinnig laat kom het. Maar ek moet vandag nog 'n besluit neem. My suster wil dringend hê ek moet op haar en haar man se plaas met administratiewe werk kom help."

Monica was uit die veld geslaan. "Ek verstaan nie. Administratiewe take? En . . . waarom is jy in 'n rolstoel?"

Hy het agter die tafeltjie met sy stoel uitgerol gekom en die kombers oor sy bene opgelig. Sy regterbeen was onder die knie geamputeer. Hy het daarna beduie. "Net twee weke in Angola gewees toe dit gebeur het. Dit was die werk van 'n landmyn uit die bosoorlog se tyd. Was vrek gelukkig dat ek lewendig daarvan afgekom het."

Sy was sonder woorde. Nie omdat sy hom bejammer het nie, maar omdat haar nuwe planne so skouspelagtig vernietig is.

Sy het skaars 'n minuut daar vertoef. "Jy moet jou suster se aanbod aanvaar," was al wat sy gesê het voor sy weggestap het. Nie eens teruggekyk toe hy haar roep nie.

Terug by die woonstel het sy op die bed gaan lê en huil. Nie omdat sy hartseer was nie, maar uit blinde woede en frustrasie oor haar mal en dom oordeelsfout. Boonop het sy soos 'n Judas teenoor Arend gevoel. Die man wat haar 'n dekade lank net onderskraag het, het nie verdien om alleen in Bloemfontein gelos te word nie. Sy het besluit sy sal daarvoor opmaak. Daar is geen manier dat sy hulle verhouding nou kan beëindig nie.

Sy het dit nie vreemd gevind dat Arend haar teen Vrydag nog nie gebel het nie. Hy is so 'n deernisvolle siel as dit by haar kom, het sy geredeneer, dat hy moontlik dink hy wil haar nie in haar "toestand" steur nie. Sy het hom Vrydagaand by die woonstel verwag, wat toe nie gebeur het nie.

Vroeg vanoggend het sy begin bekommerd raak. Hom gebel, maar nie antwoord gekry nie. En nou is dit al amper middag en hy beantwoord ná herhaalde oproepe steeds nie sy foon nie.

Net toe sy wil opstaan van die rusbank om vir haar die soveelste koppie koffie te gaan maak, lui haar foon. Sy is verlig toe sy Arend se naam op die skermpie sien.

"Bly jy bel uiteindelik, Arend!" groet sy.

Daar heers 'n kort stilte. "Is . . . dit Monica wat praat?" vra 'n vreemde manstem.

"Ja, met wie . . . praat ek?"

"Kaptein Rodney Conroy van die Parkweg-polisie in Bloemfontein. Ons het op meneer Brockmann se foon gesien jy het hom vanoggend al 'n paar keer gebel. Is dit . . . moontlik . . . jou man?"

"Nee, ons ken mekaar net goed?"

"Dan is ek vrééslik jammer om die slegte nuus aan jou oor te dra, maar meneer Brockmann is oorlede."

"Dit kan nie wees nie!" roep sy uit.

"Ongelukkig is dit so. Ons het 'n uur gelede op hom afgekom, waar hy halflyf in een van die President Hotel se beddings gelê het. Hy is in die agterkop geskiet. Die voorval moes gisternag plaasgevind het. Ons sal graag wil weet . . . "

Sy luister nie meer nie, voel net hoe die skok deur haar lyf rimpel.

Deel 4

Kassie, Rooi, Clarissa, Dolf & Monica

35

Kassie lê uitgestrek op die rusbank in die sitkamer. Hy het 'n Sondagmiddag-uiltjie daar geknip omdat Amalia in hulle slaapkamer kaste reggepak het.

Sy kyk by die vertrek in. "Lekker geslaap?"

"Soos 'n klip."

"Koffie?"

"Nie nou nie, dankie, sal later vir my maak."

Sy sug. "Ek moet nou aan daai nuusbrief van die Vriende van die Nasionale Kunsmuseum begin skryf. Ek stel ook altyd tot op die nippertjie uit."

"Sterkte daarmee." Hy wil byvoeg dat dit haar eie skuld is dat sy aan soveel liggame en organisasies behoort, maar bedink hom. Amalia wil nie daaraan herinner word nie. Kassie is net dankbaar hy dien nie meer op die besture van die Boeremusiekgilde en Wes-Kaapse Filatelievereniging nie. Hy het verlede jaar as voorsitter van albei bedank. Net nie meer kans gesien vir al die administratiewe pligte en vergaderings nie.

Toe Amalia buite sig is, is sy gedagtes by die Altman-saak. Hy het selfs nou daarvan gedroom. Moontlik omdat hy so gefrustreerd is met sy en Rooi se trae vordering, dat die saak tot in sy slaap opduik.

Die afgelope week was uiters teleurstellend. Dis asof hy en Rooi hulle telkens teen 'n betonmuur vasloop. Die week het wel belowend afgeskop toe hulle van die patoloog verneem het die laboratoriumtoetse wys Bertie Vermaak het nie van koolstofmonoksied-vergiftiging omgekom nie. En die plastiekagtige residu op sy pols kan wel dui op 'n kabelbinder. Dit het finaal hulle vermoede bevestig dat Mike Loubser se voorgevoel reg was oor Steenberg se betrokkenheid by sy vriend Bertie se dood.

Maar daarna het dinge afdraand geloop. Eerstens was daar, net soos met die van Steynberg, geen Nissan Navara vir 'n Steenberg in die Kaapse metropool geregistreer nie. Wat klaar Kassie en Rooi se aanvanklike vreugdesborrel laat bars het. Loubser het uitdruklik genoem dat Kleinbooi Arendse die "CA number plates" gesien het van die Nissan wat van Bertie se brandende huis af weggejaag het. Kassie-hulle moet aanvaar die voertuig is op iemand anders se naam geregistreer en dit gaan byna onmoontlik wees om die eienaar na te spoor.

Tweedens het Kassie, onder die skuilnaam Joost Bergh, die Valke-speurder gebel wat destyds die hoofondersoekbeampte in die Russiese wapensmokkelsaak was. Hoewel die Valke se bevelvoerder vir generaal Radeba verseker het dat daar geen bande tussen die Altmans en die smokkelaars was nie, wou Kassie met die man praat wat naaste aan die vuur was. Hy het sy bevelvoerder se woorde geëggo, net bygevoeg dat als op samewerking tussen die Russiese smokkelaars en Kaapse bendebase gedui het. Die twee groepe het selfs soms saam aan operasies deelgeneem.

Kassie het 'n kantaantekening gemaak van wat Ernst Delport hom en Rooi vertel het en brigadier Fredericks bevestig het: Die eerste PRIOR-speurder wat omgekom het, Neels Nolte, het destyds gesê hy het sy inligting oor die gemaskerde ontvoerders by 'n high-profile gangster gekry. Dit is dus moontlik dat brigadier Fredericks se afleiding reg was. Dalk was dit 'n gesamentlike operasie van die Russe en bendes om Nolte te vermoor. Dat nie een van die twee partye wou hê die Altmans se ontvoerders moet aangekeer word nie. En omdat Mabula, die PRIOR-baas, bang was vir die Russe, het hy die storie verkoop dat Nolte bloot die slagoffer van kruisvuur tussen bendes was. Die probleem is dat Kassie nie weet hoe hy hierdie moontlike Russiese konneksie verder kan ondersoek sonder om slapende honde wakker te maak nie – soos die generaal hulle steeds maan.

Derdens het Kassie, ook onder die naam Joost Bergh, die eenheid vir geweldsmisdaad gebel – wat Moorcroft en sy lyfwagte se moord ondersoek, en van wie Boeta van Wyk, Claus Oelofsen se boesemvriend, een van die slagoffers was. Hy het aangevoer die generaal wil om redes van sy eie met naasbestaandes van Van Wyk gesels. Die hoofondersoekbeampte het gesê hulle het klaar met Van Wyk se ouers gepraat, maar dit het niks opgelewer nie, want Van Wyk en sy ouers is reeds jare lank van mekaar vervreem. Hulle is nog op soek na Van Wyk se meisie, by wie hy gereeld oorgeslaap het, maar hulle kry haar nie by haar woonstel nie. Hulle sal laat weet as hulle haar opspoor.

En laastens het Rooi die hele week tevergeefs probeer om professor

James Aldwin se weduwee in Amerika in die hande te kry. Hy het op die internet op 'n foto van Aldwin en sy vrou, Kathy, afgekom toe hy nog aan die Michigan-universiteit verbonde was. Hulle hoop dat Kathy meer inligting oor haar man se verhouding met die Altmans sal kan gee. Rooi het 'n bloutjie by die Michigan-universiteit geloop, want hulle was nie bereid om enige gegewens oor hulle gewese werknemer te verstrek nie – allermins aan 'n Suid-Afrikaanse polisieman.

Verskeie oproepe na die tronkowerhede in Amerika het ook nie resultate opgelewer nie. Hulle hou nie kontakbesonderhede op hulle databasis aan van 'n gevangene se naasbestaandes as die gevangene meer as 'n jaar tevore oorlede is nie. Rooi het uit desperaatheid Interpol geskakel, wat onderneem het om 'n kontaknommer te probeer kry. "Maar dit kan baie lank neem," het die Interpol-man gesê.

En dit was dit. Een deur ná die ander het in hulle gesigte toegeklap.

* * *

Clarissa sug beswaard toe sy agter haar lessenaar in die studeerkamer inskuif.

Haar vrese is bewaarheid. Barnabas het vanoggend die lys van gekose name aan haar gestuur. Uit Bertie Vermaak se naamlys van honderd-en-veertig het hy al 'n ruk gelede agt-en-dertig van hulle geoormerk as ideale kandidate ná hy onder meer hulle geskatte rykdom in ag geneem het. Nou, nadat hy elkeen van die geheuestafies sorgvuldig bestudeer het, het hy die lys na twee-en-veertig uitgebrei.

Hy skryf in sy e-pos dat sy haar planne moet finaliseer van hoe hulle die stafies, wat hy gedupliseer het, by die mense moet uitkry en veral hoe hulle die geld op 'n veilige manier kan verhaal.

Aanvanklik moet ons nie gulsig wees nie. Elkeen van hierdie twee-en-veertig kan honderdduisend rand betaal sonder om 'n oog te knip. Vir hulle is dit kleingeld. Betaal almal, skep ons met die eerste ronde meer as viermiljoen rand. Dan kan ons besluit wie van hulle ons verder kan melk en of daar nog geskikte kandidate onder die honderd-en-veertig name is.

Sy sal Dolf moet kry om ook voorstelle te maak, dink sy. Sy polisie-er-

163

varing in Londen kan hulle help om slaggate te vermy. Maar sy weet nou al Barnabas gaan nie tevrede wees met haar en Dolf se voorstelle nie. Hy vind altyd fout met ander se planne. Uiteindelik sal hy soveel aanpassings maak, dat hy eintlik van die begin af alleen die beplanning kon hanteer het. Maar dit kan sy nie vir hom sê nie. Veral noudat hy in so 'n omgekrapte luim oor Arend Brockmann is. Dan is dit beter om net ja en amen te sê.

Sy skud haar kop. Wat het Brockmann besiel om hulle te probeer bedonner? Williams, wat saam met Barnabas al vroeg in die week Bloemfontein toe gevlieg het om gereed te wees vir die tydrowende werk om elke stafie op 'n rekenaar deur te gaan, het vir haar gesê Barnabas was blind van woede toe hy die nuus Vrydag telefonies van Oberholzer kry. Hy het Brockmann Vrydagnag by die hotel se bedding agter 'n boom ingewag, waar Brockmann gedink het hy sy betaling gaan kry, en hom in die agterkop geskiet. Williams sê al was dit middernag, was dit net 'n geluk dat niemand Barnabas gesien het nie. Hy kon nie glo die baas waag so 'n kans nie.

Clarissa kán dit glo. Barnabas het die Nolte-speurder destyds helder oordag oop en bloot by 'n verkeerslig in Mitchells Plain doodgeskiet. Toe was hy gemasker, maar iemand kon hom netsowel daar op die toneel vasgetrap het.

Hy wou glad ook die Altmans self gaan afmaai. Briesend gewees toe hy agterkom hulle vat al jare lank 'n onregmatige deel van die veilingwins vir hulleself. Maar hy het gelukkig op nommer nege-en-negentig tot sy sinne gekom en besef dit sal beter wees om professionele huurmoordenaars te kry.

Die Altmans spook steeds by hom. Hy het juis gesê hy het nog 'n appeltjie te skil met die Delport-speurder. Hy het gister uitgevind sy ma bly nou op Robertson en hy is doodseker haar seun kruip iewers in daai gewese weg. Hy is steeds bang "die bliksem kruip uit sy gat en begin breedsprakig raak as die polisie die Altman-saak ooit weer ondersoek".

'n Rilling trek deur Clarissa se lyf. Sy kan steeds nie daardie vreeslike toneel uit haar kop kry nie. Sy was 'n ooggetuie van hoe Barnabas die twee mans gemartel het wat opgeslip het toe hulle veronderstel was om Delport op Worcester voor sy ma se huis dood te skiet.

Sy is saam met Williams opgekommandeer om Barnabas en die twee mans na die gruisgat te vergesel. Barnabas het eers die mans se ore afgesny "omdat julle nie ordentlik geluister het toe ek julle die opdrag gegee het nie". Toe een van hulle terugpraat en sê dit was moeilik om te korrel in 'n bewegende kar, het hy ook hulle tonge uitgesny. Hy het die mans se gesigte daarna met die vuis pap geslaan, voor hy elkeen met 'n kopskoot die ewigheid ingestuur het.

Hy is 'n ongeleide missiel wanneer hy kwaad word. En gevaarliker as 'n mamba as sy besigheid bedreig word.

Die Suid-Afrikaanse polisiediens weet dit nie, maar het hulle die Alt-man-saak verder ondersoek, sou baie meer speurders in hulle grafte be-land het.

36

Clarissa het Dolf gisteraand vlugtig ingelig waarmee hulle die volgende paar weke besig gaan wees. Hy moet solank aan planne dink vir hoe hulle dit kan uitvoer, het sy gesê.

Dolf is verheug daaroor. Dit beteken Clarissa en Barnabas gaan in die nabye toekoms hulle oë van hulle kernbesigheid afhaal.

Sy voorstel sal wees dat hy die geheuestafies se aflewering by die mans se kantore sal hanteer. Hy sal ook voorstel dat hy die afpersgeld op verskeie punte in die stad sal afhaal. Hulle behoort daarmee tevrede te wees. Hy het immers gewys hy kan met geld vertrou word toe hy Kruiswijk se miljoen rand teruggebring het.

Belangrik dat daardie take aan hom toegeken word. Dit gaan hom genoeg vryheid en tyd gee om sy eie planne sorgvry agtermekaar te kry. Sit hy vasgekluister in Clarissa se huis soos die afgelope vier jaar, sal dit nie so maklik wees nie.

Hy het 'n week gelede al 'n lys begin maak van wat hy moet doen om sy veiligheid te waarborg as hulle te gou uitvind hy het hulle in die rug gesteek. Eerstens sal hy 'n blyplek moet huur om in te skuil, verkieslik naby aan die vliegveld. Sal ook voortydig sy nuwe paspoort en ID-dokumente daar stoor. Ook 'n wapen aanskaf wat hy daar kan wegsteek. 'n Tas vol klere en 'n noodvoorraad kos daar hou indien daar vertragings met sy vlug is. Dit kan ongelukkig gebeur, het Esposito hom gewaarsku. Volgens die Italianer werk die vlieënier nie altyd volgens 'n vasgestelde skedule nie. Die weer speel ook nie altyd saam vir 'n veilige vlug nie. Met dié dat Dolf die afgelope klompie jare gratis verblyf by Clarissa gehad het, het hy genoeg geld gespaar om die vlieënier te kan betaal en om 'n cheap motortjie aan te skaf waarmee hy na sy wegkruipplek kan ry. Sou dom wees om dit met die Volvo te doen, want hulle ken die motor.

Wanneer hy Clarissa se instapkluis geplunder het, sal sy nie rede hê om dadelik daarheen te gaan nie. Sy klere en ander besittings sal nog in die woonstelletjie wees. Sy grootste uitdaging gaan wees om Clarissa nie rede te gee om haar instapkluis te besoek voor hy veilig in sy wegkruipplek is nie. Maak sy te gou alarm, kan dinge warm raak. Mens weet nie hoe vinnig Barnabas sy bendetrawante kan ontplooi nie. Hy sal nog aan 'n plan moet dink om dit te verhoed.

Hy het gistermiddag, toe Clarissa 'n argeologievereniging se vergadering in die stad moes bywoon, na Blum gery. Hy en die oukêrel kom goed oor die weg. Omdat hy weet Blum is verslaaf aan koffie en gesien het hoe hy sy Nespresso-masjien oortyd laat werk, het hy vir hom veertig pods van die man se gunstelingkoffie saamgeneem. Blum kon hom nie genoeg bedank vir die geskenk nie.

Dolf het vir Blum gevra dat wanneer hy sy finale verslag opgestel het om die Leeumens se egtheid te verifieer, hy hóm moet bel en nie vir Clarissa nie. Hy wil haar graag verras met die verslag, het hy gesê. Blum het glimlaggend ingestem. "Goeie idee. Ek is bly sy het nou 'n betroubare man aan haar sy. Nooit erg aan daai Oelofsen-kêrel gehad nie."

Dolf besef hy moet nou sy energie en denke eers kanaliseer na die plan wat hy moet voorlê oor hoe hulle die mans veilig kan afpers. Belangrik dat dit veral Barnabas se goedkeuring sal wegdra.

★ ★ ★

Monica loop soos 'n slaapwandelaar in haar woonstel rond. Net die wete dat sy Arend in die steek gelaat het, sal haar tot in lengte van dae ry. As sy in Bloemfontein die opdrag saam met hom voltooi het, sou sy kon keer dat hy geskiet word, maak sy haarself die hele tyd wys.

Wie Arend doodgemaak het, bly vir haar 'n groot raaisel. In dié stadium speel drie scenario's in haar kop af. Die lang man in die Renault kon hom geskiet het om sy hande op hulle geld te lê. Maar sy het hom nie só opgesom nie. Heeltemal te beskimmeld voorgekom toe hulle op Naval Hill met hom gesels het. Hy sou ook bang wees hulle doen by Steenberg navraag oor die geld. 'n Ander scenario is dat hy opdrag van Steenberg-hulle gekry het om van Arend ontslae te raak. Maar sy twyfel of hy genoeg murg in sy pype het om so 'n daad te pleeg. Die derde scenario voel na die waarskynlikste. Die bruin man met die wilde boskasie wat sy by die hotel die kartonboks tussen die varings sien uithaal het, kan die sleutel tot die raaisel wees. Hy het nie die kar bestuur nie, want hy het aan die passasierskant ingeklim met die boks. Daar was dus iemand saam met hom. Dalk was hulle van Steenberg se ander handlangers in Bloemfontein, wat opdrag by haar gekry het om Arend te vermoor.

Wat haar nog heeltemal dronkslaan, is waarom Arend vermoor is. Die honderdduisend rand moet 'n rol speel, glo sy. Dat hulle gevoel het dis eintlik te veel geld en dat hulle buitendien nie weer van Arend se dienste gebruik gaan maak nie. Veilig om van hom ontslae te raak, want hulle weet Monica kan nie by die polisie 'n vinger na hulle gaan wys nie.

Dit bring haar by 'n volgende moontlikheid. Dis nie uitgesluit dat Steenberg se handlangers nou agter haar bloed aan is nie. Daardie gedagte vul haar nie met vrees nie. Hulle kan kom, sy sal reg wees vir hulle. Buitendien is hulle tyd beperk.

Want wat hulle nie weet nie, is dat sy nie van plan is om hier met gevoude hande te sit en wag totdat hulle eendag kom nie. Sy gaan na húlle toe. Haar Bloemfontein-vlug is klaar vir môre bespreek. En as dit moet, vlieg sy daarna Kaapstad toe.

Sy was laas ná die gang-rape só vasbeslote om wraak te neem.

Arend se dood sal nié ongestraf bly nie. Al is dit die laaste ding wat sy doen, sal sy die skuldiges laat boet.

37

Maandagoggend het belowend afgeskop toe Kassie 'n whatsapp op sy burner kry van die speurder wat die Moorcroft-moorde ondersoek. Boeta van Wyk se meisie, Ena Blaauw, is terug by haar woonstel nadat sy by 'n familielid aan die Weskus gekuier het. Die speurder het Ena se adres en haar telefoonnommer, wat hulle eers die naweek gekry het, ook verskaf.

Toe Kassie haar bel, het Ena gesê hulle kan vanoggend kom. Hy vestig sy hoop daarop dat Boeta iets oor sy boesemvriend Claus voor sy meisie laat val het, wat hulle in die ondersoek kan help.

"Ek het net 'n gevoel ons gaan vandag goud strike," het Rooi gesê op pad Bellville toe.

"Die hoop beskaam nie," het Kassie geprewel.

"Jy klink nie baie optimisties nie?"

"Soveel deure het al in ons gesigte toegeklap dat ek nie groot verwagtinge koester nie."

En nou, terwyl hulle oorkant Ena Blaauw in haar woonstel in Voortrekkerweg sit, lyk sy nie soos iemand wat 'n groot bron van inligting gaan wees nie. Sy is 'n vaal meisietjie met 'n neusring en slierterige bottelblonde hare wat tot op haar skouers hang. Daar is donker kringe onder haar oë en haar mond is afgerem. Haar poeierblou sweetpak is kwaai gekreukel en sy sit krom vooroor soos 'n ou mens.

Op Kassie se eerste vraag oor hoe lank sy en Boeta uitgegaan het, antwoord sy: "Sewe fabulous jare." Toe bars sy in trane uit. Deur die snikke sê sy sy en Boeta sou vanjaar in Mei getrou het. "Die venue in Melkbos is klaar bespreek en die invitations is al uitgestuur."

Kassie wag dat haar snikke bedaar. "Ons is vreeslik jammer oor jou verlies," probeer hy troos.

Sy kyk op, vee die trane met 'n voorarm van haar gesig af en frons. "Hoekom is julle hier? Die speurders het my gister ure lank ge-cross-question."

"Ons ondersoek nie die moordsaak nie. Ons is eintlik op soek na Claus Oelofsen. Soos ons verstaan, was hy en Boeta goeie vriende."

"Julle gaan hom nie kry. Boeta het seker 'n jaar lank na hom gesoek nadat hy so skielik gedisappear het. Ek was saam met Boeta by Claus se flat in Observatory. Die flat was leeg. Tot sy kar was gone. Sy buurvrou het gesê daar was mense in die nag by sy flat, wat sy belongings uitgedra het en in 'n groot trok gelaai het. Sy't gesien hoe 'n ander man met sy kar daar weg is. Sy't gedink Claus het daarvan geweet – dat hy dalk op 'n ander plek gaan bly het en hulle gevra het om sy goed te bring. Boeta het met die landlord gaan praat. Hy't gesê dis vir hom 'n groot surprise. Claus het niks van trek gesê nie. Hy was vrek kwaad, want Claus het hom nog 'n maand se rent geskuld."

Dit klop met die ou van die konstruksiemafia, Brian Coetzee, se storie dat hy Oelofsen die afgelope vyf jaar nooit weer gesien het nie, dink Kassie.

"Het Boeta vermoed Claus het van iemand weggevlug?" vra Rooi.

Sy skud haar kop. "No way! Claus was nog so excited oor 'n nuwe job opportunity in die Kaap."

"Watse job opportunity?" vra Kassie.

Sy haal haar skouers op. "Weet nie regtig nie. Iets met karre te doen gehad."

"Wat het Boeta gedink het van hom geword?"

Sy trek haar vinger oor haar keel. "Murdered."

"Deur wie?" wil Rooi weet.

"Daai vrou vir wie hy in Rondebosch gewerk het."

"Die Steenberg-vrou?"

"Sy, ja."

"Hoekom het Boeta so gedink?"

"Claus het altyd gesê dis 'n dangerous job. Hy het vir ons gesê hy kan nie afford om oor sy job rond te praat nie, want dan kan hy in groot moeilikheid kom. Daai mense vat nie nonsens van kabouters nie."

"Het hy nie eens vir Boeta vertel wat hy in Rondebosch gedoen het nie?" vra Kassie.

"Hy kon seker, maar Boeta het my niks gesê nie."

"Het Claus ooit die Steenberg-vrou se voornaam genoem?"

"Nie wat ek kan onthou nie. Maar Claus het gesê sy is nogal 'n dokter."

Kassie frons. "'n Mediese dokter?"

"Nee, dis vir haar geleerdheid dat sy een geword het."

"O, 'n doktor. Weet jy in watter rigting?" vra Kassie.

"Astrology . . . of so iets."

"Nie dalk archaeology nie?" vra Rooi.

Weer trek sy haar skouers op. "Kan wees. Ek onthou net dit is iets wat met 'n 'a' begin het."

"Het Boeta ooit sy vermoedens dat Claus vermoor is, by die polisie aanhangig gemaak?" wil Kassie weet.

"Nee, meneer Moorcroft wou nie hê sy bodyguards moet ooit met die polisie deal nie. Dit was een van sy golden rules."

"Het Boeta nie dalk geweet wáár in Rondebosch Claus gewerk het nie?" vra Kassie hoopvol.

"Nie 'n clue gehad nie. Claus het nooit gesê nie."

"Het Boeta ander goeie vriende wat bande met Claus gehad het?" vra Rooi.

"Ek . . . weet nie." Sy huiwer 'n oomblik. "Julle kan dalk met Bill Weyers se vrou gaan praat. Claus het ook 'n paar keer by hulle gekuier, want hulle het naby aan mekaar in Observatory gebly."

"Wie is Bill Weyers?" vra Kassie.

"Ook een van meneer Moorcroft se lyfwagte wat doodgeskiet is. En Claus het ook daai tyd saam met Bill by meneer Moorcroft gewerk. Bill het altyd meneer Moorcroft se motor bestuur. En ek onthou hy het gereeld sy drugs by Claus gekry. Ook in die tyd toe Claus by daardie vrou gewerk het. Claus het al in die tyd van meneer Moorcroft sy drug-besigheid as 'n sideline gerun. Dis waarom Betta, Bill se vrou, Claus gehaat het. Altyd gesê dis sy skuld dat Bill so gereeld uitgezonk was."

Toe hulle terugstap kar toe, sê Rooi: "Claus blyk 'n versatile mannetjie te gewees het, nè? Verbonde aan die konstruksiemafia, later betrokke by antieke goeters in Rondebosch en op die side ook 'n drug dealer."

★ ★ ★

Barnabas het pas aan Clarissa die name verskaf van die eerste drie mans wat hulle moet teiken. Sy sal môre haar en Dolf se plan van hoe om hulle veilig af te pers, met Barnabas bespreek.

Sy kyk na sy e-posaanhangsel waarin hy meer inligting oor die mans verskaf. Soos sy verwag het, het Barnabas deeglike navorsing oor hulle gedoen.

Michael Lombard is die hoof- uitvoerende beampte van die Lombard-groep, wat twee bekende supermarkgroepe besit met honderde takke in Afrika en Asië. Volgens finansiële ontleders is Lombard een van die tien rykste mense in Suid-Afrika en is hy 'n paar miljard rand sterk. Hy is agt-en-vyftig jaar oud, gelukkig getroud en het drie kinders wat ook vir die Lombard-groep werk.

Dewald Calitz is 'n vyf-en-vyftigjarige bekende en hoogs betaalde scenariobeplanner, motiveringspreker en toekomskundige, wat veral by gerekende maatskappye, selfs wêreldwyd, in aanvraag is. Buiten sy ge-raamde jaarlikse inkomste van meer as tweemiljoen rand, het hy ook ryk geërf van sy pa, in lewe die eienaar van 'n bekende apteekgroep. Dewald het onder meer 'n vakansiehuis in Monaco. Hy is die afgelope tien jaar gelukkig getroud met sy tweede vrou, wat twee-en-twintig jaar jonger as hy is. Hulle het nie kinders nie, maar hy het twee by sy eerste vrou, wat in die buiteland werk en woon.

Austin Philander is drie-en-sestig en het diep spore in ANC-politiek ge-trap. 'n Oudminister in ANC-kabinette onder Mbeki en Zuma, wat nou afgetree is, maar hy dien op verskeie maatskappye se direksies en sy vrou beklee boonop 'n hoë pos by 'n versekeringsreus. Philander was onlangs in die nuus toe hy 'n paar miljoen rand bestee het by 'n veiling van resies-perde. Gelukkig getroud, met vyf kinders, wat almal net die beste oplei-ding in private skole in die suidelike voorstede gekry het.

Dis deur die bank mans wat hulle beursies vinnig sal uitpluk as hulle die verdoemende geheuestafies onder oë kry, weet Clarissa. Daar is vir hulle hopeloos te veel op die spel om in skandale betrokke te raak.

Dolf het aangebied om al die "vuilwerk" te doen. Hy het gesê dis be-langrik om die geheuestafies by die mans se kantore of werkplekke af te lewer. By hulle huise kan dit in die verkeerde hande beland. Hy het 'n baie geldige punt gemaak dat hulle dit nie kan waag om vooraf vir die mans te sê waar hulle die geld moet aflewer nie. Indien een van hulle na die po-lisie toe hardloop, kan hy ingewag word by die betaalpunt. Hy sal op die dag van 'n man se betaling met hom in telefoniese verbinding bly en hom instruksies gee waarheen om te ry. Só kan hy hom by 'n bestemming laat stop wat nie vooraf aan die man bekend is nie. Vanaf 'n skuilplek in die omgewing sal Dolf kan bepaal of hy gekom het sonder polisiebegeleiding of dat ander mense betrokke is.

Clarissa weet nie wat sy sonder Dolf se hulp sou doen nie. Die man is elke sent van sy salaris werd. Selfs Barnabas sal nie kan fout vind met sy plan nie.

Waarom Barnabas hom ná meer as vier jaar nog nie ten volle vertrou nie, weet sy nie. Om een van Williams se manne voltyds vir spesifiek dié operasie aan te wend, met die opdrag om 'n oog oor Dolf se bewegings buite die huis te hou, is 'n vermorsing van tyd.

38

Dolf het aangebied om solank na geskikte betalingspunte te gaan soek, waaroor Clarissa in haar noppies is. Duidelik dat sy dink Barnabas sal sy plan goedkeur en dat dit reg sal wees as hy nou al recces doen.

Dit gee Dolf kans om tussendeur die recces sy eie reëlings te finaliseer. Hy het juis vanoggend 'n afspraak met die vlieënier Ivor Scott gemaak, wat volgens Esposito betroubaar is en in die verlede al een of twee gunste vir hom gedoen het. Noodsaaklik dat hulle twee gesels sodat daar geen misverstande is nie, het Esposito gesê.

Hy moet Scott by 'n koffieplekkie in Durbanville se middedorp kry. Esposito sê hy het Scott al so bolangs ingelig oor wat van hom verwag word. Esposito het Dolf ook al 'n week terug gemaan om die vals naam op sy nuwe paspoort te gebruik wanneer hy met Scott onderhandel. "Net om te verseker niemand kan jou na Dolf Pieterse terugspoor nie."

Daarom stel Dolf hom nou as Darius Dorfling aan Scott voor.

Die vlieënier is 'n man van Dolf se jare. Kort en bonkig met deurdringende donker oë wat diep in sy skedel gesink is. 'n Snorretjie loop in dun strepies weerskante van sy mondhoeke af tot by sy ken se onderpunt, en 'n donkerbril is opgeskuif op sy voorkop.

Dolf vertel hom kortliks wat sy behoefte is. Noem ook dat Esposito hom aanbeveel het, wat 'n glimlag by Scott ontlok. "Skaars vier jaar uit die tronk en hy's al weer besig met sy streke."

Dit betrap Dolf onverhoeds. "Het jy dan ook 'n probleem om my oor te vlieg, as jy met hom 'n probleem het?"

"Nee, hoegenaamd geen probleem met jou of Esposito nie. Ek onderneem dikwels sulke sendings na buurlande toe." Hy lag. "Dis net dat Esposito my gereeld verras. Hy is nie 'n man wat op sy louere rus nie, altyd besig met 'n scheme."

Dolf wonder of die Italianer nog "schemes" het waarvan hy nie weet nie, maar vra dit nie vir Scott nie.

"Van waar af vlieg ons?"

"Die Cape Winelands-lughawe. Dit was eers bekend as die Fisante-kraal-vliegveld."

"Waar presies is dit?"

"Dertien kilometer noordoos van Durbanville. Uit op die R312."

"My probleem is dat ek nie weet wanneer ek gaan vlieg nie. Dit kan enigiets van oor twee weke of 'n maand wees. Hoe lank moet jy voor die tyd weet?" vra Dolf.

"'n Week sal voldoende wees."

"Ek sou vier-en-twintig uur verkies."

Scott haal sy skouers op. "Weet nie altyd of ek op sulke kort kennisgewing beskikbaar sal wees nie."

Dolf aarsel. "Dan is 'n week reg. Watse vliegtuig gebruik jy?"

"'n Cessna twee-een-nul. Dit het ses sitplekke, maar uiteraard sal jy my enigste passasier wees."

"En ons vlieg direk Botswana toe, sonder 'n pit stop?"

Scott skud sy kop. "Nope. Ek sal op Kuruman se lughawe vir petrol moet stop. Wou nog vra, waar in Botswana moet ek jou drop?"

"Ek lig jou in sodra ek weet. Esposito is besig om met iemand daar te onderhandel."

"Jy weet ek vra veertigduisend rand kontant vir so 'n trippie?"

Dolf knik. "Esposito het my so ingelig. Ek bring die geld vir jou die dag wat ons vlieg."

"In orde so."

"Ek sal môre my nuwe selfoonnommer vir jou stuur. Moet die foon vandag nog eers gaan koop."

Scott steek sy hand na Dolf uit. "Lekker gewees om te ontmoet, meneer Dorfling. Wees verseker dat ek my passasiers se sake altyd vertroulik hanteer."

Jy beter, dink Dolf.

★ ★ ★

Dis snikheet in Bloemfontein. Monica is bly sy het 'n moulose toppie aan, maar haar jeans kleef aan haar bene. Sy het 'n donkerbril op en haar hare is in 'n poniestert agter haar kop gebind. Sy huur 'n Volkswagen Polo TSI by Avis en volg die GPS-aanwysings na die adres van die man wat sy op haar selfoon se kontaklys gekry het. Hy het Arend vier jaar gelede gehelp toe hulle min tyd gehad het en inderhaas Bloemfontein toe moes vlieg vir 'n job in Welkom.

Soos toe, kon sy ook nie nou 'n skietding op die vliegtuig saamvat nie. Sy het die man gisteraand gewhatsapp, waarna hy terug laat weet het hy het 'n paar pistole waaruit sy kan kies.

Haar pistool, wat sy in Bloemfontein by Arend gelos het toe sy inderhaas agter fokken Robert aan Joburg toe gevlieg het, sal sy nie weer sien nie. Ook nie die BMW nie.

Kaptein Conroy by die Parkweg-polisiestasie, wat haar gebel het oor Arend se dood, het haar omtrent onder kruisverhoor geneem nadat hulle op die BMW afgekom het. "Ons konfiskeer sy BMW omdat dit vals nommerplate het en ons twee ongelisensieerde pistole in sy tas gekry het. Ook verskeie vals ID-kaarte. Daar was ook 'n draadknipper en graaf in die kattebak. Ons hoop jy kan vir ons lig op al hierdie goed werp."

Sy het gesê sy het geen idee wat Arend in Bloemfontein gedoen het nie. "Hy het 'n private speurdiens gehad. Ek was aanvanklik 'n vennoot, maar is al ses jaar gelede uit die vennootskap. Hy het nooit sy werk met my bespreek nie. Hy het soms onkonvensionele metodes ingespan om sy doelwitte te bereik. Die vals nommerplate en ID-kaarte verbaas my dus nie. Dis juis daardie soort goed wat hy aangevang het, wat my laat besluit het om die speurdiens te verlaat. Ek het ook toe ons verhouding verbreek, maar ons het goeie vriende gebly."

Monica is nou dankbaar sy het een van haar vals ID's gebruik om Joburg toe en nou weer hierheen te vlieg. As die polisiekaptein enigsins skerp is, sou hy by die lughawe seker gemaak het dat 'n Monica Wepener nie in Bloemfontein was nie.

Nog iets waaroor sy bly is, is dat sy die kontant wat hulle ná die Moorcroft-moord gekry het, saam met haar terug Joburg toe gevat het. Anders sou hulle dit ook gekonfiskeer het. Daardie sestigduisend rand gaan nou nuttig wees.

Wat haar effens hinder, is dat sy geen melding van Moerdyk op Netwerk24 kry nie. Teen dié tyd behoort Zylstra lankal te weet sy partner is missing. Ook dat die kartonboks uit sy kluis voete gekry het. Sou hy dit stilhou omdat die polisie Moerdyk ná die Altman-moorde gesoek het? En dink hy moontlik nou hy sal by 'n nuwe polisieondersoek ingesleep word as hy Moerdyk as vermis aangee? Dis die enigste gevolgtrekking wat sy kan maak.

Sy draai af in 'n straat in Dan Pienaar, die omgewing vir haar onbekend. Die man het daardie tyd in 'n ander woonbuurt gebly.

Sy kry die huis maklik. Toe hy die voordeur oopmaak, herken sy hom dadelik aan die litteken aan sy onderlip en ken.

Hy nooi haar in en hulle stap in 'n smal gang af na 'n agterste vertrek.

Vier pistole is reeds op 'n tafel uitgepak. Sy tel dadelik die semi-outomatiese Glock 19 op, waarmee sy goed vertroud is. "Hoeveel?"

"Tienduisend . . . en dit sluit die silencer en twintig patrone in wat jy versoek het," sê die man.

Sy knik. "Dis 'n deal."

Vanaand gaan die Glock help om daai lang donner in die Renault aan die sing te kry. En een van die twintig patrone sal hom die ewigheid instuur wanneer hy klaar gesing het.

39

Anders as met Boeta van Wyk se meisie, is daar op Betta Weyers se gesig geen teken dat sy oor haar man se onlangse afsterwe treur nie.

"Ek het Bill jare gelede al gewaarsku dat hy met sy lewe speel deur vir daardie mafiaspul te werk. Moorcroft was niks anders as 'n criminal scoundrel nie," sê sy, haar pofwange wat dril.

Sy skud haar kop verwoed. "Meng jou met die semels en die varke vreet jou op, het ek altyd gesê. Maar hy wou nie luister nie. En waar het dit hom laat beland? In sy graf. En in die proses het hy vir my niks nagelaat nie. Ek sal nou by my stiefpa in Kimberley moet gaan bly."

Die geblomde rok span styf om haar gesette lyf. Sy trek diep aan 'n sigaret, die asbakkie langs haar op 'n tafeltjie tot oorlopens toe vol stompies.

"Ons verneem van Boeta se meisie dat Claus Oelofsen gereeld 'n gas by julle was, omdat hy hier naby julle gebly het," val Kassie weg.

Sy snork. "Moenie daai stuk drek se naam voor my noem nie. Dis oor hom dat Bill nie 'n sent in sy bankrekening het nie."

"Boeta se meisie sê Claus het hom van dwelms voorsien. Het Bill dan tot onlangs toe nog kontak met Claus gehad, dat hy al sy geld daarop uitgegee het?" vra Kassie hoopvol.

"Nee, Claus het mos so 'n paar jaar terug mysteriously verdwyn. Maar dis hy wat Bill aan die drugs verslaaf gemaak het. Toe Claus weg is, het Bill by ander shitheads sy coke en wat ook al gekry. Bill was 'n bleddie full-blown substance abuser toe hy doodgeskiet is. Geen cure sou vir hom werk nie. Dalk was dit 'n genadeskoot wat hy gekry het, want die drugs sou hom in any case laat omkap het."

"Net om terug te kom na Claus. Het hy ooit in jou teenwoordigheid gepraat oor sy werk by die Steenberg-vrou in Rondebosch?" haal Rooi die woorde uit Kassie se mond.

"Daarvan weet ek niks. Ek weet net Bill het sy drugs in Claus se posbussie by die poskantoor in Rondebosch gaan afhaal. Dit was glo convenient vir Claus, omdat hy so naby aan die Riverside Mall gewerk het. Dis waar die poskantoor is."

Dit laat Kassie sy ore spits. "Het Bill dalk vir jou 'n aanduiding gegee van presies hoe ver Claus se werkplek van die mall af was? Oorkant die pad of so iets?"

Weer snork sy. "Niemand het vir my iets gesê nie. Ek was in die kombuis besig toe ek hoor hoe Claus sê die poskantoor in die mall is naby sy werkplek. En dat hy sy spaarsleutel vir Bill sal gee om die drugs in die posbussie te kry." Sy kyk op, trek skewemond. "Dis al wat ek van daai stuk gemors en sy werkplek weet."

Kassie besef hulle gaan nie veel meer inligting by haar kry nie en beduie vir Rooi hulle moet die pad vat. Betta stap saam met hulle na die deur toe.

Voor die deur steek Kassie vas. "Waar presies is die woonstel waar Claus gebly het? Ons wil graag ook daar 'n paar navrae doen."

"Te laat daarvoor. Die plek is seker so 'n jaar terug gesloop. Regte krot gewees."

"Bliksis, die bad luck ry ons," prewel Rooi.

Terug in die kar sê Kassie hulle moet na die Riverside Mall ry. "Dalk het die poskantoor nog rekords van mense wat vyf jaar gelede posbusse daar gehuur het. Weet dis 'n long shot, maar Claus kon sy werksadres opgegee het toe hy die bussie huur."

Hy sien Rooi is druk besig op sy selfoon. Hy skud sy kop, kyk na Kassie. "Volgens Google het die Rondebosch-poskantoor al drie jaar terug sy deure in die mall gesluit en saamgesmelt met die Mowbray-tak. Geen manier dat hulle daar sulke ou rekords van 'n ander tak sal aanhou nie."

"Jy's seker reg."

Rooi glimlag, vryf sy hande teen mekaar. "Wel, ons gesprekke van vandag het darem nie boggherol opgelewer nie, Kassie. Ons weet nou Steenberg is 'n doktor, as jy my vra in argeologie, en haar huis is naby die Riverside Mall."

Kassie se kop werk in die hoogste versnelling oor hoe hulle hierdie nuwe inligting kan benut.

"Ek dink ek weet wat ons volgende logiese stappe moet wees," sê hy.

"Shoot, captain, my ore is gepunt!"

"Ongelukkig niks aardverskuiwend nie."

179

★ ★ ★

Terug op kantoor fynkam Kassie op die internet die Universiteit van Kaapstad se argeologie-departement en die Universiteit van Stellenbosch se departement van antieke studies, wat argeologie insluit, maar hy kry geen personeellid met die van Steenberg nie. Hy is effens teleurgesteld. Met dié dat die Amerikaner James Aldwin betrokke was by artefakte-smokkelary terwyl hy aan 'n universiteit gedoseer het, het die hoop by hom ontstaan dat Steenberg dieselfde doen.

Rooi het met groot geesdrif in die Cape Peninsula Telephone Directory op Google na 'n Steenberg in Rondebosch gesoek, maar nie een gekry nie. Soos hulle al in die verlede bevind het, is die gids nie volledig nie. Mense wat nie gelys wil word nie, kan hulle name daaruit verwyder.

Nou kyk Kassie op toe Rooi sy landlynfoon se gehoorbuis hard neersit. "Raait, my pel by die munisipaliteit sê hy sal kyk of daar 'n Steenberg in Rondebosch naby die Riverside Mall bly. Hy behoort dit tjop-tjop te kan bepaal en sal terugkom na my sodra hy nuus het."

"Dankie, Rooi. Ons moet vir daai pel van jou 'n bottel wyn koop, want hy het ons al baie kere gehelp."

"Nie nodig nie. Flippie was my beste pel op skool. Hy verwag nie geskenke nie."

"Oukei, as jy so sê. Maar om terug te kom na die werk. Die universiteite se argeologie-departemente het toe geen Steenberg opgelewer nie, maar ek gaan 'n paar van die professore daar bel. Iemand moet tog van Steenberg weet as sy 'n doktorsgraad in argeologie verwerf het," sê Kassie. Hy huiwer. "Natuurlik gegewe dat ons reg is met die afleiding dat sy haar doktorsgraad daarin verwerf het."

"Ek sit al die geld wat ek het daarop dat sy 'n argeoloog is. Alles dui tog daarop, Kassie. Daai konstruksiemafia-ou het gesê Claus het vir 'n vrou gewerk wat in antieke goeters of iets dergeliks deal. En die Altmans het ook 'n groot belangstelling in artefakte gehad."

"Is dalk so, maar 'antieke goeters' kan ook op soveel ander dinge dui."

Kassie sien Rooi se aandag is nie gevestig op wat hy sê nie, maar op sy rekenaarskerm.

Sy kollega se gesig helder op. "'n Breakthrough, Kassie! Interpol het vir my James Aldwin se vrou se telefoonnommer gestuur. Die Interpol-ou sê dit sal goed wees om haar eers môre te bel, want sy is tot vandag toe by die een of ander kongres. Hy het vlugtig met haar oor die foon gepraat en sy is bereid om met ons te gesels."

"Dis goeie nuus!"

Rooi se landlyn lui en hy pik die gehoorbuis op. "Yes, Flippie, wat het jy vir my?"

Aan Rooi se gesigsuitdrukking kan hy sien dis nie wat hy wou hoor nie.

"Thanks vir die vinnige terugkom, Flippie," sluit hy af.

Hy sug toe hy aflui. "You win some, you lose some. En dié een het ons slég verloor. Flippie sê daar bly nie 'n Steenberg naby die mall nie. Trouens, daar is nie 'n enkele flippen Steenberg in die hele donnerse Rondebosch nie."

40

Clarissa is verras oor Barnabas se oproep so vroeg in die oggend.

Ewe verras toe hy sê hy is tevrede met Dolf se voorstelle, wat sy vir hom ge-e-pos het. Sy het 'n lang bespreking verwag.

"Ek het eintlik iets anders om oor te praat," sê hy. Sy kan die uitgelatenheid in sy stem hoor. "Ek het uiteindelik uitgevind waar daai Delport-speurdertjie wegkruip. Vandat ek weet sy ma bly op Robertson, het ek een van Williams se manne opdrag gegee om haar huis dop te hou. En waaragtig, gistermiddag toe kom visit Delport haar. Nou met 'n moerse baard, maar Williams se man het hom aan sy lang lyf herken. Toe hy daar wegry, het die man hom agtervolg tot by sy wegkruipplek op Ashton, wat nie ver van Robertson is nie. Hy hou Delport se huis nou dop om te kyk of hy gereeld visitors kry en wat sy moves deur die dag is. Intussen moet jy jou reghou om soontoe te gaan."

"Ek?" roep sy verbaas uit.

"Ja, jý, Clarissa. Voor ons van hom ontslae raak, wil ek hê jy moet hom ondervra. Ek wil dit uit die aard van die saak nie self doen nie. Buitendien was ek die afgelope tyd te veel afwesig by die werk. Ons is nou baie besig. Ek kan nie net waai wanneer dit my behaag nie."

"Kan Williams hom nie ondervra nie?"

"Nee, hy't nie al die background wat jy het nie. Ek wil onder meer weet of Delport met iemand gesels het oor daai CCTV footage van die Jacobs-speurder wat tussen die bewysstukke was. Dis daai tape wat ek en jy bestudeer het, wat Claus by die Bellville-stasie se argief vir ons gekry het. Daarop kan mens duidelik sien hoe Jacobs doodnugter by die stegie in is, en later poepdronk uitgekom het. Dan is daar nog 'n klomp ander goed waaroor ek en jy bekommerd was toe daai fokkers opgeslip het om Delport in Worcester dood te skiet. Dis bitter belangrik om te weet wat Delport als weet, en more importantly, of hy daai goed met enigiemand bespreek het. As dit byvoorbeeld met sy ma was, sal ons haar ook moet uithaal. En enigiemand anders for that matter."

"En as Delport weier om te praat of vir ons lieg?"

Barnabas gee 'n laggie wat Clarissa se nekhare laat rys. "Jy moet net die vrae vra. Ossie Williams weet hoe om iemand se tong los te kry. Hy sal daai deel van die operation hanteer. Trust my, Clarissa, Delport sál praat en hy sál eventually die waarheid praat. Ossie laat die KGB se torture techniques na child's play lyk."

★ ★ ★

Monica het al vroeg vanmiddag skuins oorkant die man in die Renault se woonstelblok gaan stilhou. Sy is nou dankbaar sy het daarop aangedring om hom te agtervolg ná haar en Arend se gesprek met hom op Naval Hill. Vanaf haar stilhouplek kan sy die woonstelblok se onderste oop parkeergarage dophou. Soos sy en Arend gesien het, het die man sy Renault in die voorste ry naaste aan die straat parkeer.

Wat haar wel nou onverhoeds betrap, is dat die Renault reeds daar staan. Sy was onder die indruk die man werk tot vyfuur. Sy het daardie afleiding gemaak omdat hy gesê het hy kan eers smiddae ná vyf Moerdyk-hulle se huis dophou en as hulle hom in 'n noodgeval moet bel, kan hulle dit ná vyf doen.

Sy besluit om te wag. Sonder 'n naam gaan dit nie vir haar moontlik wees om uit te vind waar in die woonstelblok hy bly nie.

Toe die skemer oor die plek toesak, begin sy bekommerd raak. Dalk het die man 'n ander kar? Of is hy uitstedig? Dit sal haar planne lelik in die wiele ry.

Sy verstyf toe sy hom in die helder verligte parkeergarage sien verskyn, oortuig daarvan dat die lang gestalte net aan hom kan behoort. Hy het 'n sweetpak aan en 'n tas in die hand. Hy maak die Renault se kattebak oop en sit die tas daarin. Sy sien die groot bles op sy agterkop, wat sy herken van die aand op Naval Hill toe hy uit die BMW geklim het. Dit lyk of hy besluiteloos rondstaan, dan maak hy die bak toe en stap weg.

Monica verspeel nie 'n sekonde nie. Sy klim uit haar kar en hardloop oor die stil straat na die woonstelblok. Die plek het 'n draadheining om, maar dis nie hoog nie. Met min moeite klouter sy oor en haas haar na die oop parkeergarage. 'n Kombi langs die Renault gee haar die nodige skuiling. As haar afleiding reg is, is die man op pad iewers heen en het hy nog iets in sy woonstel gaan haal.

Sy wag in spanning, verbeel haar sy hoor voetstappe en loer versigtig deur die kombi se vensters.

Dis hy wat aankom, 'n drasak in sy hand. Hy stap om die Renault en maak die kattebak oop.

Sy kom van agter die kombi uit, die Glock in haar hand.

Hy los 'n benoude kreet toe hy haar sien, sy oë wyd gesper.

"Maak die bak toe en klim agter jou stuurwiel in," gebied sy. "Ek en jy gaan 'n entjie ry."

"Ek . . . ek sweer ek het niks gedoen nie. Dis hulle wat –"

"Shut your trap! Klim in jou kar," sê sy toe hy die bak toegemaak het.

Hy gehoorsaam dadelik. Sy klim aan die passasierskant in, die pistool die hele tyd op hom gerig.

"Nou ry jy na Moerdyk-hulle se plek toe. En ek wil nie 'n fokken enkele woord verder uit jou mond hoor nie. Jy kan later verduidelik, wanneer ek so sê."

Sy sien hoe hy die stuurwiel verbete vasklem, sy kneukels spierwit. Sy liggaam bewe effens. Noudat sy sy gesig sonder 'n Covid-masker kan sien, skat sy hom in sy laat veertigs of vroeë vyftigs.

Hulle vat die afdraai Rayton toe. Gelukkig is daar geen aandverkeer nie. Sy sê hy moet verby Moerdyk se kleinhoewe ry en die veldpaadjie agter die heuwel vat. Sy merk daar brand geen ligte in die Moerdyk-huis toe hulle verbyry nie.

Monica beveel hom om stil te hou – naby die plek waar sy en Arend vir Moerdyk 'n graf gegrawe het. Kaptein Conroy het gesê hulle het een graaf in die BMW se bak gekry, wat beteken dat Arend die ander graaf op die dag van die ontvoering daar tussen die bosse gelos het om Moerdyk se lyk later mee toe te gooi. Dit gaan nou goed te pas kom.

"Klim uit en maak die bagasiebak oop," beveel sy. Sy hoef nie haar pen-flits in te span nie, want daar is 'n liggie in die bakruimte toe hy dit oop-maak.

"Maak die drasak oop en gooi die inhoud uit."

As hy Arend doodgemaak het vir die honderdduisend rand, sal die geld daarin wees.

Twee bottels brandewyn en drie bottels Coke rol uit die sak.

"Maak jou tas oop."

Net klere, sien sy.

"Reg, maak die bak toe en kom kniel met jou hande agter jou kop hier langs die kar," gee sy haar opdrag.

Hy maak so, sy lyf wat nou erger rittel as toe hy agter die stuurwiel was.

Toe hy voor haar kniel, smeek hy: "Asseblief, moet my net nie doodmaak nie!"

"Dit gaan van jou samewerking afhang," sê sy.

Sy gesig is vertrek van die vrees. "Ek sal alles vertel! Absoluut álles wat ek weet!"

41

Kassie sit op hulle Seepunt-woonstel se balkon en tuur in die skemerte uit oor die see. Hy kan die flikkerende liggie van 'n boot in die verte sien.

Wat 'n teleurstellende dag, dink hy.

Tussen hom en Rooi het hulle elke argeologie-dosent gebel. Niemand ken 'n Steenberg nie. Uit radeloosheid het Kassie die Maties en Ikeys se administratiewe afdelings geskakel. Geen Steenberg het volgens hulle rekords 'n doktorsgraad in argeologie verwerf nie. Rooi het selfs ander kampusse landwyd gebel. Ook geen vreugde daar gekry nie.

Hulle moes aanvaar dat Steenberg nie haar doktorsgraad in argeologie verwerf het nie. Die moontlikheid bestaan ook dat Boeta van Wyk se meisie nie reg gehoor het oor die beweerde doktorsgraad nie. "Ons moet in ag neem Ena Blaauw is nie eintlik die skerpste mes in die laai nie," het Rooi opgemerk.

Die grootste teleurstelling was dat James Aldwin se vrou, Kathy, nie haar foon in Michigan beantwoord het nie. Weens die tydverskil het Kassie juis tot vanmiddag laat gewag voor hy gebel het, om te verseker die vrou is uit die bed en aan die gang. Hy wil haar nie nou op sy selfoon bel nie, want dit gaan hopeloos te duur wees. Hy sal maar môre weer op die werk se landlyn probeer.

Hy kyk op toe Amalia op die balkon verskyn met 'n glasie wyn vir haar en 'n glas Cream Soda vir hom. Sy kom sit langs hom op die bank.

"Is dit reg as ek vir 'n week of twee by my suster-hulle in die Karoo gaan kuier? Anrich kom ook vir 'n tydjie van Potchefstroom af soontoe."

"Natuurlik! Jy het jou seun juis lanklaas gesien."

Sy sug. "Ek is eintlik bekommerd oor jou."

Kassie lag. "Dit hoef jy wragtie nie te wees nie. Jy vergeet dat ek twee dekades lank enkellopend was. Ek sal vir myself kos kan maak."

"Dis nie oor die kos wat ek bekommerd is nie. Ek sal in elk geval vir jou 'n klomp disse maak en vries sodat jy dit net warm kan maak as jy saans huis toe kom."

"Nou waaroor die bekommernis?"

"Oor die Altman-saak, Kassie. Jy en Rooi het nou al met soveel verskillende mense gepraat. Die een of ander tyd gaan daai onheilige spul uitvind julle krap aan die saak en dan is julle lewens in gevaar."

Hy sit sy hand op hare. "Moet jou asseblief nie daaroor bekommer nie. Ons navrae is subtiel. Ek kan jou verseker niemand vermoed ons werk daaraan nie." Nie dat hy self honderd persent oortuig daarvan is nie.

"Ek dink nie ek glo jou nie, Kassie."

Sy moet sy huiwering gesien het, want sy kyk intens na hom. "Wil jy nie tog maar gaan hoor wat daai geadverteerde pos behels nie?"

Hy onderdruk 'n sug. "As ek tyd kry, sal ek hulle kontak."

"Belowe?"

"Ek belowe."

* * *

Dolf het die afgelope twee dae byna al sy reëlings gefinaliseer. Hy het vir 'n maand 'n buitekamer by 'n afgetrede egpaar in Durbanville gehuur. Hy was gelukkig, want die plek was net vir die maand beskikbaar voor hulle seun van oorsee daar kom intrek.

Hy het by 'n kêrel in Kenridge, wat in die koerant geadverteer het, 'n ou Passat vir next to nothing gekoop. Die kar het vir sy ouderdom verbasend min kilometers op die klok. Hy het dit laat gistermiddag by die buitekamer in Durbanville gaan parkeer. Toe met 'n Uber teruggery om sy Volvo in Kenridge te kry. Sal later in die week by die munisipaliteit al die papierwerk afhandel om die Passat amptelik op sy vals naam, Darius Dorfling, te registreer. Hy het sommer ook 'n splinternuwe karbattery gekoop, wat hy in die Passat se kattebak sal stoor. Hy kan nie bekostig om gereeld met die Passat te ry om sy battery gelaai te hou nie. Sal 'n helse krisis afgee as hy vinnig by die vliegveld wil kom en met 'n pap battery sit.

Intussen het Blum hom laat weet hy het van die laboratorium in Kanada die goeie nuus gekry dat die Leeumens-fragment wat daar ontleed is, ongetwyfeld mammoetivoor is. En sy kontak in Duitsland het gebel om te sê hy sal die argeologiese verslag van die aardlae se samestelling in die Duitse grot vandeesweek ontvang. Dan behoort dit hom nog 'n week of wat te neem om te bepaal of die sediment wat aan die beeld gekleef het, versoenbaar is met die aardlae. Die tydsberekening daarvan kan nie beter wees nie, dink Dolf.

Hy moet nog 'n klomp blikkieskos as noodvoorraad aankoop en dan nog iewers 'n skietding kry voor sy doenlysie klaar afgemerk is.

Hy sal môreoggend begin soek na 'n geskikte betaalpunt vir die eerste man wat afgepers gaan word. Vir Clarissa het hy gesê hy kon die afgelope twee dae nie veilige plekke identifiseer nie. Sy moet net geduldig bly, want hy wil seker maak die betaalpunte is honderd persent geskik.

Dit het haar oënskynlik nie ontstel nie. Dit was asof haar gedagtes op 'n ander plek was toe hy met haar gepraat het.

★ ★ ★

Monica verag die patetiese skepsel voor haar. Hy bewe onbedaarlik en sy wange is nat van die trane.

"Wat is jou naam?" vra sy.

"At Oberholzer."

"Waar werk jy?"

"Ek is 'n senior verkeersbeampte by die munisipaliteit."

"Getroud?"

"Nee, geskei."

"'n Meisie?"

Hy skud sy kop, gee 'n droë sluk.

"Waarheen was jy nou op pad?"

"Ek . . . het verlof geneem. Ek't 'n rondawel op Maselspoort vir 'n week gehuur."

"Hoekom gaan jy in die aand eers soontoe?"

"Ek . . . het vanoggend nog gewerk en moes daarna 'n paar take by die woonstel afhandel."

"Watter mense weet jy gaan soontoe?"

"Net my buurvrou by die woonstel. Sy moet na my papegaai omsien."

Sy druk die Glock se loop teen sy voorkop. Vreesgevulde oë kyk op na haar.

"Nou kom ons by die ernstige vrae. Jy beter die volle waarheid praat. As ek enigsins vermoed jy lieg, trek ek die sneller. Verstaan jy my, At?"

"Ek sweer ek sal die waarheid praat!"

Sy stem het 'n ondertoon van paniek, wat goed is. Sy glo nie hy sal dit waag om te lieg nie.

"Hoekom het julle Arend Brockmann vermoor?"

"Ek het niks met sy moord te doen gehad nie!"

Sy druk die loop stywer teen sy voorkop. "Jy beantwoord nie my vraag nie, At. Hóékom is hy vermoor?"

"Meneer Brockmann het Moerdyk nie doodgemaak nie. Ek het eerstens nie geweet dis deel van sy opdrag nie. Ek het gedink Barnabas-hulle wil Moerdyk lewend hê."

"Hoe seker is jy Moerdyk is nie dood nie?"

"Barnabas-hulle het my opdrag gegee om Moerdyk se plek Vrydag dop te hou. Ek . . . ek moes 'n dag se verlof vat om dit die hele dag te kon doen."

"En?"

"Brock . . . meneer Brockmann het Moerdyk vroegoggend in die BMW by die hoewe afgelaai. Hy het toe dadelik weer gery. Kort daarna het Moerdyk met twee tasse by sy huis uitgestorm, in sy Golf geklim en uitgejaag. Ek het hom tot by die lughawe gevolg, waar hy op 'n vliegtuig Durban toe geklim het." Hy huiwer. "Ek . . . het geen ander keuse gehad as om Barnabas te bel en in te lig nie. Hy was briesend. Ek . . . ek het die volgende dag by 'n polisievriend gehoor meneer Brockmann is dood aangetref in 'n hotelbedding. In . . . in die kop geskiet. Ek was geskok, nooit gedink hulle sal –"

"Stil! Ek stel nie belang in jou gevoelens nie."

Monica glo elke woord wat hy sê. Sy kon sien hy lieg nie.

'n Naarheid stoot in haar keel op. As sy in Bloem aangebly het, sou Arend nog gelewe het. Hy sou dit nie gewaag het om so 'n sotlikheid aan te vang nie. Soos destyds met die Altmans, het hy nie kans gesien om Moerdyk uit te haal nie. Maar dié keer was sy nie by om hom tot sy sinne te bring nie. Hy het natuurlik vir Moerdyk gesê hy moet uit Bloem padgee en nooit weer sy gesig hier wys nie. Hoe kon hy dink daai gespuis sou dit nooit uitvind nie?

"Hoe skakel jy in by Barnabas se organisasie?" vra sy.

"Ek skakel nie regtig iewers in nie . . . ek's net hulle kontakman in Bloemfontein."

"Hoe lank al?"

"Bietjie meer as 'n jaar."

"Wie het jou genader om vir hulle te werk?"

"Ossie Williams. Hy is 'n bendebaas van die Deep Throats op die Kaapse Vlakte. Ek sou nie ingestem het om vir hulle te werk as ek geweet het moord is –"

"Ek stel nie in daardie detail belang nie," knip sy hom kort. "Is Williams die baas van dié organisasie en sit sy bende agter alles?"

Hy skud sy kop. "Nee, Williams werk vir Barnabas."

Sy frons. "En Steenberg?"

"Sy werk ook vir Barnabas. Ek weet nie wat haar rol is nie."

"Wat is haar voornaam?"

"Ek dink dis Edina . . . of so iets. Vreemde naam."

"Wat presies doen die organisasie?"

"Dit weet ek nie. Ek . . . ek sweer ek weet nie!"

Sy stamp die loop liggies teen sy voorkop. "Wat is Barnabas se regte naam en is hy ook by die bende betrokke?"

"Sy regte naam ken ek nie, maar ek dink hy is by hulle betrokke. Ek het hom nog nooit gesien nie, net oor die foon met hom gesels. Ek kan sy burner se nommer vir jou gee, maar ek weet hy verander dit weekliks."

Sy lig haar wenkbroue. "Jy lieg nie dat jy nie sy naam ken nie?"

"Nee, ek swéér ek praat die waarheid!"

"Het Barnabas verlede week Bloemfontein toe gekom?"

"Ja, hy én Williams."

"En wie van hulle twee het Arend geskiet?"

Hy kyk pleitend na haar. "Dit weet ek nie! Ek het nie eens geweet hulle gaan hom skiet nie."

Sy kyk na die knielende pateet voor haar. Die trane stroom nou van voor af oor sy wange.

Daar is geen manier waarop sy hom kan laat lewe nie, want dis belangrik dat sy daardie fokkers in die Kaap onverhoeds betrap.

Sy kners op haar tande en trek die sneller.

42

Clarissa was lanklaas in haar lewe so gespanne. Sy het vanoggend die boodskap van Barnabas gekry dat Williams-hulle môre op Delport se Ashton-huis gaan toeslaan. Volgens die man wat hom dophou, lyk dit of hy dit selde verlaat.

Barnabas het laat weet sy moet 'n kar huur. Hy wil nie hê sy moet met die Nissan Navara of Lexus soontoe ry nie. Williams sal vir haar die adres stuur. Sy moenie later as tienuur môreoggend daar aanmeld nie en moet die kar ten minste 'n blok van Delport se huis af parkeer. Williams sal haar daar kry en met 'n ompad na die huis vat.

Barnabas het ook gesê sy moet nou vuur onder Dolf se gat maak. "Williams se man, Bruinders, sê dit lyk of hy betaalpunte in die northern suburbs soek. Die drie mans wat ons eerste afpers, bly almal in die southern suburbs. Hy moet hom op daardie areas toespits of ten minste op plekke in daai vicinity. Sê dit vir hom, maar moenie laat blyk jy weet hy het in die northern suburbs rondgefok nie. Ek wil nie hê hy moet suspicions kry ons hou hom dop nie."

Hierdie bykomende las van die afpersery verhoog net haar spanningsvlakke. Sy wou vir Barnabas sê dat hulle Dolf moet uitlos, want hy weet wat hy doen. Hy was nie verniet 'n polisieman in Londen nie. Hy't haar vertel hoe hulle afpersers daar suksesvol vasgetrap het. So hy weet watter soort hindernisse om te vermy. Maar sy het maar 'n wag voor haar mond gehou. Barnabas laat hom nie voorskryf nie.

Barnabas het ook genoem dat hulle kontakman in Durban nou op die uitkyk is vir Moerdyk. "Maar hy is nie nou 'n priority nie. Ons sal later sy breins wegblaas."

Sy het gevra wat hulle met Brockmann se huurmoordvennoot gaan maak.

Hy het net gelag. "Sy hou nie vir ons 'n threat in nie. Teen dié tyd pis sy bietjies-bietjies in haar panty, want sy moet weet haar boyfriend is uitgehaal omdat hy opgesnork het deur Moerdyk nie dood te maak nie. Sy kan scheme ons gaan nou vir haar kom. Daarom sal ek nie verbaas wees as sy 'n disappearing trick doen nie. En sy kan after all, nes Moerdyk, nie polisie toe hardloop nie."

Clarissa skud haar kop. Barnabas hou hopeloos te veel balle op een slag in die lug. Die een of ander tyd gaan hy een laat val en dan kan sy ook in die spervuur beland.

Sy haal diep asem en trek die vel papier nader waarop sy haar vrae vir Delport neergeskryf het.

* * *

James Aldwin se vrou, Kathy, groet Kassie met 'n "Howdy, captain". Sy maak verskoning dat sy nie gister sy oproep beantwoord het nie. "Ek het my foon die hele dag op silent vergeet en dit eers vanoggend agtergekom," sê sy in 'n swaar Amerikaanse aksent.

Kassie het die landlyn se speaker aan sodat Rooi ook kan hoor. Dié vryf sy hande geesdriftig teen mekaar asof hy groot onthullings verwag. Hy bly die ewige optimis.

Kassie gee haar kortliks die rede vir sy oproep. "Het jou man ooit die Altmans in Suid-Afrika besoek?"

"Ja, op 'n gereelde grondslag."

"Hoe gereeld?"

"Seker maklik drie, vier keer 'n jaar."

"Weet jy wat die doel van sy besoeke was?"

"Ja, hy het na hulle veilings van baie skaars argeologiese artefakte gegaan. Gereeld goed huis toe gebring wat hy daar gekoop het." Sy bly 'n oomblik stil. "Nou, in terugskouing, twyfel ek of die veilings wettig en oop was vir almal om by te woon, soos James beweer het. My vermoede is dat hy toe al goed geweet het die Altmans se ware op die veilings is geplunder en na Suid-Afrika gesmokkel. Ná James deur die FBI in hegtenis geneem is vir smokkelhandel in artefakte, het my perspektief oor 'n hele klomp dinge verander, waarvan die grootste was dat ek nie meer 'n woord geglo het wat hy my vertel nie. Hy is met baie leuens en geheime na sy graf toe." Die bitterheid slaan in haar stem deur.

"Het hy ooit uitgebrei oor die aard van die veilings? Waar dit byvoorbeeld gehou is?"

"Ja, die veilings het altyd in die Altmans se huis plaasgevind. Dis al wat ek daarvan weet. Hy het op 'n keer gesê daar was meer as dertig mense by die veiling."

"Het James ooit by die Altmans se huis oorgeslaap?"

"Nee, nooit. Hy het tydens sy besoeke by verskillende hotelle in die Waterfront tuisgegaan. Ek was net een keer saam met hom op so 'n besoek. Ek het nie die veiling bygewoon nie, maar het wel een aand by die Altmans saam met ander mense daar geëet."

"Was dit 'n groot groep mense wat die ete bygewoon het?"

"Nee, net ek, James, die Altmans en twee ander gaste. Hulle het die hele aand net oor artefakte geklets." Sy gee 'n laggie. "Ek het my later doodverveel."

"Kan jy onthou wie die twee ander gaste was?"

"Snaaks genoeg, ja. Die een gas, 'n redelik bejaarde man wat met twee kieries gestap het, het my nogal gefassineer. Hy het van sy avonture vertel toe hy as 'n jonger man Afrika deurkruis het agter artefakte aan. James het vir my gesê hy is die grootste versamelaar van Afrika-artefakte in die wêreld. Sy naam was Jacques . . . Crauswick." Sy lag. "Ek vermoed ek spreek dit verkeerd uit, maar ek onthou presies hoe mens dit spel." Sy spel dit vir Kassie.

"Kruiswijk," sê hy.

"Dis reg. Vir my Amerikaanse tong effe moeilik om dit só te laat klink."

"En die ander gas?"

"Dit was 'n vrou."

"Kruiswijk se vrou?"

"Nee, ek het die indruk gekry sy is net goed bevriend met die Altmans en Jacques. Sy was ook baie kundig oor artefakte. Haar wye kennis het veral op James indruk gemaak."

"Kan jy haar naam en van onthou?"

"Oe, dis 'n lang tyd gelede. Ek verbeel my haar naam was Edna . . . nee, daar was 'n 'i' in haar naam." Sy talm 'n oomblik. "Edina . . . ja, ek is amper seker dit was Edina, maar ek kan nie haar van onthou nie."

"Kan jy haar beskryf?"

"Nie in detail nie. Dink nie ek sal haar gesig herken as ek haar nou in die straat sou raakloop nie. Maar wat ek kan onthou, is dat sy geweldig geset was."

Kassie en Rooi kyk betekenisvol na mekaar. Bertie Vermaak se pel Mike Loubser het vir hulle vertel Bertie het gesê hy het lanklaas so 'n vet vrou soos Steenberg gesien. En Brian Coetzee het ook verwys na die vet vrou.

"Was haar van nie dalk Steenberg nie?"

'n Oomblik se stilte heers. "Nee, dit lui nie 'n klokkie by my nie. Ek kan ongelukkig nie haar van herroep nie."

"Is daar enigiets anders rondom die Altmans wat jy dink van belang kan wees?"

"Ongelukkig nie, maar ek het nou jou nommer. Ek sal beslis bel as nog iets my byval."

Kassie bedank haar, groet en lui af.

"Wat sê jy nou, Kassie?" vra Rooi.

Kassie peins vir 'n wyle. "Ons weet ten minste nou presies waar die artefakte in die prentjie pas. Onthou jy, Ernst Delport het ons vertel daar was ook 'n ander soort saamtrek by die Altmans se huis as die groot onthale vir bekendes. Hy het vertel van die vier bussies wat op 'n aand by die agterste veiligheidshekke in is. Hy het gesê die beeldmateriaal het gewys hoe drie mans die agterste veiligheidshek opgepas het. En daar was ook twee by die voorste hek. Hulle het die hele tyd op walkie-talkies gepraat. Ernst het gesê dit het gelyk soos ouens wat op hulle hoede was dat daar dalk iets kan gebeur. Daai manne is uiteindelik later die aand saam met die ander aanwesiges weer in die bussies daar weg. Niemand het oorgeslaap nie."

Kassie hou 'n wysvinger in die lug. "Dit dui net op een ding: Dit was een van die veilings waarvan Kathy Aldwin melding gemaak het. En dit was beslis 'n geheime en onwettige swartmarkveiling. Ernst het gesê sy kollega Danny Jacobs het spesifiek agter die kap van daai samekoms probeer kom. Hy het nog op dieselfde dag waarop hy later deur Claus Oelofsen doodgery is, vir Ernst gebel en gesê hy het 'n klomp leads gekry wat verband hou met daai samekoms. Steenberg en wie ook al haar trawante was, wou seker maak niemand trace daai veilings na hulle terug nie. Daarom dat Jacobs so vinnig afgestamp is."

"Dit maak sin, Kassie." Hy glimlag. "My aanvanklike voorgevoel oor die artefakte was toe honderd persent in die kol, nè?"

"Ja, volpunte vir jou."

"Wat is ons volgende stappe?"

"Eerstens moet ons vir Jacques Kruiswijk opspoor. As ons hom kan ondervra, kan ons dalk op die gesette Edina se spoor kom." Hy glimlag. "Ek sit al my geld daarop dat sy Steenberg is. Bertie se pel Mike Loubser het destyds gedink haar naam is iets soos Dina. Edina is na genoeg daaraan om my te laat glo Kathy Aldwin het reg onthou."

Rooi glimlag ewe breed. "Haal jy die woorde uit my mond, kaptein."

43

Dolf is tevrede dat hy 'n geskikte betaalpunt geïdentifiseer het. Barnabas het via Clarissa laat weet hy moet op 'n plek in of naby die suidelike voorstede konsentreer.

Die vervalle gebou in Athlone voldoen aan al die vereistes. Twee oorgroeide oop erwe aangrensend aan dié enkelverdiepinggebou sonder dit af van die sakeondernemings in die omgewing. Die voordeur van die plek hang skeef aan 'n skarnier. Vir Dolf is dit duidelik dit was eens 'n gewilde slaapplek vir bergies, te oordeel na die leë drank- en koeldrankbottels en stompies wat oor die ruim vertrek se vloer gestrooi lê. Nou is daar geen teken van 'n siel nie. Die swartgebrande mure en ingevalde plafon dui op 'n onlangse brand. Die oorweldigende reuk van roet moet die bergies laat besluit het om nie meer daar te slaap nie.

Die beste is dat Dolf sy Volvo in die straat agter die gebou kan parkeer. Hy kan tussen die bosse op die oop erwe skuiling kry met 'n perfekte uitsig op die vervalle gebou. En hy kan die gebou van agter af betree en by 'n gebreekte venster inkom om die geld in die voorste vertrek af te haal. In die onwaarskynlike geval dat iemand die gebou dophou, sal hulle hom nie sien in- en uitgaan nie.

Hy sal later vanmiddag die pakkie vir Michael Lombard by die Lombardgroep se swierige hoofkantoor in Nuweland aflewer. Hy het vanoggend soontoe gebel om seker te maak Lombard is nie uitstedig nie. Sy sekretaresse het gesê hy is nog 'n week lank op kantoor voor hy Afrika binnevaar vir takbesoeke. Op Barnabas se aanbeveling, wat Clarissa vir hom deurgegee het, moet hy Lombard nie genoeg dinktyd gee voor hy die geld by hom verhaal nie. Hy sal dit in die nota wat die pakkie vergesel duidelik stel dat Lombard binne vier-en-twintig uur moet betaal. Hy sal ook een van die vier burners, wat Clarissa vir die doeleindes van die afpersoperasie vir hom gegee het, se nommer insluit sodat Lombard sy eie selfoonnommer vir hom kan whatsapp. Hy sal dan môre stuk-stuk telefonies die ry-instruksies na die gebou in Athlone vir Lombard kan gee.

Nou is Dolf tevrede dat hy die maatreëls vir die Lombard-afpersing afgehandel het. Die pakkie sal hy eers later vanmiddag gaan aflewer, nadat hy hom vermom het. Hy klim in die Volvo om na die naaste Standard Bank te ry. Hy wil vyf-en-sestigduisend rand trek – veertigduisend vir Scott se vlieëniersfooi Botswana toe en vyf-en-twintigduisend vir Blum wanneer hy sy Leeumens-verslag gefinaliseer het.

Clarissa het klaar vir Blum die deposito van vyftig persent betaal, maar hy het besef dat hy die uitstaande bedrag uit sy eie sak sal moet betaal om te verhoed dat sy uitvind die verslag is gefinaliseer. Dié uitgawe sal uiteindelik die moeite werd wees.

Dit is 'n bonus dat Blum nooit sy rekenaar inspan om vir Clarissa sulke verslae te stuur nie. Die ou man beskou dit as 'n te groot risiko ingeval die gereg eendag op sy rekenaar beslag sou lê. Daarom span hy 'n tikmasjien vir sy verslae in – tot haar groot frustrasie.

Als tel in Dolf se guns om hierdie storie suksesvol af te pull. En Esposito se oproep vanoggend vroeg hou hom op 'n all-time high. Volgens die Italianer het hy klaar 'n definitiewe koper vir die Leeumens in Europa geïdentifiseer.

* * *

Monica is dankbaar sy kon laat gisteraand nog 'n plek kry op vanoggend se vroeë vlug Kaapstad toe. Sy kon eers gisteraand kort voor middernag die bespreking op haar rekenaar doen toe sy uiteindelik terug by die hotel gekom het.

Dit was 'n vermoeiende aand. Sy het Oberholzer se lyk gesleep na die oop graf en die graaf gekry wat Arend daar gelos het. Sy kon die lyk toegooi en die omgewing só agterlaat dat stappers nie 'n wenkbrou sal lig as hulle daar sou verbykom nie.

Daarna het sy haar eers vermom met die grimeermiddels wat sy altyd vir so 'n doel by haar het, voor sy met die Renault Maselspoort toe gery het. Sy het die deposito vir Oberholzer se verblyf betaal met kontant wat sy in sy tas gekry het. Sy het versoek dat die skoonmakers nie gedurende die week by die rondawel moet aandoen nie. Sy en meneer Oberholzer sal die plek self skoon hou, het sy gesê.

Daarna het sy die Renault langs die rondawel parkeer. Sy het eers Oberholzer se selfoon vernietig, waarop Arend se burnernommer was toe hulle hom die eerste dag gebel het vir die Naval Hill-afspraak.

Toe het sy 'n taxi gekry om haar terug na haar kar oorkant Oberholzer se woonstel te neem.

Sy het besluit om in 'n hotel of gastehuis in die Kaap te bly wat haar vinnige toegang tot Mitchells Plain sal gee. Sy het via Google op twee koerantberigte afgekom van hofsake waarin Ossie Williams, bendebaas van die Deep Throats, betrokke was. In albei berigte van 'n paar jaar gelede word gemeld dat hy in Mitchells Plain woon. Dis 'n omgewing wat sy redelik goed ken. Sy en Arend het al twee huurmoorde daar gepleeg, en in die een geval het hulle amper twee weke lank die gebied van hoek tot kant moes deurkruis.

Nou, terwyl sy by die Kaapstad Internasionale Lughawe op haar bagasie wag, besef sy dit gaan 'n groot uitdaging wees om sonder Arend aan haar sy eerstens by Williams en daarna by Barnabas uit te kom.

Maar haar vasberadenheid om wraak te neem oorskadu die onsekerheid in haar gemoed.

* * *

Rooi het gistermiddag ná Kassie se telefoongesprek met Kathy Aldwin blitsvinnig 'n string inligting oor Jacques Kruiswijk op die internet gekry. *Huisgenoot* het selfs agt jaar gelede 'n artikel oor die man se argeologiese versameling Afrika-artefakte geskryf. In die artikel word gemeld dat hulle nie toegelaat is om foto's van die versameling te neem nie, want Kruiswijk is bang diewe teiken hom. Die artikel handel meer oor Kruiswijk se wedervaringe as jong man om gesogte artefakte in Afrika te bekom.

"Nêrens word spesifieke items by die naam genoem nie," het Rooi gesê.

"Nie 'n wonder nie. Hy het moontlik die helfte van daai goed op 'n onwettige manier bekom," was Kassie se verklaring.

Uit talle ander berigte weet hulle nou Kruiswijk was op sy dag 'n suksesvolle sakeman, hoofsaaklik as gevolg van sy belange in die goudmynbedryf. Hy is drie-en-tagtig jaar oud en het ná sy sakeloopbaan in Johannesburg op Bredasdorp gaan bly, waar hy grootgeword het.

Kassie moes Rooi se geesdrif en drang demp om dadelik die pad Bredasdorp toe te vat. "Ons sal die ding eers met die generaal moet bespreek. Hy wil oor elke nuwe stap van ons ondersoek ingelig bly."

En nou, nadat hulle al vanoggend halfagt saam met die brigadier by hom aangemeld het, doen Kassie die praatwerk.

Die generaal frons toe Kassie klaar is. "Ons gaan nou gevaarlike vaarwaters binne met dié ondersoek. Wat ek kan aflei, is dat Kruiswijk kop in een mus is met die skurke. Dat die Altmans hom na die Aldwin-ete genooi het en hy boonop vergesel is deur die vrou wat ons vermoed een van die leiersfigure van hierdie onheilige spul is, laat die rooi ligte flikker. Sodra julle by Kruiswijk was, gaan die storie loop dat die Spookeenheid by die ondersoek betrokke is. En dan gaan julle nie net in ernstige gevaar verkeer nie, maar gaan Steenberg en haar trawante hulle spore van voor af doodvee."

"As ons nie met Kruiswijk kan gesels nie, is ons in 'n doodloopstraat met die ondersoek," teken Kassie beswaar aan.

"Ek besef dit," sê die generaal.

"Dalk moet Kassie-hulle soos vorige kere voorgee hulle doen net namens die polisiehoof algemene navrae oor die moontlikheid dat die Altmans hulle eie ontvoering gestage het," sê die brigadier.

Generaal Radeba knik. "Maar dan mag hulle nie onder die Spookeenheid se vaandel soontoe gaan nie."

"Hulle kan skuilname gebruik," sê die brigadier.

"Ons sal dan van vals polisie-ID's voorsien moet word," sê Kassie en vertel die generaal hoe Delport se ma op Robertson daarop aangedring het om hulle ID's te sien.

"Dit kan ek reël. Die Valke het 'n ou wat sulke ID's vinnig kan voorsien. En ek vertrou hom. Hy het al voorheen vir my gunste in die grootste vertroulikheid gedoen."

Hy beduie met 'n wysvinger na Kassie en Rooi. "Intussen sal julle baie mooi moet dink hoe julle die gesprek met Kruiswijk gaan hanteer sonder om hom agterdogtig te maak. Die eerste prys sal natuurlik wees om uit te vind waar Steenberg is."

Daardie twee stellings wat die generaal gemaak het, is bykans onversoenbaar, dink Kassie.

44

Ernst Delport sit agter sy lessenaar in 'n beknopte studeerkamer. Williams en Paulse staan weerskante van hom. Paulse druk die loop van sy rewolwer teen Delport se slaap.

Waar Delport se gesig nie deur baard toegegroei is nie, is dit wasbleek. Sy geklemde vuiste op die tafel bewe liggies. Hy vermy oogkontak met Clarissa en staar na die lessenaarblad.

Clarissa het kortliks haar strategie met Williams bespreek toe hy haar met 'n ompad na Delport se huis geneem het. "Laat die vrae aan my oor. Ek gaan nie ons troefkaart te gou speel nie. Dalk verras hy ons en werk saam as ek die geelwortel voor sy neus hou."

Williams het gesê dis onwaarskynlik. "Die man is hardegat. Nadat ons hom oorrompel het, het hy nog sy bek gerek en ons gedreig."

"Met wat gedreig?"

"Dat die polisie warm op ons spoor is. En as hy iets moet oorkom, hulle direk na ons toe sal kom."

"Ek kan jou verseker dis bullshit. As die polisie enigsins inligting oor ons gehad het, sou hulle lankal vir ons gekom het. Maar in die onwaarskynlike geval dat hy wel met hulle in aanraking was, sal ons moet uitvind wanneer dit was, wat hy vir hulle gesê het, wie hulle is en van watter eenheid. Dis inligting wat Barnabas sal wil hê."

"Moenie worry nie, ons sal daai inligting kry. Ek het nie verniet my snoeiskêr saamgebring nie," het Williams gelag.

Dit was nie wat Clarissa wou hoor nie. Sy het geen begeerte om te sien hoe Delport gemartel word nie. Hoewel sy dit nooit aan iemand sal noem nie, het sy nou nog slapelose nagte oor die vlamme wat aan Bertie Vermaak se bene begin lek het voor sy by sy huis uit is. Sy angskrete teister haar gereeld in haar drome.

Sy gaan sit op die stoel oorkant Delport. "Ernst, ons is nie hier om jou dood te maak nie," begin sy om die geelwortel uit te hang. Hy reageer nie en staar steeds strak na die lessenaarblad. "Ons het misluk om jou destyds op Worcester dood te skiet. Maak ons jou nou vyf jaar later dood, gaan die polisie van voor af begin krap waar ons nie wil hê hulle moet nie. Daarom is ons bereid om jou 'n aardige bedraggie te betaal om hierdie gesprek van vandag stil te hou. Ek glo jy kan doen met 'n meevaller. Daarna laat ons jou met rus. Kom jy egter nie ons ooreenkoms na nie, gaan ons vir jou kom met mag en mening. Ek reken dit behoort vir jou na 'n fair deal te klink, of hoe?"

Vir die eerste keer kyk hy op. Onverdunde haat straal uit sy oë. "Dink jy ek is onder 'n fokken kalkoen uitgebroei? Julle het Neels Nolte, Amed Singh en Danny Jacobs tydens die PRIOR-ondersoek vermoor. My daarna op Worcester probeer vermoor. En nou het julle my uiteindelik opgespoor en gaan julle my ook vermoor. Maar dis te fokken laat. Ek kan jou verseker dit sal die grootste fout van julle lewens wees. Die polisie is op die punt om op julle toe te slaan. Hulle volg nog net een of twee leidrade op. Hulle is daagliks in kontak met my. Antwoord ek nie my foon nie, gaan hulle julle gatte dadelik vastrap. So, as ek in julle skoene is, maak ek my so vinnig moontlik uit die voete. Dan is daar nog 'n geringe kans dat julle kan wegkom."

Sy knik. "Ek moet seker jou waarskuwing ter harte neem. Maar ek gaan nie jou storie sommer net so vir soetkoek opeet nie. As jy vir my sê met wie van die polisie jy gesels het en wat jy vir hulle gesê het, kan jy my dalk oortuig om jou nou hier te los en 'n geskikte wegkruipplek te gaan soek."

Hy staar nog voor hom uit, sy hande steeds aan die bewe.

"Kom ek begin deur te vra wanneer jy met die polisie gepraat het?"

Sy kan sien hy huiwer.

"Dis net in jou beste belang, Ernst. Speel oop kaarte en ons los jou," por sy.

"Dit was 'n week of wat gelede."

"Hoe het hulle jou opgespoor?"

"Iemand hier op Ashton het my herken en hulle ingelig."

"Wat het jy vir die polisie gesê?"

"Als wat by PRIOR gebeur het. Ook dat hulle die man moet soek wat Danny Jacobs doodgery het. Ek het hulle vertel van die video, wat wys hoe julle hom dronk gemaak het. Hulle het daai motorbestuurder intussen opgespoor en hy't oor alles gebieg."

Sy weet dis 'n leuen, maar sy gaan dit nie laat blyk nie.

"Met watter polisiemanne het jy gesels?"

"Ek . . . ken hulle nie. Dit was speurders wat ná my tyd by die polisie begin werk het. Ek dink die een ou was . . . Cupido. Kan nie die ander een se naam onthou nie. Cupido het die praatwerk gedoen."

"Vir watter eenheid werk hulle?"

"Hulle het nie gesê nie."

Sy verhef haar stem. "Jy praat mos nou louter stront, Ernst! Jy wat 'n oudspeurder was, sal mos nie met twee onbekende speurders gesels sonder om te wil weet van watter eenheid hulle is nie."

"Ek het nie gevra nie."

Williams haal die snoeiskêr uit en gryp Delport se linkerpols vas. "Kom ons kyk of ek sy memory kan kick-start. Eers die pinkie en as hy nog nie kan onthou nie, 'n ander vinger."

"Wag eers!" roep Clarissa uit. Sy is nie van plan om te kyk hoe Williams die man se vingers snoei nie. Sy besluit om haar troefkaart te speel.

"Jy laat ons met geen ander keuse nie, Ernst. Jy sal maak dat ons na jou ma op Robertson gaan terwyl jy hier vasgebind bly. Jy behoort haar als te vertel het van jou gesprek met die polisie. Ek dink as my kollega eers aan haar vingers begin knip, gaan sy nie terughou nie en met die hele sak patats vorendag kom."

"Julle los haar fokken uit! Sy weet niks!" skree hy met skuim in die mondhoeke.

Clarissa staan uit die stoel op. "Ons gaan nou ry en uitvind of sy niks weet nie."

"Nee, wag! Ek . . . sal praat. Dit . . . dit was Kassie Kasselman en Rooi Els van die Spookeenheid wat by my was."

★ ★ ★

Terwyl Kassie-hulle gewag het op die vals polisie-ID's wat die generaal belowe het voor die einde van die dag afgelewer sal word, het hulle weer die universiteite gebel.

Die feit dat Boeta van Wyk se meisie gesê het Steenberg het haar doktorsgraad verwerf in 'n vakrigting wat met 'n "a" begin, het Kassie gisteraand op die internet aan die lees gesit. Hy het gesien dat antropologie gedefinieer word as 'n studie van die mens, menslike gedrag en gemeenskappe van die verlede, maar in die VSA en Kanada word argeologie, waarin menslike bedrywighede bestudeer word deur 'n ondersoek na fisieke bewyse, as 'n onderafdeling van antropologie beskou.

"Daar is 'n verwantskap tussen die twee studierigtings," het hy vir Rooi gesê toe hulle van die generaal af terug op kantoor kom. "Ons kan dus nie die moontlikheid uitsluit dat Steenberg 'n antropoloog pleks van argeoloog is nie. En omdat ons nou niks het om te doen voor ons ID's kom nie, kan ons netsowel die universiteite se administratiewe afdelings bel om te hoor of daar nie 'n Steenberg is wat haar doktorsgraad in daardie rigting verwerf het nie."

Maar dit was 'n vermorsing van tyd. Geen Edina Steenberg het 'n doktorsgraad in antropologie verwerf nie. Hulle moes aanvaar hulle gaan nie op dié manier nader aan die ontwykende Steenberg kom nie.

Met die vals ID's nou afgelewer – kaptein Joost Bergh vir Kassie en adjudant Piet de Klerk vir Rooi, albei van die Wes-Kaapse polisiehoof se ondersteuningsdiens – besluit Kassie om nie tot môre te wag om Kruiswijk te bel nie. Hulle het sy landlynnommer vroeër op die internet opgespoor. "Hoe gouer ons 'n afspraak kry, hoe beter," sê hy vir Rooi.

Hy bel van die kantoor se landlyn, en stel die klank hard vir Rooi om te hoor.

'n Man antwoord op Engels, en sê sy naam te vinnig vir Kassie om duidelik te hoor.

"Is ek nou by meneer Jacques Kruiswijk se huis?"

"Ja, ek is sy persoonlike assistent."

"Is dit moontlik om met hom te praat?"

"Meneer Kruiswijk is effens hardhorend. Hy sukkel veral om telefoongesprekke te volg, maar ek sal jou boodskap aan hom oordra."

Kassie stel hom voor as Bergh van die polisiehoof se ondersteuningsdiens. "Dis eintlik nie 'n boodskap nie, maar 'n versoek om meneer Kruiswijk môre by sy huis oor 'n sekere aangeleentheid te kom spreek."

"Waaroor handel dit?"

"Dit is 'n sensitiewe onderwerp wat ek nie graag oor die foon wil bespreek nie. Dit handel oor 'n saak waaroor ons meer inligting moet insamel. En omdat meneer Kruiswijk een van die bekendste versamelaars van artefakte in die land is, is dit vir ons belangrik om by hom kers op te steek. Ons glo sy kundigheid kan ons help in ons ondersoek."

"Net 'n oomblik. Ek sal hom moet gaan vra of hy môre tyd daarvoor kan inruim."

Kassie wonder hoekom sy persoonlike assistent eers moet gaan vra. Hy behoort mos sy baas se dagboek te hanteer en te weet of daar tyd vir 'n afspraak is.

Ná bietjie meer as 'n minuut praat die assistent weer. "Meneer Kruiswijk is môreoggend elfuur beskikbaar." Hy gee die adres.

Toe Kassie aflui, sien hy sy kollega is nie geesdriftig oor dié vooruitsig nie.

"Wat de hel gaan ons hom vra sonder om hom agterdogtig te maak, Kassie?"

"Dit moet ek en jy nou deurpraat, want ons kan môre géén slip-ups bekostig nie."

45

Clarissa kom orent in haar bed ná 'n uiters onrustige nag. Vanoggend het sy skoon 'n naar kol op haar maag. Gister se besoek aan Delport en wat daaruit voortgevloei het, het haar onseker oor haar toekoms laat voel – vir die eerste keer sedert sy saam met Barnabas werk.

Delport het ten minste saamgewerk. Nadat hy die name verstrek het van die speurders wat by hom was, het sy hom verder ondervra. Die waarskuwing dat hulle sy ma gaan besoek as hy nie eerlik is nie, het sy mond geolie. Die inligting wat hy vir die polisie gegee het, was 'n opsomming van die PRIOR-dossier van destyds. Delport het ook erken die polisie bel hom nie daagliks nie en hulle weet in dié stadium niks meer van die Altman-saak as wat hy hulle vertel het nie. Dit blyk ook dat die speurders nie seker is of die Altmans vermoor is nie, wat in 'n mate gerusstellend is. Dit was egter die laaste keer dat haar gemoedstoestand redelik kalm en onder beheer was.

Sy het die vertrek verlaat toe Williams sy knaldemperpistool uit sy skede haal. Sy wou nie 'n ooggetuie van Delport se teregstelling wees nie. Sy het net die pop-geluid in die aangrensende vertrek gehoor, wat haar laat terugdeins het. Sy moes hard teen die naarheid veg. Die wete dat sy betrokke was by nóg 'n moord, was aaklig.

Omdat Paulse opdrag gekry het om alles in Delport se huis skoon te vee waaraan hulle geraak het, het Williams saam met haar terug Kaap toe gery. Hy was merkbaar ontsteld, maar om ander redes as sy.

"Ek like dit niks dat die Special Ghost Unit nou die Altman-saak ondersoek nie. Daai bliksems is goed en Kasselman is famous daarvoor dat hy nie los waar hy eers sy tanne ingeslaat het nie. Hy het voorverlede jaar die Hardcores-bende man-alone verwoes. Hulle baas, Graveyard Carelse, is nou nog op die run. Kasselman lyk dalk of jy hom kan ompoep, maar hy is 'n dangerous klein fokker." Hy't gesnork. "Jy sien Kasselman glo nooit sonder daai rooi windbreaker van hom loop nie. Van die ander gang lords praat van hom as die 'Rooi Gevaar'."

Clarissa wou nié hoor dat só 'n top cop op die Altman job is nie. Sy het vir Williams gesê dit sal beter wees as hy die Kasselman-kwessie met Barnabas bespreek. Sy kan nie raad gee oor wat hulle te doen staan nie.

"Ons sal hom en sy partner moet uithaal," het Williams gesê. "Hulle sou uit die court case kon sien dis Oelofsen wat Jacobs doodgery het. Hulle enquiries oor Oelofsen kan die vinger na ons wys."

Terug by die huis, het die volgende skok gekom. Jacques Kruiswijk het haar uit die bloute gebel. Sy kon hoor hy is in 'n toestand. Hy het gesê twee speurders van die polisiehoof se ondersteuningsdiens kom hom sien. Kruiswijk wou weet of iets oor die Thulamela-versameling dalk uitgelek het. Sy moes hom lank paai voor sy daardie vrees besweer het. "Hulle kan dalk by jou navraag oor die Altmans doen, want daar is gerugte dat daardie saak weer ondersoek word."

"Jy het gesê daai storie is vir goed begrawe, Clarissa! Hoekom sal hulle dit nou weer ondersoek? En hoekom sal hulle mý daaroor wil uitvra?"

"Dis net my raaiskoot oor die Altmans, Jacques. Ek kan heeltemal verkeerd wees. Maar maak jouself net reg vir as dit dalk opduik. Jy weet mos wat om te sê. Bel my dadelik wanneer hulle daar weg is. Dis belangrik dat ek weet waaroor hulle jou wou sien."

Dit het geklink of sy die ou man redelik gekalmeer het, maar sy was self van voor af ontstig. Hulle is nou in meer as een polisie-eenheid se visier en word van alle kante ondersoek. Sy het Barnabas dadelik gebel, maar hy het nie sy foon beantwoord nie. Toe het sy Williams gebel om die Kruiswijk-nuus aan hom oor te dra.

Sy skud haar kop toe sy van die bed opstaan. En dan moet sy vanoggend nog met die bykomende spanning van hierdie verdomde afpersery ook cope. Pleks dat Barnabas dit eers uitgestel het. Maar as hy eers sy kop op iets gesit het, kan niemand hom anders oortuig nie.

Sy was verras toe Dolf gisteraand net voor sy bed toe is, haar kom inlig dat Lombard hom op die burner gebel het. Dit nadat hy laat gistermiddag die pakkie by Lombard se kantoor afgelewer het.

"Lanklaas iemand so panic-stricken gehoor! En dit nogal die eienaar van een van die magtigste sakeryke in Afrika. Hy wil met mag en mening môreoggend betaal, duidelik dat hy skytbang is sy skandes kom op die lappe," het hy gesê.

"Gee hy nie voor nie, Dolf? Hy probeer jou dalk gerusstel dat hy sal betaal, maar dan word hy deur 'n klein polisiemag soontoe vergesel. Is jy seker daai betaalpunt is veilig genoeg om die storie suksesvol deur te voer?"

"Moet jou nie bekommer nie, Clarissa. Ek het my huiswerk gedoen. Alles is onder beheer."

Sy wens sy het soveel selfvertroue gehad. Sy weet voor haar siel sy sal vanoggend vir geen oomblik kan ontspan voor Dolf haar gebel het nie.

* * *

Monica het die Moslem-uitrusting saamgebring wat sy op een van die sendings saam met Arend as vermomming in Mitchells Plain gebruik het. As 'n blonde wit vrou kan sy onnodig aandag trek as sy daardie omgewing gereeld moet deurkruis, het sy besef.

Sy het die abaja oor haar jeans, T-hemp en holster aangetrek, en haar gesig met die sluier bedek sodat net haar oë uitsteek. Sy moes vanoggend nog eers inderhaas 'n pistool, knaldemper en patrone by 'n kontak in Kenilworth gaan koop nadat sy die vorige pistool en knaldemper saam met Oberholzer in Bloem begrawe het. Sy was gelukkig om weer 'n Glock te kry.

Sy het Google ingespan om Ossie Williams se adres in die Cape Peninsula Telephone Directory te kry.

Nou, terwyl sy in die buurt Rondevlei Park Williams se indrukwekkende, moderne huis bespied, besef sy dit gaan amper onmoontlik wees om hom daar te konfronteer. Die huis het hoë veiligheidsmure met 'n elektriese draadheining bo-op. Volgens 'n bron op die internet is Williams getroud en het die egpaar twee jong seuns. Hy bly dus nie alleen in die huis nie. Deur die voortuin se traliehek kan sy sien hulle het 'n dobermann-pinscher.

Sy sal hom buite sy huis in die hande moet kry.

Al wat sy nou kan doen, is om geduldig te wag. Sy is seker dat sy nie aandag sal trek in die Toyota Corolla Quest wat sy by die lughawe gehuur het nie. Sy het onder 'n boom langs 'n oop erf 'n entjie hoër op van Williams se huis parkeer.

Van hier af het sy 'n goeie uitsig. Nog 'n voordeel is dat dit 'n cul-de-sac is, wat beteken dat Williams nooit in dié deel van die straat verby haar sal ry nie. Sy sal hom onopsigtelik kan volg wanneer hy uit sy erf ry. Daar sal wel 'n geleentheid opduik wanneer hy alleen is en dit veilig sal wees om by hom uit te kom.

Al vat dit 'n week of selfs langer, sal sy op die regte oomblik wag, herhaal sy in haar gedagtes wat Arend altyd gepredik het.

★ ★ ★

Soos gister toe hy die pakkie by Lombard se kantoor afgelewer het, het Dolf weer die pet laag oor sy oë getrek en die donkerbril opgesit. Hy het dié keer weggedoen met die vals snor. Dit het gister die hele tyd gevoel of die ding kan afval.

Vanoggend het Lombard dadelik sy selfoon beantwoord toe hy bel. Lombard het gesê hy ry in een van die maatskappymotors, 'n swart Mercedes EQS 450 met die registrasienommer LOMBARD 221.

Dolf het hom opdrag gegee om na die Bishops-skool te ry, waar hy op die parkeerterrein voor die skool moet stilhou en op sy volgende instruksies moet wag. Dolf het vroeër aan die oorkant van die pad tussen 'n paar karre parkeer.

Ná wat vir hom soos 'n ewigheid voel, trek die swart Merc skuins oorkant hom op 'n parkeerplek in. Hy kan net die agterkant van Lombard se kop uitmaak. Hy hou hom stip dop. Lyk nie of daar iemand anders in die kar skuil nie, want Lombard sit doodstil en tuur net voor hom uit.

Dolf bespied die omgewing. Niks lyk verdag nie. Hy wag nog drie minute voor hy weer bel. "Nou vat jy die M18 en ry na die Athlone-stadion. Trek in een van die stadion se parkeerplekke naaste aan die hoofpad in," beveel hy.

Hy gee Lombard 'n voorsprong van vyf minute voor hy ry.

Hy kan die swart Merc op 'n afstand op die verlate parkeerterrein sien staan. Hy hou stil by 'n besige motorhawe en hou die Merc van daar af dop. Indien iemand hom volg, sal hy net op die parkeerarea kan stilhou, want daar is nie ander geskikte plekke nie.

Ná vyf minute is hy tevrede dat Lombard alleen gekom het. Hy skakel die Volvo se enjin aan en ry verby die stadion.

Van daar af is dit nie ver na die vervalle gebou nie. Hy parkeer die Volvo in die straat agter die gebou en stap na die oop erwe. 'n Digte plantasie bosse bied die nodige skuiling en 'n goeie uitsig op die gebou se voorkant. Hy bel Lombard en gee hom sy ry-instruksies.

Sewe minute later hou die Merc voor die gebou stil. Daar is genadiglik geen mense of karre in die omgewing nie.

Dolf bel en beveel hom om die geld agter die groot kartonboks in die voorste vertrek te plaas.

Lombard klim met die drasak uit die kar en gaan by die gebou in. Sekondes later kom hy sonder die drasak uit, stap met mening terug na die Merc toe, klim in, skakel die enjin aan en maak 'n U-draai om in die regte rigting terug te ry.

Ná 'n halfuur se wag voel dit vir Dolf veilig om tussen die bosse uit te kom. Hy stap na die agterkant van die gebou en klim by die gebreekte venster in. Hy staan eers vir 'n wyle stil, sy ore gespits. 'n Doodse stilte heers. Stap dan in die kort gang na die voorste vertrek, waar die drasak agter die kartonboks staan. Hy rits die sak oop en glimlag. Die geld lê in netjiese pakkies langs mekaar.

Hy neem die sak en gaan uit soos hy ingekom het.

Terug in die Volvo bel hy Clarissa.

46

Kassie word onverhoeds betrap deur die suurstofmasjien wat aan die kromgetrekte en verrimpelde Kruiswijk gekoppel is toe sy persoonlike assistent hom in 'n rolstoel by die sitkamer instoot. Dis nie hoe hy die man voorgestel het nie. Dis duidelik die foto's van hom op die internet is veel vroeër in sy lewe geneem.

Vir Kassie lyk hy allermins na 'n skurk, maar eerder soos die weerlose en brose bejaardes wat hy altyd in die ouetehuis bejammer het toe sy ma nog gelewe het.

Kassie stel hom en Rooi voor en hou die vals ID's na Kruiswijk uit, wat dit by hulle neem en bestudeer. Sy oë lyk wakker en sprankelend, in teenstelling met sy kranklike lyf.

Hy vryf met 'n benerige hand, oortrek met donker ouderdomsvlekke, oor sy yl grys hare. "Waaraan het ek die besoek te danke?" vra hy in 'n krakerige stem, met die pypies in sy neus wat liggies tril.

Kassie weet nie of hy hom verbeel nie, maar die ou kêrel lyk gespanne.

"Ons voer gesprekke met mense wat ons dalk kan help om groter klarigheid te kry oor 'n saak wat ons hanteer namens generaal Radeba, die Wes-Kaapse polisiehoof. Die generaal vermoed die Altman-tweeling het destyds hulle eie ontvoering bewerkstellig om uit die land te kom. Ons probeer uitvind waarom."

Kruiswijk kyk uitdrukkingloos na Kassie, asof hy nie gehoor het wat hy sê nie.

"In dié stadium bespiegel ons die Altmans se rede om uit die land te gekom het, hou verband met die opveiling van onwettige artefakte by hulle huis."

Kruiswijk maak keel skoon. "Waar kom julle daaraan dat die veilings onwettig was?"

"Dis 'n stelling van Kathy Aldwin, die vrou van professor James Aldwin wat hom aan artefakte-smokkelary in Amerika skuldig gemaak het en later in 'n tronk oorlede is. Ons het telefonies met Kathy gesels, wat gesê het

James het gereeld die Altmans se veilings bygewoon en sy vermoed dit was onwettig."

Hy haal sy skouers op. "Ek was bewus van die veilings, maar was onder die indruk dis wettig."

"Jy het dus nooit een van die veilings bygewoon nie?"

Hy skud sy kop. "Ek spesialiseer in Afrika-artefakte. Soos ek verstaan het, is daar by die Altmans hoofsaaklik artefakte van die ou Europese beskawings opgeveil."

Kassie sien hy lieg, want vir die eerste keer behou hy nie oogkontak nie.

Hy besluit om die oubaas tou te gee om te sien of hy homself gaan ophang.

"Het jy James en Kathy Aldwin ooit ontmoet?"

Hy tuur vir 'n oomblik voor hom uit. "Nee."

"Dis vreemd, want Kathy beweer jy en 'n vrou het saam met haar en James by die Altmans geëet."

Hy trek sy oë op skrefies, bly lank stil en kyk dan af na sy hande op sy skoot. "Kan seker wees . . . my geheue is nie meer so goed nie."

"Jy het dus soms by die Altmans geëet?"

"Ja, nou en dan, hulle was interessante mense wat soos ek geesdriftige amateur-argeoloë was."

"Dalk sal iets wat Kathy genoem het jou help om daardie spesifieke aand by die Altmans te onthou. Sy het gesê 'n redelik gesette vrou was saam met jou daar. Kathy verbeel haar die vrou se naam is Edina, maar haar van het haar ontgaan. As jy weet wie dit is, sal dit help as jy haar besonderhede vir ons kan gee, want volgens Kathy was sy baie kundig oor argeologie. Dalk weet sý meer oor die veilings."

Kruiswijk trek sy skouers krommer, sy oë vermy steeds Kassie s'n. "Ek kan nie so iemand herroep nie." Bly 'n paar sekondes stil. "Edina?" Hy skud sy kop. "Ken beslis nie so 'n persoon nie. Dit was moontlik 'n gas van die Altmans."

Kassie weet hy lieg dat hy bars, maar hy kan niks daaromtrent doen nie. As dit 'n normale ondersoek was, sou hy die inligting uit die bliksem kon pers, maar hy moet die generaal se vermaning ernstig opneem dat hy bloot die persepsie van terloopse navrae moet skep. "Dit mag nóóit op 'n deurtastende Altman-ondersoek dui nie," het die generaal gister weer beklemtoon.

Dit gaan nie help om Kruiswijk verder te ondervra nie, besef Kassie. Hy gaan net aanhou lieg.

"Nogmaals baie dankie vir die tyd wat jy afgestaan het om met ons te gesels." Hy staan op en vryf vlugtig oor sy neus as teken vir Rooi om sy versoek te rig.

Rooi glimlag breed. "Meneer Kruiswijk, net voor ons gaan, sal ek bitter graag jou artefakte-versameling wil sien. Ek was nog altyd geweldig geïnteresseerd in sulke dinge."

Kruiswijk bars uit in 'n hoesbui wat hom nog krommer trek. Hy skraap sy keel herhaaldelik en skud sy kop. "Ongelukkig is die versameling tans by 'n . . . firma wat dit vir my skoonmaak."

Hulle groet, met Rooi wat Kruiswijk moedswillig versoek om hom te laat weet wanneer die versameling terug by sy huis is. "Ek sal spesiaal van die Kaap af ry om dit te besigtig."

Terug in die kar praat Rooi. "Daai ou ballie skiet flippen lekker spek. In die *Huisgenoot*-artikel van destyds sê hy dat hy nooit sy versameling onder sy oë laat uitgaan nie. Daarom verlaat dit nooit sy huis nie."

Kassie sug. "As hierdie 'n gewone ondersoek was, sou ons 'n lasbrief gekry het om sy perseel te deursoek. En sou ons kundiges kon inroep om te bepaal of daar onwettige goed in sy versameling is. Dan sou die ou man in 'n hoek gewees het. En om uit die tronk te bly, sou hy beslis meer onthou as wat hy nou voorgee hy nie kan nie."

"Ons moet aanvaar dis die kaarte wat die generaal vir ons gedeal het. Weet net nie hoe de hel hy dink ons op hierdie manier enige vordering gaan maak nie," eggo Rooi wat Kassie lankal dink.

Kassie se selfoon lui en hy haal dit uit sy windjekker se sak.

Hy frons toe hy sien dis Veronica Malan, Ernst Delport se ma.

Sy klink histeries en groet hom nie eens nie. "Kaptein, my seun is vermoor!"

★ ★ ★

Monica het die hele oggend roerloos in die kar gesit en later gewonder of daar iemand by die Williams-huis is.

Teen halftwee het 'n vrou in 'n viertrekvoertuig by die dubbele motorhuis uitgetrek. Sy het eers gewag dat die veiligheidshek weer toegaan voor sy gery het. Sy was vyftien minute later terug met twee seuns in die kar. Dit was Williams se vrou wat die kinders by die skool gaan haal het, het Monica afgelei.

Daar was geen teken van Williams nie.

Vyfuur het die vrou, saam met die twee seuns en 'n dobermann aan 'n leiband, by die voorste tuinhek uitgegaan. Die vrou en kinders was geklee in sweetpakke en tekkies. Monica het 'n vlugtige blik van Williams gekry, wat momenteel op die grasperk sy verskyning gemaak en vir hulle gewaai het. Sy het hom dadelik herken aan sy wilde boskasie en forse figuur.

Sou iemand soos 'n bendebaas voltyds uit die huis werk?

Die vrou, seuns en hond het veertig minute later teruggekeer. Hoewel die voortuin se hek ongeveer twee meter hoog is, was daar geen teken van 'n elektriese heining soos op die mure en die motorhuis se veiligheidshek nie. En die hek se traliewerk verskaf genoeg vastrapplek om te kan oorklim.

Maar Monica het gou daardie idee verwerp. Sy kan Williams tog nie helder oordag in sy huis probeer konfronteer nie. Daar sal beter en veiliger geleenthede wees, het sy vir haarself gesê.

Nou, twee uur later, stop 'n swart minibus met getinte ruite voor die huis. Die bestuurder druk die toeter en Williams kom te voorskyn in 'n donker pak klere. Hy gaan by die tuinhek uit en klim aan die passasierskant in.

Monica sluit die Toyota se enjin aan toe hulle al 'n entjie in die straat af is. Sy hou 'n veilige volgafstand en sorg dat daar minstens een kar tussen haar en die minibus bly.

Sy herken die omgewing waar die minibus aftrek en teenaan die sypaadjie parkeer as Westridge. Sy kry 'n parkeerplek langs 'n KFC, teenaan die plek waar hulle stilgehou het.

Die donker sypaadjie maak dit vir haar onmoontlik om die ander man duidelik te sien, maar dit lyk of hy ook groot gebou is en hy dra 'n hoed. Hulle stap by die Las Vegas Lounge in. Lyk vir haar soos 'n nagklub. 'n Verligte bord by die deur lees: *Available for corporate events and private parties*.

Sy weet nie of dit die moeite werd is om hier te wag nie. Sy móét buitendien ry. Dit voel of haar blaas gaan bars. Sy sal 'n motorhawe moet kry om 'n toilet te gebruik. Sy verbeel haar sy het een 'n paar blokke vroeër gesien.

Op pad soontoe besef sy dat hierdie operasie groter uitdagings aan haar gaan stel as wat sy voorsien het.

"Net geduldig bly, Monica," prewel sy. Sy kan nie bekostig om eie aan haar natuurlike instink oorhaastig te werk te gaan nie. Sy sal soos die onversteurbare Arend op die regte oomblik moet wag.

47

Clarissa het haar vanmiddag lam geskrik toe Kruiswijk haar vertel die poli-sie het navraag gedoen oor 'n gesette vrou met die naam Edina. Het sy nie by die Altmans daarop aangedring dat sy altyd in die teenwoordigheid van vreemdelinge as Edina Steenberg voorgestel word nie, was die speurders nou op haar drumpel.

Kruiswijk het haar wel gerusgestel dat hulle nog onder die indruk ver-keer dat die Altmans hulle eie ontvoering gestage het. Hy het gesê dit was twee speurders, 'n Bergh en De Klerk, wat by hom was, wat namens gene-raal Radeba se ondersteuningsdienste navrae doen. Maar wat hom opgeval het, is dat hulle polisie-ID's splinternuut en ongebruik gelyk het. En Bergh moet al 'n geruime tyd by die polisie werk, want hy is in sy middel-vyftigs. Iets klop dus nie, het die altyd noulettende Kruiswijk gesê. "Was dit dalk private speurders wat hulle voorgedoen het as SAPD-lede?"

Sy het onmiddellik onthou wat Williams gister kwytgeraak het. *Jy sien Kasselman glo nooit sonder daai rooi windbreaker van hom loop nie.*

"Watse klere het Bergh gedra?" het sy gevra.

"So 'n verweerde rooi windbreaker, wat lankal in 'n asblik moes beland het. Nog 'n rede waarom ek dink hy is nie aan die polisiediens verbonde nie. Hulle speurders lyk normaalweg nie só slordig nie."

Clarissa was kortasem van die skok.

Omdat sy Barnabas nie daardie tyd van die dag kon bel nie, het sy Wil-liams gekontak.

Hy was self uit die veld geslaan.

"Nogal onder aliasse!"

"As Kasselman-hulle van aliasse gebruik maak om navrae te doen, dui dit net op een ding: Hulle is besig om die Altman-saak van voor af deeglik te ondersoek en hulle wil nie hê die wêreld moet daarvan weet nie," was haar afleiding.

"Maak nie vir my sense nie. Delport het nooit so iets gemention nie."

"Dis weer vir my voor die hand liggend, Ossie. Hulle weet drie PRIOR-speurders is tydens die Altman-ondersoek uitgehaal. Waarom dan die risiko loop om onder jou regte identiteit die ondersoek te hanteer en die ware motiewe vir so 'n ondersoek uit te basuin? Hulle kan bang wees hulle word ook teikens. En as die nuus van Delport se dood breek, gaan hulle nog meer op hulle hoede wees."

"Ek dink jy sien nou spoke wat daar nie is nie. Maar ek sal dit so speedy moontlik aan Barnabas oordra. Toe ek hom gisteraand gebel het om oor die Delport visit te report, het hy nie té upset geklink oor Kasselman-hulle se involvement nie. Hy het gesê dis duidelik hulle is nog op die verkeerde track. Maar vind ons uit hulle begin die regte spoor te vat, sal ons moet strike. En dit gaan 'n challenge wees. Anders as PRIOR se paloekas, het die Ghost Unit high-profile detectives, wat deur die police chief hoog gerate word. Dit gaan nie 'n easy operation wees nie."

Clarissa snork. Barnabas en Williams is veels te gelate oor sake wat háár in die spervuur plaas.

Maar Barnabas se fokus en geesdrif is ongekend wanneer hy 'n fast buck kan maak. Toe sy hom gisteraand nie op die foon kon kry nie, het sy 'n whatsapp gestuur dat Lombard die honderdduisend betaal het.

Toe sy vanoggend wakker word, het hy vyfuur al gereageer. *Great news! Moenie tyd verspil om 'n pakkie by ons tweede victim te gaan aflewer nie. Ons moet daai koei nou bly melk!*

Noodgedwonge moes sy Dolf opdrag gee om die pakkie so gou moontlik by Dewald Calitz se werkplek te gaan aflewer. Dolf het juis gesê dis nie vir hom nodig om 'n ander betaalpunt te identifiseer nie. Die een van gister sal ook geskik wees vir die meeste ander mans, want hulle bly hoofsaaklik in die suidelike voorstede.

Sy stap uit die studeerkamer om vir haar koffie te gaan maak. Kathy Aldwin se beskrywing van haar as geset, bly in haar gedagtes vassteek. Sy staan altyd uit in enige geselskap as gevolg van haar grootte. Dis te wyte aan die Altmans se oorbeheptheid om altyd verdomde etes te reël, dat sy nou bedreig voel.

Haar gedagtes gaan ver terug, na toe sy die Altmans die eerste keer ontmoet het. Sy was nog 'n dosent en het een aand die Society of Amateur Archaeologists toegespreek. Die tweeling was op die bestuur van die Society en het haar ná die tyd met vrae bestook. Haar toe ook uitgenooi om die volgende aand by hulle te kom eet.

Sy was met die ete effens geskok toe hulle sê daar is 'n behoefte in Suid-Afrika aan veilings van geplunderde artefakte. Hulle het aangevoer daar is wêreldwyd baie daarvan in omloop. "Ons kan niks doen om die plundery te keer nie. Dit sal voortduur en alle aanduidings is dat dit gaan toeneem. Maar ons kan deur middel van veilings sorg dat daardie artefakte minstens by plaaslike en internasionale versamelaars uitkom wat dit kan waardeer en vir die nageslag bewaar."

Daardie spesifieke stelling het in haar agterkop gebly toe Barnabas, wat sy van geen kant geken het nie, twee weke later onverwags by haar universiteitskantoor ingestap het. Hy het 'n tas met waardevolle artefakte by hom gehad, waarvan sy die waarde op minstens 'n halfmiljoen rand geskat het. Hy was ontwykend oor waar hy dit teen die belaglike prys van tienduisend rand gekry het, maar het gesê hy het "kontakte" wat gereeld nog baie aan hom kan voorsien. Hy is bereid om met haar die wins te deel as sy dit verkoop kan kry.

En omdat sy siek en sat vir die universiteit en haar karige salaris was, was dit die begin van haar sakeverbintenis met die Altmans en Barnabas. Later het Barnabas sy web al stywer om haar begin span en het sy 'n pion in sy hande geword. In so 'n mate dat sy in opdrag van hom medepligtig aan veelvuldige moorde is. Dit is iets waarmee sy vir die res van haar dae sal moet saamleef.

En nou is sy so toegespin dat sy nooit uit daardie web sal kan ontsnap nie.

★ ★ ★

Kassie was lanklaas só gefrustreerd. Die generaal het hom en Rooi verbied om Ashton toe te gaan, waar Delport se lyk in sy huis gekry is.

"Dit gaan net wenkbroue lig as die Spookeenheid daar opdaag. Die plaaslike polisie sal dit hanteer, maar ek sal op hulle case bly. Hulle sal al môre verslag doen oor die terugvoering wat hulle van mense in die nabye omgewing van Delport se huis gekry het. Ek het ook gevra dat Kaapstad se forensiese span die plek van hoek tot kant deurgaan. As ons gelukkig is, sal daar vingerafdrukke wees. En die outopsie sal ook voorkeur kry."

Kassie sou graag op die toneel wou wees om self veral onderhoude met die bure te voer. As 'n gesette vrou byvoorbeeld gedurende daardie tyd naby Delport se huis opgemerk is, gaan die plaaslike polisie nie die kloutjie by die oor bring nie.

Hy sou ook graag persoonlik sy simpatie aan Delport se ma wou oordra. Hy het met hulle besoek aan Robertson gesien sy verafgod haar seun en is hoogs besorg oor hom, soos net 'n ma kan wees.

Was dit nie vir haar nie, sou Delport se lyk moontlik vir weke daar gelê het. Sy en haar seun het egter 'n gewoonte gehad om mekaar daagliks twee keer op gegewe tye te bel. Toe hy nie sy burner beantwoord nie, het sy bekommerd geraak en vanoggend net ná elf Ashton toe gery. Sy het Kassie gebel oomblikke nadat sy op haar seun se lyk afgekom het.

Sy het 'n uur gelede 'n whatsapp gestuur. Hy is bly sy het sy raad ter harte geneem om vir haar eie veiligheid Robertson 'n ruk lank te verlaat. Kassie vermoed Delport se moordenaars het haar huis daar dopgehou en haar seun ná 'n besoek gevolg.

Ernst Delport was reg, dink Kassie. Hy het vir hulle gesê daar rus 'n vloek op hierdie saak. En dat hy nie met handskoene en 'n braaitang daaraan sal raak nie. Profetiese woorde, want nou is al vier die PRIOR-speurders wat aan die Altman-saak gewerk het in hulle grafte.

Hy sug terwyl hy sy eerste ete in Amalia se afwesigheid uit die vrieskas haal. Hy is skaars 'n uur by die woonstel en hy verlang klaar na haar.

Kassie sit die maalvleisdis in die mikrogolfoond. Hy is nie eens regtig honger nie, al het hy vanoggend net haastig 'n klein bordjie pap afgesluk. Hy gaan staan by die kombuistoonbank en wag dat die mikrogolf moet klaarmaak.

Skud sy kop. Eers die frustrasie met die Kruiswijk-gesprek en toe die generaal se opdrag dat hulle nie Ashton toe mag gaan nie, is te veel shit vir een dag.

En die ergste van als is dat hy en Rooi geen enkele ander leidraad het om op te volg nie. Hierdie ondersoek verloor nou stoom teen 'n duiselingwekkende spoed.

Sy foon biep.

Dis 'n whatsapp van Amalia: *Het jy al kontak gemaak met die maatskappy wat daai pos adverteer?*

Net wat nodig was om hierdie dag ekstra kak te maak, dink hy en laat weet terug: *Sal dit môre doen. Belowe.*

48

Soos gebruiklik wanneer daar 'n groot klomp kontant in Clarissa se huis is, arriveer daar al vroegoggend een van Barnabas se manne in sy ligblou Toyota. Dolf weet hy is daar om Lombard se geld te kom afhaal. Dieselfde ou kom klokslag.

Clarissa het al laat val dat Barnabas "maniere het om die geld skoon te was en dat hy nooit tyd vermors om dit te doen nie".

Hierdie reëling dat Barnabas die geld dadelik kom haal, het Dolf diep laat dink. Hy sal sy tydsberekening só moet kry dat wanneer hy die Leeumens en ander artefakte uit die instapkluis neem, hy een van die mans wat nou afgepers word se honderdduisend rand vir homself kan vat. Daarmee kan hy in Italië redelik gemaklik leef totdat sy en Esposito se besigheid 'n inkomste begin genereer.

Esposito is in meer as een opsig 'n waardevolle vennoot. Hy het vir Dolf die naam van 'n Nigeriër gegee wat hy vir 'n skietding kan kontak. Die man het in die verlede al twee van Esposito se vriende met wapens gehelp. Dolf gaan vandag nog 'n draai by hom in die Kaapse middestad maak.

Maar hy moet nou eers wag om te kyk of die tweede man wat afgepers word, Dewald Calitz, so vinnig soos Lombard op die pakkie gaan reageer. Hy het dit gistermiddag by Calitz se kantoor in Claremont afgelewer. Volgens Calitz se suur ontvangsdame kom haar baas nie gereeld in kantoor toe nie, maar hy maak darem minstens een keer 'n week 'n draai. En hy is die hele Maart nog in die Kaap voor hy in April Monaco toe gaan, waar hy 'n vakansiehuis het. Dolf kan altyd hierdie afleweringsdatum so manipuleer dat dit perfek by sy planne inpas. Hy weet egter nie of Barnabas se geduld gaan hou as hy dit probeer nie.

Nadat hy Blum gisteraand gebel het, het hy nou meer helderheid oor wanneer hy sy great escape kan deurvoer. Die goeie nuus is dat die koerier die argeologiese verslag van die aardlae in die Duitse grot vroeër vandag by Blum afgelewer het. "Ek sal ongelukkig na aanleiding van die verslag 'n paar laboratoriumtoetse moet doen voor ek my eie verslag kan skryf, wat ek oor sowat agt dae gefinaliseer behoort te hê," het Blum gesê.

Dit gee Dolf 'n goeie aanduiding van wanneer hy sy wegkomkans sal moet vat. As hy dit kan laat saamval met die dag waarop hy een van die mans se afpersgeld kry, is dit die ideale uitkoms. Daar broei klaar 'n plan in sy kop vir hoe hy Clarissa uit die huis gaan kry op die dag wat hy die instapkluis plunder.

Hy besluit om nou al vir Scott twee voorlopige datums te gee, sodat hy nie vir daardie dae ander vliegverpligtinge aangaan nie.

* * *

Monica parkeer op dieselfde plek as gister.

Die omroeper van die musiekstasie waarop haar karradio ingeskakel is, se lighartige kletspraatjies irriteer haar en sy sit dit af.

In stilte hou sy Williams se huis dop. Sy het laas nag in die bed daarmee vrede gemaak dat sy haar kans geduldig sal moet afwag en dat dit groot dissipline gaan verg. Arend het altyd gesê 'n haastige hond verbrand sy mond, 'n geykte uitdrukking wat haar veral die laaste paar jaar die aapstuipe gegee het. Maar dié keer kan sy nie anders as om dit ter harte te neem nie.

Sy byt op haar tande. Behalwe dat hierdie wetters Arend doodgemaak het, skuld hulle haar vyf-en-sewentigduisend rand vir Moerdyk se geheuestafies. Net omdat Arend nagelaat het om Moerdyk dood te maak, beteken nie dat hulle nie moet betaal vir die geheuestafies soos hulle ooreengekom het nie. As die geleentheid hom voordoen, sal sy daardie geld uit Williams of die Barnabas-karakter pers voor sy hulle die ewigheid instuur.

Haar gedagtes word onderbreek toe 'n ligblou Toyota voor die huis se veiligheidshek intrek. Ná enkele sekondes gaan die hek oop en die bestuurder hou voor die motorhuis stil.

Dan verskyn Williams langs die kar. Hy't 'n sweetpak aan en dra pantoffels.

'n Skraal besoeker klim uit en oorhandig 'n swart drasak aan hom. Williams verjaag eers die blaffende dobermann voor hulle intens gesels. Ná tien minute klim die besoeker weer in die kar en sluit die enjin aan. Williams wag in die oprit tot die veiligheidshek toeskuif en stap dan met die drasak by die huis in, die dobermann op sy hakke.

Monica, wat die Toyota se registrasienommer neergeskryf het, tuur na die notaboekie in haar hand. Dit wil voorkom of Williams gedurende die dag permanent by die huis werk. Sy het in ou nuusberigte op Netwerk24 gelees hy is buiten sy verpligtinge as bendebaas ook betrokke by uitsmyterkringe. Dit laat haar dink dat Williams saans gereeld nagklubs sal besoek, soos hy en die minibus se bestuurder gisteraand gedoen het. Dit voel steeds of dit haar beste geleentheid gaan wees om hom te konfronteer as hy moontlik op 'n verlate parkeerterrein stilhou. Word hy egter saans altyd deur iemand vergesel, sal sy moet bepaal of sy vrou en kinders op 'n daaglikse grondslag met die dobermann gaan stap. En of sy sal kan reken op 'n periode van veertig minute, soos wat gister die geval was.

Dit sal haar genoeg tyd gee om te doen wat sy wil doen. Die groot voordeel van dié straat is dat al die omliggende huise ook hoë veiligheidsmure het en daar nie oë op haar gerig gaan wees as sy oor die voortuinhek klim nie. Die veiligheidskameras van 'n paar huise wat straat toe wys, pla haar nie. In haar abaja en met die sluier oor haar gesig sal niemand haar later kan uitken nie. Maar sy sal môreoggend die Avis-kar se nommerplate afhaal voor sy hier parkeer.

Sy weet Arend sou so 'n plan as hopeloos te riskant beskou het.

Maar sy is nie Arend nie.

* * *

Die generaal se sekretaresse het die Ashton-polisie se verslag dadelik vanoggend vir Kassie aangestuur. Hy en Rooi lees nou saam daardeur nadat Rooi vir hom 'n afskrif gemaak het.

Nie een van die bure het iets van belang gewaar nie. Hulle het Ben Louw, die naam waaronder Delport in die dorp bekend was, selde in Ashton gesien omdat hy byna nooit uit sy huis gekom het nie. 'n Tuinman wat by 'n huis oorkant Delport s'n werk, beweer hy het 'n wit vrou en 'n bruin man die huis sien verlaat. Die wit vrou was "baie vet" en die bruin man "'n groot, fris kêrel met 'n wilde bos hare". Hy het nie gesien waarheen hulle gestap het nie, want hulle het om die straathoek verdwyn. Ongeveer 'n uur later het daar 'n skraal bruin man uit die huis gekom en dieselfde roete as die ander twee ingeslaan.

"Die flippen vrou is Steenberg!" roep Rooi uit.

Kassie knik. "Kan net sy wees."

Die tuinman het die drie mense te vlugtig gesien om die polisie met identikits te kan help.

Delport is in sy studeerkamer in die voorkop geskiet. Die bloedsproei teen die muur agter die lessenaar dui daarop. Daar is geen patroondoppie op die toneel gevind nie. Omdat die bure nie 'n skoot hoor klap het nie, word aangeneem 'n knaldemper is gebruik.

Dit wil voorkom of die indringers deur 'n agterste oop venster toegang tot die huis gekry het. Geen opsigtelike voetspore is op die erf of in die huis gekry nie.

Volgens die Ashton-polisie sal die forensiese span wat van Kaapstad af gestuur is, eers vanoggend die huis ordentlik fynkam.

Toe Kassie klaar gelees het, tuur hy voor hom uit, kyk dan na sy kollega. "Ons gaan die saak nooit op hierdie manier oplos nie. Ek gaan by die brigadier hoor of sy dringend vir ons 'n afspraak by die generaal kan maak. Maar voor ek dit doen, wil ek eers hoor of jy kans sien vir dit wat ek gaan voorstel."

"Laat waai, kaptein. Ek luister." Rooi hou sy hand omhoog. "Maar net ter inligting: Die brigadier én generaal gaan nie vandag in hulle kantore wees nie. Die generaal vergader iewers in die suidelike voorstede met al sy eenheidsbevelvoerders. Lettie het vanoggend vir my gesê die brigadier sal nie vandag weer hier wees nie, want sy verwag daai meeting gaan tot laataand duur."

"Shit, en môre is dit naweek."

49

Gister het Williams se vrou en seuns weer met die dobermann gaan stap. Toe het dit hulle presies twee-en-veertig minute geneem om terug by die huis te kom, wat beteken hulle stap daagliks dieselfde roete.

En gisteraand skuins ná agt is Williams weer opgetel, deur dieselfde man in die ligblou Toyota as daardie oggend.

Monica het hulle tot in die middestad gevolg, waar hulle voor 'n nagklub in Langstraat stilgehou het. Ná twee uur se wag het sy die aftog geblaas.

Dit het haar vanoggend 'n besluit laat neem: Sy gaan vandag toeslaan as die vrou en kinders weer met die hond gaan stap.

Nou, ná 'n baie lang tydsverloop sedert sy haar Avis-kar se nommerplate in die vroeë oggendure verwyder het, hou sy haar horlosie gespanne dop. Vyf minute voor vyf. Pragtige sonskyndag. Gister is die vrou en kinders om twee minute oor vyf by die erf uit. En sy weet Williams is by die huis. Toe sy vrou die kinders vanmiddag van die skool teruggebring het, het hy hulle op die grasperk ingewag – in dieselfde sweetpak en pantoffels as gister.

Die sweet pêrel op haar voorkop uit toe dit tien minute oor vyf raak. Sou hulle juis vandag nié met die hond gaan stap nie?

Om twaalf minute oor vyf kom hulle by die voordeur uit. Die een seun sit die dobermann se leiband aan en die vrou maak die voortuin se hek oop. Sy wag totdat almal deur is voor sy dit agter haar toetrek en sluit. Geen teken van Williams nie.

Monica sit die stophorlosie van haar polshorlosie aan en voel of die rekke aan haar bobene stewig genoeg is om die abaja bo en uit haar bene se pad te hou. Sy klim uit die kar toe die gesin om die hoek verdwyn.

Die straat is genadiglik stil. Sy moet redelik vreemd in die halflyf-abaja lyk, met haar jeans duidelik sigbaar, maar dit was al praktiese plan wat sy kon bedink. Met die abaja tot op haar enkels sou sy sukkel om vinnig oor die hek te kom.

Sy hardloop oor die pad, kyk nog 'n keer daarin op en af voor sy teen die tuinhek opklouter, wat oorgenoeg vastrapplek het. Sy spring af aan die ander kant en sit eers vir 'n oomblik gehurk op die grasperk terwyl sy die pistool uit haar holster onder die abaja haal, haar oë wat die voortuin fynkam.

Monica drafstap gebukkend agter die hoë struike langs die huis af na die een hoek, waar 'n geplaveide paadjie om die huis loop, soos sy gisteraand op Google Maps gesien het. Aan die agterkant van die huis staan die agterdeur wawyd oop. Kennelik voel Williams veilig in sy huis.

Op haar tone betree sy 'n ruim kombuis. Staan eers stil en spits haar ore. Dieper in die huis is daar 'n radio aan. Voetjie vir voetjie loop sy in 'n lang gang agter die klank aan, die Glock voor haar uitgehou.

Dit klink of die radio in 'n vertrek op die verste punt speel. Sy sluip soontoe. Haar stophorlosie wys vier minute is verstreke.

Sy loer versigtig by die deur in. Williams sit met sy rug na haar by 'n lessenaar, besig om op 'n rekenaar te werk. Die radio staan langs die rekenaar en sy kan 'n koffiebeker agter sy rug sien uitsteek op die ander punt van die lessenaar.

Haar oë skeer oor die omgewing. Een boekrak vol slapbandboekies. 'n Groot staankluis langsaan. 'n Rusbank staan voor 'n TV-stel aan die oorkant van die vertrek.

Sy sluip op haar tone nader terwyl sy die sluier van haar gesig afhaal.

'n Halwe meter van hom af stop sy, hou die pistool met 'n uitgestrekte arm voor haar uit. "Steek jou hande in die lug en staan op uit die stoel!" bulder sy.

Williams se liggaam ruk van die skrik. Hy kyk om. Sy oë is groot.

"Doen wat ek sê!" skree sy.

Hy gehoorsaam verward.

"Kom kniel hier voor my, jou hande op jou kop."

Hy huiwer 'n oomblik.

"Moenie iets probeer nie! Maak presies soos ek sê, anders skiet ek!"

Hy kniel voor haar, hande op sy kop. Die skrik het nou uit sy gesig verdwyn en hy gluur haar vyandig aan. "Wie de fok is jy?"

"Arend Brockmann se vennoot."

Dit ruk hom. Vir 'n oomblik verdwyn die aggressie uit sy gesig. "Ek weet nie van wie jy praat nie."

"Nie nodig om te lieg nie, Williams. Jou vriend At Oberholzer het in Bloemfontein soos 'n kanarie gesing."

Sy kan sien sy kortstondige selfvertroue is iets van die verlede.

Sy swaai die pistool voor sy neus. "Ek wil die vyf-en-sewentigduisend rand hê wat julle my skuld. Nóú!"

"Ek . . . het nie soveel geld in die huis nie."

Sy druk die knaldemper se loop teen sy wang. "Kruip op jou knieë na jou kluis en maak dit oop. En ek gaan nie 'n tweede keer vra nie, want dan skiet ek! Ek kan jou verseker jou lewe is vir my minder werd as 'n bol hondestront."

Hy kruip soontoe.

Nege minute is verstreke.

Hy pons die kode in en maak die kluisdeur in 'n knielende posisie oop.

Daar is nie bondels opgestapelde geld soos sy gehoop het nie, maar sy herken die swart drasak wat die man gister by hom afgelewer het.

"Haal daai sak uit en rits dit oop."

Hy huiwer weer.

"Roer jou gat!" skree sy.

Hy strek, haal die sak uit en rits dit oop. Sy stem is skor. "Hier is honderdduisend in. Ek sal vir jou vyf-en-sewentigduisend uittel."

"Nie tyd daarvoor nie. Ek sal als vat, dankie."

Hy rits die sak toe en skuif dit in haar rigting. Sy buk af en trek dit nader.

"Nou vir die belangrikste vraag van die dag. Wie het Arend geskiet? Jy of Barnabas?"

Hy huiwer nie 'n oomblik nie. "Dit was nie ek nie, ek sweer. Barnabas het geskiet. Ek het hom nog probeer keer, maar –"

"Moet jou nie probeer verontskuldig nie," maak sy hom stil. "Wie is Barnabas en waar kan ek hom kry?"

Sy kyk vlugtig op haar horlosie. Twaalf minute is verstreke.

"Ek . . . ek ken hom net as Barnabas. Weet . . . ook nie waar hy bly nie."

"Raait," sê sy. "Jy het nou een van twee keuses. Keuse nommer een is ek wag hier by jou tot jou gesinnetjie van hulle wandeling terugkom. Ek sal hulle roep wanneer hulle die huis binnekom. Hulle behoort te wil weet wie hier is, want daar is nie 'n kar voor die huis geparkeer nie. Die eerste een wat sy gesig in die deur wys, skiet ek. As jy dan nog nie vir my sê wie Barnabas is en waar ek hom kan kry nie, skiet ek jou. En dan gaan soek ek jou ander gesinslede en maai hulle ook af.

"Keuse nommer twee is die een wat ek aanbeveel. Jy vertel my nou wie Barnabas is en waar hy hom bevind. Ek maak 'n vinnige oproep na 'n vriend wat diep ingegrawe is in die Kaapse Vlakte se onderwêreld, en vra hom om te oordeel of die naam wat jy my gegee het geloofwaardig klink. As hy positief antwoord, spaar ek jou lewe," herhaal sy die storie wat sy vroeër vandag in die kar uitgedink het. "Maar as hy bevind jy lieg, trek ek die sneller. My raad aan jou is om dus fókken mooi te dink voor jy antwoord."

Williams knik, gee 'n droë sluk. "Ek sal sê wie Barnabas is."

$$\star \ \star \ \star$$

Dolf moes op Clarissa se aandrang vandag Dewald Calitz se kantoor bel om te verneem of hy sy pakkie gekry het.

Die sekretaresse het gesê hy was nie vandeesweek by die kantoor nie, want hy moes Johannesburg toe gaan. 'n Maatskappy daar het sy dienste dringend benodig, maar hy sal Maandag terug in die Kaap wees en moontlik dan inkom kantoor toe.

Dit pas Dolf. Met die naweek voor die deur, kan hy sy laaste paar persoonlike takies afhandel. Die Nigeriër by wie hy die skietding wou koop, het gister geen voorraad gehad nie, maar hy kan 'n ou Smith & Wesson Saterdag by sy huis in Kenilworth gaan afhaal. En dit teen die billike prys van tweeduisend rand, ses patrone ingesluit.

Hy sal oor die naweek 'n noodvoorraad blikkieskos en 'n klein tas met klere by die buitekamer in Durbanville gaan stoor. Sommer seker maak die Passat start nog en 'n draai ry om hom te gaan vergewis van die Cape Winelands-lughawe se uitleg. Ook om presies te bepaal hoe lank dit hom gaan neem om van die buitekamer af tot daar te kom.

Dolf wil ook Sondag weer 'n draai by Blum gooi om te hoor hoe hy vorder. Ook om seker te maak Blum se selfoon lê nog op dieselfde tafeltjie in sy deurmekaar laboratorium as die vorige kere.

Op D-dag, wanneer hy die Leeumens-verslag by Blum gaan kry, wil hy die oubaas se simkaart uit sy selfoon verwyder. Dit sal verhoed dat hy Clarissa bel as hy nie sy ooreenkoms met Dolf nakom om die verslag geheim te hou totdat Dolf haar daarmee verras nie.

Die Manchester-weduwees het Dolf geleer hy kan niks as vanselfsprekend aanvaar nie.

Maar as jy deeglik vooruit dink en beplan, is jy home free.

50

"Ossie is gistermiddag in sy huis doodgeskiet. Die moordenaar is ook weg met Lombard se honderdduisend rand. Ek sou die geld vanoggend gaan haal het om dit by die Lavender Group te laat was," sê Barnabas.

Dit voel vir Clarissa of sy 'n skop in die maag gekry het. "Wie sou hom geskiet het?"

"Dit weet ek nog nie, maar ek sal fókken uitvind."

"'n Ander bende?"

"Ek scheme so. Die Hairy Boys het al lankal 'n vete met Ossie omdat hy hulle gebied in Manenberg ge-occupy het. Ek het hom destyds gewarn hy soek kak deur dit te doen, maar hy wou nie luister nie. Nou het dit lelik gebackfire en het hulle boonop ons fokken geld gevat."

"Wat gaan jy doen?"

"Ek het vanoggend 'n meeting met van die ander bendebase. Iemand moet iets weet."

"En . . . die Kasselman-storie? Wat het jy en Ossie besluit gaan julle doen om te verhoed dat die Spookeenheid verder aan die Altman-saak krap?"

"Fok, Clarissa, dis nou die minste van ons worries. Daai spul is in any case op die verkeerde track. Hulle scheme mos nog steeds die Altmans het hulle ontvoering gestage en sit iewers overseas, soos Kruiswijk confirm het. Nie so 'n slegte ding dat hulle by daai Amerikaner se vrou gehoor het die veilings by die Altmans was onwettig nie. Hulle sal scheme dit was 'n perfect motive vir die Altmans om landuit te vlug. So moenie jy daaroor worry nie. Ek sal my oor op die grond hou as daar new developments kom. At this stage gaan ek full-time besig wees om Ossie se moordenaar te soek. Daarom wil ek hê jy moet nou net op één ding focus: Dis om te sorg dat die mans wat ons afpers, betaal. Ek wil nie daar verdere kak hê nie."

"Dolf het alles onder beheer."

"Goed so."

"Hou iemand hom nog dop?"

"Nie oor naweke nie. Maar van Maandag af sal ons weer 'n oog op hom hou."

"Is dit regtig nodig? Ek dink julle mors julle tyd. Ek vertrou Dolf honderd persent."

Hy gee 'n snorklag. "Daar differ ons twee, Clarissa. Ek vertrou niémand honderd persent nie. Not even my own mother."

Clarissa skud haar kop toe sy aflui. Nou gaan Barnabas se aandag nét toegespits wees op Williams se moordenaar. Pleks hy laat dit oor aan die ander Deep Throat-lede en konsentreer op hulle dilemma met Kasselman.

Noudat sy tyd het om daaroor te dink, is sy nie vreeslik ontsteld oor Williams se dood nie. Hy het hom begin verbeel hy is ook haar baas, want Barnabas het hom deur die jare al hoe meer 'n integrale deel van hulle kernbesigheid gemaak en met belangrike take opgesaal. Dalk was dit omdat dié twee saam op die Kaapse Vlakte grootgeword het. Dis 'n "bloedbroerband" wat sy nie met Barnabas het nie.

Dit laat haar soms baie weerloos voel. Sy weet Barnabas sal haar in 'n oogwenk verloën as hy die gevaar loop om vasgetrap te word.

Nie dat sy nie voorsorg getref het vir wanneer haar rug dalk eendag teen die muur is nie. Tydens haar uitgebreide Europese besoek van sewe jaar gelede het sy die meeste van haar geld in 'n Switserse bankrekening gesit, wat sy met gereelde oordragte aanvul. Met van die geld het sy 'n piepklein woonstelletjie in Zürich gekoop. Intussen het sy genoeg kontant in haar slaapkamer in die ingeboude kluisie agter die hoekkas weggesteek om vinnig die pad te kan vat as iets verkeerd loop.

En sy het steeds die naam van die Suid-Afrikaanse vlieënier wat Esposito vir haar gegee het toe sy hom op daardie selfde Europese toer in Amalfi besoek het, enkele maande voor hy in Europol se Operasie Pandora vasgetrap is. Hy het haar verseker die vlieënier is betroubaar en dat hy talle van sy vriende "wat moeilikheid in Suid-Afrika gehad het" na buurlande toe gevlieg het. Clarissa het juis vroeër vanjaar seker gemaak die Scott-kêrel is nog aktief, wat wel die geval is, want hy adverteer steeds sy wettige dienste op Facebook.

Nie dat sy enigsins 'n begeerte het om gou van sy dienste gebruik te maak nie. Die artefakte-besigheid het lanklaas so floreer soos nou.

Buiten vir die Leeumens, is daar nog miljoene der miljoene rande om te maak.

En sy gaan aanhou skep terwyl sy nog kan.

* * *

Kassie is in 'n mate bly hy het nie Vrydag 'n afspraak by die generaal gekry nie. Hy kon die naweek sy gedagtes beter orden. Hy moet die generaal eenvoudig oortuig dat hulle die saak oop en bloot mag ondersoek, want dan kan hulle dit dalk binne 'n week of twee in die sakkie hê.

Nadat hy Rooi vertel het hoe hulle veiligheid gewaarborg kan word na aanleiding van 'n ondersoek in sy vroeë polisiedae, is sy kollega ook vuur en vlam om die go-ahead van die generaal te kry. Selfs die feit dat Torretjie "'n gasket gaan blaas", soos hy dit gestel het, skrik hom nie af nie.

Kassie is bly Amalia is in die Karoo. Dit sou sake net gekompliseer het as sy op haar eie in die woonstel moes aanbly. Hy sal haar wel betyds van die nuwe wending laat weet as die generaal hulle die groen lig gee. Uiteraard sal die media dan met die storie begin loop.

Hy kyk weer na die aantekeninge wat hy gemaak het.

Reik 'n mediaverklaring uit dat die Altmans se oorskot in Rondebosch gekry is en die Spookeenheid die moordondersoek lei.

    Kry 'n lasbrief om Kruiswijk se huis te deursoek. Identifiseer 'n kundige om sy versameling met 'n vergrootglas deur te gaan sodat hulle kan vasstel wat hy wederregtelik op die swartmark bekom het. Gaan met hom 'n ooreenkoms aan dat hy as 'n staatsgetuie nie tronkstraf sal uitdien nie.

    Slaan toe op Steenberg, wat beslis deur Kruiswijk uitgewys sal word. Hier sal Bertie Vermaak se vriend Mike Loubser se getuienis belangrik wees en Bertie se outopsieverslag sal die finale spyker in haar doodskis slaan om haar van ten minste een moord aan te kla. As die Nissan Navara suksesvol na haar teruggespoor kan word, des te beter.

    Plaas foto's van Claus Oelofsen in die media, met verwysing na sy verbintenis met Steenberg. In die onwaarskynlike geval dat Oelofsen nog leef, kan hulle hom vastrap. Hy behoort 'n inligtingsbron van onskatbare waarde te wees as hy voor 'n keuse gestel word tussen lewenslange tronkstraf en 'n korter tyd agter tralies.

Plaas foto's van die Altmans se butler, Marinus Moerdyk, in die media om hom in die hande te probeer kry. Hy mag inligting hê wat nuwe lig op die Altmans se knoeiery werp, en moontlik nog skuldiges na vore bring.

Deurtastende navrae onder bendes op die Kaapse Vlakte kan die name van die Altmans se huurmoordenaars oplewer.

Laastens sal die bandopname van Delport se Robertson-gesprek met die Spookeenheid nuwe ondersoeke na sy eie dood en dié van die drie ander PRIOR-speurders regverdig. Dit kan op sigself nog skuldiges uitwys.

Die belangrikste gaan wees om hierdie aksies dadelik en gekoördineerd te laat plaasvind sodat die skuldiges onverhoeds betrap word, dink Kassie. Hulle moet nie 'n oomblik gegun word om te hergroepeer nie.

Hy glimlag wrang. Hopelik is hy nie besig met dagdrome nie. As die generaal nie instem nie, is hy en Rooi back to square one.

Dit sal hy wel Maandag uitvind.

'n Bykomende ergernis is dat hy, soos hy Amalia belowe het, Vrydagmiddag voor tjailatyd daardie maatskappy gebel het oor die pos van sekuriteitshoof. Hy het gehoop aansoeke daarvoor het al gesluit, maar dit was allermins die geval. Omdat die maatskappy nog nie die regte aansoeker gekry het nie, gaan hulle in die komende weke weer advertensies plaas.

Iets wat hom ontstel het, was die reaksie van die personeelbestuurder met wie hy gepraat het. "Kaptein Kasselman, jy is presies die soort man wat ons in gedagte het! Hoe gou kan jy vir 'n onderhoud kom?"

Kassie het gesê hy is besig met 'n ondersoek wat dit onmoontlik gaan maak om in die nabye toekoms 'n afspraak na te kom.

Die antwoord wat hy gekry het, was nie wat hy wou hê nie. "Ons aansoeke sluit eers oor twee maande. So daar is genoeg tyd vir jou om in te kom. En, kaptein Kasselman, ek gaan niémand aanstel voor ek met jou 'n onderhoud gevoer het nie. Ek sal gereeld bel om te hoor wanneer jy beskikbaar is."

Nou kom die druk nie net van Amalia se kant nie, maar ook van dié verdomde vent.

51

Monica besef hierdie karakter op wie sy nou haar visier gaan instel, is uitgeslape en uiteraard baie gevaarlik. Sy mag hom onder geen omstandighede onderskat nie.

In vergelyking met Williams is hy 'n groot vis wat nie in klein dammetjies rondploeter nie. Wat sy tot dusver gesien het, is dat hy heeltyd omring is van 'n magdom mans, wat hy hiet en gebied. En dis duidelik hy is nou agter Williams se moordenaar aan. Monica is redelik seker sy word nie verdink nie, wat darem gerusstellend is en haar die voordeel gee dat hy nie op die uitkyk is vir haar nie.

Sy het gistermiddag ná sy by Williams se huis weg is, gery na 'n sentrum se parkeergarage in daardie omgewing, waar sy weer die Avis-kar se nommerplate opgesit het. Sy het ook op haar selfoon op Google ingegaan om te kyk of sy 'n foto van die man kon kry. Daar was 'n paar op Netwerk24.

Tevrede dat sy weet hoe hy lyk, het sy teruggery en op die verste punt van Williams se straat tussen die paar karre voor 'n kafee stilgehou. Teen daardie tyd sou sy vrou en kinders al by die huis aangekom en sy lyk aangetref het, het sy geweet.

'n Halfuur later het die swart minibus met die getinte vensters van nou die aand verby die kafee geblits. Die ligblou Toyota van die man wat die drasak vol geld by Williams afgelewer het, was kort op sy hakke. Sy kon in die verte sien hoe 'n klomp mans uit die swart minibus peul. Sy het nog 'n uur daar gewag. Wat haar opgeval het, was dat die polisie nie na die toneel ontbied is nie.

Sy het toe gery na die adres in Soutrivier wat Williams vir haar gegee het. Op die oog af lyk dit na 'n klein veiligheidskompleks waar die man bly. Oorkant die kompleks is daar 'n gebou met 'n kafee op die grondverdieping en 'n restaurant op die boonste. Sy het in die kar van haar abaja ontslae geraak en 'n sitplek by 'n tafeltjie op die restaurant se balkon uitgekies. Van daar af het sy 'n uitstekende uitsig op die kompleks gehad. Daar is net vier huise, wat haar verbaas het. Hoekom twéé hekwagte hê as dit so 'n klein kompleks is?

Teen halfagt het drie karre kort ná mekaar by die veiligheidshek ingery. Hulle het in drie van die huise se motorhuise ingetrek. Niemand het terug buitetoe gekom nie, wat beteken daar is van die motorhuise direkte toegang na binne.

Danksy die goeie beligting in die kompleks, kon sy sien die grootste huis van die vier is nog in donkerte gehul. Sy het vermoed dit is waar die man bly.

'n Uur later het die swart minibus en ligblou Toyota agter mekaar by die veiligheidshek ingery en voor die groot huis stilgehou. 'n Klomp mans – sy tel nege – het uit die minibus geklim. Sy het die man self net skrams in die helder skynsel van 'n buitelig gesien – hoed op die kop, donkerbril en serp om die nek. Sy kon hom nie van die internetfoto's herken nie, maar kon aan sy houding sien hy is in beheer. Hy het duidelik 'n paar bevele gegee, wat drie van die mans uit die groep laat skarrel het na die drie ander huise in die kompleks. Hy het sy voordeur oopgesluit en is deur die res gevolg.

Oomblikke later het die drie ander inwoners van die kompleks, almal mans, vergesel deur die drie wat hulle gaan roep het, ook by die huis ingegaan. Die gordyne is dig toegetrek.

Toe die kelner Monica om elfuur kom sê dat die restaurant sy deure gaan sluit, was almal nog in die huis. Sy het besluit om terug gastehuis toe te gaan en te kyk watter inligting sy nog oor die man op die internet kon kry.

En nou, ná 'n kort en kragtige nagrus, teug sy aan die oggendkoffie wat sy by die kafee oorkant die man se kompleks gekoop het. Sy hou die veiligheidshek met 'n valkoog dop. Van hier af het sy 'n gedeeltelike uitsig op die groot huis se voorkant, asook die minibus en ligblou Toyota wat steeds daar geparkeer staan.

Nog nie klaar met haar koffie nie, sien sy die voordeur gaan oop. Die spul van gisteraand, wat daar moet geslaap het, streep een-een uit. Die man kom laaste uit en sluit die voordeur.

Die minibus en ligblou Toyota vertrek oomblikke later in gelid uit by die veiligheidshek, wat steeds deur twee wagte beman word.

Monica sluit haar kar se enjin aan en volg hulle. Die besige Saterdagoggendverkeer maak dit maklik om dit onopsigtelik te doen. Gou besef sy hulle is op pad Mitchells Plain toe.

Sy het vanoggend weer die abaja aan en die sluier oor haar gesig, wat haar veiliger in daardie omgewing se strate laat voel. Nie ver van die Las Vegas Lounge waar Williams en die man nou die aand was nie, hou die minibus en ligblou Toyota agter mekaar stil op plekke wat duidelik vir hulle gereserveer is. Nog 'n ry leë staanplekke is met sperlint afgekamp.

Sy moet om die blok ry om skuins oorkant hulle 'n parkeerplek te kry. 'n Klompie mans bondel op die sypaadjie saam, wat Monica herken as die spul wat gisteraand by die huis uit die minibus geklim het. Daar is geen teken van die man en die skraal kêreltjie wat met die ligblou Toyota ry nie. Hulle moet by die gebou in wees. Dié enkelverdieping het nie 'n naambord wat aandui watse soort plek dit is nie. Nog twee karre kry parkeerplek op die gereserveerde area. Uit elke kar klim daar drie mans, van wie net een uit elke groepie by die gebou ingaan. Die ander skaar hulle by die minibus-gevolg op die sypaadjie. Hulle groet mekaar luid.

Nog drie karre word toegelaat op die gereserveerde staanplekke. En soos met die vorige aankomelinge, gaan net een man van elke kar by die gebou in. Wat haar veral opval, is dat al die karre getinte ruite het.

Sy sal geld daarop verwed dat dit 'n samekoms van bendebase is, terwyl hulle lakeie voor die gebou wag staan. Die base bespreek heel moontlik Williams se moord.

Monica weet nie of dit die moeite werd sal wees om die man se bewegings vir die res van die naweek te monitor nie. Maar sy sal Maandag die gebou in Faure dophou waar hy volgens dit wat sy op die internet gesien het, blykbaar werk. Dan behoort hy sonder sy meelopers te wees.

* * *

Dolf is tevrede dat sy naweek glad verloop het en hy sy doenlysie afgehandel het.

Hy het die Smith & Wesson gister by die Nigeriër gekry, sy noodvoorraad kos gekoop en die reistassie met net die nodigste klere gepak. Hy kan in Italië sy klerekas aanvul.

Hy het na die buitekamer in Durbanville gery, waar hy alles gestoor het. En is toe met die Passat na die Cape Winelands-lughawe, wat hom presies negentien minute geneem het. Die Saterdagverkeer was egter swaar. Hy vermoed hy sal die roete op 'n stiller dag baie vinniger kan aflê.

Dolf het ongemaklik gevoel oor die twee voorlopige datums wat hy die vlieënier 'n ruk vantevore gegee het om oop te hou. Terug in die buitekamer het hy Scott gebel en gevra om nog twee datums oop te hou. Nou voel hy meer gerus. Vir die volgende vier weke is daar elke week 'n dag beskikbaar om Botswana toe te verkas.

Vanoggend se besoek aan Blum was ook bemoedigend. Die oubaas sê hy behoort die verslag beslis binne 'n week afgehandel te hê. Hy het in 'n fluisterstem vir Dolf gesê hy is nou honderd persent seker die Leeumens-beeld is so eg soos die een in die Ulm-museum.

Dolf het hom 'n kloppie op die skouer gegee. "Maar dit bly eers ons geheim, nè? Jy onthou nog dat ek Clarissa met die verslag wil verras?"

Hy het 'n laggie gegee. "Ek onthou, ek onthou."

Dolf was bly om te sien Blum se selfoon het steeds op die stowwerige tafeltjie in sy laboratorium gelê.

Nou moet hy net wag om te sien of die tweede afpersslagoffer, die motiveringspreker Dewald Calitz, hom in die komende week gaan kontak. Gaan als afhang op watter dag hy by sy kantoor aandoen. Dolf glo dat hy hom nes Lombard dadelik sal kontak as hy eers die stafie se inhoud gesien het.

Hy kan nie verstaan waarom Clarissa so knaend op sy case is nie. Die paar keer wat hy die naweek by sy woonstel was, het sy kom inloer. En hom dit dan telkens op die hart gedruk dat hy waaksaam moet bly, "want ons kan nie bekostig om een klein foutjie te maak nie". Sy het gesê Barnabas is druk besig met 'n ander aangeleentheid. "Hy maak staat op jou om hierdie afpersery seepglad te laat verloop."

Dit was goeie nuus. Hoe meer Barnabas se aandag op iets anders toegespits is, hoe veiliger voel hy.

52

Met hulle afspraak met die generaal eers vanoggend tienuur, gee dit Kassie en Rooi die geleentheid om hulle planne met die brigadier te bespreek. Dit moet nie vir haar as 'n verrassing kom nie en hulle het boonop haar steun nodig.

Kassie skop af met die aksies wat hy die naweek gelys het.

Die brigadier luister aandagtig. Hy kan aan haar gesig sien sy hou van wat sy hoor.

Toe hy klaar is, knik sy geesdriftig. "Ek stem honderd persent saam, Kassie. Só kan ons vinnig en hard op hulle toeslaan. Dis al manier om hulle met hul broeke op die knieë te vang."

Sy frons. "Maar julle veiligheid is vir die generaal van groot belang. Weet nie of hy gaan instem nie."

"Ek het ook daarvoor 'n oplossing," sê Kassie. "Ek was baie jare terug in 'n soortgelyke situasie waar ons ondersoekspan se veiligheid bedreig is. Die destydse polisiehoof het toe gereël dat ek en die ander twee speurders vier-en-twintig-sewe deur lyfwagte opgepas word. Ons het selfs vir die duur van die ondersoek in 'n Bellvillese woonstel saam met die lyfwagte ingetrek. Hulle het ons oral heen vergesel, almal ervare ouens, meestal voormalige polisiemanne wat toe pas hul onderneming begin het. Ek het ná al die jare nog kontak met een van hulle en het hom gebel. Hoewel hy nou afgetree is, het hy my verseker die onderneming bestaan nog en dat hulle dienste deesdae in groot aanvraag is. Hy het my 'n naam en kontaknommer gegee indien ons by die generaal die groen lig kry."

"Dit kan werk!" Sy aarsel 'n oomblik. "Solank die generaal daai lyfwagte uit sý begroting betaal, want ek het nie geld nie."

'n Klop aan haar kantoordeur laat almal opkyk.

Dis Lettie. "Die generaal is dringend op die lyn. Hy het juis gesê dit sal goed wees as Kassie en Rooi bysit terwyl hy met brigadier praat."

Sy knik en sit die foon se luidspreker aan.

"Ek het 'n oproep ontvang wat verband hou met die Altmans en wat julle dringend vanoggend nog moet opvolg," begin die generaal. "Ons tien-uur-vergadering gaan ongelukkig in die slag bly, maar my sekretaresse sal een herskeduleer vir later vandag. Dis belangrik dat julle nóú met die man gaan praat. Sy naam is Dewald Calitz. Julle behoort al van hom te gehoor het. Hy is 'n bekende motiveringspreker en sy praatjies oor die toekoms is oral baie gewild."

"Ek het al een van hulle bygewoon. Ongelooflik interessant," sê die brigadier.

Die naam klink vir Kassie bekend, maar hy kan sien Rooi het nog nie van hom gehoor nie.

"Ja, ek was ook geweldig beïndruk met hom toe hy die SAPD se nasionale topstruktuur onlangs toegespreek het. Ek het ná die tyd lank met hom gesels. Hy het my naam onthou en my vanoggend direk gebel oor 'n dreigement van afpersing wat hy ontvang het. Amper van my stoel afgeval toe ek hoor daar is 'n Altman-konneksie. Hy het vanoggend 'n afpersnota by sy kantoor gekry. Die afpersers eis honderdduisend rand in kontant. Daar is 'n geheuestafie ingesluit, waarvan hulle 'n duplikaat aan die media sal verskaf as hy nie betaal nie. Dewald sê as die beeldmateriaal op die geheuestafie openbaar gemaak word, sal dit hom nie regtig skeel nie. Hy sê as Bill Clinton so 'n skandaal kan oorleef, kan hy ook."

Die generaal lag. "Hy het nie vir my gesê wat op die stafie is nie, maar mens kan aflei dis iets van 'n seksuele aard. Maar die bottom line is hy wil hê die afpersers moet gevang word. Hy sê die beeldmateriaal dateer uit die dae toe hy nog gereeld 'n gas aan die Altmans se huis was."

"Het hy niks verder gesê nie?" vra Kassie.

"Nee, hy was haastig, want daar het 'n belangrike oorsese kliënt op 'n ander telefoonlyn vir hom gewag. Hy het egter gesê hy sal tienuur reg wees vir julle by sy kantoor in Claremont."

* * *

Barnabas is woedend, sy stem bewe. "Ons sal die bliksems kry wat Ossie vermoor het. Die CCTV footage van 'n huis skuins oorkant Ossie s'n wys 'n persoon in 'n abaja en sluier het oor die tuinhek geklim. Dit stem honderd persent ooreen met 'n attack van vier jaar gelede toe die Hairy Boys 'n jewellery shop in Mitchells Plain gerob het. Twee mans met abajas was toe involved."

"Ek het gelees rowers gebruik gereeld Moslemdrag as vermomming in rooftogte. Is dit nie redelik algemeen nie?" vra Clarissa.

"Dit is seker so, maar die Hairy Boys het 'n reason gehad om Ossie te wil afstamp. Ek en 'n paar van die gang bosses gaan 'n trap stel vir Tiny Matthysen, die Hairy Boys se number one. Dan sal ek gou uitvind of hulle daaragter sit. Ons kon ook op die CCTV footage sien hoe 'n wit Toyota Quest sonder number plates van Ossie se huis wegry. Dis tipies hoe Matthysen-hulle operate, deur sonder number plates rooftogte uit te voer."

"Gaan julle jul beplanning in Mitchells Plain doen?"

"Nee, ek en die bosses wil juis nie daar saam gesien word nie. Ons wil nie vir die Hairy Boys advertise ons maak planne nie. Ons gaan na die scrapyard in Kuilsrivier, waar jy altyd vir Ibrahim kry, en die groot stoor daar as ons tydelike headquarters gebruik. Ek het mos al 'n deel van daai stoor lekker ingerig vir as ek die dag 'n ruk lank moet disappear."

Nou weet Clarissa waarom hulle Ibrahim by die sinkkaia moet kry en nie by die groot stoor nie. Barnabas wil nie hê die Siriër moet sien 'n deel daarvan is ingerig nie.

Daar is nog iets wat sy wil weet. "Wie neem nou by die Deep Throats oor in Ossie se plek?"

"Paulse sal temporarily in charge wees, maar ek gaan hom nie so baie betrek by ons business soos vir Ossie nie. Dit beteken jy gaan meer responsibilities kry."

Clarissa weet nie of sy bly of bekommerd moet wees nie.

"By the way, het Dolf al iets van Calitz gehoor?" vra hy.

"Nog nie, maar hy is vol vertroue Calitz sal dié week by sy kantoor uitkom. Ek laat weet jou sodra daar aksie is."

"Ek is bly Calitz het nog nie van hom laat hoor nie, want ek wil 'n slight change maak aan die procedure vir wanneer Calitz die geld in daai building in Athlone los. Dolf se job sal steeds wees om Calitz met phone calls soontoe te steer en seker te maak hy gaan alleen. Maar hy hoef nie meer die geld in die gebou te gaan afhaal nie. Een van Paulse se manne sal dit doen, sodat die geld nie weer met 'n ompad by die Lavender Group uit-kom nie. Ons kan nie afford om weer gerob te word nie."

"Reg so. Ek sal die boodskap aan Dolf oordra."

"Hy moet Paulse se man, Bruinders, bel sodat hulle kan praat."

"Is dit die een wat Dolf die hele tyd dopgehou het?"

"Ja, maar dit mag Dolf nie weet nie."

Toe sy die verbinding verbreek, staan sy op om Dolf in te lig. Hy sal bly wees om verlos te wees van die verantwoordelikheid om die geld af te haal. Dis moontlik die gevaarlikste deel van só 'n sending.

53

Dewald Calitz se ontvangslokaal in die Stadium on Main-inkoopsentrum in Hoofstraat lyk vir Kassie soos 'n Amerikaanse presidentskandidaat se verkiesingskantoor. Soveel plakkate van een mens in 'n enkele ruimte het hy nog selde gesien.

Daar is reuseplakkate teen elke muur van die swierige lokaal. Op elkeen is 'n ander foto van die aantreklike en glimlaggende Calitz. Die bewoording verskil: *Want to know what the future holds? Contact Dewald Calitz; Want to develop effective and relevant long-term plans for your company? Contact Dewald Calitz; Want to know how to motivate your employees? Contact Dewald Calitz.*

Op 'n afsonderlike uitstalkas word 'n boek van Calitz ten toon gestel: *Don't Fear the Future.* Dieselfde glimlaggende gesig begroet voornemende lesers op die voorblad.

"Bliksis, die ou weet hoe om homself te bemark," fluister Rooi toe hulle oor die dik koningsblou tapyt na die ontvangstoonbank stap.

Die middeljarige en vaal ontvangsdame, 'n brilletjie op die punt van haar neus, lyk skoon misplaas in dié blink en deftige omgewing.

'n Regte suurknol, som Kassie haar gou op, want haar gesig is ontneem van enige hartlikheid.

"Kaptein Kasselman en adjudant Els?" vra sy voor hulle 'n woord kan uiter.

Kassie knik.

Sy beduie na 'n deur. "Stap solank in. Meneer Calitz het net 'n draai geloop. Hy sal nou by julle aansluit. Julle kan in die sitarea vir hom wag." Dit klink soos 'n bevel.

Calitz se kantoor is ruim en deftig. Daar is hordes foto's van hom saam met bekendes teen die mure, waaraan Kassie en Rooi hulle vergaap. Net teen die muur naaste aan hulle pryk hy saam met Thabo Mbeki, Francois Pienaar, Donald Trump, Ringo Starr, Mike Tyson en Cristiano Ronaldo.

Hulle hoor 'n stem wat syne moet wees in die ontvangslokaal en haas hulle na twee stoele in 'n sitarea 'n entjie van die lessenaar af.

Calitz kom in, geklee in 'n bont oopnekhemp, jeans en wit tekkies. Sy swart hare is heelwat langer as op die plakkate, maar dis dieselfde gulhartige glimlag. Die onmiskenbare tekens van oormatige plastiese chirurgie en botox kan op sy gesig gesien word.

"Welkom by my, kêrels. Bly julle kon so gou kom. Hoe vinniger julle hierdie afpersers se gatte vastrap, hoe beter vir my gesondheid."

Hy skud blad met Kassie en Rooi. Stap dan na sy lessenaar, raap iets op en kom sit oorkant hulle.

"Die afpersnota." Hy oorhandig dit aan Kassie, wat dit versigtig aan die een punt vat. As hulle gelukkig is, kan daar vingerafdrukke wees.

"Lees maar self," sê hy.

Kassie hou die vel papier só dat Rooi ook kan lees. Die boodskap is op 'n rekenaar getik en uitgedruk.

Ingesluit in jou pakkie is 'n memory stick, waarvan ons duplikate het. Al is dit etlike jare gelede geneem, behoort die video vir jou bekend te lyk. Jy sal saamstem dat jou jong vroutjie en vername kliënte geskok sal wees om dié video onder oë te kry. Dit kan nie net jou huwelik nie, maar ook jou besigheid onberekenbare skade berokken. In ruil vir R100 000 sal ons die video nie aan die media uitreik of op sosiale media versprei nie. Whatsapp jou selfoonnommer na die onderstaande nommer sodat ons reëlings kan tref oor waar en wanneer jy die geld in kontant moet aflewer. Waarskuwing: Indien jy die polisie se hulp of enige ander hulp inroep, versprei ons ook die ander twee video's wat ons van jou het. Jou lewe sal daarna in gevaar wees.

"Sommer 'n doodsdreigement ook," sê Rooi.

"Ja, verbeel jou," sê Calitz.

Lyk nie of die situasie hom enigsins ontstel nie.

"Ons verstaan van generaal Radeba die video hou verband met jou besoek aan die Altmans. Dit sal help as jy ons meer agtergrond kan gee," sê Kassie.

Hy knik, vertoon 'n Colgate-glimlag. "Natuurlik, ja. Seker so sewe, agt jaar gelede is ek die eerste keer uitgenooi na 'n Altman-ete. In daardie stadium was dit 'n helse eer om op die Altmans se gastelys te wees. Hulle was invloedryke mense met vriende in hoë kringe. Dit was vir my vreemd dat hulle net vir my en nie my vrou ook genooi het nie, en dat ek verwittig is ek sal die aand daar oorslaap. Ondanks dit het ek die uitnodiging aanvaar.

"Ek is die aand teen seweuur by my huis opgelaai deur 'n motorbestuurder, soos hulle my laat weet het. Is toe afgelaai by die Altman-paleis. Ons was twintig uitgenooide mans. My een tafelgenoot het vir my gesê dit is die derde keer wat hy daar onthaal word. 'Dis onvergeetlike byeenkomste,' het hy nog met 'n skalkse glimlag gesê. Ek sou later uitvind wat hy bedoel. Die kos, wat die Altmans self gemaak het, sou goed kon vergelyk met dié van die beste sjefs in die wêreld.

"Ons het ná ete verdaag na 'n ander lokaal vir 'n paar drankies. Daar het twintig beeldskone jong vroue ons ingewag. Almal was in skamele uitrustings wat hulle bates in oormaat vertoon het. Hulle het gebroke Engels gepraat – meestal Russiese vroue en 'n paar Oosterlinge. Die vroue het een-een by elke man aangesluit, asof hulle vooraf gebrief is oor watter mans hulle moet teiken."

Calitz glimlag weer breed. "Om 'n lang storie kort te maak, het die vroue ons na die kamers vergesel. Nog voor ek die bed bereik het, was my Russiese metgesellin al heeltemal ontklee. Die memory stick vertel die res van die verhaal. Daar moet 'n versteekte videokamera gewees het, maar daarvan het ek nie 'n teken gesien nie. Die volgende oggend het die vroue gegroet en is ons mans in afsonderlike motors huis toe geneem."

"Het die vrou enigiets oor haar konneksie met die Altmans laat val?" vra Kassie. Die feit dat dit oorwegend Russiese vroue was, het hom dadelik laat dink aan brigadier Fredericks se verwysing na moontlike Russiese betrokkenheid.

Calitz skud sy kop. "Ek dink nie daar was regtig 'n konneksie nie. Sy was bloot een van die high-class sekswerkers wat die Altmans gehuur het vir hulle gaste se vermaak. 'n Paar maande later, toe ek by die tweede onthaal was, het ek met 'n Tsjeggiese meisie in die bed beland. En die derde keer met 'n Suid-Afrikaner."

"Is jy nie bang die video's kom op die lappe as hulle uitvind jy het die polisie betrek nie?" wil Rooi weet.

Hy lag. "Almal wat my ken, en dit sluit my vrou in, weet ek is nie 'n engeltjie nie. Ek en my vrou het buitendien 'n oop verhouding. Ons glo dis goed vir ons huwelik as albei van ons 'n bietjie afwisseling kry wanneer dit by seks kom. Daar is geen sprake van jaloesie tussen ons nie. En soos wat ek vir generaal Radeba gesê het: As Bill Clinton sy skelm verhouding met die Lewinsky-meisie kon survive, sal my business ook kan. Trouens, 'n peiling in die VSA het gewys Clinton se gewildheid het toegeneem ná die nuus van daai affair. Vandag se mense is mos baie meer open-minded as ons voorgeslagte."

Kassie besluit om nie kommentaar te lewer nie. "Reg, ek dink die eerste ding wat nou moet gebeur, is jy moet jou selfoonnommer vir die afpersers stuur. My vermoede is hulle gebruik 'n burner, wat dit onmoontlik gaan maak om hulle te trace. Maar sodra ons weet watter 'reëlings' hulle wil tref om die geld te kry, kan ons 'n plan van aksie uitwerk," sê hy.

"Kontak ons dadelik as jy van hulle hoor," voeg Rooi by.

Kassie sit die nota wat die pakkie vergesel het versigtig in 'n bewaarsakkie wat Rooi uit 'n binnesak opgediep het. "Ons sal ook die geheuestafie vir die doeleindes van vingerafdrukke wil saamvat."

Weer die breë glimlag. "Reg met my. Gee my net kans om die video op my rekenaar af te laai. Wil dit vanaand vir my vrou wys."

Kassie probeer sy verbasing wegsteek, maar weet nie of hy dit regkry nie. Rooi se mond hang halfpad oop.

"Goed so, maar hanteer die stafie net versigtig indien daar dalk nog bruikbare vingerafdrukke is. Het jy die verpakking gehou waarin dit gekom het?" vra Kassie.

"Ongelukkig nie. Dis vanoggend saam met die ander vullis verwyder."

"Ons sal intussen met jou ontvangsdame gesels. Soos ons verstaan, is die pakkie met die hand afgelewer." Hy oorhandig sy en Rooi se besigheidskaartjies aan Calitz.

"Ek bring die memory stick sodra ek klaar is," sê Calitz.

Met die uitstap fluister Rooi: "Bliksis, hierdie ou is iets anders, nè? Torretjie ontknater my op die plek as ek so 'n video van my en 'n ander girl vir haar moet wys."

Suurknol kyk gesteurd op van haar toonbank toe Kassie vra of sy 'n oomblik het. "Kan jy die persoon beskryf wat die pakkie afgelewer het?"

Sy antwoord in 'n monotone stem. "Lang wit man met breë skouers. Seker baie naby aan twee meter. Hy het 'n pet en donkerbril opgehad. Ek het gesien daar steek rooi hare onder die pet uit. Veel meer kan ek nie onthou nie, behalwe dat hy heel vriendelik voorgekom het."

"Wat het hy gesê?" vra Rooi.

"Dat meneer Calitz die pakkie dringend moet kry. My ook Vrydag gebel om te hoor of hy al die pakkie ontvang het, maar meneer Calitz was toe nog in Johannesburg."

Calitz kom uit sy kantoor. Hy hou die stafie versigtig met twee vingers aan die een punt vas en laat val dit in die sakkie wat Rooi oophou.

Hy glimlag breed. "Moenie daai ding vir kinders onder agtien vertoon nie, kaptein. Dis hard porn."

Op pad uit vra Rooi: "Can you fuckin' believe this guy?"

* * *

Dit is vir Dolf 'n skok toe Clarissa hom inlig een van Barnabas se manne gaan voortaan die geld afhaal by die plek waar dit gelos word. Daar verdwyn die honderdduisend rand wat veronderstel was om sy eerste weke in Italië draaglik te maak. Gegewe die tydskedule, sou hy moontlik nie Calitz se geld al kon vat nie, maar wel die derde of vierde man s'n. Clarissa het egter duidelik gemaak hy "gaan van daardie risiko verlos word".

Hy sug. Seker nie die einde van die wêreld nie. Hy kan nie verwag als moet glad verloop nie. Dis in elk geval kleingeld in vergelyking met wanneer hy en Esposito eers die Leeumens verkoop het.

Hy kyk na die velletjie papier wat Clarissa aan hom oorhandig het. Hy moet dié Bruinders-karakter bel sodra hy van Calitz gehoor het. Hulle twee moet die strategie verfyn om te verseker als verloop seepglad, soos met Loubser. Clarissa het weer melding gemaak van die Lavender Group wat die geld vir Barnabas was, en dat die plan is om dit in die toekoms direk na hulle te neem.

Hy het 'n tydjie gelede op die internet meer oor die groep te wete gekom. Drie broers – Peter, Wilfred en Terence Lavender – word as die direkteure aangedui. Hulle bedryf 'n klerewassery, motoronderdele-onderneming en 'n groep haarsalonne in Soutrivier. Clarissa het eenkeer laat val hulle is familie van Barnabas.

Daai vent se tentakels strek oral en veel verder as net die Kaapse Vlakte. Dit laat Dolf opnuut besef hy moet sy oë en ore wawyd oophou.

54

Generaal Radeba tob verrassend genoeg nie lank voor hy sy besluit neem nie. "As julle manne veilig gaan voel met lyfwagte aan julle sy, is ek gelukkig. Ek stem saam met julle voorstelle van hoe ons die saak moet hanteer. Dit gaan al manier wees om dit vinnig en doeltreffend op te los."

Hy kyk na die brigadier. "Shaheena, jy moet intussen soek na 'n safe house of iets dergeliks sodat Kassie-hulle darem saans met toe oë kan slaap. En ek sal instaan vir die koste van die operasie."

Sy knik en lyk besonder ingenome met die reëling, wat Kassie onderlangs laat glimlag.

Die generaal hou 'n wysvinger omhoog. "Maar voor ons die lyfwagte en die media betrek en julle voorstelle implementeer, moet ons eers wag en kyk of ons Calitz se afperser kan vastrap. Ons vermoed tog die Steenberg-vrou sit agter die afpersing omdat sy die Altman-gastenaamlys by Bertie Vermaak gekoop het. Vang ons die persoon wat Calitz se geld afhaal, is die stryd halfpad gewonne. Hy sal wel praat as ons druk op hom toepas. As ons dan weet waar Steenberg haar bevind, kan ons haar in boeie slaan voor ons na die media toe hardloop. Gegewe haar samewerking, gaan dit dan nie eens nodig wees om die saak aan die groot klok te hang nie."

"Ek stem saam, generaal," sê die brigadier.

"Goed, dan hanteer ons dit so. Enigiets anders wat julle kon aflei uit julle besoek van vanoggend aan Calitz?"

"'n Ding of twee," sê Kassie. "Ons het nie hier met paloekas te doen nie. Net die nota wat ingesluit was by die geheuestafie, het my laat besef dis deur 'n intelligente persoon geskryf. Met die uitsondering van die woord 'memory stick', was dit ook in suiwer en keurige Afrikaans. My vinnige afleiding was dat ene doktor Steenberg beslis 'n hand in die formulering van die nota gehad het. Sy moet die brein agter als wees. Daarom behoort hulle weldeurdagte voorsorgmaatreëls in plek te hê wanneer Calitz die geld moet gaan aflewer. Hulle gaan nie met oop oë in 'n polisiestrik trap nie. Ek en Rooi sal mooi moet dink hoe ons hierdie storie gaan hanteer.

"Daar is ook ander vrae wat ontstaan. Ons weet nou met redelike seker-heid daar was videokameras in die slaapkamers versteek, wat die openinge in die mure verklaar. Maar waarom sou die Altmans dit gedoen het? Was die plan om hulle gaste later af te pers? En kan dit dalk die rede vir die moord op hulle wees? Of was dit Steenberg wat die Altmans gedwing het om die kameras daar te laat insit? En al rede waarom Steenberg die mans nie al vroeër begin afpers het nie, was omdat die butler, Marinus Moerdyk, vort is met die geheuestafies. Ernst Delport het ons juis vertel die Altmans se kluis was dolleeg toe hulle die huis deursoek het, en dat dit vermoedelik Moerdyk se werk was.

"So, enige een van drie scenario's is moontlik: Óf Moerdyk het sy eie lys name gehou en hy is alleen by hierdie afpersery betrokke, óf Steen-berg-hulle het hom opgespoor en die stafies by hom afgeneem, óf Moer-dyk en Steenberg werk saam. En as Steenberg betrokke is, is die fris man met die rooi hare wat die pakkie by Calitz afgelewer het, 'n handlanger van haar. Hy kon moontlik saam met haar by Bertie Vermaak se moord betrokke gewees het."

"Dis 'n klomp goeie gevolgtrekkings en geldige vrae wat ons nie nou kan beantwoord nie, Kassie," sê die generaal.

Kassie se foon lui.

Dewald Calitz, sien hy op die skerm.

"Hulle moes Calitz gekontak het," sê hy en stel die klank hard sodat almal kan hoor.

Calitz klink gejaagd. "Ek het pas hulle whatsapp ontvang. Ek moet my môreoggend gereed hou, dan sal hulle my bel met verdere instruksies. Ek moet die geld in kontant gereed hê."

Kassie besef hulle tyd is min. "Reg, moenie nou reageer nie. Ek en ad-judant Els kom sien jou. Dalk beter dat ons nie weer na jou kantoor kom nie. Ek bel jou binne 'n minuut of wat om te laat weet waar ons jou kry."

"Sterkte, kêrels," sê die generaal toe Kassie die verbinding verbreek. "Hanteer julle hierdie storie reg, kan ons dalk oor 'n paar dae die sjam-panjeproppe laat klap."

★ ★ ★

Aanvanklik was Monica se voorneme om vanoggend direk Faure toe te ry om die gebou dop te hou waar sy aanneem die man werk, maar sy het op die nippertjie van plan verander.

Sy was bang hy gaan vandag weer Mitchells Plain toe en dat sy haar tyd in Faure mors.

Vanaf haar staanplek voor die kafee in Soutrivier, kon sy deur die kompleks se veiligheidshek die swart minibus voor die huis sien staan. Dit het haar laat dink die man hou moontlik twee voertuie in sy motorhuis. Dié keer was daar geen teken van die ander kêrel se ligblou Toyota nie.

As voorsorgmaatreël het sy Saterdagmiddag haar Toyota Corolla Quest by Avis gaan omruil vir 'n Volkswagen Polo TSI, soortgelyk aan die een wat sy in Bloemfontein gehuur het. Sy het besef sy het 'n groot kans gewaag deur die man en sy gespuis Saterdagoggend met die Toyota Mitchells Plain toe te volg, en dit nogal terwyl sy haar abaja gedra het.

Sy het eers Saterdagmiddag weer onthou van die paar huise se CCTV-kameras wat straat toe gewys het. Hulle sou daarop kon sien sy is in 'n abaja oor Williams se tuinhek en het toe met 'n Toyota weggery. Dit het haar opnuut laat besef sy sal haar aksies deeglik moet oordink voor sy optree. Arend is nie meer daar om haar op sulke fynere details te wys nie.

Haar enigste gemoedsrus is dat hulle nie die Toyota na haar sal kan terugspoor nie, al kry hulle die registrasienommer op beeldmateriaal van die vorige dag. Sy het met haar vals ID en bestuurslisensie gevlieg en ook daarmee die karre in Bloem en Kaapstad gehuur.

Haar oë vernou toe sy die man by die voordeur sien uitkom. Dié keer is hy alleen. Hy klim in die minibus en sluit die enjin aan.

Aangesien hy alleen is, het sy 'n kans om hom onverhoeds te betrap, flits dit deur haar gedagtes.

Sy sluit die Polo se enjin aan toe die minibus verby haar ry.

Hy ry nie weer Mitchells Plain toe soos Saterdagoggend nie, maar slaan 'n ander rigting in. Hy vat die N1 en draai ongeveer twintig minute later af Kuilsrivier toe.

Die man ry amper deur Kuilsrivier voor die minibus se flikkerlig wys hy gaan regs draai. Van die hoofpad af kan Monica sien hy draai dadelik weer links en stop voor 'n skrootwerf se hek. Op die skouer van die pad trek sy onder die hangende takke van 'n groot denneboom in. Van daar af kan sy die minibus dophou. Die man klim nie uit nie.

Haar oë fynkam die omgewing. Lyk nie vir haar of daar enige lewe by die skrootwerf is nie. Daar hang 'n groot slot aan die hek.

Dan klim die man uit, selfoon teen sy oor. Hy grawe in 'n baadjiesak en haal 'n bos sleutels uit. Hy sit die selfoon terug in 'n binnesak en sluit die hek oop.

Haar hart klop in haar bors. Sy oorweeg haar opsies. Om die plek is 'n lamlendige draadheining waaroor sy moeiteloos sal kan kom. As hy nou deurry en die hek weer agter hom sluit, kan sy haar kans waarneem. Om buite sig van verbygaande motors te bly, sal sy aan die agterkant van die skrootwerf moet afhardloop om te bepaal waar hy stilgehou het en dan oor die draadheining klim.

Sy hou haar asem op toe hy deurry. Hy stop 'n entjie anderkant die hek, maar klim nie uit nie. Moontlik weer besig op sy selfoon.

Monica rits haar sweetpaktop toe om die holster te verberg en klim gebukkend uit die Polo. As sy agter die bome deur beweeg, is die kans skraal dat hy haar sal sien. Die afstand wat sy moet aflê soontoe is ongeveer dertig meter. Sy kan hom verras wanneer hy uitklim. Sy hoef hom immers nie te ondervra soos met Oberholzer en Williams nie. Sy kan net die sneller trek.

Sy hardloop gebukkend na die volgende boom, maar steek in haar spore vas.

Die ligblou Toyota en drie ander karre ry deur die hek en trek agter die minibus in. Die man in die Toyota klim uit en stap na die minibus. Hy ontvang die bos sleutels deur die minibus se oop ruit.

Die minibus trek weg, en die drie ander karre ry om die Toyota om hom te volg.

Die man met die bos sleutels sluit die hek. Twee mans klim uit die Toyota en gaan staan by die hek, terwyl die Toyota se bestuurder dieselfde kronkelpad tussen die karwrakke deur vat agter die ander karre aan. Dis duidelik dat die twee by die hek daar gaan wag staan.

Monica sluip terug na die Polo en klim in. Sy blaas haar ingehoue asem stadig uit. Sy kan voel hoe die adrenalien nog deur haar are bruis.

Sy het weer hopeloos te vinnig opgetree. As die man se gevolg net 'n paar minute laat was, het hulle haar op heterdaad by die minibus betrap.

55

Vanoggend was dit mistig en het daar 'n motreëntjie geval, wat vir Dolf probleme kan veroorsaak. Dit sal sy sig belemmer en dit dalk moeilik maak om te sien of iemand Calitz agtervolg.

Hy het sy lot by Clarissa bekla, wat sy dilemma ingesien het. Ná 'n oproep na Barnabas het sy egter gesê hy moet voortgaan met die plan. "Barnabas sê in dié stadium is Calitz paniekerig en sal hy die geld so gou moontlik wil betaal. Stel ons dit na môre toe uit, gee dit hom kans om helder te dink en ook die geleentheid om hulp in te roep."

Dolf het geen ander keuse gehad as om daarby in te val nie.

Hy het Bruinders gister by die vervalle gebou in Athlone gekry. Hom toe gewys waar daar 'n goeie skuilplek tussen die bosse is met 'n uitsig op die gebou se voorkant. "Ek sal nie môre op dié spot wees nie, maar ek sal sorg dat Calitz hierheen ry. Sodra hy hier in die straat stilhou, moet jy my bel. Ek sal hom dan die opdrag gee om die geld in die gebou te gaan sit. Whatsapp my wanneer hy uitkom en bel my wanneer jy dit 'n halfuur later gaan kry het. Onthou om deur die agterste stukkende venster te klim om die geld af te haal," het hy sy opdragte uitgespel.

En nou verloop sake weer so glad soos met Lombard. Die mis het effe gelig, wat Dolf sekerheid gegee het dat niemand Calitz in sy donkergrys Honda CR-V agtervolg nie. Soos met Lombard, het hy Calitz eers dopgehou by die Bishops-skool en toe weer by die Athlone-stadion. Toe Calitz by die stadion wegtrek na die vervalle gebou toe, het Dolf hom nie verder agtervolg nie en Bruinders gewaarsku hy is op pad.

Bruinders het nou laat weet Calitz het voor die gebou stilgehou. Dolf bel en gee hom die instruksies waar hy die geld moet neersit. Twee minute later kry hy Bruinders se whatsapp dat Calitz uit die gebou gekom en gery het.

Dolf bestel vir hom 'n koffie by die motorhawe se restaurant skuins oorkant die stadion, waar hy die volgende halfuur sal vertoef totdat Bruinders hom bel en sê die operasie is voltooi.

Sy gedagtes is gou by sy uitdagings van die komende dae.

Kassie en Rooi klim 'n hanetree van die gebou waar Calitz die tas afgelewer het, uit die CR-V. By die karwassery waar Calitz ingetrek het, sal niemand van die straat af kan sien daar was iemand saam met hom in sy Honda nie.

Soos hulle gister besluit het, sou dit dom wees om Calitz in 'n motor na die betaalpunt te agtervolg. Selfs die moontlikheid van 'n opsporingsapparaat aan Calitz se kar het nie vir Kassie wenslik gevoel nie. Hy wou op die toneel wees wanneer Calitz by die betaalpunt kom. Met die CR-V se agtersitplekke afgeslaan, kon hulle nog die hele tyd plat lê. Calitz het sy foon hard gestel sodat hulle ook die afperser se instruksies kon hoor.

Die tas wat Calitz voorgestel het hulle moet gebruik, is ideaal. Sodra dit toegeknip is, sukkel jy jou dood om dit weer oop te kry. Dit sal verhoed dat die persoon wat die tas vat, vinnig kan kyk of die geld daarin is. Die paar koerante binne-in is swaar genoeg om iemand te laat dink dis geld.

Kassie en Rooi stap by die karwassery se agterkant uit om in die straat agter die vervalle gebou te kom. Daar is ook 'n uitgang aan daardie kant vir Calitz om onopsigtelik te kan uitry. Hulle opdrag aan hom was om dadelik terug huis toe te gaan en daar agter gegrendelde deure te wag totdat Kassie hom bel.

Calitz het in die CR-V vir hulle 'n goeie beskrywing van die omgewing gegee. Die beboste oop erwe sal as voldoende skuilplek dien, het hy gereken.

Buiten 'n geel Golf wat skuins agter die gebou geparkeer is, is die straat verlate. "Dit kan die afperser se kar wees," fluister Rooi.

Kassie knik. "As jy my vra, is hy al in die gebou. Of dalk kruip hy iewers weg om te bepaal of die coast clear is om die tas te gaan haal."

Hulle besluit op 'n skuilplek op die oop erf verste van die gebou af. Van daar af kan hulle die grootste gedeelte van die gebou se agter- en voorkant bespied.

Terwyl hulle gehurk agter 'n digte bos sit, dink Kassie dit is 'n bedekte seën dat die afpersers op dié gebou besluit het. Sy grootste vrees was dat hulle in 'n omgewing sou beland waar dit onmoontlik gaan wees om Calitz se kar te verlaat sonder om gesien te word. Hy is immers nou doodseker die afperser was nie van hulle teenwoordigheid in die kar bewus nie.

Die minute tik stadig verby. Ná twintig minute wonder Kassie of hulle die afperser dalk onderskat het. Hy kon maklik in 'n ander vertrek in die gebou gewag, die tas dadelik gevat en daarmee weggekom het. Die geel Golf behoort dalk nie aan hom nie.

Nog vyf minute verloop toe Rooi, wie se taak dit is om die agterkant van die gebou dop te hou, aan Kassie se mou pluk.

'n Skraal man sluip agter die bosse naaste aan die gebou uit en loop gebukkend na die agterkant. Hy verdwyn om 'n hoek.

Kassie beduie vir Rooi hulle moet beweeg. Met hulle Berettas voor hulle uit gehou, hardloop hulle gebukkend na die gebou.

Kassie loer versigtig om die hoek en sien die stukkende venster wat wawyd oopstaan.

"Ons kan net hier bly," fluister hy vir Rooi. "Hy behoort weer by die venster uit te kom."

Sy woorde is skaars koud, toe hulle voetstappe hoor.

Die man, met Calitz se tas in die hand, loop doodluiters enkele meters van hulle af verby na die geel Golf toe.

"Hande in die lug!" skree Kassie.

Die man kyk verskrik om, laat los die tas soos 'n warm patat en steek sy hande op.

Terwyl Rooi hom boei, bel Kassie die brigadier om te reël dat die naaste polisiestasie 'n patrolliemotor en vangwa stuur.

Gladder kon hierdie operasie nie verloop het nie, dink Kassie.

★ ★ ★

Clarissa raap haar selfoon van die lessenaar op toe dit lui. Sy is verlig om te sien dis Dolf wat uiteindelik bel. Sy het die afgelope uur op naalde en spelde gesit en wag vir sy oproep.

"Die polisie het Bruinders gevang! Ek . . . ek fokken weet nie hoe dit gebeur het nie! Ek het niemand gesien wat Calitz agtervolg het nie." Sy het Dolf nog nooit so paniekerig gehoor nie.

"Hoe seker is jy Bruinders is gevang?"

"Ek het onrustig geraak toe hy nie bel om te sê die operasie is voltooi nie. Ná vyftig minute se wag oorkant die Athlone-stadion, het ek soontoe gery. In die straat agter die gebou het daar polisievoertuie gestaan, onder meer 'n vangwa. Bruinders se Golf was nog in die straat. Daar was ook speurders, kon ek van hulle siviele drag aflei. Hulle moet Calitz op die een of ander manier getrack het."

"En Bruinders? Was hy daar?"

"Ek kon nie sien nie, maar soos ek sê, sy bleddie kar was nog daar. Hy was moontlik al in die vangwa. Ek wou nie die kans waag om weer daar verby te ry nie."

"Kom dan huis toe. Ek sal Barnabas moet bel om te hoor wat ons nou te doen staan."

"Moet ons nie nou juis jou huis vermy nie? Bruinders kan uitpraat."

"Ek sal ons opsies met Barnabas bespreek. Ek bel jou terug sodra ek met hom gepraat het."

Dit voel of haar keel wil toetrek toe sy Barnabas bel. Bruinders weet presies waar sy bly, want hy is die man wat Dolf die afgelope tyd van haar huis af agtervolg het om sy bewegings dop te hou.

Genadiglik antwoord Barnabas sy foon dadelik. Sy vertel hom wat Dolf gesê het.

"My fok, Clarissa! Hoe de moer gebeur dit? Het Dolf teen sy fokken ooglede vasgekyk?"

"Help nie jy blameer hom nou nie. Wat doen ons as Bruinders uitpraat?"

"Dis die minste van my worries. Hy sal nié uitpraat nie. Hy weet wat om te sê as hulle hom ondervra. En hy weet ook om sy bek toe te hou, anders gaan hy nie 'n dag in die tronk oorleef nie. Ons sal hom daar vrek-maak, soos ons in die verlede gedoen het met gang members wat aan die sing raak. Wat my wel worry, is dat ons nie Calitz se hundred K gekry het nie. Ek het nie gedink hy sou die guts hê om polisie toe te hardloop nie."

"Gaan jy nou die video's van hom en die girls op sosiale media sit?"

"Nee, dit sou dom wees. Ons wil nie hê die media moet ballistic raak nie. Dit sal front-page news wees. We must stay under the radar, Clarissa, want daar is nog véértig ander mans om af te pers."

"Wil jy dan voortgaan met die afpersery?"

"Natuurlik! Die ander gaan nie soos Calitz polisie toe hardloop nie, maar sal soos Lombard dadelik wil betaal. Sê vir Dolf hy moet solank 'n ander betaalpunt identify. Within the next week or two wil ek die derde man se geld hê. En sê vir hom hy moet sy planning dié keer fokken beter doen, want hy sal weer self die geld by die pay point moet afhaal."

56

Kassie en Rooi stap in by die Middestad-polisiestasie, waar Malcolm Bruinders aangehou word. Op Kassie se aandrang het die Athlone-polisie hom hierheen gebring, gerieflik naby die Spookeenheid se kantoor.

Voor hulle hom ondervra, het hulle eers op die databasis vasgestel hy het 'n vorige kriminele oortreding. Ses jaar gelede was hy drie jaar lank in Pollsmoor opgesluit oor 'n bendeverwante skietvoorval op die Kaapse Vlakte waarin 'n onskuldige man in kruisvuur doodgeskiet is.

Dis goeie nuus. Iemand met 'n rekord kan gewoonlik sonder baie moeite oorreed word om as staatsgetuie op te tree. As hulle die geelwortel van korter tronkverblyf voor sy neus swaai, behoort hy saam te werk. Eiebelang kom altyd eerste.

Bruinders se foon waarop hulle beslag gelê het, het niks opgelewer nie. Dis 'n burner wat nuut aangekoop is. Die enigste kommunikasie daarop was vandag tussen hom en die persoon wat vir Calitz ry-instruksies gegee het. In Calitz se kar kon hulle aan daardie persoon se stem aflei hy is heel waarskynlik 'n wit man. Moontlik dieselfde een wat die pakkie by Calitz se ontvangsdame afgelewer het.

'n Uniform lei hulle na Bruinders se enkelsel en maak die traliehek oop.

Bruinders sit op sy bed. Hy lyk nou meer selfversekerd as toe hulle hom in Athlone vasgetrap het.

Kassie gaan sit langs hom, terwyl Rooi dreigend voor hom gaan staan. Soos gewoonlik sal hy vandag die bad cop speel.

"Ek het slegte nuus vir jou, Bruinders," begin Rooi. "Die feit dat jy al in die tronk was, gaan kwaai teen jou tel. Afpersery word in 'n baie ernstige lig gesien. As jy ontsettend lucky is, sal jy dié keer ten minste tien jaar sit. En glo my, dis konserwatief geskat."

Bruinders staar net uitdrukkingloos na Rooi. Kassie kan sien sy kake is geklem.

Kassie sit sy hand op Bruinders se skouer. "Daar is natuurlik 'n manier om jou baie vinniger uit die tronk te kry, Malcolm."

Bruinders verplaas sy blik na Kassie en skud die hand van sy skouer af, sy donker oë vyandig.

"As jy saamwerk, kan ons vir jou 'n deal beding wat jou nie langer as twee jaar agter tralies gaan hou nie. Dis iets om aan te dink, Malcolm. Word a state witness en jy chop 'n volle ágt jaar van jou vonnis af."

"Ek het niemand afgepers nie," sê hy, sy ken uitdagend uitgestoot.

Rooi leun vooroor en klap hom teen die skouer. "Jy was 'n fokken medepligtige, Bruinders! Moenie met strontstories na ons toe kom nie. Onthou, elke keer as jy lieg, verleng jy jou vonnis met nog 'n jaar."

"Wag, Rooi, kom ons gee Malcolm kans om te verduidelik waarom hy so sê. 'n Saak het mos twee kante," vertolk Kassie sy rol as die good cop.

"Ek het net 'n favour vir 'n tjommie van my gedoen. Hy het my gevra of ek 'n parcel vir hom kan afhaal by daai plek in Athlone. Ek moes net tussen die bosse wegkruip tot ek 'n kar daar sien stilhou. Dan moet ek 'n man phone op die burner wat my tjommie my gegee het om hom te inform die kar is daar. Daarna moet ek nog 'n halfuur wag voor ek die parcel innie huis gaan optel. My tjommie sou die parcel twenty minutes later by my kar agter die gebou kom kry het."

"As ek al ooit 'n bullshit-storie gehoor het, dan het ek nou!" roep Rooi uit. "Wie is die tjommie nogal?"

"Bokkie."

"En het Bokkie 'n regte naam en van?"

Bruinders trek sy skouers op. "Ek het hom in Pollsmoor net as Bokkie geken."

Rooi gee weer 'n tree nader aan Bruinders, swaai sy vinger voor sy neus. "En jy wil vir my vertel Bokkie, wie se regte naam jy nie eens ken nie, het jou vertrou om honderdduisend rand vir hom uit die huis te gaan haal?"

"Ek het nie geweet daar's geld in die parcel nie. Bokkie is 'n drug dealer."

"Aan watter bende behoort jy, Malcolm?" vra Kassie om 'n ander rigting met die ondervraging te probeer inslaan.

"Ek is lankal nie meer involved innie gangs nie. Ek doen nou oral odd jobs om aan die lewe te bly. Bokkie sou my duisend rand betaal het vir die favour wat hy gevra het. Daarom dat ek ja gesê het. Ek weet fokol van 'n afpersing."

Kassie besef hulle gaan nie nader aan die waarheid kom nie. Hierdie ou resiteer bloot 'n storie wat vooraf by hom ingedril is indien hy gevang word. Met 'n goeie prokureur, wat die mense agter die afpersing vir hom sal verskaf, is die kans goed dat hy skotvry gaan loskom.

Tog waag hy 'n skoot in die donker. "Ons het Edina Steenberg ook vanoggend in boeie geslaan. Ons sal maar hoor of julle twee se stories ooreenkom."

Vir 'n vlietende oomblik is sy gesigsuitdrukking onbewaak, maar hy herstel gou. "Ek ken nie so iemand nie."

Al het die ondervraging nie goed verloop nie, is Kassie nou ten minste seker Steenberg is betrokke. Hy kon die skok op Bruinders se gesig sien toe hy haar naam noem.

Kassie beduie vir Rooi hulle moet gaan.

Hy staan op en sit sy hand weer op Bruinders se skouer. "Dink mooi oor jou toekoms, Malcolm. Daar is 'n helse verskil tussen twee en tien jaar in Pollsmoor. Laat weet ons as jy besluit het om openlik met ons te gesels."

Bruinders reageer nie, staar net stip voor hom uit.

Toe Kassie-hulle uit die sel stap, vryf Rooi sy hande teen mekaar. "Wel, kaptein, lyk my ons het nou geen ander keuse as om public te gaan nie. Laat daai bodyguards van ons aantree!"

★ ★ ★

Monica het vir haar 'n veiliger staanplek in 'n systraatjie teenaan die skrootwerf gekry, van waar sy 'n goeie uitsig op die hek het. Dit is vir haar duidelik sy was verkeerd met haar aanname dat die man in Faure werk.

Hy en sy aanhangsels is daagliks by die skrootwerf, wat kennelik nie regtig as 'n skrootwerf bedryf word nie. Die hek is permanent gesluit en word pal deur wagte beman. Dit moet dien as 'n soort hoofkwartier vir die man se ondergrondse bedrywighede. Karre kom en gaan deurentyd, maar die man is nooit alleen nie.

Sy was vroeg vanoggend al hier, voor hy en sy trawante opgedaag het. Dit het haar die kans gegee om aan die agterkant af te stap en 'n idee van die plek se uitleg te kry. Sy kon deur die draadheining sien dat 'n smal paadjie na die groot stoor lei. 'n Ander paadjie lei na 'n sinkgeboutjie, maar sy twyfel of hulle ooit daar byeenkom. Dis veels te klein om al die man se handlangers te huisves.

Die berge karwrakke op die perseel bring mee dat sy 'n hele ent aan die agterkant ongesiens kan vorder. Maar tien meter voor sy by die stoor kan kom, is daar 'n oopte wat haar sal blootstel as iemand dalk in daardie omgewing wag staan of per toeval daar rondhang.

Die draadheining is aan die agterkant veel hoër as aan die pad se kant. Sy sal moeilik daar kan oorklim, maar sy sal die draad kan knip op 'n plek waar dit deur die wrakke verberg word. Van daar af sal sy haar kans moet afwag om by die stoor uit te kom.

Monica het nou twee keuses. Sy kan probeer om die man in sy huis in Soutrivier dood te maak, of sy kan haar kans by die skrootwerf afwag. Nie een van die twee opsies gaan maklik wees nie.

Al wat sy nou kan doen, is om die man se bewegings permanent te monitor. Uit haar ondervinding saam met Arend weet sy 'n geleentheid sal wel opduik.

Die volgende klompie dae gaan groot eise aan haar stel, maar so 'n vooruitsig het haar nog nooit afgeskrik nie.

57

Dinge het vinnig gebeur sedert Kassie-hulle gistermiddag van die Bruinders-ondervraging terug op kantoor gekom het.

Toe die brigadier hoor hulle kon niks by Bruinders uitvind nie, het sy die generaal dadelik gebel. Sy opdrag is dat hulle nou volstoom met die Altman-saak in die openbaar kan voortgaan sodra hulle ingerig en gereed is.

Die brigadier het met 'n groot geluk 'n geskikte kantoorruimte gekry in dieselfde gebou as die Spookeenheid se kantoor. Dit is twee verdiepings hoër en is perfek om as 'n tydelike woonkwartier ingerig te word. Daar is 'n klein kombuisie en 'n badkamer met 'n stort en toilet. Die kantoorspasie is met afskortings afgekamp in vier hokkies, waar elkeen in privaatheid kan slaap. Lettie het die opdrag gekry om "vier goedkoop beddens, 'n tweedehandse yskas, 'n gasstofie en 'n ketel" te koop. Sy sal ook die aankoop van kruidenierware vir hulle hanteer.

Dis die ideale situasie vir Kassie-hulle, wat bedags in die Spookeenheid se kantoor nog toegang tot hulle rekenaars en ander geriewe sal hê, en saans net met die hysbak kan opry na hulle slaapplek. Die spasie is egter slegs vir 'n maand beskikbaar, maar die brigadier en die generaal is vol vertroue dis oorgenoeg tyd om die saak af te handel, wat Kassie effens onrustig stem. Dit kan 'n tight skedule wees, want onvoorsiene gebeure kan altyd opduik.

Kassie het gistermiddag ook die veiligheidsmaatskappy Secure Services gekontak. Hulle is vuur en vlam om hulle dienste aan te bied en sal vanmiddag by die generaal se kantoor aanmeld vir 'n vergadering van al die betrokke partye.

Die brigadier het Kassie verseker hulle woonkwartier sal binne vier-en-twintig uur ingerig wees. "Intussen kan jy en Rooi aan 'n mediaverklaring werk, sodat dit gereed is om uit te stuur wanneer ons die start-knoppie druk."

Sy het gistermiddag 'n eenheidsvergadering byeengeroep om die ander speurders oor Kassie-hulle se bedrywighede in te lig. Kassie kon nie anders as om te glimlag nie. Hy het brigadier Fortuin lanklaas so in haar element gesien – hoofsaaklik omdat hierdie saak die land aan die gons gaan hê en belangriker nog vir haar, dat dit die Spookeenheid in die kollig sal plaas.

Kassie kon nie langer uitstel om Amalia te laat weet nie en hy het haar gisteraand gebel. Sy was aansienlik minder opgewonde as die brigadier. "Jy besef seker julle gaan met julle lewens speel, Kassie!" was haar eerste reaksie. Ondanks sy versekering dat hulle voltyds deur lyfwagte opgepas gaan word en selfs gaan oornag in die gebou waar hulle werk, kon hy hoor sy is nie tevrede met die toedrag van sake nie. "Ek moet dit seker aanvaar, want dit is wat jou werk van jou vereis. Weet net dat ek nie weer 'n oog gaan toemaak voor daai spul almal agter tralies is nie."

Hy kon haar darem vertel dat hy met die maatskappy kontak gemaak het vir die pos as sekuriteitshoof. "Hulle sal my laat weet wanneer ek vir 'n onderhoud moet kom. Hordes bekwame mense doen glo aansoek daarvoor," het hy gesê.

Dié wit leuen het nie die gewenste reaksie ontlok nie. "Moet jou nie daardeur laat afskrik nie, Kassie. Niémand is so bekwaam soos jy nie. Hou my op hoogte."

Hy het so skuldig soos die hel gevoel dat hy die waarheid bietjie geplooi het.

Maar Kassie het veel ligter daarvan afgekom as Rooi, het hy vanoggend uitgevind. Rooi het vir die eerste keer oop kaarte met Torretjie gespeel. "Sy het 'n vloermoer van ongekende proporsies gegooi. Sy het summier haar tasse gepak, en een vir CJ, en het al gisteraand by haar pa-hulle in Bellville gaan intrek. Sy het gesê ek moenie moeite doen om haar te kontak nie. Sy sal my bel as die behoefte ontstaan, wat sy twyfel ooit sal gebeur." Hy het bygevoeg hy glo darem Torretjie se "gemoedsbemesting" sal vinnig oorwaai. Sy het al voorheen só reageer en by haar pa-hulle gaan intrek.

Hy en Rooi staar nou na die drukbord in hulle kantoor, waar hulle alle inligting oor die saak vasgespeld het. Om 'n mediaverklaring uit te reik waarmee die generaal en brigadier tevrede gaan wees, is op sigself 'n helse uitdaging, weet Kassie.

"Waar begin ons?" vra Rooi.

"Uitstekende vraag, adjudant."

* * *

Barnabas klink vir Clarissa besonder kalm oor die foon.

"Snoepie kom nou net van Bruinders af. Hy sê die detectives het Bruinders gister ondervra, maar dié het by sy storie gehou. Snoepie is vol vertroue hy sal hom op bail uitkry en die hofsaak lekker lank laat stall. Ons wil nie hê die media moet nou met die afpersstorie hol nie. Dit kan miskien die ander mans wat ons gaan afpers idees gee. Jy kan dus relax, Clarissa. Als is under control."

Clarissa weet Patrick "Snoepie" du Preez is die prokureur wat die Deep Throats gereeld in hofsake verteenwoordig. Sy het hom ontmoet toe hy as Oelofsen se prokureur in die Jacobs-saak opgetree het. So glibberig soos 'n paling, het sy hom opgesom. En hy is al meer as tien jaar op Barnabas en haar kernbesigheid se betaalstaat. Hoewel hy nog nooit nodig gehad het om hulle te verdedig nie, is hy een van Barnabas se groot vertrouelinge, wat presies weet wat hulle doen en hom gereeld van raad bedien. Hy hanteer ook die Lavender Group se regsake. Clarissa dink nie aan hom as 'n regsverteenwoordiger nie, maar eerder as 'n krimineel in eie reg.

"En hoe gaan dit met julle soektog na Matthysen van die Hairy Boys?" vra sy met die hoop dat Barnabas hom al opgespoor het. Williams se moord trek net sy verdomde aandag van hulle kernbesigheid af.

"Matthysen het gehoor ons soek hom. Nou't hy gedisappear. Glo gesê hy of sy gang het niks te doen gehad met Ossie nie. Wat stront is. Hoekom dan weghardloop as hy innocent is? Ons werk nou full-time om sy gat vas te trap. Ek wil hom persoonlik torture voor ek hom vrekskiet."

"Dalk is hy onskuldig en het hy padgegee omdat hy bang is vir die Deep Throats se vergelding. Dis tog nie onmoontlik dat iemand anders Ossie vermoor het nie?"

"Don't be ridiculous, Clarissa. Niemand anders het reason gehad om dit te doen nie. Ossie was highly respected onder al die gangs op die Flats."

"As jy so sê."

"Moenie jy jou oor Matthysen of Bruinders worry nie. Ek sal hulle handle. Concentrate jy maar op die hundred K wat ons uit daai corrupt ex-politician gaan kry. Ek neem aan Dolf is al op soek na 'n ander pay point?"

"Hy is, maar hy sê dit gaan 'n tydjie neem. Hy soek 'n plek wat dit vir die polisie onmoontlik sal maak om weer onverwags toe te slaan."

"Fine, maar ek gee hom net één week om te deliver."

Toe hulle klaar gepraat het, maak Clarissa haar oë toe. Met groot inspanning probeer sy haarself oortuig dat alles onder beheer is, en dat haar droom om oor vyf jaar in haar woonstel in Zürich onder die naam J.D. Stirling 'n normale lewe te lei, nie wensdenkery is nie.

58

Brigadier Fortuin groet Brian Wilders hartlik. "In my jong dae het ek 'n tydjie saam met Brian by die Skerpioene gewerk," sê sy vir die generaal, wat verras lyk dat hulle mekaar ken.

Wilders, 'n skraal en seningrige man met silwergrys slape, moet in sy sestigs wees, dink Kassie. Hy is die grootbaas van Secure Services en word vergesel deur twee uitermatige fris kêrels. Hulle word voorgestel as Manie Lubbe en Ronald Tredoux. "Dis die manne wat na jou speurders se welsyn sal omsien as julle tevrede is met wat ons kan bied," sê hy vir die generaal.

Hy beduie na Lubbe – kaalkop, kort en bonkig – wie se korporatiewe kakiehemp (met 'n Secure Services-logo op die hempsak) styf oor sy gespierde bolyf span. Wilders sê Lubbe het in 'n stadium saam met hom by die Mitchells Plain-stasie gewerk toe Wilders nog daar 'n bevelvoerder was. "As daar oorlog op die Vlakte was, was hy die stasie se patrolliebevelvoerder. Hy het die mees gevreesde bendes se broeke laat bewe."

Tredoux, 'n lang, breedgeskouerde blok van 'n man met 'n ruie swart baard, was 'n staandemaglid in die weermag voor hy vyf jaar lank huursoldate in die Kongo opgelei het, vertel Wilders. "Dis die laaste ou met wie jy in 'n geveg betrokke wil raak. Hy was nie verniet op sy dae die land se swaargewigbokskampioen nie."

Die generaal glimlag terwyl almal hulle sitplekke by die lessenaar in sy kantoor inneem. "Dis presies die soort manne wat ons vir hierdie operasie nodig het."

Hy skop af deur breedvoerig verslag te doen oor die Altman-saak. Kassie sien Wilders lig sy wenkbroue verbaas toe hy van die moorde op die drie PRIOR-speurders en Delport hoor.

"Om kaptein Kasselman en adjudant Els se veiligheid te waarborg, het ons die aanvanklike ondersoek soos 'n koverte operasie hanteer. Maar in die praktyk het dit hulle geweldig gestrem. Nou het ons nie meer 'n ander keuse as om die saak openlik te ondersoek nie. Die moontlikheid is dus groot dat hulle ook soos die PRIOR-speurders hierdie spul se teikens kan word," sluit hy af.

Wilders vryf sy hande à la Rooi geesdriftig teen mekaar. "Dis ons kos daai, generaal! My manne is hoogs opgeleide lyfwagte wat al talle staatshoofde en hoogwaardigheidsbekleërs opgepas het – plaaslik en internasionaal. Ons personeel kom almal uit 'n polisie- of weermagomgewing en is daarom vertroud met gewapende aanvalle van watter aard ook al. Ons roem ons daarop dat sedert Secure Services meer as vyftien jaar gelede gestig is, geen kliënt sy lewe verloor het of selfs beseer is nie. En daar was al 'n hele paar aanslae op kliënte se lewens.

"Buiten ons lyfwagte wat na kliënte omsien, het ons 'n span wat snags kliënte se slaapplek bewaak. Daar is ook ander maatreëls in plek om kliënte se veiligheid te waarborg. Ons vervoer hulle in heelwat beter voertuie as byvoorbeeld sekuriteitsmaatskappye se geldwaens, wat maklike teikens vir die meeste transitorowers is. Secure Services s'n is volledig gepantserde nuwe-generasie-voertuie, ontwerp deur 'n maatskappy wat militêre voertuie bou. Die binneruimtes is luuks ingerig en toegerus met 'n klein arsenaal as daar byvoorbeeld op die pad 'n konfliksituasie sou ontstaan. Ons rus ons kliënte ook toe met net die beste koeëlvaste baadjies op die mark. Daar is nog talle ander maatreëls in plek. Dit is vervat in ons brosjure, wat ek vir die kaptein en adjudant sal gee en uiteraard vertroulik hanteer moet word." Hy kyk na die generaal. "Soos ek verstaan, sal ons al môre betrokke moet raak as julle tevrede is met ons dienste?"

Generaal Radeba knik. "Ons gaan julle beslis so gou doenlik nodig hê. Die plan is om môre 'n mediaverklaring uit te reik, wat my speurders uiteraard dan reeds kwesbaar kan maak."

Hy kyk na Kassie. "Het julle al die verklaring geskryf?"

"Ons is besig. Ons sal dit vanaand of môreoggend eerste ding kan uitstuur as generaal en brigadier Fortuin tevrede is daarmee."

Vir Kassie voel dit of hy soos 'n atleet in die wegspringblok staan en wag vir die skoot om te klap. Hy het net geen idee hoe gedug sy teenstanders is nie.

* * *

Toe Clarissa Dolf eergister inlig dat hy in die toekoms weer die afgeperste mans se geld sal moet afhaal, het hy opnuut gevoel die dobbelstene val reg vir hom.

Dit gaan hom nie net van honderdduisend rand verseker nie, maar hy sal dinge só manipuleer dat hy die geld kan afhaal wanneer dit hom pas.

Dolf was ook verlig om te hoor Bruinders sal nie uitpraat nie. Clarissa het gesê Barnabas se handlangers wat in die tronk beland, weet hulle kan net daar oorleef as hulle stilbly. Dit het Dolf opnuut laat besef hoe wyd Barnabas se invloed strek.

Hy voel nes Barnabas dat Calitz se optrede – om polisie toe te gaan – 'n uitsondering was. Soos Lombard, sal die ander mans maar te gretig betaal om hulle name skoon te hou.

En Dolf is honderd persent oortuig dat veral die volgende slagoffer, oudminister Austin Philander, gretig gaan wees. Te oordeel na beeldmateriaal op die betrokke geheuestafie, het Philander 'n seksuele afwyking of twee wat hy beslis nie openbaar gemaak wil hê nie. Dolf het 'n vermoede dat dié toneel afgespeel het tydens Philander se tweede of derde besoek aan die Altmans. Want hy was voorbereid en het onder meer 'n sweep uit sy tas gehaal toe hy en die prostituut eers kaal was. Sy moes hom oor sy boude daarmee slaan tot die bloed loop. En later moes sy op sy borskas urineer.

Die feit dat hy op verskeie direksies dien, sy vrou 'n hoë pos by 'n versekeringsreus beklee en hy die pa van vyf voorbeeldige kinders is, maak Philander 'n ideale kandidaat vir afpersing.

Dolf het besluit om iewers in die noordelike voorstede, verkieslik naby aan die Durbanvillese buitekamer wat hy huur, 'n veilige betaalpunt te identifiseer. Barnabas gee hom glo 'n week kans om 'n geskikte plek te kry, wat soomloos by Dolf se ander planne inpas. Teen daardie tyd sal Blum sy Leeumens-verslag voltooi het. En die eerste beskikbare datum waarop Scott hom Botswana toe kan vlieg, is oor nege dae.

As als uitwerk, kan hy eerstens Blum se verslag kry, tweedens Clarissa se instapkluis stroop en derdens later die dag Philander se geld afhaal. Dan moet hy net vir twee dae in sy buitekamer skuil voor Scott hom oorvlieg Botswana toe.

Esposito het gereël dat 'n ander vlieënier hom net anderkant die Suid-Afrikaanse grens sal oppik, waarna hulle by veilige bestemmings in twee ander Afrika-lande vir brandstof sal aandoen, voor hy in Italië afgelaai word. Aan die rit is daar geen koste verbonde nie omdat Esposito dié Italiaanse vlieënier, glo 'n neef van hom, daarna teen 'n maandelikse fooi by sy en Dolf se besigheid gaan betrek. Dit sal hom van 'n standvastige inkomste verseker.

Hoewel die spanning aan hom vreet, kan Dolf nie wag dat die aksie begin nie.

59

Kassie val uitgeput op die bed neer. Dit was 'n vrek lang dag op kantoor. Hy kan nie onthou wanneer hy laas eers elfuur die aand by die woonstel gekom het nie.

Hy gaap dat dit voel of sy kake gaan uithaak. Maar slaap is hom nie beskore nie, want hy moet 'n tas pak vir sy verblyf van môre af in die nuwe woonkwartier.

Eers maak hy WhatsApp op sy foon oop. Hy het vroeër gesien daar is 'n stemboodskap van Amalia, maar hy wou nie in Rooi se teenwoordigheid daarna luister nie. Nou doen hy dit fronsend.

"Fokkit," prewel hy. Amalia se swaer het 'n goeie vriend wat werk by die maatskappy waar die sekuriteitshoofpos geadverteer word. Amalia het haar swaer gevra om subtiel by sy vriend navraag oor die pos te doen. Die vriend het laat weet die aansoekers was tot nou toe maar power, maar die personeelbeampte is opgewonde oor 'n oproep wat hy van 'n bekende speurder gekry het, "wat die perfekte man vir die pos sal wees". Amalia klink uit haar vel van blydskap daaroor.

Kassie besluit om nie nou op die boodskap te reageer nie. Hy sal daardie turksvy later pak.

Sy gedagtes is gou terug by die werk. Hy moet toegee dat Lettie hom verras het. Binne die bestek van 'n dag het sy alles wat sy aangekoop het, by die woonkwartier afgelewer gekry. Terwyl hy en Rooi van ná ses af aan die mediaverklaring begin swoeg het, het Lettie en haar man die plek bewoonbaar gaan maak.

Hy en Rooi kon vroeër klaargekry het met die verklaring as dit nie was vir die nuus wat die generaal vir hulle ná die vergadering met Secure Services ge-e-pos het nie. Die forensiese span het op Ernst Delport se polshorlosie vingerafdrukke gekry van ene Ossie Williams, 'n bekende in uitsmyterkringe en bendebaas op die Kaapse Vlakte. Hulle afleiding is dat Williams Delport aan die pols beetgehad het en hy sy vingerafdrukke só op die horlosie se glas gelos het. Volgens die brigadier is Williams 'n paar dae gelede in sy huis in Mitchells Plain doodgeskiet. Die saak word tans deur die plaaslike polisie ondersoek en hulle is oortuig dit is 'n bendeverwante moord.

Rooi het 'n foto van Williams op Netwerk24 opgespoor. Dit is geneem tydens 'n hofsaak waarin hy 'n aangeklaagde was. Sy wilde bos hare en forse gestalte stem ooreen met die tuinman se beskrywing van die man wat Delport se huis saam met die gesette vrou verlaat het.

Die nuus het Kassie dronkgeslaan. Waarom sou 'n bendebaas by Delport se moord betrokke wees? Beteken dit Steenberg is kop in een mus met 'n bende? Of is Williams op 'n ander manier betrokke?

Nadat Kassie en Rooi dit 'n halfuur lank bespreek het, het hulle besluit om nie onnodig in die mediaverklaring te bespiegel en Williams se naam te noem nie. Hulle sal wel melding maak van Delport se moord op Ashton en vra of enigiemand daardie dag verdagtes naby Delport se huis gewaar het. Só kan hulle dalk ander ooggetuies kry wat meer besonderhede het, onder meer oor die voertuig waarmee Steenberg-hulle gery het. Hulle sal môre met die Mitchells Plain-stasie skakel om meer klarigheid oor Williams se moord te kry.

Kassie-hulle moes lank dink of hulle iets oor die afpersing gaan insluit. Hulle het daarteen besluit en sal môre weer 'n draai by Bruinders maak om verdere druk op hom te plaas. As hy swig en praat, kan hulle miskien dadelik by Steenberg uitkom.

Hulle het teen negeuur die verklaring klaar geskryf, wat hulle toe vir die generaal en brigadier ge-e-pos het. Die twee sou by hulle huise daarvoor op die uitkyk wees. Die brigadier het hulle ná tien gebel. Sy en die generaal het net 'n paar geringe verstellings voorgestel, maar nie een het in ag geneem dat die verklaring 'n stroom telefoonoproepe kan genereer nie. Die Spookeenheid het nie die hande om dit te beantwoord nie. Die generaal het tot hulle redding gekom deur landlynnommers te verstrek, wat deur vier van sy mense beman sal word. Hulle sal dan op 'n gereelde grondslag terugvoering aan Kassie gee.

Kassie-hulle het die verklaring toe om halfelf aan die media uitgestuur, om eers môreoggend agtuur vry te stel.

Dit sal te laat wees vir die gedrukte oggendkoerante, maar Kassie is seker dit sal op al die elektroniese nuusplatforms en oor die radio groot nuus wees.

Só groot dat Steenberg en haar trawante 'n paar benoude spronge gaan maak, wat hy en Rooi hopelik kan uitbuit.

En dan, baie belangrik, gaan hulle die Kruiswijk-troefkaart binne die volgende dag of twee speel.

★ ★ ★

Die man het eers kort voor middernag terug na sy huis in Soutrivier gery, terwyl twee karre sy minibus soontoe gevolg het. Albei die ander bestuurders is vort toe die kompleks se veiligheidshek agter die minibus toegaan.

Monica het opnuut gevoel hoe haat vir die man in haar opstu toe sy hom dopgehou het terwyl hy sy huis se voordeur oopsluit. Haar skuldige gewete speel moontlik 'n rol daarin dat sy hom so verafsku. Sy besef nou Arend het goed bedoel met die besorgde manier waarop hy haar in die laaste tyd hanteer het. As sy hom nie daarvoor verkwalik en hom alleen gelos het nie, sou sy hom teen die man kon beskerm het.

Sy het aanvaar dit gaan onmoontlik wees om hom in sy huis te verras. Buiten die twee hekwagte, is die kompleks se mure hemelshoog en boonop bo-op met elektriese drade beveilig.

Daarom dat sy nou weer in die donker ure van die nag in Kuilsrivier by die verlate skrootwerf stilhou. Dit lyk in dié stadium na haar enigste opsie om by hom uit te kom. Sy neem die draadknipper wat sy vroeër die dag gekoop het en stap met 'n flits in die ander hand aan die skrootwerf se agterkant langs die draad af.

Sy kom tot stilstand waar sy met haar vorige besoek besluit het dis 'n geskikte plek om die draad te knip.

Binne 'n japtrap het sy 'n groot genoeg gat geknip om deur te klim. Daar is net genoeg spasie vir haar om tussen die wrakke en die heining deur na die stoor te loop.

Sy stop by 'n groot sinkskuifdeur aan die stoor se naaste punt, trek dit op 'n skreef oop en skyn in met die flits. So ver as wat sy kan sien, lê daar hope rommel en sy skuif die deur weer toe.

Om veilig te speel hou Monica aan die stoor se agterkant. Dis ongelyke terrein en sy moet mooi trap. By die ander punt van die stoor is daar 'n geplaveide area wat moontlik as 'n stilhouplek vir hulle voertuie dien.

By dié punt van die stoor gekom, is daar 'n houtdeur en 'n venster langs-aan. Die deur is gesluit. Sy skyn by die vuil venster in. In teenstelling met die stoor se agterste gedeelte is hier 'n klein, skoon ruimte wat van die res van die area met 'n binnemuur afgekamp is. 'n Verweerde, langerige tafel met 'n tien stuks stoele rondom gerangskik, moet wees waar die man en sy handlangers daagliks vergader. Daardie vermoede word bevestig toe sy 'n kleiner tafel gewaar met 'n ketel en talle bekers. Daar is ook 'n wasbak met 'n paar smerige lappe oor die rand gedrapeer. 'n Entjie verder aan sien sy verby 'n oopstaande deur 'n gedeelte van 'n toilet.

Monica neem die kronkelende grondpaadjie na die sinkgeboutjie wat sy op die eerste dag skrams van die hoofpad af gesien het. Veertig meter ver-der kom sy daarop af. Sy maak die deur oop en skyn in. Daar is net 'n klein tafeltjie en 'n omgekeerde verfblik. Lyk nie of die plek gereeld gebruik word nie, lei sy af van die stoflaag op die tafeltjie.

Nie 'n slegte skuilplek as sy in die nag hier moet wag vir 'n geleentheid om die man alleen te kry nie, dink sy. Sy hoef nie langs die stoor verby te loop nie, want 'n ander kronkelpaadjie lei daarheen. En daar is genoeg wrakke tussen die stoor en dié paadjie om onopsigtelik daar uit te kom.

Terwyl sy terugstap na die gat in die draad, is sy bly sy het haar nou van die plek se uitleg vergewis. Dis die soort beplanning waarop Arend sou aandring.

Sy kruip deur die gat en heg die geknipte gedeelte met stukkies dun draad wat sy saam met die draadknipper gekoop het. Op 'n afstand sal niemand sien hier is gepeuter nie.

Terug in die kar kyk sy op haar horlosie. Sy kan minstens vier uur se slaap inkry voor sy weer Soutrivier toe ry om die man se bewegings van vroegoggend af dop te hou.

60

Clarissa maak haar eerste koffie van die oggend en gaan sit met die beker by die kombuistafel. Sy het 'n slegte nag gehad. Haar ooglede voel swaar en krapperig, asof daar sandkorrels aan kleef. Dit is die spanning van die afgelope tyd wat dit aan haar doen, weet sy.

Sy haal haar selfoon uit haar japon se sak en gaan op Netwerk24 in, soos haar gewoonte is sedert sy die papierkoerant se aflewering gestaak het. Die opskrif van die eerste inskrywing op die hoofblad laat haar in haar koffie stik.

Sy hoes en proes en haar oë traan. Sy moet dit wegvee om ordentlik te kan fokus, terwyl haar hande liggies bewe.

Altman-tweeling se oorskot ná vyf jaar gekry, staan daar, met die subopskrif: *Spookeenheid ondersoek nou talle skokkende moorde.*

Met ingehoue asem lees sy die berig.

Die skatryk tweelingbroers Victor en Norman Altman, veral bekend in Kaap-se sosiale kringe, is toe nooit vyf jaar gelede ontvoer nie, maar koelbloedig doodgeskiet.

Die tweeling, wat spoorloos uit hulle huis verdwyn het, se oorskot is opge-grawe op 'n onbeboude terrein in Rondebosch waar 'n nuwe winkelsentrum gaan verrys.

Gate in die broers se skedels dui daarop dat hulle geskiet is – en nie ontvoer soos aanvanklik vermoed is nie – lui 'n verklaring van die Spesiale Spookeen-heid, wat die saak nou van voor af ondersoek.

Dit het ook aan die lig gekom dat drie speurders van die ontbinde PRIOR-eenheid wat die Altman-ontvoering ondersoek het, gedurende daardie pe-riode op onnatuurlike wyse gesterf het. Dié skokkende inligting is in daardie stadium deur die hoof van die eenheid, wyle brigadier Joseph Mabula, om onbekende redes van die media weerhou.

Kort daarna was daar ook op Worcester 'n mislukte aanslag op die lewe van die vierde PRIOR-speurder in die span, Ernst Delport. Delport, wat kort ná die eenheid se ontbinding uit die SAPD bedank het, is 'n ruk gelede koelbloedig in sy huis op Ashton doodgeskiet. Volgens die Spookeenheid dui inligting daarop dat dieselfde mense wat vir sy kollegas se moorde tydens die Altman-ondersoek verantwoordelik was, agter sy skietdood sit.

'n Voormalige hekwag by die Altmans se woning, Bertie Vermaak, het onlangs by sy huis in die Wolseley-distrik doodgebrand. Forensiese toetse het getoon Vermaak is aan 'n swaar houttafel vasgebind, waarna sy huis aan die brand gesteek is. Hy is glo onlangs onder groot geheimhouding honderd-duisend rand betaal vir 'n naamlys van gaste wat gereeld deur die Altmans onthaal is.

Volgens inligting wat die Spookeenheid bekom het, is 'n vrou met die naam Edina Steenberg by beide Delport en Vermaak se moorde betrokke. Die vermoede bestaan ook dat sy 'n rol gespeel het in die onwettige veilings van gestroopte argeologiese artefakte wat na bewering gereeld by die Altman-woning gehou is. Sy het ook bes moontlik twee huurmoordenaars opdrag gegee om die Altmans te vermoor. In dié stadium het die Spookeenheid nie 'n volledige beskrywing van Steenberg nie, buiten dat sy baie geset is.

Clarissa is kortasem van die skok. Dit voel kompleet of haar hart by haar borskas gaan uitspring. Sy lees verder.

Die Spookeenheid is ook op soek na Marinus Moerdyk, die Altmans se butler, wat sedert die moord op sy werkgewers nie opgespoor kon word nie. Die Spookeenheid vermoed hy het inligting wat sekere aangeleenthede kan help opklaar.

Nog 'n persoon van belang is Claus Oelofsen, wat volgens die Spookeen-heid vir een van die PRIOR-speurders se dood verantwoordelik was. Hy het uit Steenberg se huis in Rondebosch gewerk en was voorheen by die soge-naamde konstruksiemafia betrokke.

Laastens is die Spookeenheid ook op soek na die twee huurmoordenaars wat die Altmans geskiet het. Volgens CCTV-beeldmateriaal was dit 'n man en 'n vrou wat klaarblyklik aan sekere bendes op die Kaapse Vlakte bekend is.

Inwoners van Ashton wat verdagtes naby Delport se huis (hy was op Ashton bekend as Ben Louw) opgemerk het op die dag van sy moord, asook *enigiemand wat weet waar Steenberg, Moerdyk of Oelofsen hulle bevind of inligting het oor die huurmoordenaars, kan die volgende nommers skakel . . .*

By die berig is daar foto's van Oelofsen en Moerdyk.

Clarissa moet eers diep asemhaal voor sy Barnabas met bewende hande en 'n bonsende hart bel.

★ ★ ★

Die generaal se sekretaresse het gebel om Kassie te laat weet die telefoonlyne gons behoorlik ná die mediaverklaring vanoggend agtuur vrygestel is. Hy het met haar ooreengekom dat hy en Rooi die vier vroue wat die telefone beantwoord, later vandag sal gaan sien. Intussen versoek hy dat indien iemand bel met inligting oor waar Steenberg haar bevind, hy dadelik daarvan verwittig word.

Kassie is verlig die vroue hanteer die oproepe. Uit ondervinding weet hy dat nege-en-negentig persent daarvan geen inligting van waarde gaan oplewer nie. Omdat Oelofsen en Moerdyk se foto's saam met die verklaring uitgereik is, vermoed hy van die inbellers sal mense wees wat Oelofsen dalk jare gelede iewers gesien het, of Moerdyk op 'n plek raakgeloop het. Gewoonlik is dit net die een persent van oproepe wat opvolgbare leidrade oplewer, waarin hy belangstel.

Hy is ook bly die brigadier het aangebied om alle medianavrae te hanteer. Dit kan op sigself 'n vermoeiende taak wees wat van sy en Rooi se tyd in beslag sou neem.

Hy en Rooi was al teen seweuur vanoggend by die Middestad-polisie om weer met Bruinders te praat. Dié het geweier om 'n woord te sê as sy prokureur nie teenwoordig is nie.

Die prokureur, Snoepie du Preez, is vir hulle oorbekend. Rooi het hom nou die dag gebel aangesien hy Oelofsen in die Jacobs-saak verteenwoordig het. Hy was ook vyf jaar gelede die prokureur van 'n bendelid wat Kassie-hulle agter tralies gesit het. Die bendelid het nie lank daar vertoef voor Du Preez hom op 'n tegniese punt losgekry het nie. "Gee die duiwel wat hom toekom, hy is flippen slim en uitgeslape," het Rooi hom daardie tyd opgesom. Vir Kassie en Rooi is dit duidelik dat Du Preez Steenberg en haar kornuite se regsbelange hanteer, gegewe dat Bruinders se saak aan hom toevertrou is. Du Preez sal beslis enige verbintenis met Steenberg bloot ontken, wat dit nie die moeite werd maak om hom daaroor te konfronteer nie.

Kassie se eerste prioriteit is om nou op Kruiswijk toe te slaan. Hy het Rooi gevra om by die Kaapse universiteite navraag te doen onder die argeologie-dosente wat kenners op die terrein van artefakte is. As hulle gelukkig is, is so 'n persoon bereid om môre 'n deel van sy of haar dag af te knyp om saam met hulle na Kruiswijk se huis op Bredasdorp te gaan. Hulle kan selfs ná vyf ry as die persoon 'n vol dag by die universiteit het. Al kan die persoon nie dadelik sy of haar vinger op die gestroopte artefakte in Kruiswijk se versameling lê nie, kan foto's van verdagte items wyd onder argeoloë in die land en selfs oor landsgrense heen versprei word, wat hopelik vinnig resultate sal oplewer. Kruiswijk behoort te besef dat sulke maatreëls sy doppie sal klink en dan kan hy voortydig besluit om te bieg as Kassie hom die versekering gee dat hy tronkstraf kan vryspring in ruil vir sy samewerking.

Die brigadier het ook aangebied om 'n lasbrief vir die deursoeking van Kruiswijk se huis te kry, wat Kassie moeite spaar. Die brigadier is kennelik net so gretig soos hulle om die saak vinnig op te los – in haar geval veral omdat die Spookeenheid nou so skerp in die mediakollig is.

Kassie glimlag toe hy en Rooi se Secure Services-oppassers, Lubbe en Tredoux, by die kantoor inloer.

"Als nog reg hier by julle, kaptein?" wil Lubbe met 'n ernstige gesig weet.

"Als reg, dankie. Julle kan maar in die woonkwartier gaan ontspan. Ek glo nie iemand gaan probeer om ons helder oordag in die kantoor te oorrompel nie. Ek sal julle bel sodra ons iewers heen moet ry," sê Kassie, wat sien dat Rooi ook dik van die lag is.

Toe hulle uit is, skud Rooi sy kop. "Ek begin soos CJ te voel, wat heeltyd dopgehou moet word dat hy nie nonsens aanjaag of homself seermaak nie."

Die landlyn op Kassie se lessenaar lui en hy pik dit op.

Dis die generaal se sekretaresse. "Ek dink jy gaan hierdie oproep wil neem, kaptein. Een van die vroue wat die fone beantwoord, het pas 'n man na my deurgesit. Hy beweer hy is Marinus Moerdyk en hy wil dringend met nét die hoofondersoekbeampte praat."

61

Om seker te maak dit is Moerdyk wat bel, vra Kassie hom eers om die Altmans se huis te beskryf. Sy beskrywing stem honderd persent ooreen met wat Kassie en Rooi daar waargeneem het en hy maak ook melding van die woonstelletjie waarin hy gebly het.

Rooi luister in en beduie vir Kassie met sy duim in die lug dat hy ook oortuig is die man is wel Moerdyk.

"My situasie is onuitstaanbaar. Ek kruip op die oomblik in Durban weg en kan dit nie waag om terug na my en my lewensmaat se kleinhoewe by Bloemfontein te gaan nie. Dis juis op sý aanbeveling dat ek julle nou bel na aanleiding van die berig op Netwerk24," sê Moerdyk.

"Waarom kruip jy weg?" vra Kassie.

Moerdyk vertel hoe hy in Bloemfontein ontvoer en elders in die stad in 'n agterkamer aangehou is. "Die mense was agter sekere items aan, wat hulle vermoed het ek destyds uit die Altmans se huis geneem het. Net uit wat hulle my gevra het, kon ek aflei dis hulle wat die Altmans vermoor het. Hulle is beslis deur iemand gekontrakteer om die items te kry en dan van my ontslae te raak."

"Van jou ontslae te raak?"

"Die man wat my ontvoer het, was my genadig. Nadat hy en sy vroulike kollega die items in 'n kluis in my lewensmaat se kantoor gekry het, het hy my by die kleinhoewe afgelaai. Hy het gesê hy is veronderstel om my dood te maak, maar het daarteen besluit. Hy het toe gesê ek moet so vinnig moontlik uit Bloemfontein wegkom en nie weer my gesig daar wys nie. Die mense wat hom gehuur het om my dood te maak, sal nie rus voor ek in my graf is nie."

"Watse items was dit?"

"Dit . . . was memory sticks waarop video's was van die Altmans se gaste wat seks met vroue het . . . eintlik . . . sekswerkers wat die Altmans gehuur het. Die gaste was nie daarvan bewus dat hulle afgeneem word nie."

"Ons weet van die geheuestafies en dat daardie gaste nou afgepers word."

"Ek . . . ek het gedink dis presies wat hulle daarmee wil doen."

"Marinus, waarom het jy ná die Altmans se ontvoering van die aardbol verdwyn? Jy kon nêrens opgespoor word nie en het nooit met die polisie in verbinding getree nie."

"Ek . . . was bang vir die mense met wie die Altmans deurmekaar was. Ek het geweet hulle hou veilings van onwettige artefakte by hulle huis. Ek is nooit by die veilings toegelaat nie. Die Altmans het gesê dis vir my eie beswil dat ek so min moontlik weet, want daar is gevaarlike mense betrokke. Die Altmans was later self spyt dat hulle by die veilings ingesleep is. Ek het gedink as dit rugbaar word dat ek met die polisie praat, daardie mense my sal wil stilmaak."

"Het jy enige name van mense wat die veilings bygewoon het?"

"Nee. Die Altmans het nooit met my oor hulle gepraat nie. Ek het ook nie eens geweet wie daar was nie. Ek moes my uit die voete maak op 'n veilingaand."

"Lui die naam Edina Steenberg dalk 'n klokkie?"

"Ja, dit was een van die Altmans se gereelde besoekers, maar ek weet nie of sy by die veilings betrokke was nie. Ek het haar nooit ontmoet nie en haar net nou en dan op 'n afstand gesien."

"En klink die naam Jacques Kruiswijk bekend?"

"Ja, hy was ook 'n goeie vriend van hulle. Hy was gereeld daar."

"Ook by die veilings?"

"Ek weet nie, maar ek het so aangeneem. Dit was welbekend dat hy Afrika-artefakte versamel."

"Het die Altmans ook video's van die veilinggangers geneem?"

"Nee, nooit. Daar was nie sekswerkers by die veilings betrokke nie. Die mense by die veilings het ook nooit soos die ander gaste daar oorgeslaap nie. Ek het Victor op 'n keer gevra waarom hulle net hulle ander gaste skelm afneem. Hy het toe gesê hulle sal dit nie met die veilinggangers waag nie. 'Ons wil nie met vuur speel nie,' het hy gesê."

"Hoekom het die Altmans hulle ander gaste afgeneem?"

"Norman het gesê dis net 'n voorsorgmaatreël wat hy en Victor tref. Hy het gesê as hulle eendag gevang word oor die onwettige veilings, kan hulle van die ministers en ander invloedrykes met die memory sticks afpers om hulle uit die hof te hou en hulle skotvry te laat loskom. Hulle was nooit van plan om geld uit die memory sticks te maak nie."

"Hoekom het jy die geheuestafies toe saam met jou gevat?"

"Ek was bang die polisie kom daarop af en dat ek as 'n verdagte beskou word. Ek het immers in die Altmans se huis gebly. Niemand sou glo dat ek onskuldig is nie. Ek het ook die kameras uit die slaapkamers, ander toerusting wat die gebeure op band vaslê, die memory sticks en die Altmans se skootrekenaars uit hulle kluis en studeerkamer geneem. Ek het die rekenaars vernietig en die kameras en ander toerusting op die swartmark verkoop."

"Hoekom het jy nie die geheuestafies vernietig nie?"

"Ek . . . wel, ek . . . het dit gehou om my veiligheid te waarborg. Ek was bang een van die gaste loop my in Bloemfontein raak en dat hulle die polisie dan sou inlig. Ek sou hulle met die memory sticks kon afdreig om nie my wegkruipplek te verklap nie. Soos die Altmans, wou ek nooit geld daaruit maak nie."

"Hoekom dink jy die twee mense wat jou in Bloemfontein ontvoer het, was destyds by die Altmans se verdwyning betrokke?"

"Soos ek gesê het, hulle het geklink asof hulle weet wat by die Altmans se huis aangegaan het. En daai aand was dit ook 'n man en vrou wat die Altmans ontvoer het."

"Hoe weet jy dit was 'n man en vrou? Buiten vandag se verklaring, is dit nooit voorheen in die media gemeld nie."

"Ek was daardie nag in die huis. Ek het wakker geword van 'n lawaai. Het gehoor hoe die Altmans smeek en soebat. Ek het in 'n gangkas gaan wegkruip. Later gehoor hoe 'n man en vrou met mekaar praat. Hulle was toe op soek na my, maar het my genadiglik nie gekry nie."

"Kan jy hulle vir ons beskryf?"

"Nie eintlik nie. Hulle het in Bloemfontein die hele tyd balaklawas in my teenwoordigheid gedra. Die vrou het lang, blonde hare gehad wat onder haar balaklawa uitgesteek het. Die man was die nice een van die twee, die vrou 'n regte bitch. Sy het 'n paar keer op my geskree. Sy was nie saam met hom in die kar toe hy my by die kleinhoewe gaan aflaai het nie."

"Watse kar het hy gery?"

"'n Blou BMW."

"Het dié twee mekaar op die naam genoem in jou teenwoordigheid?"

"Die vrou het die man op 'n keer as Arend aangespreek."

"Arend?"

"Ja, arend soos in 'n roofvoël."

"Marinus, dankie dat jy gebel het. Dit was die regte ding om te doen. Jy het 'n hele paar onduidelikhede vir ons opgeklaar. Jy besef seker dat indien hierdie storie in die hof eindig, ons jou as 'n getuie gaan nodig hê?"

"Ek sal bereid wees om te getuig. Solank julle almal vang, want dán eers sal ek volkome veilig voel."

"Dis die plan om almal te vang. Kan ek jou op dié nommer bel as ek nog vrae het?"

"Natuurlik." Hy verstrek die selfoonnommer aan Kassie.

Kassie gee ook vir Marinus sy selnommer. "Bel enige tyd as iets jou ontgaan het wat jy dink my kan help. Of as jy rede het om te dink jou lewe word in Durban bedreig."

Toe Kassie aflui, glimlag hy. "Dit is 'n lekker bonus! Ons kan nou vir Moerdyk as verdagte van ons lys afhaal. Ek glo hom. Hy gaan 'n belangrike getuie wees."

"Vir seker!" beaam Rooi.

"Raait, tyd dat ons nou dringend op Kruiswijk fokus. Ek sal jou help bel na die dosente."

* * *

Dolf het Clarissa nog nooit in só 'n toestand gesien nie.

Toe sy hom na die studeerkamer roep, het hy geskrik toe hy merk hoe wasbleek sy is en hoe haar lywige liggaam letterlik bewe.

Sy het beduie hy moet die berig op haar rekenaar lees. Die storie ontstel hom ook. Die laaste ding wat hy nou nodig het, is om die polisie op hulle gatte te hê. Hy is geskok om te sien hulle weet dat Bertie Vermaak vasgebind was toe sy huis afgebrand het. Ook dat hulle vermoed Clarissa was by die voorval betrokke. Dit kan hom as haar werknemer onder die vergrootglas plaas as die polisie op haar toeslaan.

"Wat sê Barnabas?" vra hy.

"Eerstens blameer hy ons oor die Bertie Vermaak-storie. Maar ek het hom toe daarop gewys hý was die een wat besluit het om Bertie se lewe te spaar nadat ons die adreslys by hom gekry het. Hy was daardie tyd bang Bertie se dood sal slapende honde wakker maak. Maar Bertie het buiten vir die keer in die kroeg waarvan jy geweet het, natuurlik ook sy vriende van die geld vertel. En heel moontlik ook die naam Steenberg vir hulle genoem nadat ek hom op Wolseley gaan sien het. Dis duidelik dat een van hulle die polisie toe ná Bertie se dood gekontak het met vermoedens dat ek betrokke kan wees."

"Wie almal weet jy operate onder die naam Edina Steenberg?" vra Dolf, wat bekommerd is oor die moontlikheid dat die polisie 'n klopjag op haar huis kan uitvoer en op die Leeumens beslag lê.

"Buiten jy, Barnabas, Blum en Kruiswijk weet niemand nie." Sy huiwer 'n oomblik. "Paulse, wat altyd die kontant by my huis kom haal, en Bruinders wat ook weet waar ek bly, kan dalk ook van my Steenberg-alias weet. Maar Barnabas vertrou hulle om niks te sê nie. Natuurlik ook omdat hulle weet hul dae op aarde is getel as hulle dit sou waag om byvoorbeeld my huisadres vir die polisie te gee."

Laasgenoemde stelling laat onwillekeurig 'n rilling langs Dolf se ruggraat af loop. Vir hierdie mense is 'n lewe niks werd nie. Terselfdertyd is dit gerusstellend dat hy voorlopig veilig vanuit dié huis kan operate.

"Ek neem aan ek moet voortgaan om Austin Philander af te pers?"

Sy knik. "Ja, Barnabas wou juis weet of jy al 'n geskikte betaalpunt gekry het?"

"Nog nie," jok hy. "Ek het wel twee moontlike plekke waarna ek vandag en môre sal kyk."

Eers wanneer dit by Dolf se skedule inpas, sal hy die stap doen om Philander af te pers. Hopelik hou hierdie Altman-nuusberig Barnabas en Clarissa se aandag nog langer van hom af.

62

Rooi het gesê Kassie hoef hom nie te help om die argeologie-dosente te bel nie. "Is dit nie beter as jy vinnig 'n draai by die generaal se telefoon-operateurs gaan gooi nie? Hulle weet nie werklik wat vir ons van belang is nie. Dalk kan een of twee oproepe wat hulle ontvang het, ons nader aan die spul bring."

Dit was 'n geldige punt, het Kassie besef.

Hy was verplig om eers vir Lubbe te bel. Dié was binne 'n minuut daar. Kassie het voorgestel hulle ry in een van die poelmotors na die generaal se kantoor, wat net 'n paar blokke ver is. Maar Lubbe het daarop aangedring dat hulle in Secure Services se voertuig ry. "Volgens ons kontrak met julle is dit een van die voorwaardes," het hy in 'n gebiedende sammajoor-stem gesê.

Kassie het effens belaglik gevoel toe hulle met dié monstruositeit by die generaal se kantoor aankom. 'n Paar uniforms wat 'n dampie voor die gebou geslaan het, het omtrent hulle koppe afgedraai toe hy en 'n swaar gewapende Lubbe uit die voertuig klim.

Tot Kassie se teleurstelling het die oproepe niks van belang opgelewer nie. Soos hy verwag het, het baie mense ingebel oor Oelofsen en Moerdyk omdat hulle foto's by die nuusberig geplaas is. Een van die inbellers het darem bevestig dat Moerdyk nie lieg nie. Die persoon is 'n kelner wat hom 'n maand gelede in 'n Bloemfonteinse restaurant bedien het, en het hom nou aan sy foto herken. 'n Ander een het beweer Oelofsen is die eienaar van 'n vulstasie op De Aar, maar sy beskrywing van 'n kort, skraal kêreltjie met 'n mank stappie klop nie met hulle beskrywing van Oelofsen nie.

Nou op pad terug kantoor toe, is Kassie bekommerd oor die tyd wat verloop het. Dit is al halfelf en as Rooi nie 'n dosent gekry het wat bereid is om môre saam met hulle Bredasdorp toe te gaan nie, kan dit hulle Kruis-wijk-planne lelik omverwerp. As hulle nie môre op Kruiswijk toeslaan nie, kan dit dalk te laat wees. Die nuusberig kan hom selfs laat besluit om die pad te vat.

'n Glimlaggende Rooi wag hom egter by die kantoor in. "Pas die jackpot geslaan, Kassie. 'n Proffie by Ikeys het my nou net die naam gegee van 'n persoon wat volgens hom perfek sal wees vir ons Kruiswijk-sending."

"'n Dosent?"

Rooi skud sy kop. "Nee, maar dié vrou klink beter as enige dosent. Haar naam is doktor Clarissa Hilton." Hy trek sy notaboekie nader waarop hy aantekeninge gemaak het. "Sy dien onder meer op die besture van die Archaeological Resources Protection Society van Amerika en die Europese komitee vir die bekamping van internasionale smokkelhandel en diefstal van erfenis- en kultuurartefakte. Die proffie sê as daar nou een mens in Suid-Afrika is wat passievol is oor die bekamping van artefakte-plundering, dan is dit sy."

"Great, Rooi! Presies die mens wat ons nodig het! As jy 'n kontaknommer het, bel ek haar nóú."

"Ek het. Die proffie het my haar selfoonnommer gegee."

* * *

Monica het vroeg vanoggend direk na die Kuilsrivierse skrootwerf gery. Tydens gisteraand se verkennende besoek, het sy 'n paadjie in die veld agter die skrootwerf gewaar waarvan sy onbewus was.

Sy het besluit om eerder dié paadjie se moontlikhede te ondersoek terwyl die meeste mense nog slaap, as om die man bloot van sy huis in Soutrivier na die skrootwerf te volg.

Dit was 'n goeie besluit. Die paadjie het deur 'n redelik beboste stuk veld gekronkel wat haar op een punt 'n goeie uitsig op die man en sy handlangers se parkeerarea by die skrootwerf gegee het. Sy het haar kar agter 'n plaat bome getrek en toe met die verkyker 'n gemaklike sitposisie in 'n dik boom se mik ingeneem. Hoewel dit sowat honderd-en-vyftig meter van die skrootwerf af is, kon sy die parkeerterrein en die stoor se deur goed met die blote oog sien en veel duideliker met die verkyker.

Van hier af sal sy presies kan bepaal hoeveel mense by die stoor aankom en hoeveel dit weer verlaat. Wanneer die man in alle onwaarskynlikheid alleen in die stoor is, kan sy die kans waag om hom daar onverhoeds te gaan betrap. Al is dit helder oordag.

Sy glimlag wrang. Arend sou die aapstuipe gekry het oor só 'n plan. Maar sy is nie Arend nie.

* * *

Clarissa sit met haar nagklere en japon by haar lessenaar in die studeerkamer. Sy het nog nie krag gehad om te gaan stort en aan te trek nie. Haar gedagtes is voltyds by haar vroeëre gesprek met Barnabas.

Hy was woedend oor die polisie se mediaverklaring. "Hulle het die hele wêreld laat glo hulle is besig om die Altmans te probeer opspoor. Intussen het hulle lankal geweet die broers is dood en het hulle die hele tyd onder ons bleddie neuse vir leads rondgesnuffel. Ek gaan Kasselman en Els uithaal soos ons met die PRIOR-speurders gedoen het. Ons is op die punt om Matthysen van die Hairy Boys vas te trap. Sodra ek die donner het, gaan ek my manne opdrag gee om elke enkele tree van die speurders te monitor. Daar sal 'n opportunity kom."

Clarissa het kapsie aangeteken. "Hierdie is nie die PRIOR-speurders met wie ons te doen het nie, Barnabas. Waar Mabula destyds inligting weggehou het van die media, gaan daar 'n outcry soos min wees as julle Kasselman-hulle doodmaak. Die hele polisiediens gaan dan agter ons bloed aan wees."

"Ek sal die besluite oor die operational side van ons business neem, Clarissa. Bepaal jy jou by die artefacts en die mans se afpersery," was sy saaklike antwoord.

Met die PRIOR-speurders het hulle baie geluk aan hulle kant gehad. Net 'n genade gewees dat Barnabas nie op heterdaad betrap is toe hy helder oordag die Nolte-speurder by die verkeerslig in Mitchells Plain doodgeskiet het nie. Ook 'n wonderwerk dat Paulse die tweede speurder voor 'n aankomende trein kon instamp sonder dat hy tussen die bondel mense op die perron geëien is. En die riskante plan om die derde speurder dood te ry, het amper geboemerang toe Jacobs se familie 'n hofsaak teen Oelofsen gemaak het.

Dit maak haar uiters senuweeagtig om te dink wat als verkeerd kan loop as Barnabas-hulle Kasselman en Els na hul grafte probeer stuur. Die geluksgodin gaan dalk nie weer vir hulle glimlag nie.

Sy tuur lank voor haar uit. As dit nie vir die Leeumens was nie, het sy

nou haar tasse gepak, die geld uit die weggesteekte kluisie agter die hoek-
kas in haar kamer gehaal en op 'n vliegtuig geklim Switserland toe. As sy
rasioneel daaroor dink, kan volgende week dalk te laat wees.

Clarissa skud haar kop verbete. Nee, sy kan nie die geleentheid deur
haar vingers laat glip om in die Leeumens se wins te deel nie. Eers daarná
is Switserland 'n opsie.

'n Selfoon op haar lessenaar lui. Sy gryp die burner, maar besef dis haar
ander foon en tel dit op. Onbekende nommer. Sy wik en weeg of sy moet
antwoord. Besluit dan om dit te doen. Dit sal haar die hele dag pla as sy nie
weet wie dit was nie.

"Hallo."

"Hallo, is dit doktor Hilton wat praat?" vra 'n manstem.

"Ja, met wie praat ek?"

"Kaptein Kasselman van die Spesiale Spookeenheid."

Dit voel of iemand haar met 'n hamer teen die voorkop slaan. Sy moet
eers diep asemhaal voor sy dit kan waag om te praat. "Waarmee . . . kan
ek help, kaptein?"

Sy hoop nie hy het die wankelrigheid in haar stem gehoor nie.

"Ons is deur professor Johnson van Ikeys se departement van argeologie
na jou verwys. Volgens hom is jy die ideale mens om ons by te staan, ook
aangesien jy op soveel liggame dien wat artefakte-plundering teenstaan."

Clarissa weet nie of sy verlig moet voel nie. Is dit nie dalk 'n lokval wat
hulle vir haar stel nie?

"Ek . . . ek luister graag."

"Ons het 'n visenteringslasbrief om môre die huis van 'n groot arte-
fakte-versamelaar te deursoek. Ons vermoed hy het verskeie artefakte
op onwettige veilings aangekoop. Ons hoop dat jy ons môre na sy huis
op Bredasdorp kan vergesel. 'n Kundige is nodig om te bepaal of daar
onwettige artikels in sy versameling is. Die man spesialiseer in seldsame
Afrika-artefakte."

Weer hoop Clarissa dat haar stem nie haar onstuimige gemoed verklap
nie, want sy besef sy moet nou ter wille van oorlewing ingryp. In die ver-
lede het sy haar al blitsvinnig uit soortgelyke situasies gekry. En sy dink sy
het weer 'n geloofwaardige uitkomkans.

"Ai, kaptein, dis nou 'n groot jammerte, maar ek is ongelukkig nie beskikbaar nie. Ek het môre 'n baie belangrike aanlyn maandvergadering met die Archaeological Resources Protection Society van Amerika. Geen manier dat ek my kan verskoon nie, want die vergadering is al 'n paar keer uitgestel. Maar ek het vir julle 'n beter kandidaat as myself en ek dink hy gaan tyd hê om te help. Dit is doktor Wessel du Plooy, 'n wetenskaplike by die Iziko Suid-Afrikaanse Museum in Kaapstad. Anders as ek, spesialiseer hy spesifiek in Afrika-artefakte."

"Wonderlik! Dit help baie."

"Julle sal hom by die museum se nommer kry."

Toe sy die foon dooddruk, blaas sy stadig asem uit.

Sy tel die burner op en bel vir Kruiswijk.

63

Wessel du Plooy is 'n aangename kêrel in sy laat dertigs. Dit is kennelik vir hom 'n groot avontuur dié en Kassie kan sien hy kan nie wag om sy kennis van Afrika-artefakte op die proef te stel nie.

Sy aanvanklike vraag, waarom hulle in 'n gepantserde voertuig Bredasdorp toe ry, het Kassie versigtig beantwoord. Hy wou Du Plooy nie angstig maak nie en het gesê hulle gebruik soms Secure Services se dienste ingeval hulle beslag moet lê op waardevolle items, wat dan na die polisiestoor vervoer moet word. Die klein arsenaal is gelukkig in 'n staalkas, anders kon daar nog ongemaklike vrae ontstaan het. Kassie is ook dankbaar Lubbe en Tredoux hou hulle monde gesnoer, soos hy hulle versoek het. Geen rede om hulle gas te ontstel nie, het hy verduidelik.

Kassie en Rooi glimlag onderlangs vir mekaar toe Du Plooy uit die bloute sê hy weet hulle is op pad na Jacques Kruiswijk. Hulle het nooit Kruiswijk se naam genoem nie. "Ek ken hom nie persoonlik nie, maar het al genoeg gerugte van sy indrukwekkende versameling gehoor. Baie mense bespiegel juis dat Kruiswijk hom skuldig gemaak het aan die onwettige verkryging van skaars Afrika-artefakte. En dat dit die rede is waarom hy nooit ander argeoloë nooi om sy versameling te besigtig nie."

Hy glimlag. "En hoewel ek my by die museum hoofsaaklik met fossiele besig hou, lê my belangstelling eintlik by Afrika-artefakte en veral by lande waar erfenisskatte op groot skaal gestroop word. Ek het Mali al twee keer besoek en daar met hulle owerhede oor die plundering gesels. Ek was ook al in Nigerië, wat gereeld deur stropers geteiken word. En om eerstehands agtergrond vir my doktorale proefskrif te kry, het ek as student drie maande lank in Ghana by opgrawingspersele gewerk. Daar het ek gesien watter skade die plunderaars met pikstele aan bewaringsterreine aanrig."

"Klink dan vir my of doktor Hilton ons gister 'n baie groot guns bewys het deur jou aan te beveel," sê Kassie.

Du Plooy gee 'n verleë laggie. "Ek is net bly sy het van my onthou. Ek het baie respek vir haar. Sy was 'n dosent toe ek begin swot het en sy het 'n groot rol in my akademiese vorming gespeel. Ongelukkig het ons die afgelope klompie jare kontak verloor."

"Watter soort items kan daarop dui dat dit gestroop is?" vra Rooi.

"Enigiets uit Mali sal my wenkbroue laat lig, soos onder meer die antieke steenkrale, wat terugdateer na die Paleolitikum en deur stropers uit antieke grafte verwyder is. Of die antieke Djenné-terracottateëls, wat eie aan Mali is en teen die land se wette is om uit te voer. Ook die Nok-klei-beeldjies uit Nigerië, wat op groot skaal gestroop is. Van die beeldjies word op die swartmark vir tot vierhonderdduisend rand verkoop, terwyl die smokkelaars die stropers maar sowat twintig rand vir een betaal. In Ghana is die antieke goud- en silwerstukke van die Asante-mense in die negentiende eeu deur die Britse magte gesteel. Hoewel baie van dié erfenisskatte in Britse museums opgeëindig het, het daarvan gereeld op die swartmark opgeduik en is daar glo miljoene rande daarvoor betaal."

"Is daar soortgelyke waardevolle Suid-Afrikaanse artefakte in omloop?" wil Kassie weet.

Du Plooy skud sy kop. "Ek twyfel. Sewe jaar gelede was dit groot nuus toe die Thulamela-versameling, bestaande uit antieke juwele van 'n Vendakoning en -koningin, uit 'n museum in Skukuza gesteel is. Maar daar is konsensus onder argeoloë dat die diewe daardie skatte opgesmelt het vir die goud en dit vir die nageslag verlore is."

Kassie frons. "Ek verstaan dat sekere items dadelik vir jou verdag sal voorkom, maar hoe gaan ons vinnig bo alle twyfel vasstel dit is onwettig aangeskaf? Spoed gaan vir ons belangrik wees."

"Maklik," sê Du Plooy. "As Kruiswijk nie die nodige dokumentasie het wat die item se herkoms aandui nie, kan ons aanneem dit is geplunder en op die swartmark aan hom verkwansel. Alle wettige veilinghuise reik byvoorbeeld herkomssertifikate uit, wat Kruiswijk aan ons sal moet toon."

Dit laat Kassie beter voel. Goed om te weet daar sal geen uitkomkans vir Kruiswijk wees nie.

Hy kan nie wag om die versameling saam met Du Plooy onder oë te neem nie. Net die gedagte dat hierdie besoek die weg kan baan tot 'n spoedige afhandeling van die saak, maak hom so opgewonde soos 'n kind by 'n Kersfeesboom.

Dolf was vanoggend vinnig by Blum aan, weer met veertig Nespresso pods as geskenk, wat die ou kêrel van oor tot oor laat blom het. "Die verslag hou my so besig dat ek nooit meer by 'n winkel uitkom nie," het hy gesê en toe dadelik vir hulle gaan koffie maak.

Die goeie nuus is dat hy Dolf die versekering gegee het die verslag sal oor vier dae klaar wees. Dit nadat Dolf gesê het Clarissa begin ongeduldig raak.

Die datum pas perfek in by Dolf se planne. Hy sal vroegoggend die verslag by Blum gaan kry. Dan terugry na Clarissa en sy plan in werking stel om haar uit die huis te kry. Hy weet presies hoe hy dit gaan doen. Sodra sy weg is, stroop hy haar instapkluis. Hy los sy Volvo daar in die woonstel se motorhuis en kry 'n Uber om hom na die buitekamer in Durbanville te neem, waar hy sy buit sal stoor. Dan ry hy met die Passat na die betaalpunt, waarheen hy Philander sal lei. Dit is 'n afgeleë terrein langs 'n verlate gruisgat tussen Durbanville en die N7.

By sy skuilplek daar sal hy rustig 'n uur of twee kan vertoef om doodseker te maak hy trap nie in dieselfde strik as Bruinders nie. Daar sal niks wees wat hom jaag nie. Eers wanneer hy oortuig is dis veilig, sal hy die geld kry en terugry na die buitekamer, waar hy twee dae sal laaglê voor hy Scott by die lughawe kry.

En van daar af is dit plain sailing.

Wat Kassie onverhoeds betrap het, is dat Kruiswijk heel gemoedelik gelyk het toe hulle die lasbrief aan hom oorhandig.

"Julle is meer as welkom om my versameling te besigtig. Was regtig nie nodig om 'n lasbrief te bekom nie," het hy ewe tegemoetkomend gesê.

Rooi was ook uit die veld geslaan oor die ou man se houding en het vir Kassie gefluister: "Ek wed jou hy steek sy onwettige goed op 'n ander plek in die huis weg."

"Dan sal ons dit kry. Die lasbrief beperk ons nie net tot die lokaal waarin sy versameling is nie," het hy sy kollega gerusgestel, maar self onrustig gevoel.

Die ruim lokaal met hordes uitstalkaste waarin die items agter glas bewaar word, het Du Plooy oorweldig. Kassie kon sien hy is in vervoering oor alles. Terwyl Kruiswijk hom in sy rolstoel op 'n begeleide toer geneem het, het Kassie en Rooi effens verslae agterna gedrentel.

Langs al die items was geraamde sertifikate van herkoms wat deur veilinghuise oor die wêreld heen uitgereik is. In 'n afsonderlike seksie, waar die items aangevul word met 'n foto van 'n jong Kruiswijk by onder meer verkopers in tradisionele stamdrag en soms 'n paar sendelinge, is ondertekende verklarings oor die herkoms uitgestal. Dit bevestig dat hy ook daardie items wettig aangekoop het, het Du Plooy gesê toe Kruiswijk vir 'n oomblik buite hoorafstand was. Volgens hom het veral sendelinge in die jare sewentig en tagtig artefakte verkoop ter befondsing van hulle sukkelende kerke. Hoewel daar vermoedens bestaan het dat dit gestroopte erfenisskatte was, kon niemand dit bewys nie.

Dit was eers toe Kassie die dosyn stuks uitstalkaste gewaar wat styf teen mekaar in 'n oorkantste hoek geskuif was, dat hy 'n rot geruik het. Die kaste was dolleeg.

"Waar is die artefakte wat in daardie kaste hoort?" het hy Kruiswijk trompop geloop.

Hy is weer met 'n selfvoldane glimlag begroet. "Daar was nog nooit artefakte in nie. Ek het die kaste onlangs laat bou vir toekomstige aankope."

Kassie het geweet dis 'n leuen. Dit was duidelik nie nuwe kaste nie en die glas was vuil gevat nes die ander s'n.

Op daardie punt het Kassie gesê hulle gaan die huis nou "van hoek tot kant" deursoek.

'n Koel en kalm Kruiswijk het sy fris persoonlike assistent opdrag gegee om hulle te vergesel. "Sommige van die vertrekke is gesluit, maar hy sal dit vir julle oopsluit."

En nou, ná 'n naarstige soektog van bykans twee uur, moet Kassie en Rooi aanvaar hulle is uitoorlê.

"Hy moes na aanleiding van gister se mediaverklaring rooi ligte sien flikker het. Die goed waarna ons soek, het hy moontlik inderhaas op ander plekke laat wegsteek," sê Kassie terwyl hy die sweet met 'n voorarm van sy voorkop afvee. Hy kan homself nou skop omdat hulle beplanning so slordig was. Die druk van hoër gesag om die verklaring so gou moontlik uit te reik, het hulle sleg aan die hakskene gebyt. Hulle moes gister al op sy huis toegeslaan het.

Dit help nie hy blameer die generaal en brigadier daarvoor nie. Hý moes daaraan gedink het.

64

Monica kon vanoggend vanaf haar uitkykpunt in die boom se mik bepaal hoeveel van die man se handlangers by die skrootwerf aankom en hoeveel weer vertrek.

Wat haar opgewonde gemaak het, was dat die man voor die ander by die skrootwerf opgedaag het. Die twee hekwagte was wel al op hulle pos, maar hy was vir sewentien minute alleen in die stoor voor sy handlangers begin opdaag het.

Die wagte kan nie van die hek af die parkeerarea of stoor se deur sien nie, soos sy bepaal het op die eerste dag dat sy die man hierheen gevolg het. As sy môreoggend by die gat in die draadheining stelling inneem, sal sy deur 'n klein opening tussen die wrakke deur kan sien wanneer hy met die minibus in die paadjie verbyry stoor toe.

Soos sy gisteraand bepaal het, sal dit haar ongeveer drie tot vier minute neem om van die gat in die draad tot by die stoor se deur te kom. As als in haar guns tel, kan sy binne tien minute weer uit wees. Dit gaan tight wees, maar sy sien kans vir die waagstuk.

Nou, terwyl die son al begin water trek, is daar steeds vier mans saam met hom in die stoor. Gewoonlik verlaat die spul saam-saam die stoor ná hulle dagskof. Soos sy nou die aand gemerk het, volg twee karre die minibus dan tot by die man se huis in Soutrivier.

Sy frons toe twee nuwe karre op die parkeerterrein stilhou. Vier mans peul uit, terwyl 'n vyfde aan die arms na die deur gelei word. Dié man probeer hom losruk, maar word ru by die stoor ingestamp.

Monica hoef nie lank te wag om te sien wat volgende gebeur nie.

'n Halfuur later word die man aan sy voete uitgesleep. Met die verkyker kan sy sien sy gesig is bebloed en te oordeel na sy slap liggaamshouding is dit duidelik hy is dood. Hy word deur twee mans opgetel en in 'n kar se bagasiebak ingestop.

Haar maag trek op 'n knop. Sy sal môreoggend haar storie moet ken, anders kan sy ook in 'n kar se bak eindig.

★ ★ ★

Clarissa loop heen en weer in haar studeerkamer. Elke nou en dan kyk sy op haar horlosie. Sy swets onderlangs. Barnabas het haar vanmiddag ge-whatsapp dat hy vanaand voor agt sal bel en dit is nou al kwart voor nege.

Sy gaan sit by haar lessenaar, haar gedagtes by die oproep wat sy van-middag van Kruiswijk ontvang het nadat die polisie by hom weg is. Hy het omtrent ingenome geklink. Hy het gesê hy kon die teleurstelling op die speurders se gesigte sien toe hulle onverrigter sake daar weg is. En die ar-geoloog was só in vervoering oor sy unieke versameling dat hy nie onraad sou merk nie.

Clarissa begin te twyfel aan die storie dat Kruiswijk aan 'n terminale siekte ly, want sy het hom lanklaas met soveel lewenslus hoor praat. Hy het selfs verwys na 'n paar Egiptiese items wat hy nog graag by sy ver-sameling wil voeg. Hy't Clarissa versoek om op die uitkyk daarvoor te wees. Hy is bereid om groot geld uit te haal.

Dis net 'n genade Kasselman het haar gebel, dink Clarissa. Anders sou sy Kruiswijk nie betyds kon waarsku nie. Kruiswijk se assistent kon gister met die paneelwa sy onwettige versamelstukke Kaapstad se kant toe vat, om in die ou man se stoorplek in Brackenfell te versteek. Indien Kasselman-hulle steeds nie in Kruiswijk se onskuld glo nie, sal hulle haar nie daarvan verdink dat sy hom gewaarsku het nie. In hulle mediaverklaring het hulle immers van die Altmans se onwettige veilings melding gemaak, wat die speurders sal laat glo dit het Kruiswijk aangespoor om sy onwettige goed betyds weg te steek.

Sy wil nie dink wat sou gebeur het as die polisie op sy volle versameling afgekom het nie. Du Plooy sou die Thulamela-juwele dadelik geëien het. Om nie eens te praat van die bekende "Benin Bronzes", soos dit algemeen in argeologiese kringe bekend staan nie. Daarvoor het Kruiswijk op 'n Alt-man-veiling etlike miljoene betaal. Enige argeoloog wat sy sout werd is, en veral Du Plooy, sal bewus wees van die bronsgedenkplate en -beeldhou-werk wat eens die Koninkryk van Benin se eiendom was, maar wat deur die Britse koloniale troepe gestroop is en waarmee daar toe in verskillen-de dele van Europa handel gedryf is. Hoewel baie van daardie artefakte in Britse en Amerikaanse museums opgeëindig het, was Clarissa gelukkig om 'n smokkelaar op te spoor wat nog daarvan in sy besit gehad het.

En die Thulamela-versameling en Benin Bronzes sou net die oortjies van die seekoei wees, want in 'n stadium was Kruiswijk die organisasie se grootste bron van inkomste, hoofsaaklik vanweë die reusebedrae wat hy op die Altman-veilings aan artefakte uit Wes-Afrika bestee het. Du Plooy is juis 'n kenner op daardie terrein.

'n Nog meer skrikwekkende gedagte is wat Kruiswijk sou doen as die polisie hom met die onwettige items betrap het. Sou hy die vinger na haar gewys het? Daar is by haar min twyfel dat hy op 'n manier sy gat sou probeer red het.

Die burner op haar lessenaar lui en sy raap dit op. Barnabas.

"Hallo, Clarissatjie," groet hy buitengewoon vrolik. Sy kan uit die agtergrondgeluide aflei hy is by 'n kuierplek.

"Waar's jy?"

"Ek en 'n paar van my manne hou paartie hier by die Las Vegas Lounge in Mitchells."

"Vier julle iets?"

"Jip, my manne het Matthysen vandag uit een van sy gate gaan grawe. Ons het toe by die scrapyard 'n end aan sy miserable lewe gemaak."

"Het hy erken hy het Ossie laat vermoor?"

"Nee, maar ek het geweet hy lieg. Nogal nie gedink hy is so tough nie. Ons het hom eers met stompies gebrand en toe het ek sy gevreet met my fists gerearrange, maar hy wou niks erken nie. Ek het hom toe met 'n kopskoot hel toe gestuur. Wou nie verder energy op hom mors nie."

'n Rilling rimpel deur Clarissa se lyf. Dank die Vader sy was nie daar om dit gade te slaan nie.

"Van môre af gaan ons full-time daaraan werk om vir Kasselman en sy partner ook early death certificates uit te reik."

"Is jy doodseker van daai skuif, Barnabas? Kan dit nie boemerang nie?"

"Relax, Clarissa. Soos ek altyd sê: Los die operational side van ons business in my capable hands. Ek gaan die scrapyard weer as my headquarters gebruik. Dit het goed gewerk met Matthysen. Van daar af kan ek my troops undisturbed manoeuvre."

Kassie, 'n glas Cream Soda in die hand, en Rooi met 'n Castle Lager in syne, sit by die kombuistafeltjie in hulle woonkwartier. Van agter 'n afskorting klink Lubbe se snorkgeluide luid op. Tredoux staan wag by die deur tot sy snorkende kollega hom iewers in die middernagtelike ure aflos. Kassie beskou daardie maatreël as onnodig, want Secure Services het ook twee mans wat snags die gebou se ingang bewaak.

Rooi beduie na die afskorting. "Die moer alleen weet hoe ons vannag 'n oog gaan toemaak met daai lawaai."

Kassie sug. "Dis die minste van ons probleme. Ek kan nog nie daaroor kom dat ons Kruiswijk-sending 'n mislukking was nie."

Rooi knik. "Ons het die outoppie onderskat. Toe hy die berig lees, het hy natuurlik daai spiertier van hom opdrag gegee om sy onwettige goed te gaan versteek." Hy kyk op asof hy 'n helder oomblik beleef. "Moet ons nie sy huis laat dophou nie? Volgens daai *Huisgenoot*-artikel hou hy mos nie daarvan om sy artefakte onder sy oë te laat uitgaan nie. Dink jy nie hy sal dit weer laat gaan haal nie?"

Kassie trek sy skouers op. "Your guess is as good as mine. Maar ek twyfel sterk. Dink nie hy sal dit waag om daai goed vinnig terug te kry nie." Hy sug. "Ons het buitendien nie die mannekrag om sy huis voltyds dop te hou nie."

Hy tokkel met sy vingers op die tafelblad. "Jy weet, Rooi, ons kruisig onsself nou so oor daai voortydige mediaverklaring, maar daar's 'n kans dat die nuus van ons lasbrief om sy huis te deursoek op 'n ander manier by hom uitgekom het. Hoeveel dosente het jy gebel voor jy by professor Johnson uitgekom het?"

"Net een. By 'n kollega van hom, 'n doktor Jennings, wat nadat sy my storie uitgeluister het, my na die professor deurgesit het." Hy frons. "Jy dink tog nie een van hulle kon Kruiswijk gewaarsku het nie? Ek het Kruiswijk buitendien nooit by die naam genoem nie, net gesê dis 'n groot versamelaar van Afrika-artefakte."

"Ons het ook nie vir Du Plooy gesê dis Kruiswijk nie. En hy het dadelik geweet na wie ons gaan, veral omdat ons verplig was om te sê dis op

Bredasdorp. Ons moet aanvaar dis algemene kennis onder die argeoloë dat Kruiswijk 'n groot versamelaar is – dalk die enigste een met Afrika-artefakte op so 'n skaal."

"Verdink jy húlle nou, Kassie?"

"Hoegenaamd nie, maar hulle kon dit aan hulle kollegas genoem het. Jy weet hoe vinnig stories kan versprei. Selfs Du Plooy kon dit vir van sy kollegas by die museum genoem het. Ek twyfel of Hilton met iemand sou praat, want sy sou verstaan het dis 'n vertroulike saak. Sy dien immers op liggame wat smokkelhandel wil stuit. Maar die ander is dalk naïef in daai opsig, wat kon veroorsaak het dat dit by die verkeerde ore uitkom."

"Wil jy hê ons moet daarop probeer ingaan?"

Kassie skud sy kop. "Nee, dit gaan onmoontlik wees. Mens weet mos nie onder hoeveel mense die storie versprei is nie. En niemand gaan erken dat hy of sy die verklikker was nie." Hy lag. "Ek noem dit net as 'n moont-likheid. Dit laat my darem beter voel oor die mediaverklaring."

Rooi vind dit nie snaaks nie. "Bliksis, Kassie, dit beteken in any case dat ons struggle om hierdie saak op te los, van môre af weer van flippen voor af begin. En dit nogal op 'n Saterdag, wat veronderstel is om 'n rusdag te wees."

"Korrek, adjudant. Daar staan nêrens geskryf dis maklik om 'n speurder te wees nie."

Hulle kyk gesteurd na die afskorting. Lubbe se snorkgeluide klink nou soos 'n lokomotief wat stoom afblaas.

65

Monica wag hurkend by die gat in die draad. Haar oë is stip gerig op die klein opening tussen die karwrakke, waar 'n gedeelte van die paadjie na die stoor sigbaar is.

Dit is 'n stomende warm oggend. Die sweet brand haar oë en dit word vererger deur die balaklawa wat styf oor haar gesig span. Sy merk die geringe bewing in haar hande. Doen sy die regte ding? Dit gaan 'n helse waagstuk wees as . . .

Dan verstar sy toe sy die dreuning van 'n voertuig se enjin hoor. Die swart minibus blits verby. Haar kommer dat die man dalk nie op 'n Saterdag gaan werk nie, was verniet. Sy kan nie bekostig om langer oor haar besluit te tob nie en klim deur die gat.

Die hope rommel aan die agterste donker sykant van die stoor, maak die pad amper onbegaanbaar. Sy trap skeef op 'n leë bottel en moet naarstig 'n oliedrom vasgryp om haar ewewig te behou. Sy moet kalm bly, dink sy. Sy dwing haarself om stadiger en versigtiger na die verste punt van die stoor te stap. Maak sy 'n lawaai, kan die man haar hoor.

Sy sluip gebukkend langs die smal voorkant van die gebou af. Sy sien die agterstewe van die minibus op die parkeerterrein. Haar hande is dom van die spanning en sy sukkel om die Glock met sy lang knaldemperloop uit die holster onder haar sweetpaktop te kry. Ná 'n gespook het sy dit in haar hand.

Haar kake voel stram toe sy om die hoek sluip. 'n Sinkplaat wat teen die muur staan, verberg haar uitsig op die deur, wat sy weet enkele meters van haar af is. Sy besluit om nog 'n rukkie te wag, totdat die man homself ingeburger het.

Sy verstyf toe sy 'n stem hoor. Luister dan fyn. Dit moet die man wees wat op sy selfoon praat.

Monica wag nog 'n minuut voor sy op die punte van haar tone om die sinkplaat stap.

Die deur is oop. Sy staan eers stil, terwyl die man steeds oor die foon praat. Dan loer sy versigtig in, haar hart wat wild bons.

Hy sit by die tafel, sy dik skof gekrom. Hoewel sy kop effe weggedraai is van waar sy staan, herken sy hom sonder die hoed en donkerbril van die foto's wat sy op die internet gesien het. Sy een elmboog rus op die tafelblad, die foon in daardie hand. Sy stem is grinterig. Met sy los hand skud hy 'n sigaret uit 'n pakkie, sit dit in sy mond en steek dit aan. Rook krul by 'n mondhoek uit terwyl hy praat.

"Bullet-hulle het laat weet nie een van die twee is by hulle woonstelle nie. Daarom sal hulle op kantoor wees. Hou hulle dop sodra hulle by die gebou uitry. Staan naby aan die parking garage se exit sodat jy by die kar kan inkyk. Kasselman sal 'n rooi windbreaker aan hê. Laat weet dan vir Errol om hulle te agtervolg," sê hy vir die persoon aan die ander kant van die lyn.

Monica besef sy kan hom nie op hierdie afstand probeer skiet nie. Met die knaldemper boet mens akkuraatheid in. Sy gaan net een kans kry en sy moet honderd persent seker maak dis 'n doodskoot. Sodra hy klaar gepraat het, sal sy ingaan. Sy wil nie hê die persoon met wie hy praat moet weet hy het iets oorgekom nie, want dan kan hy die wagte by die hek bel.

Die man sluit sy gesprek af, staan op en stap na die tafeltjie waarop die ketel staan. Sy rug is op haar gekeer. Monica gee 'n tree nader en lig haar pistool, van plan om hom op 'n afstand van twee meter in die agterkop te skiet.

Maar dan is daar die dreuning van 'n naderende voertuig. Haar spiere is momenteel verlam van die skok. Daar is geen manier waarop sy ongesiens terug om die hoek van die gebou sal kom nie. Die bestuurder sal haar dadelik sien.

Sy tree weg van die deur af en kyk verwilderd rond. As sy nou hardloop, is daar nog 'n geringe wegkomkans, flits dit deur haar brein. Die wrakke langs die paadjie na die sinkgeboutjie verberg die parkeerterrein gedeeltelik, maar sy sal die kans moet waag om oor 'n klein gedeelte van daardie area te hardloop en te hoop sy word nie gesien nie. Dit hang als af van hoe ver die aankomende voertuig is.

Monica maak haar reg om te hardloop, maar dis te laat. Die ligblou Toyota se neus verskyn om die draai. Sonder om te dink wriemel sy agter die sinkplaat teen die muur in. As sy op haar hurke sit, is daar 'n kans dat sy nie gesien sal word nie.

Sy hoor hoe die Toyota se deur toeklap, voetstappe wat nader kom.

Haar asem stoot hortend in haar keel op. Sy hou die Glock reg om te skiet as die aankomeling haar gewaar.

Die man is basies teenaan haar toe hy in die deur gaan staan. Sy gesig is sonverweerd, lang hare wat oor sy hempskraag krul.

"Moet ek nie gou vir ons by die keffie 'n paar meat pies gaan koop nie? Ek's vrek honger," sê hy.

"Bel een van die hekwagte om dit te doen," kom die grinterige stem uit die stoor. "Ek het nou net met Tiger gepraat . . ."

Die kêrel verdwyn by die stoor in.

Monica blaas stadig asem uit. Sy moet nóú hier wegkom. Sy kruip haastig agter die sinkplaat uit.

Net toe sy orent kom, hoor sy nog 'n voertuig aankom. Dalk meer as een.

Sy verspeel nie 'n oomblik nie en hardloop so vinnig soos haar bene haar kan dra oor die gedeelte van die parkeerterrein wat na die sinkgeboutjie se grondpaadjie lei. Om 'n blinde draai stamp sy haar heup teen 'n pyp wat tussen die rommel uitsteek. Sy kreun van die pyn maar hardloop volspoed voort, haar asem wat jaag.

Sy gaan staan hygend by die sinkgeboutjie terwyl haar bors wild dein. Spits haar ore. Niemand skree of praat hard nie, wat ten minste beteken hulle het haar nie gesien nie.

Monica maak die sinkgeboutjie se deur oop en sit haar pistool op die tafeltjie neer voor sy op die verfblik gaan sit. Met die een hand vrywend oor haar heup, pluk sy met die ander die versmorende balaklawa van haar kop af. Haar hare klou taai aan haar voorkop en wang.

Die magtelose woede wat in haar opwel, is oorweldigend. Sy is nie net kwaad oor haar swak oordeel om hierdie mal waagstuk aan te gepak het nie, maar ook oor die feit dat haar sending klaaglik misluk het.

★ ★ ★

Dolf hou die huis dop. Hy het Philander voor 'n venster sien verbystap, wat hom laat vermoed die man werk nou uit sy huis. Die kantoor wat hy volgens Barnabas se inligting in Rondebosch gehad het, is ontruim met 'n *Te Huur*-plakkaat teen die venster, soos Dolf gistermiddag uitgevind het.

Hy was gisteraand by die huis, maar daar was gaste by die Philanders en hy het geen ander keuse gehad as om vanoggend weer te kom nie. Dat dit 'n Saterdag is, het hom bekommer. Philander se vrou werk moontlik nie Saterdagoggende nie. Daardie vrees is gelukkig 'n halfuur gelede besweer toe sy in 'n swart Merc uit die motorhuis ry. Maar dit bly problematies om die pakkie by Philander te kry. Dolf kan nie die kans waag om dit in die posbus te druk nie, en wil dit nog minder oorhandig.

Hy oorweeg sy opsies. Ondanks Barnabas se vermaning dat hy nie die pakkies voortydig aan die mans moet oorhandig nie, móét hy dit vandag by Philander uitkry. In sy nota het hy gesê hy sal Philander deur die loop van Woensdag sy ry-instruksies laat kry.

Dolf kan dit nie waag om die pakkie eers Maandag of Dinsdag by hom uit te kry nie, want laasgenoemde is net 'n dag voor hy sy wegkomplan in werking stel. Philander kan aanvoer hy het tyd nodig om die kontant in die hande te kry en vir 'n dag of twee se uitstel vra. As hy nou die pakkie kry, gee dit hom oorgenoeg tyd om die kontantonttrekking te doen.

Dolf verstyf toe hy 'n beweging aan die sykant van die huis gewaar. Hy skreef sy oë om beter te kan sien. Die openinge in die plankheining is net breed genoeg om te kan uitmaak iemand is besig om wasgoed op te hang. Dit moet 'n huiswerker wees.

Hy klim uit die Volvo, trek die pet laer oor sy oë en stap na die heining. Hy moet op sy tone staan om bo-oor te kan sien. Die vrou, in 'n groen uniform, staan met haar rug na hom, besig om 'n laken oor die wasgoeddraad te gooi.

"Verskoon my," roep hy.

Sy kyk om, frons.

"Ek wil net 'n pakkie vir meneer Philander aflewer," sê hy.

Sy beduie met haar hand na die huis se voorkant. "Druk net die interkomknoppie by die voorhek, dan sal meneer Philander vir jou oopmaak."

"Ek is verskriklik haastig. Kan jy dit asseblief vir hom gee?"

Sy kom kopskuddend en brommend na die heining aangestap. Dolf moet sy arm strek om die pakkie aan te gee. "Dis dringend, hoor. Hy moet dit nóú kry," sê hy.

"Van wie kom dit?" wil sy weet.

"'n Vriend," sê Dolf, draai om en draf terug na die Volvo.

Hy sluit die enjin aan en trek met 'n spoed weg.

In die ry vee hy die sweet van sy voorkop af. Dis 'n verligting dat hierdie been van sy plan ten minste afgehandel is.

66

Tydens die uur wat hy en Rooi vanoggend voor die drukbord in hulle kantoor gestaan het, het Kassie die nuwe verwikkelinge daarop aangebring wat die laaste paar dae aan die lig gekom het:

Hoewel die Kruiswijk-sending 'n muis gebaar het, het sy leë uitstalkaste onteenseglik bewys hy het sy onwettige artefakte op 'n ander plek versteek.

Moerdyk se oproep het helderheid gebring oor twee sake. Eerstens maak dit nou sin dat Bertie Vermaak so baie betaal is vir die naamlys van die bekende Altman-gaste, want die geheuestafies is 'n kragtige afpersmiddel. Tweedens is "Arend" moontlik die noemnaam van die Altmans se huurmoordenaar. Sy vennoot is 'n vrou met blonde hare.

Ossie Williams, bendebaas en ook bekend in uitsmyterkringe, was saam met Steenberg betrokke by Delport se moord. Maar die moord op Williams is volgens die Mitchells Plain-polisie bendeverwant.

Kassie beskou weer die punte. "Weet nie of dit gaan help nie, maar my voorstel is ons gaan besoek vanoggend Williams se weduwee. Al was haar man se moord bendeverwant, kan sy ons dalk net 'n clue gee waarom hy en Steenberg kop in een mus was."

Rooi knik. "Ek het Williams se adres gekry – Rondevlei Park in Mitchells Plain."

"Raait, dan maak ons so. Ek moet net 'n draai gaan loop. Vanoggend al hopeloos te veel koffie gedrink. Bel jy solank vir Lubbe-hulle. Hoop die twee is al wakker, want toe ons uit die woonkwartier is, het hulle nog balke gesaag."

"Asof ek dit nie gehoor het nie! En hulle is kwansuis nie veronderstel om op een slag te slaap nie."

Kassie loop in die gang af na die manskleedkamer. Die vooruitsig van 'n besoek aan Williams se weduwee maak hom nie juis opgewonde nie. Karakters soos Williams bespreek gewoonlik nie hulle kriminele aktiwiteite met hulle wederhelftes nie. Maar dis die enigste bruikbare leidraad om nou op te volg. Al is dit onwaarskynlik, kan sy tog iets verklap wat hulle kan help. Hulle moet nou na elke strooihalm gryp.

Hy doen sy ding by die krippe en was sy hande. Sug. Om nou Mitchells Plain toe te ry, vasgevang tussen die pantserplate van Secure Services se oorlogskip, voel belaglik. Maar hy mag seker nie daaroor kla nie, want dit was immers sy voorstel om van hulle dienste gebruik te maak.

Rooi wag hom by die deur in. Sy kollega lyk buitengewoon tevrede met homself.

"Jy sal nie glo waarop ek nou afgekom het nie, Kassie!"

"Ek's die ene ore."

"Toe jy hier uit is, het ek die woord 'arend' op Netwerk24 se soekfunksie ingetik. En tussendeur berigte oor 'n witkruisarend wat 'n bobbejaan ge-skraap het en Rory McIlroy wat 'n arend op die laaste putjie behaal het om 'n gholftoernooi te wen, kom ek op 'n berig af van ene Arend Brockmann, wat 'n week of wat gelede in Bloemfontein vermoor is."

"Jy speel!"

"Nee, kaptein, dis nie 'n joke nie." Hy bestorm sy rekenaar en lees die berig van die skerm af – dat Arend Brockmann van Johannesburg in 'n bedding voor die President Hotel in Bloemfontein met 'n koeëlwond in die kop aangetref is. 'n Kaptein Rodney Conroy van die Parkweg-polisie is die ondersoekbeampte. Daar word gemeld daar is nog geen verdagtes nie.

"En luister hier," sê Rooi. "Meneer Brockmann het in 'n blou BMW met vervalste nommerplate gery." Hy glimlag breed. "Moerdyk het mos gesê hy't 'n blou BMW."

Kassie is ook nou opgewonde. "Dit móét die Arend wees na wie ons soek. Moerdyk het gesê Arend was veronderstel om hóm dood te maak. Mens kan dus aflei dat Arend vermoor is omdat hy nie daai opdrag uitge-voer het nie."

"Exactly. Dis presies wat ek dink."

"Het jy al vir Lubbe-hulle wakker gebel?" vra Kassie.

"Nog nie."

"Los dan eers, ons kan later vanoggend by Williams se huis 'n draai maak. Dis belangrik dat ek nou met Conroy praat."

Kassie bel die Parkweg-polisiestasie se nommer, wat Rooi reeds gereed gehad het. Hy is verlig om by die skakelbordoperateur te hoor Conroy is op 'n Saterdagoggend op kantoor.

Kassie stel hom voor en gee Conroy kortliks agtergrond oor waarom hy bel. Hy noem dat Brockmann moontlik 'n huurmoordenaar was en dat hy by Marinus Moerdyk se ontvoering betrokke was.

Conroy klink nie verbaas nie. "Jy weet, kaptein Kasselman, net gegrond op die goed wat ons in sy BMW gekry het, kan ek glo hy was 'n huurmoordenaar. In sy tas was twee ongelisensieerde pistole met knaldempers en verskeie vals ID-kaarte. Daar was ook 'n draadknipper en graaf in die BMW se bagasiebak. En sy foon is 'n burner met net 'n paar oproepe wat daarop gemaak is. Van die Moerdyk-ontvoering weet ek niks. Dit is nooit aangemeld nie." Hy bly 'n oomblik stil. "Hierdie hele storie is nog meer skokkend omdat Brockmann op sy tyd 'n highly-rated speurder in die SAPD in Johannesburg was."

Kassie is verras. "Hoe weet jy dit?"

"'n Oudkollega van my het my gebel ná die berig oor die moord in die media verskyn het. Hy het op sy tyd saam met Brockmann by die SAPD aan die Wes-Rand gewerk. Volgens hom was Brockmann 'n uitstekende speurder, maar hy het ongeveer agt jaar gelede by die SAPD bedank en toe sy eie private speurdiens begin. Nogal saam met 'n jong vroulike konstabel met wie hy 'n affair gehad het."

"Ons weet vir 'n feit dat 'n vrou saam met Brockmann betrokke was by die moorde op die Altmans en ook teenwoordig was toe Moerdyk ontvoer is," sê Kassie.

"Hy was glo in 'n vennootskap met ene Monica Wepener, maar ek het haar gebel. Sy beweer hulle is al ses jaar nie meer vennote nie en dat sy nie weet of Brockmann weer hulp ingekry het nie. As hy wel het, weet sy nie wie die vennoot is nie. Hoewel sy en Brockmann hulle verhouding verbreek het, was hulle nog goeie vriende. Ons het juis by haar uitgekom omdat sy Brockmann op die dag wat ons hom dood aangetref het, verskeie kere op sy burner gebel het."

"Dis vreemd dat sy niks van sy besigheid geweet het as hulle nog goeie vriende was nie. En selfs sy burner se nommer het."

"Dit het later ook nie vir my lekker sin gemaak nie. Ek het haar toe 'n paar keer weer gebel, maar sy beantwoord nie haar foon nie. Die algemene kantoornommer van Brockmann se speurdiens word ook nie beantwoord nie."

"Het jou oudkollega haar vir jou beskryf?"

Conroy lag. "Hy't net gesê sy is 'n sexy blondine. Dis al wat hy kan onthou."

Kassie vra hom om Wepener se selfoonnommer en Brockmann se kantoornommer vir hom te gee. "Ek gaan van my kant af ook 'n paar navrae doen."

"Laat weet as jy iets uitvind wat my kan help," sluit Conroy af.

Kassie druk dood en kyk na Rooi, wat na hulle gesprek geluister het. "Ek wil twee dinge uitvind. In watter selfoontorings se opvanggebiede het Wepener haar foon die afgelope maand gebruik? En in watter besigheid se naam is Brockmann se kantoornommer geregistreer?"

"Daai inligting sal ek vir ons Maandag kry, want die tegniese afdeling in Pretoria werk mos nie oor naweke nie."

Kassie knik. "Reg so." Hy tuur peinsend voor hom uit. "Iets sê vir my Monica Wepener het vir Conroy gelieg."

"Ek dink ook so. Die vrou wat saam met Brockmann by Moerdyk in Bloemfontein was, was ook blond."

"Presies."

Kassie staan op. "Raait, kom ons gaan skud daai twee slapende skoonhede in die woonkwartier wakker en vat die pad Mitchells Plain toe."

★ ★ ★

Clarissa is besig om middagete te berei toe haar burner lui.

Barnabas.

"Jy sal nie fokken glo wat ek jou nou gaan vertel nie, maar Kasselman-hulle word rondgery in 'n armoured vehicle," val hy weg sonder om te groet.

"Hoe weet jy dit?"

"Ek het manne wat hulle office in die city centre dophou. Kasselman-hulle het met 'n armoured vehicle by die parking garage uitgery. Hoewel Bullet nie by die vehicle kon insien nie, het ek vir hom gesê om dit te volg, net in case Kasselman daarin is. En ek was toe reg! Hulle het so wragtig na Ossie se huis gery. Kasselman het uitgeklim en die klokkie by die tuinhek gelui."

Dit ontstel Clarissa. "Wát het hulle by Ossie se huis gaan soek?"

"Die fok weet alleen. Ossie moes sy bleddie fingerprints iewers in Delport se huis gelos het, is al wat ek kan dink."

"Het hulle met Ossie se vrou gepraat?"

"Nope. Gelukkig is sy in die Paarl by haar family. Ek het vir haar gesê sy moet soontoe gaan, want dis nie beyond die Hairy Boys om revenge op haar te wil neem nie."

"Dit maak my senuweeagtig dat Kasselman-hulle van Ossie weet. Sê nou hulle kom by sy vrou in die Paarl uit? Jy het self gesê sy het nie baie breinselle nie."

"Dis 'n understatement. Ek dink nie sy het één fokken breinsel nie. Ossie het haar mos vir haar looks getrou. Maar moenie daaroor worry dat hulle by haar sal uitkom nie. Ek het 'n plan om Kasselman-hulle Maandag al te eliminate."

"Hoe gaan julle dit regkry as hulle in 'n gepantserde voertuig ry?"

Hy lag. "Die Deep Throats het in die past vier transito robberies successfully afgepull. Armoured vehicles skrik nie daai gang af nie."

67

Monica sluk twee Disprins af saam met haar eerste oggendkoffie in haar kamer by die gastehuis.

Dit voel of haar kop wil bars, wat nie 'n wonder is nie. Haar nagmerrie-ondervinding van gister by die skrootwerf, wat net nooit opgehou het nie, teister haar steeds. Sy moes tot middernag in die sinkgeboutjie skuil, want sy het toe eers die laaste voertuie hoor ry.

Nadat sy in die stikdonkerte sonder 'n flits terug na die gat in die draad gesukkel het, het sy daar uitgevind sy het haar pistool se knaldemper ie-wers langs die pad verloor. Omdat die lang pistoolloop haar gewoonlik in die sy druk, het sy die knaldemper losgeskroef. Sy het dit toe in haar sweet-pak se broeksak gedruk voor sy by die sinkgeboutjie uit is.

Noodgedwonge moes sy toe eers die flits in die kar gaan haal en die hele tog terug aanpak op soek daarna. Haar frustrasie het kookpunt bereik toe sy dit nie kon opspoor nie. Sy moes dit tussen die rommel aan die stoor se agterkant verloor het, het sy besef.

Sy het skielik nie meer omgegee nie. Buitendien het haar heup so gepyn waar sy dit teen die paal gekneus het, dat sy net by die gastehuis wou kom.

Sy het op haar bed uitgepass en tot agtuur vanoggend geslaap. Dadelik besluit dat sy nie vandag weer Soutrivier of na die skrootwerf in Kuils-rivier toe gaan nie. Al werk hulle moontlik op 'n Sondag, het sy haar be-geerte verloor om hulle dop te hou.

Monica weet nie of sy hierdie sending net moet los nie. Is dit regtig die moeite werd om haar lewe op die spel te plaas ter wille van wraak? En dit terwyl sy elke dag meer en meer geld uitgee?

Sy begin nou al van Williams se honderdduisend rand te gebruik om onder meer vir etes te betaal. Die sestigduisend vir die Moorcroft job het sy uitgegee op vliegkaartjies na Bloem en Kaapstad, die aankoop van die twee Glocks in dié stede, haar hotelverblyf en die motor se huur in Bloem, en nou weer die motorhuur en gastehuisverblyf in Kaapstad. Sy kan Wil-liams se geld baie beter aanwend deur haar nuwe besigheid daarmee te befonds. Sy het intussen aan 'n paar ander mense gedink wat goeie vennote sal uitmaak. Maar dan moet sy so spoedig moontlik in Johannesburg kom en van die fokken man by die skrootwerf vergeet.

Monica tel haar selfoon op om te kyk of sy vir vandag 'n plek op 'n Johannesburg-vlug kan kry.

★ ★ ★

Kassie staan voor die drukbord in die kantoor en bestudeer weer alles wat daarop vasgespeld is.

Nie dat hy enigsins lus is om op hierdie Sondagoggend met die saak te worstel nie, maar hy het maar uit hulle woonkwartier padgegee toe Torretjie en CJ daar aangekom het. Rooi het hom vroeër vanoggend met 'n breë glimlag ingelig dat Torretjie "sag" geword het, soos hy voorspel het. "Sy en CJ mis my geweldig en kom kuier 'n rukkie hier."

Lubbe en Tredoux het hulle ook verskoon om Rooi privaatheid te gee, en vir Kassie gesê hulle sal by die gebou se ingang rondhang totdat Torretjie en CJ weg is.

Kassie het Amalia uit die kantoor gebel, waarna hulle 'n halfuur gesels het. Sy is steeds bekommerd oor sy veiligheid, maar nadat hy haar breedvoerig van Secure Services se gepantserde voertuig en die ander veiligheidsmaatreëls vertel het, klink sy toe kalmer. "Ek is oor 'n week terug by die huis. Julle saak sal dan seker afgehandel wees? En dan kan ek jou sommer help om deeglik voor te berei vir jou onderhoud. Ek is ongelooflik opgewonde daaroor. Daai maatskappy wil jou met 'n seer hart hê."

Kassie het verkies om nie op laasgenoemde stelling kommentaar te lewer nie. Hy het wel teen sy beterwete gesê die kans is goed dat hulle dan klaar sal wees met die saak. Soos dit op die oomblik gaan, dink hy nie die einde is in sig nie.

Hy gaan sit met 'n sug agter sy rekenaar. Hy weet nie hoe hy vandag sy tyd gaan omkry nie. Hy is steeds teleurgesteld dat hulle nie gister Ossie Williams se vrou in die hande kon kry nie. Volgens 'n buurvrou is sy en die kinders al 'n paar dae gelede weg. Waarheen weet die buurvrou nie.

Kassie kyk weer na die drukbord en knik. Hoe meer hy nou daaroor gedink het, hoe sekerder is hy Edina Steenberg is 'n vals naam. Die feit dat hulle nie so 'n vrou via die internet kon opspoor nie, versterk daardie vermoede. Hy kan netsowel sy tyd daarmee sit en verwyl.

Hy tik *Dr Jennings, lecturer in archaeology* in op Google. Dis die dosent wat Rooi nou die dag eerste gebel het en wat hom toe na professor Johnson deurgesit het. Daar is 'n paar foto's van haar. Sy is 'n skraal, bebrilde vrou van in haar veertigs. Beslis nie Steenberg nie. Hy klik ook op die name van al die vroue wat saam met Johnson in die departement werk. Die enigste effens gesette vrou is een van die sekretaresses en sy is in haar twintigs.

Kassie weet hy mors sy tyd, maar hy tik tog *Dr Clarissa Hilton, archaeologist* in. Sy oë trek op skrefies toe hy op die eerste foto van haar afkom. Sy is moerse oorgewig. Drie ander foto's van haar bevestig dat sy oë hom nie bedrieg het nie. Dié vrou is uitsonderlik geset.

Hy beskou 'n foto van haar by 'n Netwerk24-berig wat sewe jaar gelede deur die omgewingsverslaggewer Sophia Vermeulen geskryf is, en handel oor die Thulamela-versameling wat toe pas uit die Skukuza-museum gesteel is. Kassie onthou Du Plooy het na dié voorval verwys toe hulle op pad Bredasdorp toe was.

In die eerste sin van die berig word Clarissa Hilton aangehaal:

"Die Thulamela-versameling wat nou uit die Skukuza-museum gesteel is, is net so belangrik in wêreldargeologie as dié van Toetankamen." Daar word verwys na haar passie om smokkelhandel in artefakte te stuit. Die talle internasionale argeologiese liggame waarop sy dien, *maak haar die voorste Suid-Afrikaanse kampvegter vir die stryd teen die wêreldwye toename in die plundering van erfenisskatte.*

Kassie skud sy kop. Hierdie vrou is beslis nie die misdadiger na wie hulle soek nie, al is sy so geset soos almal se beskrywings van Steenberg. Hy gaan die gedagte dat sy Steenberg kan wees, nie eens verder probeer ontgin nie.

Hy tuur voor hom uit. Hy wou dit al lankal doen, maar het nog nooit so ver gekom nie. Foto's van die Altman-broers was volop in die media toe die nuus van hulle verdwyning gebreek het. Maar daar moet tog ander foto's uit die twee se verlede wees. Uit die talle berigte oor hulle kon Kassie aflei hulle was gewilde gaste by al wat 'n sosiale geleentheid was. Sosiale foto's kan soms leidrade verskaf.

Hy ontdek 'n hele klomp sosiale foto's toe hy die tweeling se name op Google intik. Vyf jaar gelede, kort voor hulle ontvoering, verskyn hulle saam met twee kabinetsministers en dié se gades by 'n perdewedren in Kenilworth. Ses jaar gelede was hulle by 'n welsynsorganisasie se eeufeesviering, en in dieselfde jaar is hulle gaste by die Amerikaanse ambassadeurswoning ... Kassie se hoop dat die Altmans dalk saam met Kruiswijk en die vrou van wie Kathy Aldwin hulle vertel het op 'n foto gaan verskyn, word nie 'n werklikheid nie.

Nogtans gaan hy voort met sy soektog. Sy oë skeer elke keer vlugtig oor die name van mense wat saam met die Altmans op foto's is.

Hy klik op 'n foto wat agtien jaar gelede in die *Cape Argus* verskyn het. Dis 'n effens greinerige swart-en-wit foto en hy moet dit vergroot om die mense daarop beter te kan sien. Hy knip sy oë 'n paar keer om seker te maak hy kyk reg. Tussen die twee glimlaggende Altman-broers staan die gesette Hilton, aansienlik jonger as op die foto's waarop Kassie vroeër afgekom het, maar onteenseglik sy. Volgens die byskrif het Hilton, 'n lektor in argeologie, die Society of Amateur Archaeologists toegespreek. Die Altmans dien albei op die vereniging se bestuur.

Kan dit wees?

Kassie skud sy kop. Hy moenie nou op 'n wild goose chase wil gaan nie. Hilton was op haar dae 'n dosent, soos Du Plooy vertel het. En hy kan glo die Altmans het aan 'n vereniging van amateur-argeoloë behoort. Dit was immers hulle belangstellingsveld. Die feit dat die broers uitgesonder is om saam met Hilton op die foto te verskyn, sal bloot wees omdat hulle sulke bekendes was en nie noodwendig omdat hulle vriende van haar was nie. Hy moet niks meer daarin probeer lees nie.

Tog tik Kassie die vrou se naam op die Cape Peninsula Telephone Directory in. Daar is geen Hilton in Rondebosch nie, maar hy weet die Directory is nie altyd volledig nie.

Kassie maak 'n aantekening dat Rooi môre weer sy vriend Flippie by die munisipaliteit moet bel om Hilton se woonadres te kry. Dan moet Rooi ook uitvind watter voertuie in haar naam geregistreer is.

Hy snork liggies. Dit gaan tien teen een 'n mors van tyd wees. Daar is tog geen manier waarop iemand soos Hilton by bendebase en moorde betrokke sou raak nie.

★ ★ ★

Dolf is verlig toe hy 'n whatsapp van Philander op sy burner kry. Uit sy boodskap kan Dolf aflei hy is oorgretig om te betaal en dat hy geen begeerte het om sy seksuele afwykings aan die publiek te onthul nie.

Hy lees weer die whatsapp.

Wees verseker dat ek onder geen omstandighede die polisie of vriende by hierdie saak sal betrek nie. Ek sal die geld Woensdag in kontant gereed hê soos jy versoek het. Ek het my dagboek skoongemaak sodat ek dit kan aflewer wanneer dit jou ook al pas. Austin Philander

Dolf tik vir hom terug dat hy hom Woensdag deur die loop van die dag sal bel met sy ry-instruksies.

Vir Clarissa het hy gesê hy het weer 'n plek in Athlone gekry waar Philander die geld sal aflewer. Maar dié keer is dit by 'n baie verlate terrein, wat dit vir die polisie onmoontlik sal maak om ongesiens daar op te daag. Hy het ook 'n straatadres verskaf, wat gaan help om Barnabas-hulle van sy spoor af te gooi as hulle dalk onraad ruik en hom daar gaan soek.

Ná sy telefoongesprek vroeër vanoggend met Blum is hy tevrede dat alles volgens plan verloop. Blum het hom verseker hy sal die verslag Dinsdagaand voltooi en dat Dolf dit Woensdagoggend eerste ding kan kom oppik.

"Dis 'n belofte," het die ou man gesê en geskimp dat sy koffie-pods amper weer gedaan is.

68

Vanoggend het Rooi met 'n vaart weggespring. Hy het eers die tegniese afdeling in Pretoria opdrag gegee om te bepaal in watter selfoontorings se opvanggebied Monica Wepener haar foon die afgelope maand gebruik het. Hy het ook vinnig by 'n kontak uitgevind dat Brockmann se kantoornommer aan Brockmann & Wepener Private Speurdiens behoort.

"Óf hulle het nooit die naam verander nie, óf Wepener lieg dat sy hulle vennootskap verbreek het," sê Kassie.

Rooi het ook sy vriend Flippie gebel om uit te vind wat Clarissa Hilton se adres is. Dié sal terugkom na Rooi sodra sy Maandagvergadering verby is.

Kassie glimlag toe Rooi met wapperende baadjiepante uit die kantoor storm na Dan Piedt se kantoor toe. Rooi glo Piedt kan die stelsel baie vinniger as enigiemand anders bemeester om uit te vind watter voertuie in Hilton se naam geregistreer is. As sy kollega op 'n roll is, is daar geen keer aan hom nie.

Hoewel Kassie steeds nie dink Hilton is die ontwykende Steenberg nie, gaan hy met sy selfoon op haar internet-gesigsfoto's in en laai die een van sewe jaar gelede af. Hy whatsapp die foto vir Kathy Aldwin in Amerika met die vraag of dit nie dalk die vrou kan wees wat saam met hulle by die Altmans geëet het nie. Omdat dit hier nog vroegoggend is, verwag hy nie 'n antwoord van haar voor later vanmiddag nie.

Sy landlynfoon lui en hy raap die gehoorbuis op. Dis een van die generaal se telefoonoperateurs.

"Kaptein, hier was nou net 'n man op die lyn wat beweer hy weet waar Edina Steenberg skuil. Hy het jou selfoonnommer gevra en gesê hy sal 'n whatsapp vir jou stuur."

"Hoekom het jy hom nie na my deurgesit nie?"

"Hy was baie senuweeagtig en het in 'n fluisterstem gepraat, gesê hy is bang iemand hoor hom. Hy wil eerder 'n whatsapp vir jou stuur, want dis veiliger. Ek het toe jou nommer vir hom gegee."

"Het hy gesê wie hy is?"

"Ek het hom gevra, maar hy wou anoniem bly. Hy het gesê hy sal die whatsapp binne die volgende tien minute stuur."

Kassie verbreek die verbinding. Kan dít hulle groot deurbraak wees?

Hy kyk op toe Rooi by die kantoor inkom. Dié skud sy kop. "Hilton besit nie 'n Nissan Navara nie, net 'n Lexus-sedan. 'n ES, wat nogal 'n fancy en duur model is."

"Wel, ek dink ons mors ons tyd met Hilton. Dit wil voorkom of Edina Steenberg toe nie 'n vals naam is nie." Hy vertel Rooi van die man wat gebel het.

"Bliksis, Kassie, dit maak my móérse opgewonde!"

"Kom ons wag vir die whatsapp voor ons mekaar high-five."

Kassie staan op, stap uit op die balkon en vat-vat instinktief aan sy hemp se bosak, waar sy Lucky Strikes altyd was. Sy longe klap mos hande vir nikotien wanneer hy in spanning op iets moet wag.

Hy stap weer by die kantoor in toe sy selfoon biep. Rooi wag immers ook op die man se boodskap.

Kassie maak die boodskap oop en kyk na Rooi. "Laat ek vir jou lees wat die ou sê." Sy kollega spring skoon orent uit sy stoel.

"Edina Steenberg het ná die polisie se nuusverklaring verskyn het, gaan wegkruip op 'n plekkie duskant Grabouw. Haar plan is om môre George toe te ry, waar sy met 'n vliegtuig uit die land gaan probeer kom. As julle haar betyds wil kry, moet julle nou Grabouw toe gaan. Ek heg 'n pin aan van waar sy haar bevind. Naskrif: Ek stel my lewe in gevaar deur julle hierdie inligting te gee. Moet my asseblief nie op hierdie nommer bel nie."

"Shit," sê Rooi, "dit klink genuine, nè?"

Kassie knik. "Dis daai een uit 'n duisend boodskappe wat mens hoop jy met 'n mediaverklaring gaan kry." Hy kyk op sy horlosie. "Waarvoor wag ons? Bel vir Lubbe-hulle sodat ons die pad kan vat."

★ ★ ★

Hulle is oor Sir Lowryspas en draai 'n ent verder af op 'n grondpaadjie sowat 'n kilometer duskant Grabouw. Kassie was verras oor die spoed wat die gepantserde voertuig gehandhaaf het. Hulle sou die ongeveer vyf-en-sestig kilometer nie veel vinniger met 'n kar kon aflê nie.

"Volgens die aanwysings moet ons ses kilometer op dié paadjie bly voordat ons regs draai," sê Tredoux aan Lubbe, die bestuurder.

Dis 'n smal slingerpaadjie, wat aan die een kant begrens is met digte denneplantasies. Aan die ander kant is beboste terrein met lang gras.

"Ons is nou in die gramadoelas, manne," sê Rooi.

"Goeie wegkruipplek wat Steenberg gekies het. Dis ongerep en dit lyk of dié paadjie min besoekers sien," sê Kassie, wat in opdrag van Tredoux sy koeëlvaste baadjie aantrek. Rooi maak ook so, wat goed is. Hulle weet nie wat by hulle bestemming op hulle wag nie. Die brigadier wou nog reël dat 'n paar uniforms van die Middestad-polisie hulle vergesel, maar die stasiebevelvoerder het nie los hande beskikbaar gehad nie, en Kassie wou nie langer wag nie. "Met Lubbe en Tredoux aan ons sy behoort ons oukei te wees," het hy haar gerusgestel.

Lubbe ry stadig, want die geriffelde paadjie raak al hoe klipperiger. Hulle word so rondgeskud dat Kassie en Rooi aan hulle veiligheidsgordels moet vasklou.

Hulle nader 'n driffie waar die pad opsigtelik nog slegter raak.

Dan duik die linkerkant van die voertuig se neus skielik na onder, asof hulle in 'n gat gery het. Die voertuig wieg, kantel effe en ruk in 'n stofwolk tot stilstand. Lubbe verander naarstig ratte en trap die petrolpedaal plat. Die enjin dreun oorverdowend. Klippe kraak onder die beurende bande van die voertuig, maar hulle beweeg nie 'n sentimeter nie.

"Fokkit!" roep Lubbe uit.

"Slaggat?" vra Kassie.

Lubbe skud sy kop. "Nee, iemand het hier 'n gat gegrou. Ek het gewonder waarom lê daar takkies oor die pad gepak. Dit was om die bleddie gat te verberg."

"Ons sal moet uitklim en kyk hoe ons die ding gaan uitkry," sê Rooi.

Lubbe en Tredoux kyk betekenisvol na mekaar en skud hulle koppe in gelid.

"Nee, dit gaan ons nie doen nie. Dis die klassieke fout wat die securityouens maak wat geldwaens bestuur. Sodra jy uit die voertuig en in die oopte is, slaan die transitorowers toe," sê Lubbe.

"Maar hier's tog niemand in die omtrek nie," maak Rooi kapsie.

"Dalk nie geldrowers nie, maar heel moontlik iemand wat 'n hinderlaag vir ons gestel het."

'n Naarheid stoot in Kassie se keel op. Het hulle met oop oë in 'n bleddie hinderlaag van Steenberg gery? Die man wat die whatsapp gestuur het, moet hulle met opset hierheen gelok het om soos die PRIOR-speurders afgemaai te word. Hy hoop hy is verkeerd.

"Wat doen ons nou?" vra Rooi.

"Ons sal moet wag tot een van ons ondersteuningspanne opdaag," sê Tredoux, wat sy kop skud terwyl hy sy selfoon voor hom uithou. "In hierdie laagtetjie is daar geen ontvangs nie."

Kassie en Rooi kyk ook op hulle selfone. Tredoux is reg.

"Dan radio ek ons base camp," sê Lubbe, wat 'n paar knoppies op die paneelbord langs hom druk. Hy leun vooroor en praat hard. "Es-o-es, es-o-es. Eenheid vier het dringend support nodig."

'n Tydjie verloop voor 'n krakerige stem aan die ander kant oor die ingeboude luidspreker opklink. "Ons hoor jou hard en duidelik, eenheid vier."

Terwyl Lubbe die situasie skets en hulle ligging vir die operateur gee, tuur Kassie by die klein, koeëlvaste venstertjie langs hom uit. Hierdie beboste area is 'n ideale wegkruipplek, dink hy. Tog hoop hy Lubbe se gevolgtrekking is verkeerd. Dalk is dit net 'n gat wat deur stormreën veroorsaak is. Die takke is moontlik daaroor geplaas as waarskuwing vir mense wat gereeld die paadjie ry. Dié gebied het juis onlangs swaar reënneerslae gehad, het hy oor die radio gehoor.

"Ons ondersteuningspan is op pad," verklaar Lubbe.

"Ons sal net geduldig moet wag tot hulle hier is. Dit kan vyf-en-veertig minute neem as ons lucky is," voeg Tredoux by.

"As dit 'n hinderlaag is, kan ek nie verstaan waarom iemand nog nie te voorskyn gekom het nie," sê Kassie.

"Hulle wag dat ons uitklim," sê Lubbe, wat met 'n verkyker die omgewing betrag.

"Daar blink iets skuins agter daai groot groen bos!" roep Rooi uit en beduie met sy vinger.

Lubbe swaai sy verkyker soontoe. "Fokkit," prewel hy. "Lyk soos 'n bakkie."

Hy en Tredoux staan tegelykertyd uit hulle stoele op en stap met die twee trappies af in die ruimte waar Kassie-hulle sit. Lubbe maak die wapenkluis teen die oorkantste muur oop en hulle haal elkeen 'n masjiengeweer uit.

Hulle maak aan die beboste kant die skietgate oop waardeur die geweerlope net-net pas. 'n Entjie bo dié gate maak hulle soortgelyke klappe oop om daardeur te kan sien.

"Gaan julle op die bakkie skiet?" vra Kassie.

Lubbe skud sy kop. "Nope. Kan dit nie waag nie. Dalk is dit 'n onskuldige persoon se ryding. Maar ons hou daai area in die visier. Omdat ons uitsig nou beperk is, sal julle ons oë moet wees. Kaptein, sal jy aan hierdie kant by die venster uitkyk? En jy aan die ander kant, adjudant."

Rooi skuif dadelik oor na die venstertjie aan die denneplantasies se kant.

'n Gespanne stilte hang in die voertuig se binneruim. Kassie verbeel hom hy kan sy hart hoor klop.

Die minute draal verby. Niemand praat nie. Lubbe en Tredoux staan soos standbeelde gereed by die skietgate en Rooi tuur uit na die denneplantasie.

Die halfuur wat verbygaan, voel na 'n ewigheid.

Dan sien Kassie 'n beweging in die lang gras. 'n Figuur, balaklawa op die kop, verrys uit die gras, geweer in die hand. Skuins agter hom kom nog 'n figuur te voorskyn.

En nog een . . . en nog een.

69

Clarissa sit gespanne en wag in haar studeerkamer. Seker nog te vroeg om 'n oproep van Barnabas te kry, want die speurders het 'n hele ent om te ry.

Sy voel ongemaklik oor hierdie plan. Hoekom haar vals naam as lokaas gebruik? Kon Barnabas nie iets anders opgedis het nie? En wat doen hulle as Barnabas se plan backfire en sy bendetroepe is onsuksesvol?

Dan gaan die soektog na haar verskerp word.

'n Vraag wat al hoe meer in haar gedagtes opkom, is of sy Barnabas kan vertrou as die vuur na sy kant begin uitkring. As hy in boeie geslaan word, gaan hy nie stilbly nie. Hy sal sing om sy eie gat te red. Daar is by haar min twyfel dat sy dan die slegste daarvan gaan afkom.

As sy nou terugdink, was sy naïef om Barnabas die afgelope agtien jaar met als in haar lewe te vertrou. Dit terwyl sy baie vrae oor hom het. Met sy alewige hoed op die kop, donkerbril en serp wat sy ken bedek, kan sy nie eens 'n raak beskrywing van hom gee nie.

Toe hy agtien jaar gelede so onverwags by haar kantoor by die universiteit ingestap het met 'n tas vol artefakte, het hy hom voorgestel as Roger Lavender. Maar net 'n paar weke later het hy by die Altmans gesê hy is Omar Lavender. En Ossie Williams, sy vriend van skooldae af, het eenkeer in 'n onbewaakte oomblik na hom as Ricky verwys. Sy kon op die internet geen spoor van 'n Roger, Omar of Ricky Lavender vind nie.

Sy was altyd redelik seker sy van is wel Lavender, na aanleiding van sy familiebande met die Lavender Group wat hulle geld was, maar deesdae twyfel sy ook daaroor.

Hy het ook nog altyd vaag gebly oor sy "ander werk". Vir haar en die Altmans gesê hy werk in "regeringskringe", maar nooit daarop uitgebrei nie. Hy het baiekeer sy sogenaamde werk as 'n verskoning gebruik om nie betrokke te raak by sekere operasies nie. Soos die moord op Vermaak. En toe sy die opdrag kry om na Delport op Ashton toe te gaan, was sy verskoning dat hy Delport "uiteraard" nie kan ondervra nie. Dis 'n stelling wat steeds nie vir haar sin maak nie.

Sy is oortuig daarvan dat daardie "werk in regeringskringe" 'n verdigsel is. Geen staatsinstelling sal iemand die vryheid gee om so baie van die werk af weg te bly nie. Sedert Ossie se moord is Barnabas permanent by die skrootwerf.

Trek die polisie haar vas, is hy nog redelik veilig. Dit gaan vir haar onmoontlik wees om sy ware identiteit te verklap.

Sy glimlag. Haar troefkaart is die Leeumens. Solank die beeld veilig in haar instapkluis toegesluit is, sal hy nie háár identiteit verklap nie. Daarvoor is hy te geldgierig.

★ ★ ★

"Fokkit, hulle het AK's!" skree Lubbe.

Sy en Tredoux se masjiengewere knetter gelyktydig.

Die voorste aanvaller slaan soos 'n afgekapte boom neer. Sy makkers duik vir skuiling, maar brand op die voertuig los pas nadat hulle die grond slaan.

Koeëls tref die bakwerk met skerp klapgeluide. Een koeël wat die venstertjie aan Kassie se kant tref en wegkaats, laat hom instinktief koes. Dit los 'n fyn krakie in die koeëlvaste glas. "Goeie wetter!" roep hy uit.

"Bliksis, dis soos 'n donnerse oorlog!" skree Rooi.

Lubbe en Tredoux se masjiengewere dreun voort. Stofwolkies slaan uit waar hulle koeëls in die grond vasslaan.

"Hou julle oë oop!" skree Tredoux vir Kassie-hulle. "Ons kan net 'n gedeelte van die veld sien."

Die aanvallers moet dit besef het, want hulle verskyn nou uit 'n ander aanvalshoek vanuit die ruigtes. Een slinger iets na die voertuig. 'n Ontploffing skud die gepantserde wa.

"Hierdie is scary shit!" laat Rooi van hom hoor.

Lubbe verlaat sy posisie om by die vooruit uit te kyk. "Hulle gooi petrolbomme!" skree hy vir Tredoux terwyl die voertuig weer skud toe nog 'n bom tref. En aan Kassie-hulle: "Moenie worry nie, die voertuig is brandbestand."

Dit laat Kassie allermins ontspan. Sy maag is op 'n knop getrek. Hy kan aan Rooi se gesigsuitdrukking sien dat hy ook kwaai gerattle is.

Een van die aanvallers wat buite Tredoux se visier is, storm al skietende op die voertuig af. Hy ruk aan die deur aan die passasierskant.

Kassie en Rooi pluk instinktief hulle Berettas uit hul skedes.

"Hy sal dit nie oopkry nie," stel Lubbe hulle gerus, maar Kassie kan sien hy is nie meer so kalm soos enkele oomblikke gelede nie.

Lubbe staan besluiteloos rond, skree dan vir Tredoux: "Daar is nou geen ander uitweg as om die dakluik oop te maak nie. Dis al manier hoe mens in alle rigtings kan sien en skiet."

"Dis 'n bleddie high-risk option!" skee sy kollega terug.

"Ons kan tog nie hier binne sit en wag totdat hulle die wa omkeer nie. Dán is ons gefok. Hier is 'n helse lot van hulle."

Uit 'n kas teen die muur haal hy 'n helm, sit dit op en trek 'n deursigtige skerm af om sy gesig te beskerm. Tredoux, wat sy posisie by die skietgat verlaat, strek om 'n leertjie wat aan die dak vas is, beet te kry en af te trek sodat sy kollega na die luik kan opklim.

Kassie sien hoe 'n ses stuks mans op hulle knieë afsak en hulle AK's op die voertuig rig. 'n Paar ander verskyn agter hulle uit die lang gras en kom reguit na die voertuig aangehardloop. Een klouter teen die voorkant uit om op die dak te kom.

Lubbe verspeel nie 'n sekonde nie. Hy maak die dakluik oop en skiet. Verskeie skote knetter uit sy masjiengeweer. Die man op die dak tuimel na benede. Kruitdampe vul die voertuig se binneruim.

Alle hel brand los soos die aanvallers nou op Lubbe skiet. Sy kop en arms moet vir hulle sigbaar wees. Hy antwoord met sy eie masjiengeweervuur, maar duik ná 'n rukkie na veiligheid en maak die luik vinnig toe. "Hulle is te veel en skiet van alle kante," hyg hy toe hy die skerm voor sy gesig opskuif. Sy hand bloei.

"Jy's raakgeskiet!" roep Rooi uit.

"Net skrams. Niks ernstig nie," sê hy en hardloop na die skietgat.

"Shit, vanuit hierdie hoek sien mens boggherol. Hulle is nou teenaan die voertuig."

"Hulle gaan ons omkeer," sê Tredoux, en dis die eerste keer dat Kassie paniek in een van hulle se stemme hoor.

Kassie voel hoe die voertuig begin wieg. Omdat die linkervoorwiel in die diep gat is, begin dit na daardie kant kantel. Net 'n kwessie van tyd voor die voertuig op sy sy lê en dan is hulle, in Lubbe se woorde, gefok.

Dan hoor Kassie geweervuur uit 'n ander rigting. Drie van die knielendes langs die voertuig hardloop om skuiling te vind, maar word op 'n ry afgemaai.

"Ons support team is hier!" jil Lubbe en klim weer teen die leertjie uit. Hy maak die luik oop en begin skiet.

Die aanvallers hardloop verwilderd weg. Nog twee byt in die stof, maar die res verdwyn agter die groot bos na waar die bakkie staan.

Hulle hoor hoe Lubbe vir die ondersteuningspan skree: "Daar's twee bakkies wat weggetrek het! Agtervolg die fokkers!"

'n Gepantserde voertuig, heelwat kleiner en meer vaartbelyn as die een waarin Kassie-hulle is, kom brullend verby hulle gejaag. Hulle ry deur die drif en verdwyn om 'n draai.

"Shit, hoekom stop hulle?" hoor hulle Lubbe se stem, wat nou op die dak staan.

"Skree hulle moet die donners agtervolg!" beveel Kassie.

Lubbe maak so. Ná 'n rukkie klim hy kopskuddend terug in die voertuig. "Ons support team moes die een of ander hindernis gestrike het. Hulle is op pad terug."

Lubbe maak die deur oop, klim uit en stap die ondersteuningspan se voertuig tegemoet.

Kassie tel sewe lyke wat in die veld en oor die pad gestrooi lê.

Sy liggaam is nog snaarstyf. Hy kan nie glo hierdie spul het hulle helder oordag probeer oorval en doodmaak nie. Hy skud sy kop en kyk na Rooi. "As booswigte speurders begin jag . . ."

"Dan is dit donners nag," voltooi Rooi sy sin.

70

Net die manier waarop Barnabas haar groet toe sy die burner beantwoord, vertel Clarissa iets het lelik skeefgeloop.

"Dit was 'n totale fokop. Sewe van my manne is vrekgeskiet en een erg gewond. En Kasselman en Els is untouched," tier hy.

"Het jou ander manne weggekom?"

"Ja, maar hulle sal nou eers 'n ruk lank by 'n pel van my in Hawston moet laaglê. Hulle weet nie of Kasselman-hulle se armed forces hulle bakkies se number plates gekry het toe hulle weggejaag het nie."

"Wat het verkeerd geloop?"

"Bullet het laat weet Kasselman-hulle het nie uit hulle armoured vehicle geklim nadat hulle in die gat gery het nie. Toe hy my 'n halfuur later bel om te sê hulle sit nog safe and sound daarin, het ek gesê hulle moet die vehicle gaan omkeer. Dis al hoe hulle sou inkom. Dit was toe 'n fokop, want net toe hulle die vehicle amper op sy sy gehad het, toe kom daar 'n support team van Kasselman-hulle aan, wat toe sewe soorte kak uit Bullet-hulle skiet."

"Wat gaan jy nou doen?"

"Wag totdat die manne terugkom. Dan sal ons regroup. Ons sal wel aan iets dink, maar ek kan nou boggherol doen. Net ek, Paulse en Errol is hier. En ek het vir Errol opdrag gegee om 'n oog op Dolf te hou wanneer hy Philander se pitte gaan haal. Ek neem aan hy gaan dit môre doen?"

"Nee, hy het pas vir my kom sê hy sal dit eers Woensdag deur die loop van die dag kan afhaal. Philander sukkel glo om die geld in cash te kry, maar hy het Dolf verseker hy sal dit Woensdag hê."

"Shit . . . Seker maar reg so. Dis net 'n dag langer om te wag."

"Hoekom hou Errol nou vir Dolf dop? Ek was onder die indruk julle het opgehou daarmee."

"Bruinders het in die selle vir Snoepie 'n note gegee, wat Snoepie toe vir my gebring het. Bruinders het geskryf iets suspicious het hom bygeval van toe hy Dolf in die early days dopgehou het. Dit was toe Dolf nog in die northern suburbs na pay points gesoek het."

"Wat was suspicious?"

"Don't you worry about that. Dalk is dit niks. Ek speel maar net safe. Maar important is dat jy fokol vir Dolf sê."

Sy sug. "Ek sal niks sê nie, maar ek is bevrees Errol gaan sy tyd mors."

"Not your concern, Clarissa."

Toe sy die verbinding verbreek, skud sy haar kop. Waarom Barnabas soms so geheimsinnig moet wees, gaan haar verstand te bowe. Dis een van die redes waarom sy hom nooit ten volle sal vertrou nie.

★ ★ ★

Kassie-hulle ry in die skemer terug Kaap toe. Dit het 'n ewigheid gevat om die gepantserde voertuig met 'n nabye boer se trekker uit die gat te sleep. Buiten vir die paar duikies in die bakwerk, is die voertuig nog ongeskonde.

Hulle moes daarna eers verklarings by Grabouw se polisiestasie gaan aflê. Gelukkig het die bevelvoerder daar gereël dat die lyke weggery word, anders moes Kassie-hulle nog langer op die toneel vertoef.

Met die ondersteuningspan kort op hulle hakke terug Kaap toe, is Kassie nie bekommerd oor nog 'n aanval nie. Daai bakkies het blykbaar vir die eerste span gat skoongemaak. 'n Moerse klomp rotse in die pad het die ondersteuningspan verhoed om hulle te agtervolg, maar die konsensus onder almal was dat hulle so ver moontlik van Grabouw sou wou wegkom. Die Grabouw-polisie is op die uitkyk vir hulle, maar die aanvallers het 'n groot voorsprong gehad. Boonop was die ondersteuningspan nie eens seker van die dubbelkajuitbakkies se fabrikate nie en kon hulle nie die nommerplate sien nie.

Hy glimlag. Die brigadier het so oorreageer toe hy haar bel, dat sy wou hê hulle moet daar wag totdat twee patrollievoertuie van die Middestad-polisie hulle terug kan "begelei". Hy moes mooi verduidelik om die brigadier, wat uiters geskok was oor die aanval op hulle, van dié voorstel te laat afsien.

"Bliksis, Kassie!" onderbreek Rooi sy gedagtes.

"Wat's fout?"

"Niks is fout nie, maar ek het nou eers na my whatsapps gekyk. Flippie het laat weet Clarissa Hilton bly in Rondebosch, net een blok van die Riverside Mall af!"

"Hel, nè?" Dit laat Kassie sy selfoon uit sy sak grawe. Hy het met een oog gesien hy het ook 'n whatsapp gekry, maar het nie toe daaraan aandag gegee nie.

Sy hart mis 'n slag toe hy sien Kathy Aldwin het gereageer op die foto van Hilton wat hy vir haar gestuur het. Hy maak die boodskap oop.

Captain, although I thought I wouldn't be able to recall the face of the woman I dined with at the Altmans, I recognized her immediately in the photo you sent me. It is undeniably her.

71

Gister se Grabouw-aanval het Kassie net meer vasbeslote gemaak om hierdie saak so spoedig moontlik op te los. Hy is wel verlig dat die aanval uit die media gehou is, anders het Amalia die aapstuipe gekry. Hy vermoed sy sou daarop aangedring het dat hy dadelik bedank.

Vroegoggend moes hy die drang onderdruk om al op Clarissa Hilton se huis te gaan toeslaan, want hy het geweet daar sal van hulle verwag word om eers deeglik hul voorbereiding te doen.

Die brigadier was bekommerd dat dit lelik in die Spookeenheid se gesigte kan ontplof as dit blyk dié bekende en hoogaangeskrewe argeoloog is nié die meesterbrein agter hierdie spul nie. Sy het aangevoer Kathy Aldwin kon 'n oordeelsfout gemaak het met die foto en dalk woon Hilton net toevallig naby die Riverside Mall. Mens kan daardie moontlikheid, al is dit onwaarskynlik, nie ignoreer nie, het generaal Radeba beaam toe die brigadier hom gebel het.

Kassie en Rooi is nege-en-negentig persent seker Hilton en Steenberg is dieselfde mens, maar hulle moet die generaal en brigadier se bedenkinge aanvaar. 'n Voorvereiste is om Hilton se bankrekords te kry, het die generaal gesê. Daaruit, glo hy, sal Kassie-hulle genoegsame afleidings kan maak, wat 'n lasbrief vir die deursoeking van haar huis en haar ondervraging as 'n verdagte sal regverdig.

Daarmee saam sal die ander gegewens wat hulle reeds het, dan deurslaggewend wees: Kathy Aldwin se bevestiging dat Hilton die vrou by die Altman-ete was, wat haarself as Edina voorgestel het; Aldwin en Bertie Vermaak se vriend Mike Loubser se verwysing na Steenberg se gesetheid; die tuinier wat gesien het 'n gesette vrou verlaat saam met Ossie Williams die huis van Ernst Delport op Ashton; Brian Coetzee van die konstruksiemafia wat gesê het Claus Oelofsen het in Rondebosch vir 'n Steenberg gewerk wat iets met "antieke goeters" te doen gehad het; Oelofsen se betrokkenheid by die PRIOR-speurder Danny Jacobs se dood; en Betta Weyers se verwysing na Oelofsen se versoek dat haar man, Bill, sy dwelms by die Riverside Mall se poskantoor moes kry omdat dit naby aan sy werkplek was.

En as hulle Hilton op 'n manier met die blou Nissan Navara asook De-wald Calitz se afpersing kan verbind, het hulle die stryd finaal gewen.

Veral Rooi was in die wolke toe hy hoor die generaal het die hoof van die Kaapstadse handelstak opdrag gegee om Hilton se bankbesonderhede ASAP te kry. Dit sou Rooi 'n ewigheid geneem het om eers 'n verklaring by die hof af te lê en dan 'n 205-vorm in te vul vir magtiging by die bank om haar besonderhede te kry. Wat die proses verder sou uitrek, is dat Rooi nie weet by watter bank Hilton 'n kliënt is nie. Volgens die generaal het die handelstak kortpaaie om daardie inligting te bekom, veral as dit 'n priori-teitsaak is. Hy het voorspel Kassie-hulle sal die bankbesonderhede vandag nog kry, soos hy die handelstak versoek het.

Intussen het die brigadier op haar beurt aangebied om die Hilton-lasbrief te gaan kry. Haar goeie verhouding met 'n hele paar landdroste maak dit veel makliker as vir Kassie, wat al 'n paar stelle met van hulle afgetrap het.

As als volgens plan verloop en die handelstak so vinnig is soos die gene-raal beweer, kan Kassie-hulle al môre deur die loop van die dag op Hilton se huis toeslaan.

Nou kyk Kassie weer deur die aantekeninge wat hy gisteraand vlugtig in hulle woonkwartier gemaak het.

"Nou weet ons ten minste wie Kruiswijk gewaarsku het om sy onwet-tige artefakte weg te steek. En jy weet, Rooi, as mens mooi daaroor dink, is Hilton die ideale persoon om met onwettige artefakte handel te dryf. Sy het die wêreld se kennis daarvan en word gereeld deur die talle teen-stropingsliggame waarop sy dien, gevoer met eersterangse inligting oor gesteelde of gestroopte artefakte. Sy kan haar vinger oral op die pols hou sonder om 'n oomblik se agterdog te wek."

Rooi knik. "Sy is beslis die meesterbrein, maar moet baie handlangers hê – middelmanne, helpers en gretige kopers soos Kruiswijk."

"Jy's reg. Dit moet 'n omvangryke netwerk wees, wat ons hopelik môre stelselmatig kan begin blootlê."

Rooi vryf sy hande geesdriftig teen mekaar, 'n breë glimlag op sy gesig. "Hel, Kassie, ek sien uit na môre!"

* * *

Monica teug aan 'n glas vrugtesap in haar kamer. Sy is nou bly sy kon nie gisteraand 'n vlug Johannesburg toe kry nie.

Vanoggend het iets haar bygeval waarvan sy heeltemal vergeet het. 'n Jaar gelede het Piet Breedt, 'n oudpolisiekollega van haar en Arend, hulle gekontak om te hoor of hulle nie vir hom werk by hul private speurdiens het nie. Hy was in daardie stadium werkloos ná hy 'n maand vantevore uit die tronk vrygelaat is.

In die tyd wat Breedt saam met Arend en Monica by die Wes-Randse polisie gewerk het, het hy twee vermeende misdadigers doodgeskiet wat hy geglo het die baasbreine van 'n huisroofsindikaat was. Dit het lelik ge- boemerang toe dit bekend word dat die twee mans ongewapen was en dus nie Breedt se lewe bedreig het nie. Breedt was juis bekend daarvoor dat hy 'n vinnige snellervinger het. Ná 'n uitgerekte hofsaak is hy gevangenisstraf opgelê.

Toe hy 'n jaar gelede bel, het Arend en Monica saamgestem hy sou baie geskik vir hulle soort werk wees. Hulle kon egter nie toe bekostig om 'n werknemer aan te stel nie.

Monica, wat gisteraand lank in die bed gestoei het met planne vir haar nuwe speurdiens, was bly sy het van Breedt onthou. Sy het nog sy nom- mer op haar kontaklys gehad en hom gebel. Hy was uit sy vel van opge- wondenheid oor die moontlikheid om saam met haar te werk. Hy was bitter ongelukkig by die korttermynversekeraar by wie hy nou werk en wou dadelik weet hoe gou hulle oor die details van so 'n vennootskap kan gesels. Hy het gesê hy is nou op 'n opleidingskursus in die Kaap, maar sal Vrydag terug in Johannesburg wees. Toe hy hoor Monica is ook in die Kaap, het hy gesê hulle moet Donderdagmiddag ontmoet, want sy kursus loop daardie oggend ten einde. Ondanks die feit dat dit vir Monica nog 'n paar dae in die Kaap beteken, het sy ingestem. Hoe gouer sy met hom gesels, hoe beter.

Sy sal haar tyd tot Donderdag verwyl deur te gaan fliek en haarself by 'n paar restaurante te trakteer. Ná die hel waardeur sy is, mag sy maar nog 'n paar rand uitgee.

Monica staan op om haar glas te gaan hervul. Sy swets binnensmonds. As sy net hierdie alewige skuldgevoel oor Arend eens en vir altyd kan afskud. Dis tog 'n bleddie hoofstuk in haar lewe wat verby is.

★ ★ ★

Om vieruur word Clarissa Hilton se bankrekords by Kassie-hulle afgelewer. Ondanks die generaal se versekering van die handelstak se spoed, is hulle tog verras dat die gegewens so gou beskikbaar is.

Die generaal was reg. Hilton se bankbesonderhede lyk uiters verdag. Sy kry gereeld reuse-inbetalings, insluitend soms meer as driehonderdduisend rand van 'n sekere Lavender Group. Dan plaas sy 'n groot deel van dié geld oor in 'n Switserse bankrekening wat aan 'n J.D. Stirling behoort. Die handelstak het in 'n addendum 'n inskrywing gemaak dat die Lavender Group 'n maatskappy is wat 'n klerewassery, motoronderdele-onderneming en vier haarsalonne in Soutrivier bedryf. Peter, Wilfred en Terence Lavender is die direkteure. Nie een het 'n kriminele rekord nie en die maatskappy ontvang gereeld skoon oudits. Die handelstak het geen inligting oor J.D. Stirling nie.

"Hoekom sal hierdie Lavender Group soveel geld vir haar inbetaal? En dit elke twee, drie maande?" vra Rooi.

"Dit maak glad nie sin nie. En as jy my vra, is daardie J.D. Stirling óf 'n vals naam van Hilton óf een van haar handlangers wat die geld uit die Switserse rekening in 'n ander rekening van haar deponeer."

Kassie bel die brigadier en gee haar terugvoering oor die bankbesonderhede.

"Beslis 'n geldige rede om haar te ondervra en 'n lasbrief vir die deursoeking van haar huis te kry," sê sy. "Môreoggend eerste ding kry ek die lasbrief vir julle."

Kassie is effens teleurgesteld dat sy dit nie vandag voor tjailatyd probeer kry nie, maar môreoggend is seker maar reg.

Hy wonder met wie Rooi so ernstig oor die foon praat. Toe sy kollega klaar met sy gesprek is, kyk hy na Kassie. "Die tegniese afdeling in Pretoria het teruggekom oor Monica Wepener. Haar foon was die afgelope tien

329

dae aktief in Bloemfontein en Kaapstad. Sy het vanoggend weer 'n oproep gemaak in Maitland se opvanggebied."

Kassie tel sy foon se gehoorbuis op. "Dan beter ek vir Conroy in Bloemfontein bel. Dit sal my pas as hy op haar spoor bly, want in dié stadium het ons nie tyd om haar te probeer vastrek nie."

Conroy klink opgewonde wanneer Kassie hom kortliks inlig oor Wepener se bewegings. "Dan klop dit met ons bevinding dat sy wel in Bloemfontein was. Ons het 'n foto van haar opgespoor toe sy nog by die Wes-Randse polisie gewerk het. 'n Vrou by die ontvangstoonbank van die hotel waar Brockmann gebly het, het gesê sy is amper honderd persent seker die vrou op die foto het met Brockmann 'n kamer gedeel. Hulle het as 'n egpaar by die hotel ingeboek onder die name David en Mary White. 'n Vals ID van David White is in Brockmann se tas gekry. En ons navrae by lugrederye dui daarop dat Mary White net voor Brockmann se dood Johannesburg toe gevlieg het. Sy was egter ná 'n paar dae terug in Bloemfontein en het kort daarna Kaapstad toe gevlieg. Ons is nou besig om hotelle in die Kaap te kontak om te probeer vasstel waar sy bly."

"Gaan julle die saak dan verder ondersoek?" vra Kassie.

"Beslis. Ons het intussen met Marinus Moerdyk se lewensmaat, Danie Zylstra, gepraat. Hy is terug by sy kleinhoewe. Hy het vir ons die storie van Moerdyk se ontvoering vertel, wat ooreenstem met die weergawe wat Moerdyk julle vertel het. Ons bevelvoerder voel dis 'n saak vir die Parkweg-polisie en hy het ons die groen lig gegee om Kaapstad toe te vlieg as ons die hotel of gastehuis kan kry waar sy tuisgaan."

"Sy was vanoggend nog aktief op haar foon in Maitland se selfoontoringgebied. Bel hotelle en gastehuise in daardie area."

"Thanks, kaptein. Dit help baie!"

Toe Kassie aflui, vertel hy Rooi vlugtig wat Conroy gesê het. "Beter dat ons dit nie nou al vir die brigadier noem nie. Dit gaan net haar aandag van Hilton se lasbrief aflei. Jy weet hoe sy is. Sy kan dalk besluit dis belangriker om eers een van die Altmans se huurmoordenaars vas te trek as om op Hilton toe te slaan."

"Ek stem saam. Beter om die hoofindoena agter tralies te kry, voor ons worry oor die ander kriminele in die saak."

72

Dolf is agtuur vanoggend by Blum. Hy is gespanne, maar terselfdertyd opgewonde. Hy gaan vandag uiteindelik beloon word vir sy sorgvuldige beplanning van die afgelope weke.

Hy het weer vir die ou kêrel koffie-pods gebring, wat hom van oor tot oor laat glimlag. Blum maak eers vir hulle koffie terwyl Dolf in sy deurmekaar laboratorium op hom wag. Dit gee hom kans om Blum se simkaart uit sy foon te verwyder.

Toe hulle klaar koffie gedrink het, sê Blum hy gaan die verslag haal. Sy finale bevinding is eerstens dat die Leeumens onteenseglik deur dieselfde beeldhouer met 'n vuursteenmes uit mammoetivoor gekerf is as die een in die Ulm-museum. En tweedens stem die sediment en grond wat aan die beeld geklou het, honderd persent ooreen met die samestelling van die aardlae van die grot waaruit die eerste Leeumens gegrawe is. Dit is dus ongetwyfeld tussen vyf-en-dertigduisend en veertigduisend jaar oud.

Dolf oorhandig die pakkie met vyf-en-twintigduisend rand daarin aan Blum, soos Clarissa met die ou man ooreengekom het. "Dit is met Clarissa se komplimente. Sy het dit al 'n ruk gelede vir my gegee, vir as jy dalk vroeër met die verslag klaarkry," jok hy.

Blum loop met die geldpakkie in die gang af na wat Dolf vermoed sy studeerkamer is. Hy het in die verlede gereeld daarna verwys as die plek waar hy sy tikwerk doen.

Ná 'n minuut is hy terug met die verslag.

Dolf frons toe hy dit by Blum neem en vinnig daardeur blaai. Dit lyk nie soos iets wat op 'n tikmasjien getik is nie en kom eerder gefotostateer voor.

"Dit is 'n afskrif van die oorspronklike getikte verslag. Daarmee kan jy Clarissa verras, maar sy sal self die oorspronklike dokument by my moet kom kry. Daarop is my stempels en my ondertekende verklaring wat 'n voornemende koper van die beeld sal vereis, wat ek reeds gedoen het."

"Tog seker nie nodig dat sy hierheen kom nie. Ek sal die oorspronklike dokument in haar hande besorg," sê Dolf.

Blum skud sy kop beslis. "Ek en sy het jare gelede 'n mondelinge ooreenkoms aangegaan dat ek nét aan haar my oorspronklike verslae oorhandig. Tot nou toe het ek ons ooreenkoms getrou nagekom en ek is nie van plan om dit vandag anders te hanteer nie. Onthou, sonder daardie verslag is die Leeumens waardeloos. Daarom dat ek verkies die kliënt kry dit persoonlik by my."

Dolf wil-wil sy humeur verloor, maar besef hy kan nie. Dis tyd om helder te dink, wat hy nie kan doen as hy woedend is nie. Daar is geen manier waarop hy vandag uit Blum se huis gaan loop sonder die oorspronklike verslag nie. Maar hoe doen hy dit? Moet hy voorgee hy bel Clarissa en dat sy dan kwansuis haar toestemming gee dat hy die oorspronklike verslag vir haar kan bring? Nee, dit sal nie werk nie. Blum sal daarop aandring om self met haar te praat. Of nog erger, hy kan haar probeer bel op sy selfoon wat nou nie meer 'n simkaart het nie.

Hy byt op sy tande. Hierdie fokker gaan nie in die pad van honderdmiljoen dollar staan nie. Hy is nie van nature gewelddadig nie, maar die ou kêrel gee hom geen opsie nie. Sy oë skeer oor Blum se laboratorium. Naby die deur wat na die gang lei, is daar 'n stewige marmerbeeld van 'n meermin.

Dolf glimlag. "Nou maar goed so. Ek respekteer julle onderlinge ooreenkoms." Hy beduie vir Blum om voor hom uit te stap. "Age before beauty," sê hy, wat Blum 'n laggie laat uiter.

Net voor die deur gryp hy die beeld van die hoektafeltjie af en slaan die ou man so hard as wat hy kan daarmee agter die kop. Sy skedel maak 'n kraakgeluid toe die beeld dit tref. Blum val met 'n dowwe plof op die blokkiesvloer. Bloed stroom uit die wond en begin 'n plas langs sy kop vorm. 'n Rukking trek deur sy skouers, maar verder bly hy roerloos lê. Dolf hurk en voel aan sy pols. Hy is dankbaar die eerste hou was 'n voltreffer.

Hy klim oor die lyk en gaan in by die slaapkamer langsaan, pluk 'n kombers van die bed af.

Hy rol die ou kêrel toe in die kombers en sleep hom in die gang af na die kombuis. Dolf maak die agterdeur oop. In een hoek van die klein geplaveide vierkant is daar 'n geboutjie. Hy stap soontoe en maak die deur oop. Dis 'n stoorkamertjie vir tuingereedskap. Hy skuif 'n groot staankas opsy.

Dolf stap terug na die lyk en tel dit sonder veel moeite op. Hy plaas Blum se lyk teen die muur en skuif die kas voor dit in. Van die deur af sal niemand die lyk gewaar nie.

Hy haas hom terug na die huis en stap studeerkamer toe, glimlag toe hy die dokument op die lessenaar langs die tikmasjien sien lê. Clarissa het juis gesê Blum het nie 'n kluis nie en dit was die groot rede waarom Dolf aanvanklik die Leeumens smiddae moes kom haal en soggens weer vir hom gebring het. Hy blaai vlugtig deur die verslag en is tevrede dat dit die oorspronklike een is, op elke bladsy gestempel en deur Blum onderteken. Hy tel ook die geldpakkie aan die ander kant van die tikmasjien op en druk dit terug in sy binnesak. Dis 'n lekker bonus.

Nou moet hy net die bloed in die gang opvee en dan sy vingermerke afvee van die meermin en meubels waaraan hy geraak het.

Hy grinnik. As Dolf Pieterse op 'n missie is, word hy nie gestuit nie.

★ ★ ★

Clarissa kyk verbaas op toe Dolf by haar studeerkamer instap.

"Ek het gedink jy is al in Athlone op die plek waar Philander die geld aflewer, want ek het jou Volvo hoor ry."

"Nee, ek het vinnig petrol laat ingooi en moes toe een of twee ander draaie ry. Philander het laat weet hy kan die geld eers vanoggend in kontant hê. Hy sal my whatsapp sodra hy dit het. Maar ek het goeie nuus vir jou. Blum het my pas gebel. Sy verslag is klaar. En hy klink in high spirits, wat ek vermoed goeie nuus oor die Leeumens beteken. Hy het gesê jy moet die verslag vanoggend nog by hom kom kry, want hy het ná elf 'n ander afspraak. Julle het glo 'n onderlinge ooreenkoms dat hy sy verslae net aan jou oorhandig."

"Hoekom bel hy my nie direk nie?"

Dolf skud sy kop. "Daar's fout met sy selfoon. Hy het jou drie keer probeer bel, maar dit sny elke keer uit. Hy sê dit was net 'n gelukskoot dat hy na my deurgekom het."

"Ai, die arme ou man is so agterweë met moderne tegnologie. Daai selfoon van hom dateer seker ook uit die oude doos."

Sy staan op om na haar kamer te loop, waar sy Blum se vyf-en-twintigduisend rand saam met haar eie geld in die kluisie agter die hoektafel hou.

Clarissa glimlag vir Dolf. "Laat ek dadelik na Blum toe gaan. In hierdie tye het ek waaragtig goeie nuus nodig."

★ ★ ★

Kassie is gefrustreerd. Hy en Rooi sit soos twee resiesperde in hulle wegspringhokke. Dit is al amper tienuur en die brigadier is nog nie terug met die lasbrief nie.

"Kan wees dat daar nie so vroeg 'n landdros beskikbaar is nie," sê Rooi.

Kassie haal sy skouers op. "Weet nie wat die vertraging is nie, maar dis bleddie sieltergend."

Rooi lag. "Sieltergend! Nog nie daai een gehoor nie."

Hulle kyk op toe Lettie die kantoordeur oopmaak. "Julle drie uniforms is hier," sê sy.

"Laat hulle in die vergaderlokaal wag. Bied solank vir hulle koffie aan. Ons sal nou-nou by hulle aansluit."

Kassie is bly die brigadier het gereël dat drie Middestad-uniforms hulle na Hilton se huis vergesel. "Ons kan nie die deursoeking van die huis aan Secure Services oorlaat nie, want dan werk ons nie streng volgens die boek nie," het sy nadruklik gesê. Die brigadier het ook gereken die uniforms sal vir Kassie-hulle tyd spaar. Terwyl hy en Rooi vir Hilton ondervra, kan die uniforms solank haar huis fynkam.

Sy selfoon lui op die lessenaar. Die brigadier, sien hy op die skermpie.

"Kassie, die verdomde landdros kan my eers twaalfuur sien. So ontspan maar intussen. Ek behoort voor een terug by die kantoor te wees. Om die tyd om te kry, gaan ek intussen bietjie shopping doen."

"Fok tog," is al wat Kassie uitkry toe hy aflui.

"Wat's fout?" wil Rooi weet.

"Die brigadier gaan nou shopping doen."

73

By die venster sien Dolf deur 'n skrefie in die blinders hoe Clarissa met die Lexus by die hek uitry.

Hy verspeel nie tyd nie, gryp die leertas wat hy 'n tydjie gelede juis vir dié doel gekoop het en haas hom na die studeerkamer. Hy trek die gordyne voor die instapkluis oop, pons die kode in en trek die swaar deur oop.

Met die skêr wat op een van die rakke lê, knip hy stroke bubble wrap van die rol af. Hy draai die Leeumens versigtig toe in 'n dubbele laag. So ook die fragmente van die gegraveerde albasterhouer, wat volgens Clarissa ooreenstem met die Warka-vaas. Die ander Irakkese items wat hulle laas by Ibrahim gekry het, verdien net 'n enkellaag bubble wrap – die hoop antieke munte, kleipotjies, beeldjies en marmerhouertjies.

Hy pak die items in die tas, met die Leeumens bo sodat geen gewig daarop geplaas word nie.

Terug in sy kamer plaas hy Blum se verslag en die afskrif in 'n bruin koevert wat hy by hom sal hou. Die geldpakkie wat hy teruggevat het, sit hy in sy baadjie se binnesak.

Sy selfoon biep.

Hy is verlig om te sien die Uber-bestuurder is hier om hom op te tel en hy gryp die tas en die koevert. Hoe vinniger hy spore maak, hoe beter.

* * *

Clarissa skud haar kop. Sy het Blum se voordeurklokkie nou al vier keer gelui en hy maak nie oop nie.

Sy draai die handvatsel en stoot die deur oop, bly dat Blum hier is. Hy is dalk in sy laboratorium met die radio aan en kon nie die klokkie hoor nie. Sy negentien-voertsek Volkswagen Beetle staan immers soos altyd in die oprit. Sy weet sy enkelmotorhuis is van hoek tot kant gepak met rubbish.

Clarissa stap in die gang af na die laboratorium, maar hoor nie 'n radio speel nie. Sy kyk by die deur in, maar Blum is nie daar nie.

Sy stap roepend na hom terug in die gang na sy studeerkamer. Geen reaksie nie. In die studeerkamer is daar ook geen teken van hom nie. Sy stap kombuis toe, maak die agterdeur oop en kyk op die klein vierkant uit. Verlate.

Dis nou halfelf. Hy het vir Dolf gesê hy het elfuur 'n afspraak. Sy sug en bel hom, maar daar is beslis fout met sy foon, soos Dolf gesê het. Sy kry 'n snaakse luitoon.

Dalk het die persoon met wie hy 'n afspraak het, hom hier kom optel.

Die ou man se kop haak deesdae uit. Hy was nog altyd erg deur die mis, maar hoe ouer hy word, hoe erger raak dit. Sy sal maar 'n ruk hier wag. Dalk het hy bedoel hy gaan elfuur terug by die huis wees.

* * *

Die Uber laai Dolf by die buitekamer in Durbanville af.

Hy sluit die deur oop, sit die leertas onder in 'n hangkas en gooi 'n handdoek daaroor. Hy gaan nie die tas saampiekel na die gruisgat toe nie. Hy sal wel Blum se Leeumens-verslag saamneem, waarmee hy sy tyd kan verwyl terwyl hy wag om te kyk of Philander nie ook soos Calitz die polisie betrek het nie.

Hy is egter vol vertroue dat dit nie die geval sal wees nie. Daai man het hopeloos te eager geklink om te betaal. Die laaste ding wat hy wil hê, is om sy vieslike seksuele afwykings aan die polisie te openbaar.

Dolf wik en weeg of hy nou al gruisgat toe moet ry, maar dit is hopeloos te vroeg. Hy het vanoggend vir Philander 'n boodskap gestuur dat hy van eenuur af gereed moet wees om die geld te bring. Dolf was bang hy gaan nie betyds sy draaie kry as hy dit te vroeg maak nie.

Hy hoop Clarissa vermoed nie onraad wanneer sy Blum nie by sy huis kry nie. Maar hy twyfel. Clarissa het verskeie kere genoem Blum is ongelooflik verstrooid en agterlosig. Sy sal dink daar was 'n misverstand. Hy hoop ook van harte dat sy nie later vanoggend gaan besluit om haar instapkluis te besoek nie. Dolf kan nie aan 'n rede dink waarom sy dit sal doen nie, maar mens weet nooit.

Indien sy dit wel doen, sal sy Barnabas dadelik inlig. Hy sal dan onverwyld sy troepe na die straatadres in Athlone stuur wat Dolf opgegee het as die plek waar Philander die geld sal aflewer.

Nog iets wat hy hoop, is dat sy nie in die woonstelletjie se motorhuis sal gaan kyk of sy Volvo daar staan nie. Maar hy twyfel sterk. Hy parkeer altyd in die groot motorhuis langs die Nissan Navara, waar sy ook die Lexus parkeer. As sy terugkom van Blum af, sal sy dink hy het al gery vir sy Philander-opdrag.

Dolf stap uit die kamer om seker te maak die Passat se enjin start.

Hy is verlig toe hy die sleutel draai en die ou strydros op al sy silinders vuur.

* * *

Clarissa is kwart voor een terug by die huis. Sy wag ongeduldig voor die drievoertuigmotorhuis vir die groot enkeldeur om te lig. Sy moet 'n nuwe afstandbeheerstelsel kry, want mens wag 'n ewigheid vir die bleddie deur. Sy klim uit die Lexus en besluit om die deur sommer oop te los sodat Dolf net kan intrek wanneer hy van sy Philander-sending terugkom.

Sy stap direk kombuis toe en haal die twee hamburgers en die pak tjips wat sy by die Riverside Mall gekoop het, uit die drasak. Dis nog lekker warm en sy besluit om dit net daar by die kombuistafel te eet. Sy is vrek honger.

Haar huishulp loer by die kombuis in. "Die study is nou silwerskoon, mevrou, en ek het klaar die klere gestryk."

"Dankie, Mavis. Voor jy hier kom opruim, wil ek hê jy moet die sit-, eet- en TV-kamers ordentlik stofsuig. Daai matte kort 'n lekker skoonmaak."

"Sal so maak, mevrou."

Clarissa is vies dat sy so haar tyd by Blum se huis vermors het. Sy het juis 'n agterstallige opdrag van die PanAfrican Archaeological Association wat sy veronderstel is om vandag af te handel. Sy sal kyk hoe ver sy vanmiddag daarmee kom. Wanneer Dolf terugkom met die Philander-geld, sal sy hom vra om na Blum se huis te ry en daar te wag totdat die ou man terug is en haar dan laat weet. Dan kan sy later vanmiddag of vroeg vanaand die verslag gaan kry.

Sy is hopeloos te nuuskierig om dit eers môre te gaan haal.

Daardie verslag is die poort na 'n astronomiese klomp geld.

★ ★ ★

Dolf hou van sy uitkykpunt die gruisgat se hek met 'n verkyker dop. Hier waar hy hom op 'n hoogtetjie tussen twee rotse ingewikkel het, is hy seker niemand kan hom sien nie. Hy het die Passat 'n ent weg agter 'n klomp bome parkeer, uit die oog van verbygaande bestuurders.

Die pad is stil, met net enkele voertuie wat die laaste uur agter hom verby is.

Hy kyk op sy horlosie. Twaalf minute oor twee. Hy het Philander 'n minuut gelede oor die foon opdrag gegee om dié grondpad te vat. Hy behoort enige oomblik hier te wees.

Dan sien hy 'n stofstreep in die verte. Dit moet Philander wees. Hy lig die verkyker, glimlag. Beslis sy swart Merc wat aankom.

Hy bel.

"Draai binne vyftig meter af by die gruisgat aan jou linkerkant. Die hek is oop. Sit die geld neer agter die twee oliedromme wat regs van die sinkgeboutjie staan," beveel hy.

Hy hou die Merc dop, sien hoe hy stadig indraai by die gruisgat. Philander klim uit, 'n blou drasak in die hand. Hy kyk vlugtig rond, stap dan vinnig die paar meter na die oliedromme en sit die sak neer.

Op pad terug na die kar vee hy met 'n wit sakdoek sweet van sy voorkop af.

Toe hy met die Merc uitry, laat sak Dolf die verkyker. Om veilig te speel sal hy tot vieruur hier wag voor hy die geld gaan haal. Hy sit die verkyker langs hom neer en trek die bruin koevert nader.

Tyd om sy kennis van die Leeumens te verbreed.

74

Om nege minute oor drie hou Kassie-hulle in die gepantserde voertuig oorkant 'n speelpark stil, sowat dertig meter van Hilton se huis. Die drie uniforms trek hulle patrollievoertuig agter Kassie-hulle in.

Hoewel die brigadier net voor eenuur met die lasbrief by die kantoor opgedaag het, het hulle eers 'n briefing-sessie in die vergaderlokaal gehou en onder meer op Google Maps die Hilton-erf se uitleg bestudeer. Die huis is groot, met 'n aangeboude gedeelte aan die agterkant wat na 'n woonstel lyk. 'n Losstaande motorhuis met plek vir drie voertuie en 'n enkelmotorhuis teenaan die woonstel is die ander buitegeboue. Daar is 'n veiligheidshek waar voertuie kan inry, maar die res van die erf is omring deur 'n steenmuur wat Kassie skat nie veel meer as kophoogte is nie.

Die brigadier het 'n paar riglyne uitgestippel. "Moet onder geen omstandighede die interkom by die veiligheidshek druk nie. Sy moet nie tyd hê om goed inderhaas weg te steek as sy weet die polisie is op haar drumpel nie. Klim aan die woonstel se agterkant oor die muur en kyk of julle toegang tot die hoofhuis kan kry sonder om te moet klop. As julle nie anders kan nie, breek in. Die lasbrief gee julle die reg om die eiendom op 'n onkonvensionele manier te betree. Die landdros was tevrede met my verduideliking van waarom ons dit so wil doen."

"En as Hilton nie by die huis is nie?" het Rooi gevra.

"Gaan voort om dit te deursoek. Maar in daardie geval sal twee van die Middestad-uniforms haar by die veiligheidshek moet inwag. En gaan parkeer dan eers julle voertuie in 'n aangrensende straat. Mens wil haar nie op haar hoede stel nie."

Terwyl Kassie die muur bekyk, hoop hy van harte Hilton is by die huis.

Rooi, wat langs die steenmuur by die veiligheidshek inloer, wink hom nader.

"Die groot motorhuis se deur staan wawyd oop," fluister hy opgewonde. "Hilton se Lexus staan langs 'n blou Nissan Navara."

"Bingo!" sê Kassie en beduie vir Tredoux en Lubbe dat hulle die twee lere, wat deel van die gepantserde voertuig se toerusting is, na die woon-stelkant kan vat.

Kassie, Rooi en die drie uniforms volg hulle gebukkend.

Om seker te maak hulle afleiding ten opsigte van Google Maps was reg, staan Kassie eers op sy tone en loer oor die muur. Van hier af is net 'n geriffelde badkamervenster in die woonstel sigbaar. Hulle sal onopsigtelik kan oorklim.

Lubbe klim eerste teen die leer op, neem die ander leer by Tredoux en laat sak dit oor na die afklimkant. Omdat die area geplavei is, gaan die lere help om die proses geluidloos te laat geskied. Sou hulle sonder lere oorklim, sou hulle van die muur moes afspring en dit kon 'n lawaai maak.

Met Kassie vooraan, sluip hulle in gelid om die woonstel na die agter-kant van die hoofhuis.

Kassie is verheug om te sien die boonste helfte van 'n agterdeur is oop. Dit is vermoedelik die kombuis. Hulle stap gebukkend onder die vensters deur soontoe.

Hy loer in. 'n Huiswerker is besig om by 'n wasbak skottelgoed af te droog. Kassie maak die onderste gedeelte van die deur oop en stap in.

Die huiswerker los 'n onderdrukte gilletjie en aanskou hom met wyd-gesperde oë.

Kassie haal sy SAPD-ID uit en wys dit vir haar. Hy praat in 'n fluister-stem. "Ons is van die polisie en is hier om met Clarissa Hilton te praat. Waar is sy?"

"In haar . . . study . . . studeerkamer. Links af in die gang. Die laaste deur regs," antwoord sy net so sag.

* * *

Clarissa hoor voetstappe in die gang. Moet Dolf wees wat terug is, dink sy. Snaaks dat sy nie die Volvo hoor inry het nie.

Sy vestig weer haar aandag op die dokument voor haar. Die verdom-de PanAfrican Archaeological Association se opdragte vereis altyd soveel leeswerk.

Uit die hoek van haar oog sien sy iemand inkom, en sy kyk op.

Die skrik laat haar lyf ruk.

Sy weet dadelik wie die man met die rooi windjekker is. Nog 'n figuur verskyn langs hom. En 'n roering in die gang sê vir haar daar is nog mense.

"Wie gee julle die reg om hier in my huis in te bars?" vra sy, haar stem wat liggies bewe.

"Ek is kaptein Kassie Kasselman van die Spesiale Spookeenheid. Ons het 'n lasbrief om jou huis te deursoek," sê hy en oorhandig dit aan haar.

Sy kyk nie daarna nie, probeer verbaas lyk. "Om watter aardse rede wil julle mý huis deursoek?"

Kasselman glimlag. "Daar is verskeie redes. Om net 'n paar te noem: Ons weet jy was op die misdaadtoneel tydens die moorde op Bertie Vermaak op Wolseley en Ernst Delport op Ashton. Ons weet ook dat jy die vals naam Edina Steenberg gebruik om onder meer handel te dryf in gestroopte artefakte en dat jy die opdraggewer was om die Altman-broers vyf jaar gelede te vermoor. Tans is jy besig om bekendes af te pers vir geld, mense wat destyds saam met sekswerkers by die Altmans op kamera vasgelê is. Jy het ook vermoedelik die opdrag gegee om Arend Brockmann dood te skiet nadat hy versuim het om Marinus Moerdyk te vermoor. En laastens het jy ons gister in 'n lokval naby Grabouw probeer lei."

Hy bly 'n oomblik stil. "O ja, amper vergeet ek. Jou bankstate toon dat jy gereeld reuse-inbetalings kry van 'n sekere Lavender Group en dat jy geld oorplaas na 'n Switserse bankrekening in die naam van J.D. Stirling."

Hy gaan sit op die punt van die lessenaar. "Is dit genoegsame redes vir jou?"

★ ★ ★

Clarissa Hilton word wasbleek.

Haar onderkaak tril. "Ek praat met niemand as my prokureur nie teenwoordig is nie."

Al kon Kassie voorspel sy gaan dit sê, het hy gehoop sy sal haarself instinktief probeer verontskuldig. Dit is dan wanneer mense foute maak.

Hy knik. "Ons sal later vandag met die amptelike ondervraging begin. Dan kan jy jou prokureur laat kom. Nou gaan ons jou huis van hoek tot kant deursoek. Ek raai jou aan om jou samewerking te gee as ons toegang wil hê tot plekke wat agter slot en grendel is. Die lasbrief gee my die reg om enigiets oop te breek of iemand in te roep om dit vir ons te doen, maar ons sal verkies om dit op 'n beskaafde manier te hanteer."

Kassie roep een van die uniforms. "Neem haar na die kombuis en bly daar by haar."

Hy beduie na haar skootrekenaar op die lessenaar. "Rooi, onthou om 'n lys te maak van als wat ons saamneem kantoor toe."

"Waar begin ons soek?" wil sy kollega weet.

"Kom ons gaan kyk. Beter om van 'n kant af te begin as om lukraak die voor die hand liggendste vertrekke te kies."

Kassie glimlag. "Ek dink ons los die studeerkamer vir laaste. Altyd lekker om 'n maaltyd met poeding af te sluit."

★ ★ ★

Dis asof Clarissa se brein stilstaan waar sy by die kombuistafel sit.

Sy weet sy is gedoem. Verskeie nare gedagtes maal deur haar kop. Die geskokte argeologie-gemeenskap gaan haar kruisig. Haar drome van aftrede in Switserland is verpletter. Sy gaan die res van haar lewe agter tralies slyt.

Met groot inspanning probeer sy fokus. Haar grootste vrees is dat hulle die gordyn voor die instapkluis se deur gaan wegtrek. Hoe gaan sy die artefakte verduidelik wat daarin is? Net die gedagte daaraan dat die Leeumens in 'n stowwerige polisiestoor kan eindig, maak haar naar.

En wie gaan sy as 'n prokureur kry? Sy hét nie een nie. Tot dusver het Snoepie du Preez die kernbesigheid se sake hanteer, maar sy kan hom tog nie wil gebruik nie. Hy is lojaal teenoor Barnabas. As die bewysstukke teen hulle ophoop, gaan hy Barnabas beskerm en haar vir die wolwe gooi.

Sy wil nie eens aan Barnabas dink nie.

Hy gaan haar nie help nie en heel moontlik van die aardbodem verdwyn wanneer hy uitvind sy is in hegtenis geneem.

En wys sy enigsins die vinger na hom, loop sy die risiko om in 'n tronksel vermoor te word.

75

Dolf is verlig toe hy uiteindelik met Philander se geldsak by die buite-
kamer aankom.

Dit was vermoeiend om die wagtyd by die gruisgat om te kry. Die hoogs
wetenskaplike terme wat Blum in sy verslag ingespan het, het Dolf vinnig
belangstelling daarin laat verloor. Sonder stimulerende leesstof was die ge-
wag ekstra lank.

En toe hy teen kwart oor vier uiteindelik die geldsak agter die oliedrom-
me gaan optel, het 'n bleddie rooi Kia net mooi toe stadig in die pad ver-
bygery.

Vir 'n oomblik was hy bevrees hy het in dieselfde strik as Bruinders ge-
trap. Maar die Kia het buite sig verdwyn en Dolf kon weer normaal asem-
haal.

Hy gaan sit op die bed en skud die geld langs hom uit die sak. Dis kraak-
vars note wat Philander by die bank moes gekry het.

Hy beskou die bondels note. Hy sal dit tel om darem sy tyd sinvol te
verwyl. Daarna wil hy van die blikkieskos eet, want hy was vanoggend te
haastig om iets in sy maag te kry. En later sal hy stort om die dag se stof
van hom af te was. Hy is van plan om vroeg in die bed te klim.

Dit was 'n helse spanningsvolle dag, maar so far, so good.

★ ★ ★

Terwyl Rooi en die uniforms die vertrek langsaan deursoek, sit Kassie op
die leunstoel langs Hilton se slaapkamerbed. Hy blaai deur die hoop doku-
mente wat uit haar kluis agter die hoekkas gekom het.

Sy het redelik teensinnig die kluis vir hulle kom oopmaak voor sy weer
deur die uniform kombuis toe gevat is. Hy kan nou verstaan waarom sy so
onwillig gelyk het. Buiten die stapels geld, was daar ook 'n paspoort en 'n
ID-kaart van ene J.D. Stirling, haar gesigfoto op albei.

Hy bestudeer die dokument op sy skoot. Dis die koopkontrak van 'n woonstel in Zürich, onderteken deur J.D. Stirling. Hy maal vinnig die aantal euro's met twintig. Die plek het haar ongeveer tienmiljoen rand uit die sak gejaag. Onwettige artefakte betaal goed.

Kassie plaas die paspoort, ID-kaart en dokumente in 'n bewaarsak en stap daarmee na die vertrek waar Rooi-hulle besig is. Hulle sal die geld beveilig wanneer hulle dit klaar getel het.

Hy kyk vlugtig op sy horlosie. Al halfses.

Dit gaan 'n lang aand word.

★ ★ ★

Teen halfsewe trek Dolf sy klere uit en stap na die badkamer. Hy draai die stortkraan oop. Die warm water was nie net die dag se taai sweet af nie, maar trek ook die opgekropte spanning uit sy lyf.

Dolf vertoef net 'n paar minute onder die stort voor hy hom deeglik afdroog. Hy beskou homself in die badkamerspieël en glimlag. "Jou ou bliksem, jy het dit toe gedoen," prewel hy.

Met die handdoek om sy onderlyf stap hy uit die badkamer.

En steek vas. Sy eerste instink is om na die deur te hardloop, want hy is nie meer alleen in die buitekamer nie.

Hy herken die man dadelik aan sy hoed en forse gestalte. Dis hoe Barnabas gelyk het toe Dolf hom destyds Mitchells Plain toe agtervolg het. Hy staan langs die bed, pistool in die hand. Die man wat altyd die geld by Clarissa se huis kom haal, en na wie sy as Paulse verwys het, verskyn in die deur.

Dit voel of Dolf se bene onder hom gaan meegee van die onmenslike skok wat deur sy lyf golf.

★ ★ ★

Om tien minute oor sewe vaar Kassie en Rooi die studeerkamer binne. Buiten die goed in Hilton se slaapkamerkluis, het hulle nog niks van belang gekry nie. En hulle het die plek omtrent met 'n vergrootglas deurgegaan. Tot in die badkamerkaste gegrou.

Kassie het die uniforms solank opdrag gegee om die aangeboude woonstel te gaan deursoek, met die opdrag om hom dadelik te kom roep as hulle op iets belangriks afkom.

Hy en Rooi neem elkeen op 'n stoel stelling in by die groot lessenaar se drie stuks laaie aan weerskante van die sitplek.

Kassie trek aan sy kant die boonste laai oop. Daar is hope lêers in, elkeen met 'n plakker op die voorkant. Die name op die plakkers is van die argeologiese liggame en verenigings waarop Hilton dien.

"Hier is net tydskrifte en rekeninge in hierdie lot laaie," sê Rooi teleurgesteld.

Die laaste twee aan Kassie se kant lewer ook niks op nie. Die onderste een is vol brosjures en knipsels oor dieetplanne.

Kassie beduie na die boekrak teen die oorkantste muur. "Ons sal die boeke moet uitpak. Dalk is daar 'n versteekte kluis of ander wegsteekplekke agter hulle."

Hy voeg dadelik die daad by die woord en stap om die lessenaar na die boekrak, maar steek vas toe sy kollega "Bliksis!" uitroep.

Rooi het die gordyne teen die symuur oopgetrek, maar daar is nie vensters soos Kassie gedink het nie.

"Partner, hierdie is 'n instapkluis se deur as ek al ooit een gesien het," sê Rooi triomfantelik.

* * *

Dolf sit met sy hande agter hom vasgebind in die swart minibus. Sy liggaam bewe so dat dit kompleet voel of hy op die rand van 'n hartaanval is. Sy mond en keel is kurkdroog en hy sukkel om normaal asem te haal.

Die ergste is dat Barnabas niks in die kamer gesê het nie. Hy het Philander se geldsak opgetel en daarin gekyk. Toe die leertas in die hangkas onder die handdoek uitgetrek, dit oopgerits en die bubble wrap om die Leeumens verwyder. Woordeloos dit weer toegedraai, teruggesit en die sak toegerits. Paulse het ook die Blum-geldpakkie in die kas gekry, die veertigduisend rand wat vir die vlieënier bestem was en die Smith & Wesson wat Dolf onder sy hemde versteek het.

Barnabas het vir Dolf beduie om sy klere aan te trek. Daarna het Paulse sy hande agter sy rug vasgebind en hom in die minibus gedwing, wat amper teenaan die buitegebou se deur gestaan het. Barnabas het die geldsak en leertas tussen hom en Paulse gesit.

Toe hy uitry in die straat, het hy eers stilgehou en sy ruit afgedraai. Hy het met iemand in die straat gepraat. "Raait, Errol, jy kan maar Hawston toe ry. Geen pit stops nie, hoor! Daai manne moet die nuwe number plates nog vanaand aansit sodat hulle môre voor daybreak kan terugry. Ons het min tyd, want ek beplan nog 'n operation vir Kasselman-hulle."

Met die wegtrek kon Dolf vlugtig Errol se motor sien. Dit was die rooi Kia wat verby die gruisgat gery het toe hy die geldsak agter die oliedromme uitgehaal het. Hulle het hom al die tyd agtervolg. En hy was te fokken stupid om dit agter te kom.

Hy probeer sy gedagtes orden, want hy móét nou helder dink. Sy enigste kans op oorlewing is om Clarissa die sondebok in dié verhaal te maak.

* * *

Rooi gaan haal Hilton in die kombuis.

Kassie merk hoe haar liggaam verstyf toe sy sien hulle het die gordyne voor die instapkluis se deur weggetrek.

"Maak asseblief oop," sê Kassie.

Sy skud haar kop. "My prokureur moet by wees."

"Nee, jou prokureur hoef net by te wees wanneer ons jou ondervra. Ons wil, soos met die kluis in jou kamer, bloot bepaal wat in hierdie een is." Hy bly 'n oomblik stil. "Werk saam, of anders bel ek die maatskappy wat hierdie soort kluise binne 'n japtrap oopmaak," jok hy.

Rooi sug beswaard. "Daai ouens maak net 'n helse gemors as hulle sukkel om die kluisdeur oop te kry, want dan kap hulle 'n gat in die muur." Hy kyk na Hilton. "Ons wil die skade beperk."

Hoewel nog huiwerig, stap sy vorentoe en begin die nommer intik op die paneelbord langs die deur.

76

Hulle vat hom na die Kuilsrivier-skrootwerf toe, flits dit deur Dolf se kop toe Barnabas die minibus se flikkerlig aansit om af te draai.

Paulse sluit die hek oop.

Hulle parkeer tussen 'n klomp karwrakke naby die groot stoor.

"Hoekom park jy hier? Gaan ons hom nie office toe vat nie?" vra Paulse.

"Nee, ek wil die office nie weer vol bloed hê soos met Matthysen nie."

Dit ruk Dolf. "Hierdie was nie my plan nie –"

"Sjarrap," maak Barnabas hom stil. "Jy sal eers praat wanneer ek so sê."

Barnabas haal die leertas af en beduie na die geldsak. "Gaan sit die geld in jou kar se boot, want jy moet dit nog vanaand Soutrivier toe vat," beveel hy Paulse.

Hy beduie met die pistool se lang knaldemperloop dat Paulse eers vir Dolf uit die minibus moet kry.

Paulse maak Dolf sit op die grond. Hy neem die geldsak en stap daarmee na die parkeerarea, waar Dolf die ligblou Toyota op 'n afstand sien staan.

"Paulse," roep Barnabas, "kry sommer 'n flits in die office."

Hy leun teen die stoor se muur en steek 'n sigaret aan.

Die leertas met artefakte staan langs hom. Dit laat Dolf vir 'n oomblik aan die Leeumens dink. Hy is nou spyt hy het toe hy van die gruisgat terugkeer, Blum se verslag in 'n buitenste sysak van die tas gesit en dit nie tussen sy onderklere weggesteek soos hy eers oorweeg het nie. Dan kon hy die troefkaart speel dat hulle 'n waardelose beeld het.

Maar dit help nie om homself daaroor te kruisig nie. Hy sal nou al sy breinselle moet inspan om hom uit hierdie fokken benarde situasie te wurm. Daar is 'n plan wat in sy kop vorm aanneem.

Hy móét aanhou glo dat as Dolf Pieterse in 'n hoek is, hy daaruit sál kom.

★ ★ ★

"Sal gaaf wees as jy ons op 'n begeleide toer neem," sê Kasselman se kollega en druk liggies teen haar rug sodat sy eerste by die kluis moet instap.

Sy het besluit om te sê hier is net waardelose artefakte wat hulle nie op die veilings kon verkoop nie.

Clarissa sien eerste die rol bubble wrap wat op die vloer lê, die skêr langsaan. Haar oë skeer verward oor die dolleë rakke.

Dolf moet die artefakte gevat het!

Maar hoe het hy geweet die polisie gaan op die huis toeslaan?

Haar brein staan vir 'n oomblik botstil.

Dan val alles in plek. Dis nou so duidelik soos daglig. Barnabas moet die polisie 'n tip gegee het om hierheen te kom, want hoe anders het hulle twee en twee bymekaargesit? Ná sy mislukte poging om van Kasselman-hulle ontslae te raak, probeer Barnabas natuurlik nou sy eie posisie beveilig. En hy moet Dolf omgekoop het om saam te werk. Eers het hulle haar vanoggend met voorbedagte rade na Blum laat gaan, wel wetende dat hy nie by die huis is nie. Dit sou Dolf kans gee om die Leeumens en die ander artefakte uit die instapkluis te haal, want in haar naïwiteit het sy gereeld die instapkluis se kode in sy teenwoordigheid ingepons. Sy is nou ook seker daarvan dat Dolf die verslag al vroeër by Blum gekry het en dit nou in Barnabas se besit is.

Met Snoepie du Preez in Barnabas se stal sal hulle dinge só manipuleer dat al die blaam vir die moorde en onwettige veilings op haar rus. Al voer sy wat ook al in 'n hof aan, gaan sý en sý alleen aan die kortste ent trek.

As sy nie nóú praat nie, kan dit te laat wees.

"Dit wil vir my voorkom of jy, soos Kruiswijk, jou onwettige artefakte op 'n ander plek wegsteek," onderbreek Kasselman haar gedagtes.

Sy antwoord hom nie, maar neem 'n finale besluit. Barnabas gaan nié hiermee wegkom nie. En boonop gun sy hom nie die Leeumens nie.

"Ek is bereid om nou 'n verklaring af te lê."

"Sonder 'n prokureur se teenwoordigheid?" vra Kasselman.

Sy knik.

Hulle lei Dolf deur die hope rommel in die stoor na 'n bed, wat tot sy verbasing opgemaak is.

"Het jy gisteraand hier geslaap?" vra Paulse vir Barnabas.

"Ja, dit was te laat om huis toe te gaan. Ek moes 'n moerse lot reëlings tref saam met die dudes wat die explosives provide het om daai armoured vehicle die lug in te blaas."

Paulse skud sy kop. "Hoekom sit jy die bed nie in die office nie? Om so tussen die rubbish te slaap, kan nie nice wees nie."

"Security reasons. Niemand sal scheme ek slaap hier nie."

Paulse beduie vir Dolf hy moet op die bed sit. Uit die hoek van sy oog sien Dolf hoe Barnabas 'n entjie weg die leertas in 'n opening onder 'n hoop rommel inskuif. Hy sit 'n geroeste sinkplaat oor die opening.

"Wil daai tas eers hier bêre, want ek scheme ek gaan vannag weer hier slaap. Dit gaan 'n fokken lang aand word," sê hy en kom staan voor Dolf. Die pistool is nog in die holster aan sy sy.

Dolf probeer sy polse loswikkel, maar die nylontou sny net dieper in sy vlees. Geen manier dat hy dié twee sal kan verras nie, besef hy. Hulle is boonop gewapen. Hy sal nie 'n kans staan nie.

Barnabas klap hom liggies teen die wang. "Nou kan jy praat. Vind ek uit jy lieg, moer ek jou met my vuiste dood." Hy leun vorentoe, sy slegte asem in Dolf se gesig. "Verstaan jy my?"

Dolf knik. Hy wil sy mond oopmaak om sy rede te begin lewer, maar Barnabas praat weer. "Ek het jou van die fokken oomblik dat jy four years ago by Clarissa opgerock het, nie vertrou nie. Jy't na 'n regte bullshitter geklink. En toe Bruinders nou die dag vir my 'n note uit die tronk stuur dat jy suspicious opgetree het toe jy aan die begin pretend het jy soek betaalpunte vir die mans in die northern suburbs, het ek geweet my voorgevoel was reg."

Dolf kry weer 'n klap teen die wang, dié keer aansienlik harder. "Praat, laat ek hoor wat jy te sê het."

"Ek . . . ek het . . . net gedoen wat Clarissa my gevra het om te doen. Eerstens het sy my versoek om deur 'n kontak van my in Italië 'n koper vir die Leeumens te kry. My kontak het toe 'n koper opgespoor wat bereid is om honderdmiljoen dollar te betaal. Ek was onder die indruk ons het die koper in opdrag van jou gesoek. Maar toe die Spookeenheid se verklaring in die media verskyn, het ek agtergekom sy wil jou by die verkooptransaksie uitsluit. Sy het gesê sy wil haar bande met jou breek, want dinge raak nou te warm. Ons moet die Leeumens in Europa verkoop en die geld split, waarna sy iewers in die buiteland sal gaan bly. Sy het my opdrag gegee om die Leeumens en die paar ander artefakte solank te neem en dit in die buitekamer in Durbanville weg te steek. Ons sou dan oor twee dae van daar af saam Botswana toe vlieg om uit die land te kom. Ek moes vir ons die vlieënier reël."

Hy bly 'n oomblik stil. "Ek dink sy het my net by hierdie transaksie ingesluit omdat sy my in Europa nodig sal hê om die Leeumens te verkoop. My kontak sal nie die koper se naam aan haar verstrek nie, net aan my."

Dolf vertrou dat laasgenoemde stelling sy lewe gaan red.

Barnabas kyk fronsend na hom. "Jy lieg nie vir my nie?"

"Nee. Dis die heilige waarheid."

Barnabas draai hom na Paulse. Dolf sien dat hy sy kake klem. "Raait, jy't gehoor wat hy sê. Gaan kry Clarissa by haar huis en bring haar hierheen. As sy jou enigsins kak gee, druk jou rollie in haar gevreet," sê hy sissend.

77

Hilton gaan sit by haar lessenaar, Kassie en Rooi oorkant haar.

Iets dramaties moet gebeur het om haar skielik te laat praat. Kassie vermoed dit het met die leë instapkluis te doen, want hy kon die verbasing op haar gesig sien.

"Ek is nié die baas van hierdie organisasie soos julle dink nie," begin sy terwyl sy Kassie stip in die oë kyk. Hy het sy bandopnemertjie uitgehaal en dit voor haar op die lessenaar neergesit. Lyk nie of dit haar pla nie.

Sy vertel hoe sy die Altmans by 'n samekoms van amateurargeoloë ontmoet het, wat strook met die foto wat Kassie in die *Cape Argus* gesien het. Die Altmans het geskimp hulle sal graag onwettige artefakte wil opveil, want só verseker hulle dat gestroopte erfenisskatte deur versamelaars bewaar word. Kort daarna het 'n man by haar universiteitskantoor ingestap met 'n tas vol waardevolle gestroopte artefakte.

"Dit was die grootste fout van my lewe om hom aan die Altmans voor te stel, want van daardie oomblik af was daar nie vir my omdraaikans nie. Daar was by my geen twyfel dat die man van my ontslae sou raak as ek nie saamwerk nie.

"Hy het my in sy web ingetrek en dinge laat doen waaroor ek gereeld nog nagmerries kry. Hy het my gedwing om Bertie Vermaak te laat vermoor. Ek was op die toneel toe Dolf Pieterse, die man wat ek in Claus Oelofsen se plek aangestel het en wat hier in die woonstel bly, Bertie se huis afgebrand het. Ek was ook in Ernst Delport se huis toe Ossie Williams vir Delport geskiet het. Ek sou my nooit in sulke situasies begewe het nie, maar het geen keuse gehad nie. Ek het verskeie e-posse en WhatsApp-boodskappe van die man gekry om te kan bewys hy het die opdragte gegee."

"Wie's die man?" vra Kassie.

"Hy staan onder almal in die organisasie as Barnabas bekend. Aan my het hy hom as Roger Lavender bekendgestel, aan die Altmans as Omar Lavender. Sy vriend van jongs af, Ossie Williams, het eenkeer na hom as

Ricky verwys. Sy van kan moontlik Lavender wees, want drie van sy familielede is die direkteure van die Lavender Group. Dié groep dien as 'n geldwassery vir die artefakte-organisasie. Ek is egter nie honderd persent seker van sy van nie, want daar is nêrens op die internet 'n spoor van Omar, Roger of Ricky Lavender nie. Hy beweer hy werk in regeringskringe, maar ek vermoed hy is 'n gangster van die Kaapse Vlakte, waar hy die een of ander hoë posisie in 'n oorkoepelende bendestruktuur beklee. Hy het onder meer hegte bande met die Deep Throats, 'n Vlakte-bende waarvan Ossie Williams die baas was."

"En is hy ook betrokke by die afpersery van die Altmans se bekende gaste?" vra Rooi.

Sy knik. "Ek het 'n e-pos waarin hy die eerste drie gaste wat afgepers moet word se name en agtergrond vir my gestuur het. Ek moes Dolf gebruik om die mans suksesvol af te pers. Dolf het die dreignotas by die mans gaan afgee en gesorg dat die geld op 'n sekere plek gelos word."

"Wie het Arend Brockmann in Bloemfontein geskiet?"

"Barnabas. Hy was saam met Ossie soontoe om deur die Altman-gaste se memory sticks te kyk. Toe hy uitvind Brockmann het nie vir Moerdyk uitgehaal nie, het hy hom geskiet." Sy huiwer 'n oomblik. "Hy het destyds vir Brockmann en sy meisie gehuur om die Altmans te vermoor."

"Dit het ons intussen afgelei," sê Rooi.

"En het jy Kruiswijk gewaarsku dat ons 'n lasbrief het om sy huis te deursoek?" vra Kassie.

"Ek het nie 'n keuse gehad nie. Barnabas sou woedend gewees het as ek dit nie gedoen het nie."

"Waar kan ons dié Barnabas-karakter opspoor?"

Sy haal haar skouers op. "Ek vermoed hy bly in Soutrivier, maar is nie seker nie. Hy werk die afgelope tyd bedags by 'n verlate skrootwerf in Kuilsrivier, waar hy onder meer sy beplanning gedoen het om by Grabouw van julle ontslae te raak."

"Dink jy hy sal môre weer by die skrootwerf wees?" vra Kassie.

Sy knik. "Beslis."

★ ★ ★

Barnabas loop brommend heen en weer voor Dolf verby. 'n Sigaret hang permanent uit sy mondhoek en hy kyk elke nou en dan op sy horlosie.

Vir Dolf lyk hy steeds hoogs ontsteld oor die nuus dat Clarissa hom verloën het.

Dolf peins oor hoe hy die situasie moet hanteer wanneer Clarissa hier opdaag. Sy gaan senuweeagtig wees, want sover hy weet, het Barnabas haar nog nooit in die aand na 'n plek ontbied sonder dat sy weet waaroor dit gaan nie. Dit gaan in sy guns tel. Clarissa gaan natuurlik sy aantygings heftig ontken. Hy moet net selfversekerd optree en haar as die groot leuenaar uitmaak. Barnabas mag nooit die indruk kry hy lieg nie.

Hy is nie regtig daaroor bekommerd nie. As daar een ding is wat Dolf Pieterse goed kan doen, is dit om oortuigend te lieg. Daarvan sal die Manchester-vroue kan getuig.

★ ★ ★

Kassie-hulle het besluit om die twee uniforms te help om Dolf Pieterse se woonstel te deursoek, terwyl die ander een 'n oog op Hilton in die studeerkamer hou.

"Glo jy Hilton se storie?" vra Rooi toe hulle by Pieterse se slaapkamer instap.

"Klink of sy die waarheid praat. Iets het haar getrigger om met die hele sak patats uit te kom. My afleiding was dit het met haar leë instapkluis te doen."

'n Uniform wat Pieterse se voorste leefarea deursoek, kom by die kamer ingebars. "Lubbe sê kaptein-hulle moet dringend buitetoe kom. Hulle het iemand vasgetrap wat by die veiligheidshek ingery het."

"Kan net Pieterse wees," sê Kassie terwyl hy en Rooi hulle na die geplaveide area aan die veiligheidshek se kant haas.

Toe hulle uitkom, besef Kassie dis nie Pieterse nie. Tredoux het 'n tengerige bruin man aan die arm. Lubbe hou 'n rewolwer aan die loop vas, wat tipies is van 'n oudpolisieman wat vingerafdrukke op die kolf wil bewaar.

Naby aan die kombuisdeur staan 'n ligblou Toyota wat kennelik al sy beste dae beleef het.

Lubbe sê: "Ons het hier langs die huis op 'n muurtjie gesit toe dié man die toegangskode by die veiligheidshek inpons en inry. Ons het toe agter die struike voor die kombuis gaan skuil om te sien wat hy doen. Hy het uit die motor geklim en sy rewolwer uitgehaal. Net voor hy die agterdeur bereik het, het ons hom van agter af oorrompel."

"Wie is jy?" vra Kassie.

Die man kyk grond toe en sê nie 'n woord nie.

"Kom ons vat hom na Hilton toe. Sy behoort te weet wie hy is," stel Rooi voor.

Kassie knik en gee die uniform wat saam met hulle uitgekom het, opdrag om die Toyota te deursoek.

* * *

"Dis Paulse," sê Clarissa nadat Kasselman haar vertel het wat gebeur het. Barnabas het hom gestuur om haar te kom doodskiet, flits dit deur haar brein. "Hy is een van Barnabas se regterhande en is die tydelike bendebaas van die Deep Throats nadat Williams vermoor is. Ek is seker Barnabas het hom gestuur om my dood te maak."

"Hoekom sou hy dit wou doen?" vra Kasselman.

"Hy en Dolf Pieterse het die artefakte gesteel wat in my instapkluis was. Dit is waardevolle items wat miljoene der miljoene rande werd is. Met die artefakte in sy besit, wou Barnabas my natuurlik nou van die toneel verwyder."

"Waar is Barnabas?" vra Kasselman vir Paulse, maar hy antwoord nie.

Hulle kyk op toe een van die polisiemanne by die studeerkamer inkom. Hy het 'n drasak by hom.

"Ek het dit in die Toyota se boot gekry. Dis vol geld," sê hy en sit die sak op die lessenaar neer.

Kasselman kyk by die sak in en fluit saggies deur sy tande. "Hier's 'n helse lot geld in."

Clarissa weet dadelik waar die geld vandaan kom. "Dit is honderdduisend rand. Dis afpersgeld wat Austin Philander betaal het. Pieterse het dit vandag in Athlone by hom gekry."

Kasselman frons. "Philander, die oudminister?"

Clarissa knik. Sy weet nou vir seker haar afleiding was reg. Barnabas het Dolf omgekoop of afgedreig om saam met hom te werk. Hoe anders sal Paulse nou die Philander-geld by hom hê?

Weer vra Kasselman vir Paulse waar Barnabas is. "As jy met ons saam-werk, kan ons korter tronkstraf vir jou beding."

Paulse kyk steeds af, duidelik dat hy nie gaan praat nie.

Dis nie vir Clarissa 'n verrassing nie. Die vrees dat Barnabas wraak gaan neem as Paulse verklap waar hy is, tel nou swaarder as enigiets anders.

"Ek raai net," sê sy, "maar dalk het Barnabas en Pieterse mekaar by die Kuilsrivier-skrootwerf ontmoet. Paulse is altyd daar aan Barnabas se sy. Hulle het hom moontlik van daar af gestuur om my te kom doodmaak en dan die geld by een van die Lavenders te gaan aflewer."

"Jy dink dus Barnabas en Pieterse kan moontlik nog by die skrootwerf wees?"

"Soos ek sê, dis 'n raaiskoot, maar ek dink dis 'n goeie een."

Kasselman kyk na sy kollega. "Dan moet ons nóú soontoe gaan."

78

Kassie-hulle hou voor die skrootwerf se draadhek stil. Hilton het in detail beskryf hoe hulle hierheen moet ry.

Hy wonder of sy besef sy gaan vannag agter tralies slaap. Die drie uniforms waak nou oor haar en Paulse by haar huis. Net voor hy en Rooi saam met Lubbe-hulle na die park aangestryk het waar die gepantserde voertuig was, het Kassie die Middestad-polisie gebel om 'n vangwa na Hilton se huis te stuur. Hy het besef hulle ekskursie kan dalk langer duur as wat hulle voorsien. Daarom is dit beter om daardie twee vir die nag in die stasie se selle aan te hou. Hulle kan môre Pieterse se woonstel verder deursoek.

Lubbe klim uit die voertuig en stap na die hek. Hy skud sy kop en kom dadelik terug. "Daar is 'n moerse slot aan. Moet ons dit oopskiet?"

Kassie huiwer 'n oomblik, skud dan sy kop. "Ons is in 'n beboude gebied. Ek is bang die koeël skram weg. My voorstel is ons ry die hek plat. Ek kan nie dink hierdie monstervoertuig gaan hom deur daardie lamlendige hek laat stuit nie."

Lubbe grinnik. "Vir seker nie."

Kassie kyk na Tredoux. "Ek wil hê jy moet hier by die hek wag. Mens weet nooit of hulle dalk 'n kortpad hierheen kan vat as hulle die voertuig se dreuning hoor nie. Kry een van die masjiengewere en skuil agter daai bos langs die hek."

Lubbe klim terug agter die stuurwiel en beweeg 'n entjie in trurat om 'n ordentlike aanloop na die hek te hê.

* * *

Barnabas het Paulse al twee keer gebel, maar dié antwoord nie sy foon nie.

"Iets is verkeerd," sê hy meer vir homself as vir Dolf.

Dan hoor hulle 'n helse slag en die donderende gedreun van 'n groot voertuig.

"Fok," sê Barnabas en kyk verward rond. Hy haal sy knaldemperpistool uit sy skede en staan 'n wyle besluiteloos daarmee in sy hand.

Dan gee hy die paar treë na Dolf, die pistool op hom gerig.

Dolf voel hoe sy keel van die angs toetrek. "Jy kan my nie skiet nie! My kontak het 'n kontantkoper vir die Leeumens."

"Ek sal my eie koper kry," grom Barnabas en druk die pistool teen Dolf se voorkop.

Hy sien hoe Barnabas se vinger om die sneller krul en besef nie net lê Dolf Pieterse se droom van ongekende rykdom aan skerwe nie, sy lewe is ook verby.

★ ★ ★

Hulle hou op 'n parkeerarea voor 'n groot stoor stil. Die volmaan verlig die omgewing redelik goed. Die plek lyk verlate.

"Hulle is nie hier nie," sê Rooi.

Kassie kreun. "Ek dink jy's reg."

Hy wonder wat hom nou te doen staan. Dalk moet hy weer die Middestad-polisie bel om 'n paar uniforms hierheen te stuur. Dan kan hulle help om die plek van hoek tot kant te deursoek. Hulle kan belangrike leidrade kry as Barnabas wel daagliks hier vergader, soos Hilton beweer.

Hy bel.

Die offisier aan diens sê hulle sal nie kan help nie. "Dié tyd van die aand is ons kwaai onderbeman. Buiten ek, is hier net een ander persoon by die toonbank. Twee van my mense is met die vangwa op pad na Hilton se huis, waar julle klaar drie van ons ander uniforms ontplooi het."

Kassie gee hom opdrag om die vyf uniforms na die skrootwerf te stuur sodra hulle Hilton en Paulse toegesluit het.

"Ons gaan nou 'n moerse lang ruk moet wag," kla Rooi. "Ons kan intussen die stoor gaan uitcheck, want dis duidelik hier's nie 'n siel nie."

Kassie oorweeg Rooi se voorstel en knik dan. "Raait, ek stem saam."

Hulle trek hulle koeëlvaste baadjies aan en klim saam met Lubbe uit die voertuig.

Kassie gee Lubbe opdrag om voor die stoor te wag. "Kyk maar goed rond. Netnou peul daar iemand agter hierdie klomp karwrakke uit."

Hy bekyk die stoor. "Rooi, vat jy die bokant, dan gaan kyk ek of mens aan die onderkant toegang kan kry."

79

Kassie skuif die groot sinkdeur versigtig oop, sy Beretta voor hom uitge-
hou.

Die volmaan kaats sy strale soos soekligte deur die gate in die verweer-
de dak. Dit verlig fragmente van die stoor se binneruim, maar die grootste
gedeelte is stikdonker, wat Kassie verplig om sy penflits aan te sit.

Hy swiep met die flitslig oor die donker area rondom hom. Die plek
is bouvallig en morsig. Dit lyk soos 'n stortingsterrein. Oral is rommel-
hope, gebreekte bakstene en vloerteëls, asbesplate, geroeste rolle draad,
motoronderdele, oliedromme en glasstukke.

Hierdie plek is ideaal om in weg te kruip. Dalk moet hy een van die an-
der roep, want sonder bystand kan dit gevaarlik raak om hier rond te soek.

Hy staan 'n paar oomblikke stil terwyl hy sy ore spits. Nie 'n geluid nie.
Sy oë skeer weer oor die omgewing. Hy frons. Nie te ver van hom af nie
verhelder die maanlig deur 'n spleet in die dak 'n gedeelte waar 'n bed tus-
sen twee hoë hope rommel staan. Hy kan sweer daar is beddegoed op. Dit
lyk kompleet of die area om die bed skoongevee is. Baie vreemd, dink hy.

Kassie besluit om ondersoek in te stel en moet 'n wye draai om 'n klomp
rommel stap om by die bed uit te kom. 'n Meter van die rommelhoop af
sien hy 'n hand onder die bed uitsteek. Hy hou dit stip dop. Dis beslis nie
die hand van iemand wat probeer wegkruip nie, want dit lê roerloos met
die palm na bo. Hy gaan sit op sy hurke en skyn onder die bed in.

Hy snak na sy asem toe 'n man se bebloede gesig na hom terugstaar, sy
oë glasig.

Hy hoor die geluid agter hom te laat.

Iets hard stamp teen sy agterkop.

"Laat val jou skietding, anders trek ek die sneller," sis 'n manstem.

Kassie verstar van die skrik. Sy hart klop wild in sy keel. Steeds hurkend
sit hy die Beretta op die vloer neer.

Dan klap die skoot donderend in sy ore.

Dit neem Kassie 'n sekonde om te besef dis nie hý wat geskiet is nie, maar die man agter hom wat met 'n slag die grond tref. Sy pistool kletter op die sementvloer.

Uit die hoek van sy oog sien hy 'n beweging. Dis 'n donker figuur wat skuins agter hom op pad is na die sinkdeur.

Hy gryp die Beretta en penflits van die vloer af en hardloop om die hoop rommel na die deur. Hy struikel en val oor iets, die Beretta skiet uit sy hand. Hy moet sy penflits aansit om dit te kry. Swetsend oor die waardevolle tyd wat hy verloor het, hardloop hy hom by die deur vas in Rooi en Lubbe.

Kassie kyk rond. Daar is nou geen teken van die skieter nie. "Het julle die man gesien wat hier uitgehardloop het?"

Albei skud hulle koppe. Kassie probeer luister of hy die skieter se voetval kan hoor, maar dis doodstil. Hulle drie gaan die wetter onmoontlik tussen al hierdie karwrakke opspoor. "Bel Tredoux en waarsku hom hy moet op die uitkyk wees vir die skieter," gebied hy Lubbe.

Rooi is wasbleek. "Ek het geskrik, gedink dis iemand wat op jou geskiet het."

Kassie skud sy kop. "Daar lê twee lyke in die stoor. Een van daardie mans het my met 'n pistool aangehou en is toe geskiet deur hierdie ou wat uitgehardloop het. Die ander lyk is onder 'n bed ingedruk. Wie die skieter is, weet nugter."

"Dit kan Barnabas wees," sê Rooi.

"Hoekom sal hy sy eie mense skiet?"

"Hy moes ons gehoor kom het en het toe sy makkers afgemaai om te voorkom dat ons hulle vastrap en ondervra."

Kassie haal sy skouers op. "Dis seker moontlik."

Hy kyk na Rooi. "Help nie ek en jy kry nou ons eie koers agter die skieter aan nie. Ons sal die donner dalk kan uitsnuffel as die uniforms opdaag. My voorstel is ons gaan terug na die lyke en neem foto's van hulle gesigte. Ek het een van die uniforms se selfoonnommer op my kontaklys gesit. Ons kan die foto's vir hom whatsapp om dit vir Hilton te wys. Sy sal hulle uitken."

★ ★ ★

Monica is dankbaar toe sy deur die gat in die draad klim en boonop redelik seker is niemand agtervolg haar nie. Sy hoor nie voetstappe of stemme nie.

Sy sal nou tussen die bosse deur ongesiens by haar kar moet uitkom, wat sy by die uitkykpunt parkeer het. Van daar sal sy op een van die veld-paadjies na die naaste woonbuurt ry.

Monica spits weer haar ore. Sy is nou doodseker niemand is in haar nabye omgewing nie. Die adrenalien bruis deur haar are en die spanning wurg haar nog so dat sy haarself hard moet keer om na die kar toe te hard-loop. Die drang is oorweldigend om so vinnig moontlik daar te kom, maar sy kan nie bekostig om 'n lawaai te maak nie.

Sy kan nog nie glo haar waagstuk was suksesvol nie. Toe sy teen skemer sien hoe die Toyota by die skrootwerf uitry, het sy geweet die man is alleen daar met 'n vent wat kennelik aangehou word. Sy het by 'n stukkende ven-ster ingeklim toe sy sien hulle gaan by die sinkdeur aan die stoor se agter-kant in. Sy het haar pad versigtig tussen die rommel deur na hulle gebaan. Naby aan hulle, het sy 'n geskikte skuilplek agter 'n groot hoop rommel gekry. Van daar af kon sy alles dophou.

Sy was op die punt om die man te skiet toe hy skaars twee meter van haar verbystap, maar op daardie moment het 'n helse slag iewers opge-klink en kon sy die dreuning van 'n voertuig hoor. Die man het dadelik wegbeweeg. Sy was onder die indruk dis van die bendelede wat opgedaag het, maar uit die daaropvolgende gebeure het sy besef haar gevolgtrekking was verkeerd. Sy het gesien hoe hy die aangehoudene op die bed in die voorkop skiet, die toue om sy polse losmaak en hom toe van die bed aftel en daaronder inskuif sodat die dooie man op sy rug lê. Monica het uitge-werk hy sou die lyk in sy vasgebinde posisie nie op sy sy onder die bed kon inkry nie. Terwyl hy daarmee besig was, het sy agter die rommel uitgekom om hom te skiet. Maar toe sy haar pistool lig, het iemand die sinkdeur begin oopskuif. Sy is vinnig terug na haar skuilplek. Die man het toe ewe haastig by die ander punt van dieselfde hoop rommel as sy weggekruip. Genadiglik was sy buite sy sig, maar sy kon hom hoor asemhaal.

363

Toe die skraal kêreltjie met 'n pistool in die hand by die sinkdeur inkom, het sy gedink haar kans is finaal verby. Sy het nie geweet hoe sy ongesiens by die stoor kon uitkom nie. Die stukkende venster waarby sy ingeklim het, was te ver van die gat in die draad om daardeur te probeer vlug. Hulle sou haar dan maklik kon voorkeer.

Sy is nou bly sy het nie toe probeer wegsluip nie. Want toe die man weer sy verskyning maak en die indringer met sy pistool aanhou, het sy besef dis 'n geleentheid wat sy nie deur haar vingers kan laat glip nie. Die man se aandag was so op die hurkende kêrel gevestig dat hy haar nie agter die rommelhoop sien uitkom het nie. Die streep maanlig het sy gesig helder verlig en op sowat drie meter kon sy hom sekuur in die regterslaap tref.

Monica het geweet die geluid van haar pistool sonder 'n knaldemper gaan die ander aankomelinge se aandag trek. Daarom dat sy dadelik na die sinkdeur gehardloop het. Sy het betyds uitgekom en haar roete agter die karwrakke op pad na die gat in die draad ligvoets gevat. Sy kon die stemme agter haar hoor, maar hulle het haar genadiglik nie gesien nie.

Ná wat soos 'n ewigheid voel, kom sy uiteindelik by haar kar. Sy trek die balaklawa van haar kop af en neem lang asemteue om haarself te kalmeer.

Monica kan nog nie glo sy het die man geskiet nie. Sy was vanoggend nog van plan om vanaand te gaan fliek, maar laat vanmiddag het 'n hernieude vlaag skuldgevoelens oor Arend haar van plan laat verander. Sy het op 'n ingewing besluit om na haar uitkykpunt langs die skrootwerf te ry. Dalk was haar laaste aand in die Kaap bestem om die tyd te wees wanneer sy Arend se dood wreek, het sy haarself hardop bly motiveer.

Nou voel sy bevry, want sy sou nooit van haar skuldige gewete kon ontsnap nie.

★ ★ ★

Kassie en Rooi stap tussen die rommel deur na die bed in die stoor.

Die man wat Kassie met die pistool gedreig het, se groot liggaam lê uitgestrek oor die area wat rondom die bed skoongevee is. 'n Skadu oor sy kop noop Rooi om sy penflits aan te sit. Hy buk vooroor en lig daarmee op die man se gesig.

"Bliksis, Kassie!" roep hy so hard uit dat Kassie, wat besig is om die be-bloede man onder die bed se gesig af te neem, ruk soos hy skrik.

"Vir wat skree jy so?" vra hy vies.

"Kom check hier, my ou, jy sal nie flippen glo wie hier lê nie!"

Kassie kom orent en stap na sy kollega, wat opsy staan en steeds met sy flits op die man se gesig skyn.

"Fokkit!" roep hy uit. "Kan dit wees?"

"Sê ek ook vir myself," beaam Rooi sy verbasing.

Hulle staar albei in ongeloof na die man.

Kassie skud sy kop. "Brigadier Denver Fredericks!"

80

Kassie staan voor die drukbord in die kantoor. Hy het die foto's van die belangrikste rolspelers in die Altman-saak daarop aangebring.

Nou, amper 'n maand ná die gebeure in die stoor by die Kuilsrivierse skrootwerf, pas al die legkaartstukke oplaas inmekaar. Dis 'n tyd vir Kassie om te reflekteer op een van die uitdagendste sake wat hy in sy polisieloopbaan hanteer het.

Hy trek 'n stoel nader, gaan sit en bekyk die foto's van 'n kant af.

Denver Fredericks: Die meesterbrein en grootbaas van die artefaktesmokkelorganisasie, wat onder die skuilnaam Barnabas geopereer het.

Volgens die hoof van die teenbende-eenheid is Fredericks beskou as die eenheid se ster, uitskieter en talisman. Sy vermoë om bendeverwante bedrywighede te ontlont en op te los, het hom 'n vrypas gegee om soms weke lank van die eenheid se kantoor in Faure weg te bly. Die teenbende-eenheid se hoof het dit nooit bevraagteken nie, want dit was oorbekend dat Fredericks sake op sy onkonvensionele manier opgelos kry.

Nou, by terugskouing en nadat ontledings van sy deurbrake gemaak is, het dit aan die lig gekom dat Fredericks slegs bendelede laat arresteer het wat sy eie Deep Throat-belange en 'n string van die ander "goedgesinde bendes" s'n bedreig het. Hy was so diep ingegrawe by van dié bendes op die Kaapse Vlakte, dat hulle hom as een van hulle beskou het. Daarenteen het hy die teenbende-eenheid soos 'n bekfluitjie gespeel en almal daar op die wysie laat dans. Selfs Kassie-hulle het geval vir sy storie dat die Russe agter die Altman-ontvoering gesit het. Dit was net nog 'n slinkse verdigsel om hulle ondersoek te laat ontspoor. Kassie is oortuig dat hy die PRIOR-baas, Mabula, sy drinkebroer gemaak het om eerstehandse inligting oor die speurders se vordering met die Altman-saak te kry.

Volgens Hilton was Fredericks die skieter wat die PRIOR-speurder se lewe beëindig het by die verkeerslig in Mitchells Plain. En die Lavender Group, wat die organisasie se kontantgeld gewas het, se drie direkteure was sy stiefbroers – dieselfde ma, maar verskillende pa's. Die broers het saam in 'n veiligheidskompleks in Soutrivier gebly.

Clarissa Hilton: Die organisasie se artefakte-deskundige.

Dit het hulle 'n voordeel bo enige ander smokkelorganisasie gegee van-weë al die internasionale argeologiese liggame waarop sy gedien het. Dié liggame het haar maandeliks voorsien van lyste van gestroopte artefakte en ingelig gehou oor die bewegings en planne van polisie-eenhede wat oor die wêreld heen probeer het om die plundering van artefakte hok te slaan. Daardie vertroulike inligting kon sy op die regte tye inspan. En hoewel dit uit die e-posse en WhatsApp-boodskappe duidelik is dat sy 'n marionet van Fredericks was, het sy sy opdragte pligsgetrou uitgevoer met die oog op haar groeiende Switserse bankrekening.

Die feit dat Dolf Pieterse haar instapkluis gestroop het, het haar laat besluit om die fluitjie te blaas. Dit was veels te laat, want sy gaan lank opge-sluit word vir die sondes waaroor sy soveel jare geswyg het. Haar bewering dat Fredericks-hulle in besit was van 'n waardevolle beeld genaamd die Leeumens, wat glo honderdmiljoen dollar werd is, het gerekende argeoloë intussen as snert afgemaak.

Daar is net een so 'n beeld en dit is veilig in 'n museum in Duitsland. Kassie-hulle se soektog na dié "duplikaatbeeld" in die organisasie se kan-toor op die skrootwerf en in Fredericks se Soutrivier-huis, het niks opge-lewer nie.

Die skrootwerfkantoor het wel 'n klomp plofstof gehuisves waarmee Fredericks, volgens Hilton, moontlik van plan was om Secure Services se gepantserde voertuig die ewigheid in te blaas.

'n Boks vol geheuestafies van die Altman-gaste se kaperjolle met die sekswerkers is tydens die soektog in Fredericks se huis aangetref.

Die enigste ander raaisel waarmee Kassie-hulle ten opsigte van Hilton gespook het, was die Nissan Navara, wat nie op haar of Fredericks se naam geregistreer is nie. Die handelstak wat intussen met mag en mening op die Lavender Group toegeslaan het, het egter uitgevind die Nissan is op dié groep se boeke.

Dolf Pieterse: Die man wat Claus Oelofsen as Hilton se handlanger op-gevolg het.

Soos Hilton reeds in haar verklaring gesê het, was Pieterse verantwoordelik vir Bertie Vermaak se branddood. Maar gister het 'n nuwe stukkie inligting oor hom na vore gekom, iets waarvan Hilton onbewus was. Rooi, wat minstens een keer 'n maand deur Interpol se lys van die mees gesoekte kriminele kyk, het daar op sy foto afgekom. Pieterse is gesoek vir verskeie bedrog- en diefstalklagte wat deur talle weduwees in Manchester, Engeland, teen hom aanhangig gemaak is. Hy het verhoudings met die vroue aangeknoop en hulle dan uit hul spaargeld geswendel. Interpol was op die punt om hom in Suid-Afrika vas te trap.

Monica Wepener: As 'n sluipmoordspan het sy en Arend Brockmann die afgelope sewe jaar 'n duisternis moorde gepleeg, insluitende dié op die Altman-tweeling.

Wepener is 'n dag ná die gebeure by die skrootwerf deur kaptein Conroy van die Parkweg-polisie in haar kamer in 'n Maitlandse gastehuis in hegtenis geneem. Ballistiese toetse op die pistool wat by haar gevind is, het getoon sy was vir Fredericks en Ossie Williams se moorde verantwoordelik. Toetse op een van die twee pistole wat in Brockmann se tas in Bloemfontein gekry is en wat net haar vingerafdrukke opgehad het, het bewys sy het daarmee die konstruksiemafiabaas Colin Moorcroft en sy drie lyfwagte in Kaapstad afgemaai.

Aanvanklik het Kassie 'n effens sagte plekkie vir Wepener gehad omdat sy sy lewe gered het deur Fredericks te skiet. Maar noudat al haar moorde aan die lig gekom het, probeer hy om nie meer aan haar as sy redder te dink nie. Eerder as 'n kil en gevoellose sluipmoordenaar wat 'n geleentheid in die stoor benut het vir 'n wraakmoord op Fredericks en beslis nie omdat sy Kassie wou red nie.

Claus Oelofsen: Die man wat aanvanklik Hilton se vuilwerk gedoen het.

Hilton het bevestig Oelofsen het onwetend sy eie doodsertifikaat onderteken toe hy bedank het. Hy het te veel van die organisasie se bedrywighede geweet. Fredericks het hom by 'n verlate gruisgat in die noordelike voorstede doodgeskiet, waar sy liggaam ook begrawe is. Volgens Hilton het Fredericks dié gruisgat gereeld gebruik om van mense ontslae te raak. 'n Forensiese span het intussen vyf geraamtes daar opgegrawe.

Jacques Kruiswijk: Die grootste versamelaar van Afrika-artefakte ter wêreld.

Nadat Kassie-hulle druk op Kruiswijk se persoonlike assistent toegepas het, het hy hulle na 'n stoor in Brackenfell geneem waar op sewentig onwettige items beslag gelê is, waaronder Afrika-erfenisskatte. Argeoloë het die waarde daarvan op bykans dertigmiljoen rand geraam. Ná Kruiswijk se eerste hofverskyning is borgtog aan hom toegestaan. Hy sal onder huisarres op Bredasdorp bly totdat sy hofsaak oor twee weke begin.

Kassie staan op uit sy stoel en gaan staan by sy lessenaar, sy gedagtes weer by dié duiwelse organisasie se slagoffers. Hy dink gereeld aan hulle: die Altmans, Bertie Vermaak, Ernst Delport en die drie ander PRIOR-speurders. Nie een het verdien om op so 'n wrede wyse te sterf nie. En hy vermoed daar is talle ander wat op soortgelyke maniere omgekom het.

Hy hoop nie hy hoef ooit weer aan 'n saak te werk met soveel onskuldige slagoffers nie.

Kassie sug. Dit wil natuurlik sê as hy óóit weer aan 'n SAPD-saak werk. Hy kyk op sy horlosie en besef hy moet aanstryk.

By die ontvangstoonbank steek hy vas. "Ek gaan vir 'n uur of wat uit wees. Moet 'n paar inkopies gaan doen," jok hy vir Lettie.

Sy skud haar kop. "Gaan darem alte lekker daar by julle! Rooi het 'n dag se verlof en jy gaan shopping doen."

Hy ignoreer haar.

By sy kar in die parkeergarage trek hy sy windjekker uit en gooi dit op die agterste sitplek. Hy moet in die kantspieëltjie kyk om die das behoorlik te kan knoop wat Amalia spesiaal vir dié geleentheid gekoop het. Hy haal die donkerblou baadjie uit die bak en trek dit aan. Volgens Amalia pas dit perfek by sy liggrys broek.

Hy klim in die kar en sluit die enjin aan.

"Fok, fok, fok," prewel hy. Hy het die afgelope maand die een verskoning op die ander gefabriseer om nie by daai maatskappy se personeelbestuurder uit te kom nie. Maar nadat Amalia gister self soontoe gebel het, is daar nie meer uitkomkans nie.

Hy't haar lanklaas so opgewonde gesien. "Daai man sê hy wag nét vir jou. Hulle het nog nie 'n geskikte persoon vir die pos nie." Sy het haar arms om sy nek geslaan. "Hy sê jou salaris sal twee keer meer wees as wat jy by die polisie kry. Dít vir 'n agt-tot-vyf-werk én jy het elke naweek af! Dink net wat ek en jy als oor naweke kan doen!"

Een gedagte steek in sy kop vas terwyl hy by die parkeergarage uitry: Sal dit nie ongelooflik selfsugtig van hom wees om nié die pos te aanvaar nie?

Epiloog

Pirate Adams eye die groot stoor. At last safe om hier te kom rondkrap. Hy't gedink die polieste gaan nooit leave nie, soos hulle nog verlede week oor hierie scrapyard geswarm het. En toe hulle eers die plek se hek repair, het hy believe hy gaan nooit sy neus hier inkry nie.

Dis lucky van die gat in die fence wat hy vanoggend gevind het. Amper too good to be true, so hy moet maar goed rondcheck of daar nie dalk nog polieste iewers laaglê nie. Jy kan mos nooit 'n copper underestimate nie.

All clear! Hy kan maar die stoor se sinkdeur oopskuif. Good thing dat hy sy torch gebring het. Die plek is so donker, hy sal niks daarsonder sienie.

Kwai, hy laaik wat hy sien. Hier's genoeg scrap metal om 'n paar thousand bokke mee te maak. Hy sal sy brother-in-law vra om vanaand met sy bakkie te kom. Dan kan hulle die goed deur die gat innie wire fence uitdra en oppie bakkie laai. Ten minste vier of vyf trips gaan nodig wees.

Nou watse katel is dié? Soe tussen die rubbish heaps deur. Lyk nie of daar met die mattress fout issie. As good as new. Dit sal oek op die bakkie huis toe moet gaan. Hy en Sylvia kan doen met 'n katel. Daai spongerubber mattress innie kaia is dirty en voos gelê.

Pirate skyn met sy flits oor die area rondom die katel. Sy oog vang 'n exhaust pipe wat hy die rubbish heap langs die katel uitsteek. Dit lyk nog in mint condition en sy brother-in-law soek hoeka 'n nuwe een vir sy bakkie.

Hy trek aan die exhaust pipe, maar dis stuck. Hy skop 'n sinkplaat uittie pad en probeer weer. No success. Hy hurk om te check waar die ding vassit.

Dan sien hy 'n opening onder die anner goed en skyn met sy torch daarin.

Dis mos 'n fancy suitcase wat daar uitsteek! Hy trek dit uit. "Lyk of dit maar nouriedag uit die shop gekom het en nogals genuine leather ok," praat hy met homself.

Hy steek sy hand in 'n sysak en trek twee dik documents uit. Druk dit dan weer in. Sy brother-in-law se jongste soek altyd papier om met haar crayons artwork op te doen. Sy kan lekker op die agterkante van die velle teken.

Pirate maak die suitcase oop. Hy's excited. Hier lê dalk 'n fortune se goed, want waarom is dit weggesteek?

Die goeters innie suitcase is ewe in bubble wrap toegedraai, wat hom nog meer excited maak. Dit gaan wees soos om Christmas presents oop te maak.

Hy begin om die bubble wrap af te haal. Die pottery-potjies gooi hy eenkant. Worthless. Die pottery fragments of whatever dit is, ewe so. Hy check die spul ou coins uit, wat almal saam toegedraai was. Dié goed moet uit die dae van Noag se ark date. Hy sal dit by die pawnshop probeer verkoop. Van die anner goed is worthless. Als het cracks in.

Die laaste ding is somme in twee lae bubble wrap toegedraai.

Hy bekyk die strange statue. Definitely nie deur 'n sophisticated artist gecarve nie. Te veel humps en bumps. Hy skud sy kop. Waar't jy gesien 'n human being het 'n leeu se kop! Die ou moes op drugs gewees het toe hy die ding gecarve het. Sylvia sal die horries kry as hy met dié monstrosity by die kaia oprock.

"Utter rubbish," prewel hy en slinger die lumpy ding eenkant.

Pirate sug. Hy het soveel hoop gehad lat die suitcase 'n treasure gaan yield.

Bedankings

My innige dank aan almal wat meegehelp het om hierdie boek te verbeter. Carolyn Meads, my uitgewer by Queillerie, vir haar groot bydrae en skerp oog vir detail. Hester Carstens vir haar gocie voorstelle en raad. François Bloemhof vir sy puik redigering, die proeflesers Liesl Roodt en Brenda Barrow vir hulle deeglike leeswerk, Mike Cruywagen vir sy treffende voorblad en Susan Bloemhof vir die tipografiese versorging.

Ook 'n spesiale woord van dank aan die volgende persone:

Dr. Hestelle van Staden, bekende forensiese patoloog, skrywer van die boek *Outopsie* en aanbieder van die gelyknamige TV-program op VIA, vir haar groot hulp om my patologiese bevindinge geloofwaardig te maak.

Die argeoloë Gerda Coetzee, Heidi Fivaz, Sky-Lee Fairhurst en Jan Engelbrecht, onderskeidelik verbonde aan Haard-Hearth (NPC) Historie-se Argeologie in Aksie en Ubique Heritage Consultants, vir hulle bydrae.

Die vlieënier Sarel Terblanche vir sy hulp met 'n vlugroete Botswana toe.

Laastens wil ek my gesin en vriende bedank vir hulle meelewing en ondersteuning. En natuurlik die lesers wat my met hulle wonderlike terugvoering inspireer om aan te hou skryf.

Bronne

Boeke:

Fagan, Brian. *A Little History of Archaeology*. Yale University Press. 2019.

Pwiti, Gilbert. *The Archaeological Heritage of Africa*. Cambridge University Press. 2010.

Van Staden, Hestelle. *Outopsie*. Tafelberg. 2023.

Internet:

https://www.netwerk24.com/netwerk24/nuus/aktueel/brandbestryders-deur-nag-by-brande-in-kaapstad-en-wolseley-20240125

https://www.netwerk24.com/netwerk24/nuus/hof/n-verbete-geveg-om-uit-die-tronk-te-bly-20231013

https://www.netwerk24.com/Netwerk24/as-die-huis-brand-het-jy-dalk-net-minute-oor-20170718

https://af.wikipedia.org/wiki/Argeologie

https://af.wikipedia.org/wiki/Kategorie:Argeologiese_artefakte

https://af.wikipedia.org/wiki/Leeumens

https://af.wikipedia.org/wiki/Diptigon

https://af.wikipedia.org/wiki/Silinderse%C3%ABl

https://en.wikipedia.org/wiki/Archaeological_looting_in_Iraq

https://www.quora.com/What-type-of-scientist-usually-helps-an-archaeologist-at-an-archaeological-sites-especially-when-it-involves-human-remains

https://www.netwerk24.com/huisgenoot/hg-junior/skoolwerk/stof-skatte-en-geraamtes-dis-wat-die-werk-van-n-argeoloog-behels-20230324

https://www.netwerk24.com/netwerk24/verdwene-artifakte-dalk-in-versamelaar-se-hande-20170611

https://www.netwerk24.com/netwerk24/nuus/internasionaal/artefakte-terugge-kry-na-europol-onwettige-kunshandelaars-vasvat-20230504

https://en.wikipedia.org/wiki/Hobby_Lobby_smuggling_scandal

https://issafrica.org/iss-today/inside-the-illegal-trade-in-west-africas-cultural-herita-ge#:~:text=Representatives%20from%20cultural%20institutions%20and,by%20decades%20of%20illicit%20excavations.&text=The%20black%20market%20in%20Malian%20antiquities%20has%20historically%20been%20centred%20in%20Bamako.

https://www.zammagazine.com/arts/1324-inside-the-illicit-trade-in-west-africa-s-oldest-artworks

https://diesuid-afrikaner.com/nuus/vk-gee-geroofde-afrika-artefakte-slegs-op-bruikleen-terug/

https://www.africa.com/a-look-at-africas-stolen-artefacts/

https://www.netwerk24.com/netwerk24/nuus/misdaad/honderde-sake-in-wes-kaap-geskrap-weens-swak-polisiewerk-20221209

https://maroelamedia.co.za/nuus/sa-nuus/sa-is-brandpunt-vir-georganiseerde-misdaad/

https://www.netwerk24.com/netwerk24/sake/ekonomie/misdaad-kos-sa-10-van-bbp-20240303

Gebooie

GEVAARLIKE SPEL TUSSEN MEESTER EN MONSTER

RUDIE VAN RENSBURG

KASSIE is op 'n reeksmoordenaar se spoor